NE FAIS CONFIANCE À PERSONNE

Paul Cleave est né à Christchurch, Nouvelle-Zélande, en 1974. Après *Un employé modèle*, *Nécrologie*, *Un père idéal* ou encore *La Collection*, *Ne fais confiance à personne* (Sonatine, 2017) est son sixième roman publié en France.

Paru au Livre de Poche :

La collection

Nécrologie

Un employé modèle

Un père idéal

Un prisonnier modèle

PAUL CLEAVE

Ne fais confiance à personne

TRADUIT DE L'ANGLAIS (NOUVELLE-ZÉLANDE)
PAR FABRICE POINTEAU

SONATINE

Titre original :

TRUST NO ONE

Publié par Atria Books.

ISBN : 978-2-253-01444-7 – 1re publication LGF

Pour miss Roberts – mon enseignante préférée.
Abeilles ?

« Le diable est dans les détails », dit Jerry. Avant, le diable, c'était lui, et désormais il a du mal à se raccrocher aux détails. Il se rappelle le visage de la femme, la façon dont sa bouche s'est ouverte quand tout ce qu'elle a réussi à émettre a été un *Oh.* Bien sûr, les gens ne savent jamais ce qu'ils vont dire quand leur heure viendra. Sur son lit de mort, Oscar Wilde aurait parlé des rideaux, affirmant qu'ils étaient affreux et que soit ils devaient disparaître, soit c'était lui qui partirait. Mais Jerry se rappelle aussi avoir lu que personne ne sait avec certitude s'il a vraiment dit ça. Et il n'aurait certainement pas prononcé des paroles aussi mordantes si Jerry s'était glissé chez lui et s'était servi d'un couteau pour l'embrocher contre le mur. Peut-être un *Ça fait plus mal que je ne l'aurais cru*, mais rien qui aurait fini dans les livres d'histoire.

Son esprit s'égare, il fait cette chose que Jerry déteste, qu'il déteste tellement.

La policière qui l'observe a sur le visage une expression qu'on réserverait à un chat blessé. Âgée d'environ vingt-cinq ans, elle a des traits qui lui font songer qu'il aimerait également bien jouer au diable avec elle. Jolies jambes longues, cheveux blonds qui lui descendent aux épaules, courbes et tonicité d'athlète. Elle a des yeux bleus qui ne cessent de l'attirer, porte une jupe noire moulante et un haut bleu foncé ajusté qu'il adorerait voir par terre. Elle n'arrête pas de frotter son pouce contre la pulpe de son annulaire gauche, qui possède le type de cal qu'il a déjà vu sur les guitaristes. Appuyé au mur avec ses épais bras croisés, il y a un policier en uniforme, un flic de série télévisée des années 1980 avec une moustache et une ceinture à la taille pleine d'outils destinés à entraver les citoyens. Il a l'air de s'ennuyer ferme.

Jerry poursuit sa confession.

« La femme avait environ trente ans, et son nom était Susan, mais avec un z. Les gens écrivent de tout un tas de manières bizarres de nos jours. Je pense que c'est la faute des téléphones portables », déclare-t-il.

Il attend que la policière acquiesce et exprime son approbation, mais elle ne le fait pas, et le flic qui soutient le mur non plus. Il s'aperçoit que son esprit s'est une fois de plus égaré.

Il prend une profonde inspiration et serre plus fort les accoudoirs de la chaise, changeant de position pour être plus à l'aise. Il ferme les yeux et se concentre, se concentre, puis il revient à Suzan avec un z, Suzan aux cheveux noirs attachés en queue-de-cheval, Suzan au sourire sexy, au superbe bronzage, et à la porte déverrouillée à trois heures du matin. Le quartier dans lequel Jerry vivait à l'époque était comme ça. Beaucoup de choses ont changé en trente ans. Bon sang, lui aussi a changé. Mais avant que les textos et Internet ne massacrent la langue anglaise, les gens n'étaient pas aussi soupçonneux. Ou peut-être qu'ils étaient plus fainéants. Il ne sait pas. En revanche, ce qu'il sait, c'est qu'il a été surpris de pénétrer aussi facilement chez elle. Il avait dix-neuf ans et Suzan était la fille de ses rêves.

« Je ressens encore ce que j'ai ressenti sur le moment, dit-il. Bon, personne n'oublie jamais la première fois qu'il a ôté la vie à quelqu'un. Mais avant ça, je me suis tenu dans son jardin et j'ai écarté les bras en grand comme si j'avais pu étreindre la lune. C'était quelques jours avant Noël. De fait, c'était le jour le plus long de l'année. Je me rappelle le ciel dégagé et la manière dont les étoiles à un million de kilomètres de là donnaient l'impression que la nuit était infinie. » Il ferme les yeux et retourne à cet instant. Il sent presque le goût de l'air. « Je me rappelle avoir pensé cette nuit-là que des gens naîtraient et d'autres mourraient, reprend-il, les yeux toujours clos, et que les étoiles s'en foutaient, que même elles n'étaient pas éternelles et que la vie était fugace. Je me sentais sacrément philosophe. Je me souviens que j'avais une envie de pisser pressante, et que je me suis soulagé derrière son garage. »

Jerry rouvre les yeux. Il commence à avoir mal à la gorge à force de parler, et son bras n'arrête pas de le démanger. Il y a un verre d'eau devant lui. Il boit une gorgée et regarde l'homme appuyé au mur, l'homme qui le fixe d'un air impassible, comme s'il préférait se faire descendre dans l'exercice de ses fonctions plutôt qu'écouter un homme raconter son passé. Jerry a toujours su que ce jour arriverait, le jour de la confession. Il espère simplement qu'il sera accompagné d'une absolution. Après tout, c'est pour ça qu'il est là. L'absolution mènera à la guérison.

« Tu sais qui je suis ? » demande la femme, et soudain l'idée lui vient qu'elle est sur le point de lui révéler qu'elle n'est pas du tout flic, mais la fille d'une de ses victimes, ou une sœur. Il la déshabille du regard, s'imaginant un scénario où il serait seul avec elle dans une maison, ou bien seul avec elle dans un parking, ou encore dans une rue déserte la nuit.

« Jerry ? »

Il pourrait l'étrangler avec ses cheveux. Il pourrait écarter ses longues jambes dans toutes les directions.

« Jerry, est-ce que tu sais qui je suis ?

— Évidemment, répond-il en la fixant. Maintenant, vous voulez bien me laisser terminer ? C'est pour ça que vous êtes ici, non ? Pour avoir les détails ?

— Je suis ici parce que… »

Il lève la main.

« Assez ! » coupe-t-il avec force.

Elle soupire et se renfonce dans son siège comme si elle avait déjà entendu ce mot cent fois.

« Laissez le monstre s'exprimer », ajoute-t-il.

Il a oublié son nom. Inspectrice… je ne sais quoi, songe-t-il, puis il décide d'opter pour inspectrice Scénario.

« Qui sait de quoi je me souviendrai demain ? »

Il se tapote la tempe tout en posant la question, s'attendant presque à ce qu'elle résonne, comme la table de ses parents dont le bois était épais sur le pourtour mais creux au milieu. Il avait l'habitude de taper dessus, s'attendant à un son mais en obtenant un autre. Il se demande où elle est désormais et si son père l'a vendue pour pouvoir s'acheter quelques bières de plus.

« S'il te plaît, il faut que tu te calmes », déclare l'inspectrice Scénario.

Mais elle se trompe. Il n'a pas besoin de se calmer. Il aurait plutôt besoin de se mettre à hurler pour bien se faire comprendre.

« Je suis calme, réplique-t-il, et il se tapote la tempe, ce qui lui rappelle une table que possédaient ses parents. C'est quoi, votre problème ? Vous êtes stupide ? Cette affaire est l'affaire de votre vie, et vous restez assise là comme une pute inutile. »

Le visage de la femme vire au rouge. Des larmes se forment dans ses yeux mais ne coulent pas. Il boit une nouvelle gorgée d'eau. Elle est fraîche et soulage sa gorge. La pièce est silencieuse. L'agent contre le mur décroise les bras et les recroise dans l'autre sens. Jerry pense à ce qu'il vient de dire et comprend où il a eu tort.

« Écoutez, je suis désolé. Parfois je dis des choses que je ne devrais pas dire. »

Elle passe ses paumes sur ses yeux, essuyant les larmes avant qu'elles se mettent à couler.

« Je peux poursuivre ? demande-t-il.

— Si ça te fait plaisir », répond-elle.

Plaisir ? Non. Il ne fait pas ça pour le plaisir. Il le fait pour aller mieux. Il repense à cette nuit trente ans plus tôt.

« Je croyais que je serais obligé de crocheter la serrure. Je m'étais entraîné sur celle de ma maison. Je vivais toujours chez mes parents, à l'époque. C'est un ami de fac qui m'avait montré comment faire. Il prétendait que savoir crocheter une serrure, c'était comme avoir la clé du monde. Ça m'avait fait penser à Suzan. J'avais mis deux mois à choper la technique, mais j'étais nerveux parce que je savais qu'une fois chez elle la serrure pourrait être complètement différente. En fait, je m'inquiétais pour rien, parce que, quand je suis arrivé là-bas, sa porte était déverrouillée. C'était comme ça en ce temps-là, je suppose, même si ce jour-là la violence n'a rien eu à envier à celle de l'époque actuelle. »

Il boit une gorgée d'eau. Personne ne dit rien. Il continue.

« Je n'ai pas eu la moindre hésitation. Comme la porte était ouverte, c'était un signe, alors j'y suis allé. J'avais une petite lampe torche sur moi pour ne pas me cogner aux murs. Suzan avait vécu avec son petit ami, mais il avait déménagé quelques mois plus tôt. Ils s'engueulaient tout le temps. Je les entendais depuis ma maison, presque en face de la leur, alors j'étais à peu près certain que, quoi qu'il arrive à Suzan avec un z, ce serait lui qui porterait le chapeau. Je pensais tout le temps à elle. Je l'imaginais nue. Il fallait juste que je sache, vous voyez ? Il fallait que je sache comment serait sa peau, quelle odeur auraient ses cheveux, quel goût aurait sa bouche. C'était comme une démangeaison. C'est à peu près la meilleure manière de décrire ça. Une démangeaison qui me rendait dingue », dit-il en grattant la démangeaison sur son bras qui le rend également dingue. Une piqûre d'insecte, peut-être un moustique ou une araignée. « Alors cette nuit-là, le jour le plus long de l'année, je suis allé chez elle à trois heures du matin avec un couteau pour la gratter. »

Et c'est exactement ce qu'il a fait. Il a longé le couloir et trouvé sa chambre, puis il s'est tenu dans l'embrasure de la porte de la même manière qu'il s'était tenu dehors, mais cette fois, au lieu d'étreindre les étoiles, c'est l'obscurité qu'il a étreinte. Et il continue de l'étreindre depuis.

« Elle ne s'est même pas réveillée. Enfin, pas tout de suite. Mes yeux s'accoutumaient à la pénombre. Une partie de la pièce était illuminée par un radio-réveil, une autre parce que les rideaux étaient fins et qu'il y avait un réverbère dehors. J'ai avancé jusqu'au lit, je me suis accroupi à côté et j'ai simplement attendu. Je m'étais toujours imaginé que si vous faisiez ça, l'autre personne se réveillerait, et c'est ce qui s'est passé. Ça a pris trente secondes. J'ai placé le couteau contre sa gorge. »

L'inspectrice Scénario tressaille légèrement et semble sur le point de se remettre à pleurer, tandis qu'on dirait toujours que l'autre agent préférerait être ailleurs.

« Je sentais son souffle sur ma main, et ses yeux… ses yeux étaient écarquillés et terrifiés, et ils me faisaient me sentir…

— Je sais tout sur Suzan avec un *z* », coupe l'inspectrice Scénario.

Malgré lui, Jerry se sent embarrassé. C'est l'un des cruels effets secondaires – il a déjà raconté tout ça et il ne s'en souvient pas. C'est tellement difficile de se raccrocher à ces foutus détails.

« C'est bon, Jerry, ajoute-t-elle.

— Comment ça, c'est bon ? J'ai tué cette femme et maintenant on me punit pour ce que je lui ai fait, pour ce que je leur ai fait à toutes, parce qu'elle a été la première d'une longue liste, et le monstre a besoin de se confier, il a besoin de trouver la rédemption car s'il y parvient, l'univers cessera de le punir et il pourra aller mieux. »

L'inspectrice ramasse un sac à main par terre et le pose sur ses cuisses. Elle en tire un livre, le lui tend.

« Tu le reconnais ?

— Je devrais ?

— Lis la quatrième de couverture. »

Le livre s'intitule *Un meurtre de Noël.* Il le retourne. La première phrase est : « Suzan avec un z allait changer de vie. »

« Qu'est-ce que c'est que ça ?

— Tu ne me reconnais pas, n'est-ce pas ? demande-t-elle.

— Je... », commence-t-il, mais il n'ajoute rien de plus.

Il y a quelque chose, quelque chose qui pointe à la surface. Il regarde le pouce de la femme qui frotte le cal sur son doigt, et ce geste lui semble familier. Une personne qu'il connaissait faisait ça.

« Je devrais ? » demande-t-il de nouveau.

Et la réponse est oui, il devrait.

« Je suis Eva. Ta fille.

— Je n'ai pas de fille. Vous êtes flic et vous essayez de m'embobiner, réplique-t-il, faisant son possible pour ne pas paraître en colère.

— Je ne suis pas flic, Jerry.

— Non ! Non, si j'avais une fille, je le saurais ! » insiste-t-il, frappant de la main sur la table.

L'agent appuyé au mur s'approche de quelques pas, jusqu'à ce qu'Eva se tourne vers lui et lui demande d'attendre.

« Jerry, s'il te plaît, regarde le livre. »

Il n'obéit pas. Il ne fait rien, se contentant de fixer la femme, puis il ferme les yeux et se demande ce qu'est devenue sa vie. Dix-huit mois plus tôt, tout allait bien, non ? Qu'est-ce qui est réel et qu'est-ce qui ne l'est pas ?

« Jerry ?

— Eva ?

— Exact, Jerry. Mon nom est Eva. »

Il rouvre les yeux et regarde le livre. Il a déjà vu cette couverture, mais s'il l'a lu, il ne s'en souvient pas. Il observe le nom de l'auteur. Il lui dit quelque chose. C'est... mais il n'arrive pas à mettre le doigt dessus.

« Henry Cutter, dit-il, lisant le nom à haute voix.

— C'est un pseudonyme », répond sa fille, sa superbe fille, l'adorable fille d'un père monstrueux, un vieil homme dégoûtant qui, quelques instants auparavant, se demandait ce que ça ferait de l'avoir sous lui.

Il a la nausée.

« Je ne... est-ce que... est-ce que c'est toi ? C'est toi qui as écrit ça ? demande-t-il. C'est toi qui as écrit ça quand je t'ai dit ce qui s'était passé ? »

Elle semble inquiète. Patiente, mais inquiète.

« C'est toi, répond-elle. C'est ton pseudonyme.

— Je ne comprends pas.

— Tu as écrit ce livre, et une douzaine d'autres. Tu as commencé à écrire dans ton adolescence. Tu utilisais toujours le nom de Henry Cutter. »

Il est confus.

« Comment ça, j'ai écrit ce livre ? Pourquoi est-ce que j'aurais confessé au monde ce que j'ai fait ? » Une chose qu'il a oubliée lui revient alors. « Est-ce que je suis allé en prison ? Est-ce que j'ai écrit ça quand j'en suis sorti ? Mais alors... comment... la chronologie ne... je ne comprends pas. Vous êtes vraiment ma fille ? » demande-t-il.

Il pense alors à cette dernière, son Eva, mais maintenant qu'il y réfléchit, elle a dix ans de moins que la femme, pas une vingtaine d'années, et elle l'appellerait papa, pas Jerry.

« Tu es auteur de romans policiers », déclare-t-elle.

Il ne la croit pas – pourquoi le ferait-il ? C'est juste une inconnue. Et pourtant... l'étiquette d'auteur de romans policiers semble lui coller, comme s'il enfilait un gant confortable, et il sait que ce qu'elle dit est vrai. Bien sûr que c'est vrai. Il a écrit treize livres. Un nombre qui porte malheur – du moins si on croit à ce genre de chose, et le fait est qu'il n'a vraiment pas eu de chance, pas vrai ? En plus, il est en train d'écrire un autre livre. Un journal intime. Non, pas un journal intime, un carnet. Son Carnet de la Folie. Il regarde autour de lui, mais il n'est pas là. Peut-être qu'il l'a perdu. Il feuillette les premières pages du livre qu'Eva lui a tendu, sans s'attarder sur le moindre mot.

« C'était un des premiers.

— Ton premier, confirme-t-elle.

— Tu n'avais que douze ans quand il est sorti », déclare-t-il.

Mais attends une seconde, comment est-ce possible si Eva n'a que dix ans ?

« J'allais au collège », dit-elle.

Il la regarde et voit qu'elle porte une alliance, puis il regarde sa propre main. Il en porte également une au doigt. Il voudrait la questionner sur sa femme, mais il ne veut pas paraître encore plus stupide. La dignité est la seule chose qu'Alzheimer ne lui a pas prise.

« Est-ce que je t'oublie à chaque fois ?

— Tu as des bons et des mauvais jours », déclare-t-elle en guise de réponse.

Il parcourt la pièce du regard.

« Où sommes-nous ? Est-ce que je suis ici à cause de ce que j'ai fait à Suzan ?

— Il n'y a pas de Suzan, intervient l'agent. Nous vous avons trouvé en ville. Vous étiez perdu et confus. Nous avons appelé votre fille.

— Il n'y a pas de Suzan ?

— Pas de Suzan », dit Eva en enfonçant de nouveau la main dans son sac.

Elle sort une photo. « C'est nous. Elle a été prise il y a tout juste un peu plus d'un an. »

Il l'examine. La femme sur le cliché est la même que celle qui lui parle. Elle est assise sur un canapé, tenant une guitare, un grand sourire sur le visage. Et l'homme assis à côté d'elle est Jerry, le Jerry d'il y a un an, quand tout ce qu'il oubliait, c'étaient ses clés et occasionnellement un nom, quand il écrivait des livres et vivait sa vie. La dernière année lui a été prise. Sa personnalité, volée. Ses pensées et ses souvenirs ont été déformés et avilis. Il retourne la photo. Au verso, il y a la mention : *Le père le plus fier du monde.*

« Elle a été faite le jour où je t'ai dit que j'avais vendu ma première chanson, explique-t-elle.

— Je m'en souviens, répond-il, mais c'est un mensonge.

— Bien. »

Elle lui fait un sourire, un sourire plein de tristesse, et ça brise le cœur de Jerry qu'elle soit obligée de le voir ainsi.

« Je voudrais vraiment rentrer à la maison maintenant », déclare-t-il.

Elle se tourne vers l'agent.

« C'est possible ? demande-t-elle, et celui-ci lui répond par l'affirmative.

— Vous devrez parler aux gens de la maison de santé, ajoute-t-il, les prévenir que ce genre de chose ne doit plus se produire.

— Maison de santé ? » interroge Jerry.

Eva le regarde.

« C'est là que tu habites, maintenant.

— Je croyais qu'on rentrait à la maison.

— C'est ta maison. »

Il se met à pleurer, car tout lui revient alors – sa chambre, les infirmières, le parc, il se voit assis au soleil avec pour seul compagnon son sentiment de perte. Il ne se rend compte qu'il pleure que lorsque ses larmes heurtent la table, en suffisamment grand nombre pour que l'agent détourne les yeux et que sa fille fasse le tour et vienne le prendre dans ses bras.

« Ça va aller, Jerry. Je te le promets. »

Mais il pense toujours à Suzan avec un z, à ce qu'il a ressenti quand il l'a tuée, avant qu'il relate son meurtre par écrit. Quand il a étreint l'obscurité.

Jour un

Quelques faits de base. Aujourd'hui, c'est vendredi. Aujourd'hui, tu as toute ta tête, même si tu es un peu en état de choc. Ton nom est Jerry Grey, et tu as peur. Tu es assis dans ton bureau en train d'écrire ceci pendant que ta femme, Sandra, est au téléphone avec sa sœur, à coup sûr en larmes parce que cet avenir qui t'attend, eh bien, mon pote, personne ne l'a vu arriver. Sandra s'occupera de toi – c'est ce qu'elle a promis, mais c'est la promesse d'une femme qui ne sait que depuis huit heures que l'homme que tu es va lentement disparaître, pour être remplacé par un inconnu. Elle n'a pas encore assimilé la situation, et pour le moment elle dit à Katie que ça va être dur, terriblement dur, mais qu'elle va s'accrocher, évidemment qu'elle va s'accrocher, parce qu'elle t'aime. Mais ce n'est pas ce que tu veux d'elle. Du moins, c'est ce que tu penses pour l'instant. Ta femme a quarante-huit ans, et même si tu n'as pas d'avenir, elle en a encore un. Alors peut-être que dans les mois à venir, si la maladie ne la fait pas fuir, ce sera à toi de partir. La chose que tu vas devoir garder à l'esprit, c'est qu'il ne s'agit pas de moi, de toi, de nous – il s'agit de la famille. Ta famille. Nous devons faire ce qui est le mieux pour elle. Naturellement, tu sais que c'est une réaction instinctive, et que tu pourrais tout à fait – et le feras probablement – voir les choses différemment demain.

Pour le moment, tout est sous contrôle. Certes, il est vrai que tu as perdu ton téléphone hier, et que la semaine dernière tu as perdu ta voiture, que récemment tu as oublié comment s'appelait Sandra, et oui, le diagnostic signifie que tes meilleures années sont derrière toi et qu'il ne t'en reste plus tellement de bonnes, mais pour l'instant tu sais exactement qui tu es. Tu sais que tu as une femme extraordinaire nommée Sandra et une fille incroyable nommée Eva.

Ce carnet est pour toi, Jerry du futur. Futur Jerry. À l'heure où tu écris ceci, tu espères qu'un remède verra le jour. Au rythme où avance la médecine… eh bien, à un moment il y aura une pilule, n'est-ce pas ? Une pilule pour faire disparaître Alzheimer. Une pilule pour faire revenir les souvenirs, et ce carnet a pour but de t'aider si ces souvenirs sont un peu flous. Et s'il n'y a pas de pilule, tu pourras toujours parcourir ces pages et savoir qui tu étais avant les premières manifestations de démence, avant que le Grand A te prenne tout ce qui t'est cher.

Grâce à ces pages, tu redécouvriras ta famille, tu verras à quel point tu l'aimes, comment Sandra peut te sourire depuis l'autre côté de la pièce et faire s'emballer ton cœur, comment Eva peut rire de l'une de tes petites plaisanteries et s'écrier : *Vas-y papa !* avant de secouer la tête avec embarras. Tu dois savoir, Futur Jerry, que tu aimes et es aimé.

C'est donc le premier jour de ce carnet. Pas le jour où les choses ont commencé à changer – ça, c'était il y a un an ou deux –, mais le jour du diagnostic. Ton nom est Jerry Grey, et il y a huit heures tu étais assis dans le cabinet du Dr Goodstory, tenant la main de ta femme pendant qu'il t'annonçait la nouvelle. Ça t'a – soyons honnêtes puisque nous sommes ici entre amis – foutu la trouille de ta vie. Tu aurais voulu dire au médecin de changer soit de profession, soit de nom, car les deux étaient incompatibles. En rentrant chez toi, tu as dit à Sandra que le diagnostic te rappelait une citation de *Fahrenheit 451* de Ray Bradbury, et une fois à la maison tu l'as cherchée pour la lui lire. « Si ça se trouve, il a fallu toute une vie à un homme pour mettre certaines de ses idées par écrit, observer le monde et la vie autour de lui, et moi j'arrive en deux minutes et boum ! tout est fini. » Cette phrase, naturellement, c'est un pompier brûleur de livres qui la dit à un autre, mais elle résume parfaitement ton avenir. Tu as passé ta vie à coucher tes pensées sur le papier, Futur Jerry, et dans ton cas, ce ne sont pas les pages qui partent en flammes, mais l'esprit qui les a créées. C'est marrant que tu te souviennes de cette citation tirée d'un livre que tu as lu il y a plus de vingt ans alors que tu n'es pas fichu de retrouver tes clés de voiture.

C'est la première fois depuis des années que tu rédiges à la main quelque chose de plus long qu'une liste de courses. Le traitement de texte de ton ordinateur a été ton outil depuis que tu as écrit les mots *Chapitre un* de ton premier livre, mais utiliser l'informatique pour ça… eh bien, ça semble trop impersonnel, et aussi pas assez pratique. Ce format est plus authentique, et plus facile à trimballer qu'un ordinateur portable. Il s'agit en fait d'un cahier qu'Eva t'a offert à Noël quand elle avait onze ans. Elle avait dessiné un gros smiley dessus, sur lequel elle avait collé deux yeux exorbités. Puis elle avait dessiné une bulle qui partait du visage, à l'intérieur de laquelle elle avait écrit : *Les idées les plus cool de papa.* Les pages sont demeurées vierges, car tes idées ont tendance à être griffonnées sur des Post-it collés autour de ton écran d'ordinateur, mais le cahier (qui sera désormais ton carnet) est resté dans le tiroir supérieur de ton bureau, et de temps en temps tu le sors et passes le pouce sur la couverture en te rappelant le moment où elle te l'a offert. Avec un peu de chance, ton écriture sera plus soignée que lorsque tu notes une idée au milieu de la nuit pour t'apercevoir le lendemain matin que tu n'arrives pas à te relire.

Il y a tant de choses à dire, mais laisse-moi commencer par être franc : tu es en route pour Barjoville – c'est une phrase tirée de ton dernier ouvrage. Tu écris sous un pseudonyme, Henry Cutter, et au fil du temps tes fans et les médias t'ont surnommé le Découpeur, pas uniquement à cause de ton pseudo, mais parce que nombre de tes méchants utilisent des couteaux. Tu as écrit douze livres, et le treizième, *L'Homme qui met le feu*, est pour le moment chez ta relectrice. Elle galère avec. Elle a déjà galéré avec le douzième – ce qui aurait dû te mettre la puce à l'oreille, non ? Voici ce que tu devrais faire – inscrire sur un tee-shirt la phrase suivante : *Les gens atteints de démence ne font pas de grands auteurs.* Car il est difficile de bâtir une intrigue quand on perd la boule. Il y avait des passages qui n'avaient aucun sens, et d'autres qui en avaient encore moins, mais tu es allé la voir, embarrassé, et tu t'es excusé une douzaine de fois en mettant ça sur le compte du stress. Tu avais après tout beaucoup voyagé cette année-là, il était donc logique que tu commettes quelques erreurs. Mais

L'Homme qui met le feu est une catastrophe. Demain, ou après-demain, tu appelleras ta relectrice pour lui parler du Grand A. Chaque auteur a un dernier livre – tu ne pensais simplement pas que tu en étais déjà là, et tu ne pensais pas qu'il s'agirait d'un carnet.

Ton dernier livre, ce carnet, sera ta descente dans la folie. Attends – mieux vaut en faire ton *voyage* dans la folie. Ne confonds pas. Certes, tu vas oublier le nom de ta femme, mais n'oublie pas qu'il s'agit d'un voyage, et non d'une descente. Eh oui, c'est une plaisanterie. Une plaisanterie amère car, voyons les choses en face, Futur Jerry, tu es exceptionnellement en colère. C'est un voyage dans la folie parce que tu es fou de rage. Et quelles raisons aurais-tu de ne pas l'être ? Tu as seulement quarante-neuf ans, mon ami, et tu regardes la démence en face. *Carnet de la Folie* est le titre parfait…

Mais non, il ne s'agit pas de ça. Il ne s'agit pas de bâtir un monument à ta colère. Ce carnet a pour but de te dire à quoi ressemblait ta vie avant que la maladie enfonce ses griffes et mette tes souvenirs en lambeaux. Ce carnet parlera de ta vie, et de la chance que tu as eue. Tu dois être, Futur Jerry, la chose que tu as toujours rêvé d'être – un écrivain. Tu as une épouse merveilleuse, une femme qui peut mettre sa main dans la tienne et te faire ressentir ce que tu as besoin de ressentir, qu'il s'agisse de réconfort, de chaleur, d'excitation ou de désir, la femme auprès de qui tu te réveilles chaque matin en sachant que tu t'endormiras à ses côtés le soir, la femme qui voit toujours l'autre facette de la dispute, la femme qui t'en apprend chaque jour un peu plus sur la vie. Tu as une fille pleine de sagesse, la voyageuse, celle qui veut rendre les gens heureux, celle qui embrasse le monde. Tu as une jolie maison dans une jolie rue, tu as vendu beaucoup de livres et distrait de nombreuses personnes. Pour être honnête, FJ, tu as toujours su qu'il y aurait un retour de bâton, que l'univers s'arrangerait pour rééquilibrer les choses. Il s'avère que tu avais raison. Surtout, ce carnet sera la carte de la personne que tu étais. Il t'aidera à revenir à des époques dont tu ne te souviendras plus, et quand il existera un remède, il t'aidera à retrouver ce que tu auras perdu.

La meilleure chose à faire pour commencer, c'est expliquer comment nous en sommes arrivés ici. Par chance, tu auras encore tous tes souvenirs et seras toujours toi demain, et après-demain, et le jour suivant. Mais ces jours sont comptés, de même qu'un auteur a un ultime livre. Nous avons tous une dernière pensée, un dernier espoir, un dernier souffle, et il est important de noter tout ça pour toi, Jerry.

Il y a le livre raté de cette année et – attention, spoiler – celui de l'année dernière n'a pas été trop bien chroniqué. Mais, hé, tu as tout de même lu les critiques – est-ce un autre effet de la démence ? Tu t'étais promis il y a des années de ne plus les lire, à cause du blogueur occasionnel qui te descendrait en affirmant : *C'est le roman de Henry Cutter le plus décevant jusqu'à maintenant*, mais tu le fais tout de même. Le monde est ainsi, mon ami, et ça fait partie du boulot. Mais tu n'as peut-être plus à t'en soucier, vu ta situation présente. C'est difficile de déterminer quand tout a commencé. Tu as oublié l'anniversaire de Sandra l'année dernière. C'était dur. Mais ce n'est pas tout. Cependant, pour le moment… pour le moment, l'épuisement s'installe, tu te sens un peu trop chamboulé, et… eh bien, tu bois un gin tonic tout en écrivant ceci. C'est le premier de la soirée. OK, je plaisante encore, c'est ton deuxième, et le monde commence à être moins net. Et ce que tu voudrais vraiment faire maintenant, c'est dormir.

Tu es le genre de type qui fonctionne à coups de bonnes et de mauvaises nouvelles. Tu aimes les bonnes, et pas les mauvaises. Ha, merci gin tonic numéro trois de t'offrir Capitaine Évidence comme nouveau point de vue narratif. La mauvaise nouvelle est que tu es mourant. Pas dans le sens traditionnel du terme – tu as peut-être encore un bon paquet d'années devant toi –, mais tu vas devenir l'ombre d'un homme et du Jerry que tu étais. Le Jerry que je suis en ce moment, que tu es tandis que tu écris, va s'en aller, désolé de te le dire. La bonne nouvelle, c'est que bientôt tu ne t'en rendras même pas compte. Il y aura des moments de lucidité, évidemment. Tu peux déjà imaginer Sandra assise à côté de toi sans que tu la reconnaisses, et peut-être que tu te seras pissé dessus et que tu lui diras de te foutre la paix, mais il y aura ces moments – ces morceaux de ciel bleu au milieu d'une journée sombre durant lesquels tu sauras ce qui se passe, et ça te brisera le cœur.

Ça te brisera ton putain de cœur.

L'agent fait traverser à Jerry et à Eva le quatrième étage du poste de police. La plupart des gens interrompent ce qu'ils font pour les regarder. Jerry se demande s'il connaît l'un d'eux. Il semble se souvenir qu'il faisait appel à quelqu'un pour ses livres – un flic, peut-être, à qui il pouvait demander : *Est-ce que ceci ou cela fonctionnerait ? Est-ce qu'une balle ferait ça ? Est-ce qu'un flic ferait ça ? Montre-moi les failles.* S'il est là, Jerry ne le reconnaît pas, puis il se souvient alors que ce n'est pas un agent de police qui l'aidait, mais un de ses amis, un type nommé Hans. Il a toujours en main la photo qu'Eva lui a donnée, et il se rappelle quand elle a été prise. Des choses lui reviennent, mais pas tout.

Eva doit signer quelque chose puis s'entretient de nouveau avec l'agent tandis que Jerry fixe l'un des murs, auquel est punaisé un formulaire d'inscription pour l'équipe de rugby de la police, sur lequel figurent six noms, le dernier étant Tonton Touche-Pipi. L'agent s'approche avec Eva et souhaite une bonne journée à Jerry, qui souhaite la même chose – il veut plein de bonnes journées –, puis ils prennent l'ascenseur et se dirigent vers la sortie.

Il n'a aucune idée de quel jour on est, et encore moins de la date, mais il y a des jonquilles sur les berges de l'Avon, la rivière qui traverse le cœur de la ville et qui a figuré dans certains de ses livres – un beau cours d'eau en réalité, mais d'ordinaire dans ses livres une arme de meurtre ou un réceptacle à cadavres. Les jonquilles signifient que c'est le printemps, probablement début septembre. Les gens dans la rue ont l'air heureux, comme chaque fois qu'ils s'extirpent des mois d'hiver, même si dans ses livres, s'il se souvient bien, les gens étaient toujours malheureux, quelle que soit la période de l'année. Dans sa version de Christchurch, le diable était en ville – ni sourires, ni jolies fleurs, ni couchers de soleil, juste l'enfer dans toutes les directions. Il porte un pull, ce qui est une bonne chose parce qu'il ne fait pas si chaud que ça, et aussi parce que ça signifie qu'il a dû avoir un accès de bon sens plus tôt dans la journée qui l'a poussé à s'habiller en fonction de la météo. Eva s'arrête près d'une voiture, à dix mètres d'un type assis sur le trottoir occupé à sniffer de la colle. Elle déverrouille les portières.

« Nouvelle voiture ? demande-t-il, ce qui est idiot, car à l'instant où les mots franchissent ses lèvres, il sait qu'il s'expose à une déception.

— Quelque chose comme ça », répond-elle, alors qu'elle la possède probablement depuis quelques années, voire plus.

Si ça se trouve, c'est même Jerry qui la lui a achetée.

Ils grimpent à l'intérieur, et quand elle pose la main sur le volant, il remarque à nouveau son alliance. Le type qui sniffait de la colle s'est approché et commence à taper à la vitre. Il a « Tonton Touche-Pipi » inscrit sur son tee-shirt, et Jerry se demande s'il va jouer au rugby avec les flics, ou si c'est lui qui a inspiré le comique qui a écrit le nom sur le formulaire. Eva démarre et ils s'éloignent du trottoir à l'instant où Tonton Touche-Pipi leur demande s'ils aimeraient lui acheter un vieux sandwich. Ils parcourent vingt mètres avant de devoir s'arrêter à un feu rouge. Jerry s'imagine la journée divisée en trois parties ; le soleil est à l'ouest et on dirait qu'il aura disparu dans quelques heures, ce qui lui fait décider qu'ils approchent de la fin du deuxième acte. Il tente de penser au mari d'Eva et il est sur le point de se le représenter quand celle-ci se met à parler.

« On t'a trouvé à la bibliothèque municipale, explique-t-elle. Tu es entré et tu t'es endormi par terre. Quand un membre du personnel t'a réveillé, tu t'es mis à crier. Ils ont appelé la police.

— Je dormais ?

— Apparemment. De quoi tu te souviens ?

— De la bibliothèque, mais juste un peu. Je ne me rappelle pas y être allé. Je me souviens d'hier soir. Je me rappelle avoir regardé la télé. Et je me souviens du commissariat. Je me suis… remis à fonctionner, je suppose, au milieu de ce que je prenais pour un interrogatoire. Je croyais que j'étais là parce que la police avait découvert ce que j'ai fait quand…

— Il n'y a pas de Suzan », le coupe-t-elle.

Le feu passe au vert. Il pense à Suzan et au fait qu'elle n'existe pas en dehors des pages d'un livre qu'il se souvient à peine avoir écrit. Il se sent fatigué. Il observe les bâtiments qui lui semblent familiers, et commence à avoir une idée de l'endroit où ils vont. Il y a un type qui se dispute avec un gardien de parking sur le trottoir, lui enfonçant son doigt dans la poitrine. Il y a une femme qui court accrochée à une poussette tout en parlant dans son téléphone portable. Il y a un type qui porte un bouquet de fleurs avec un grand sourire sur le visage. Il voit un garçon, âgé de probablement quinze ou seize ans, en train d'aider une vieille femme à ramasser son sac de courses qui a craqué.

« On est forcés de retourner à la maison de santé ? Je préférerais rentrer à la maison. Ma vraie maison.

— Il n'y a pas de vraie maison, répond Eva. Il n'y en a plus.

— Je veux voir Sandra », dit-il, le nom de sa femme sortant naturellement.

Et peut-être est-ce la clé pour vaincre la maladie – continue de parler, et tu finiras par y arriver. Il se tourne vers Eva.

« S'il te plaît. »

Elle ralentit un peu pour pouvoir le regarder.

« Je suis désolée, Jerry, mais je dois te ramener. Tu n'es pas autorisé à sortir.

— Autorisé ? À t'entendre, on dirait que je devrais être sous les verrous. S'il te plaît, Eva, je veux rentrer à la maison. Je veux voir Sandra. Quoi que j'aie pu faire pour me retrouver dans une institution, je promets que je vais m'arranger. Je le promets. Je ne serai pas…

— La maison a été vendue, Jerry. Il y a neuf mois, coupe-t-elle en fixant la route devant elle, sa lèvre inférieure tremblant.

— Alors où est Sandra ?

— Maman est… maman est passée à autre chose.

— Passée à autre chose ? Bon sang, est-ce qu'elle est morte ? » Elle le regarde et manque d'emboutir une voiture qui a pilé devant elle.

« Elle n'est pas morte, mais elle… elle n'est plus

ta femme. Enfin, vous êtes toujours mariés, mais plus pour longtemps – c'est juste une question de paperasse, maintenant.

— Paperasse ? Quelle paperasse ?

— Le divorce », répond-elle, et ils se remettent à rouler.

Une fillette de six ou sept ans regarde par la lunette arrière du véhicule devant eux, agitant la main et faisant des grimaces.

« Elle me quitte ?

— Ne parlons pas de ça maintenant, Jerry. Et si je t'emmenais faire un tour sur la plage ? Tu as toujours aimé y aller. J'ai le blouson de Rick à l'arrière, tu peux le mettre – il va faire froid là-bas.

— Est-ce que Sandra voit quelqu'un d'autre ? Est-ce qu'elle voit ce Rick ?

— Rick est mon mari.

— Est-ce qu'il y en a un autre ? Est-ce que c'est pour ça qu'elle me quitte ?

— Il n'y a personne d'autre, répond Eva. S'il te plaît, je n'ai vraiment pas envie de parler de ça maintenant. Peut-être plus tard.

— Pourquoi ? Parce que alors j'aurai oublié ?

— Allons à la plage, répète-t-elle, et nous discuterons là-bas. L'air frais te fera du bien. Je te le promets.

— OK », répond-il, car s'il fait ce qu'elle dit, peut-être qu'Eva le ramènera chez lui plutôt qu'à la maison de santé.

Peut-être qu'il pourra reprendre le cours de sa vie et essayer de récupérer Sandra.

« La maison a vraiment été vendue ?

— Oui.

— Pourquoi tu m'appelles Jerry ? Pourquoi tu ne m'appelles pas papa ? »

Elle hausse les épaules sans le regarder. Il n'insiste pas.

Ils se dirigent vers la plage. Il regarde les gens et la circulation, observe les bâtiments, Christchurch par une journée de printemps, et s'il est une plus belle ville au monde, il ne l'a pas vue, pourtant il en a vu beaucoup – c'est une des choses que l'écriture lui a offertes, la liberté et…

« Il y avait des voyages, dit-il. Des tournées. Parfois Sandra m'accompagnait, et parfois toi aussi. J'ai vu de nombreux pays. Qu'est-ce qui m'est arrivé ? Et à Sandra ?

— La plage, papa, attendons la plage. »

Il voudrait attendre la plage, mais d'autres souvenirs lui reviennent, des choses qu'il préférerait vraiment oublier.

« Je me souviens du mariage. Et de Rick. Je me souviens de lui, maintenant. Je suis… je suis désolé, lui dit-il. Désolé d'avoir fait ça.

— Ce n'était pas ta faute. »

La honte et l'humiliation le submergent.

« C'est pour ça que tu as cessé de m'appeler papa ? »

Elle ne le regarde pas. Elle ne répond pas. Elle se passe un doigt sous les yeux pour essuyer les larmes avant qu'elles se mettent à couler. Il recommence à regarder par la vitre, envahi par la honte et l'embarras. Devant, les voitures s'immobilisent pour une famille de canards qui traverse la route. Un camping-car s'arrête, deux jeunes enfants en sortent par le côté et se mettent à prendre des photos.

« Je déteste la maison de santé, déclare-t-il. Il doit me rester de l'argent. Pourquoi je ne peux pas m'acheter une maison et me payer une aide à domicile ?

— Ça ne fonctionne pas comme ça.

— Pourquoi ça ne fonctionne pas comme ça ?

— Parce que, Jerry », répond-elle, d'un ton qui lui fait comprendre qu'elle ne veut pas parler de ça.

Ils continuent de rouler. C'est dingue de se sentir mal à l'aise avec sa propre fille, mais c'est ce qu'il ressent. Le gigantesque mur qui les sépare semble infranchissable, ce mur qu'il a érigé en étant un mauvais père et un mari pire encore. Ils atteignent l'autre côté de la ville et prennent la direction de l'est, vers Sumner, et quand ils y arrivent, ils trouvent une place près du sable, l'océan s'étirant devant eux, avec une rangée de cafés et de boutiques puis les collines derrière. Ils descendent de voiture. Il regarde un chien se rouler sur une mouette qui a été écrasée sur la route. Eva tire le blouson de Rick du coffre, mais il lui dit qu'il n'en a pas besoin. Un vent frisquet souffle, mais c'est comme elle a dit : rafraîchissant. Le sable doré est jonché de nombreux morceaux de bois échoués, d'algues et de coquillages. Il y a peut-être deux douzaines de personnes, mais pas plus, et la plupart sont jeunes. Il ôte ses chaussures et ses chaussettes et les porte à la main. Ils marchent au bord de l'eau, les mouettes gazouillent au-dessus d'eux, les gamins s'amusent, et ça, cet instant, ressemble à une journée ordinaire. À une vie ordinaire.

« À quoi tu penses ? demande Eva.

— Aux fois où je t'ai emmenée ici quand tu étais petite. Les mouettes te faisaient peur. Qu'est-ce qui s'est passé avec ta mère ? »

Elle soupire, puis se tourne vers lui.

« Ce n'est pas juste une chose, répond-elle, mais une combinaison d'événements.

— Le mariage ?

— Ça a été un élément important. Elle n'arrivait pas à te pardonner. Toi non plus, tu n'arrivais pas à te pardonner.

— Alors elle m'a quitté.

— Allez, dit-elle. C'est une belle journée de printemps. Ne la gâchons pas avec des souvenirs tristes. On va marcher une demi-heure puis je te ramènerai, OK ? Je leur ai dit que tu serais rentré pour dîner.

— Tu vas rester manger avec moi ?

— Je ne peux pas. Désolée. »

Ils marchent sur la plage, ils marchent et discutent, et Jerry regarde en direction de l'eau, se demandant jusqu'où son corps parviendrait à nager, jusqu'où il pourrait aller avant que la démence survienne et qu'il perde son rythme. Peut-être qu'il parcourrait dix mètres et se noierait. Qu'il coulerait jusqu'au fond et laisserait ses poumons s'emplir d'eau. Peut-être que ce ne serait pas une si mauvaise chose.

Jour quatre

Non, tu n'as pas perdu les deuxième et troisième jours – de fait, tu t'en souviens très clairement (même si tu as égaré ton café, que Sandra a retrouvé près de la piscine, ce qui est bizarre vu que tu ne possèdes même pas de piscine).

Eva est venue pendant le week-end, avec une grande nouvelle. Elle se marie. Tu savais depuis quelque temps que ça arriverait probablement, mais ça n'en a pas moins été une surprise. C'est dur de résumer ce que tu as ressenti à cet instant. Tu étais excité, évidemment, mais tu éprouvais également un sentiment de perte difficile à expliquer, l'impression qu'Eva suivait le cours de sa vie et sortait de la tienne, et aussi une certaine détresse parce qu'il y aura des petits-enfants que tu ne connaîtras jamais ou, si tu les rencontres, que tu finiras peut-être par oublier.

Elle est arrivée dimanche matin et a annoncé la nouvelle. Elle et Machin-Chose s'étaient fiancés samedi soir. Sandra et toi n'avez donc pas pu l'informer du Grand A, pas à cet instant, mais vous le ferez bientôt, évidemment. Il faudra bien que tu expliques pourquoi tu n'arrêtes pas de mettre ton pantalon à l'envers et pourquoi tu essaies de parler le klingon. Je plaisante. À propos de plaisanterie, tu possèdes *bien* une piscine, mais tu ne te rappelles pas y être allé parce que c'était l'hiver, mais bon, c'est comme ça.

Donc, les deuxième et troisième jours sont passés, et tu n'as toujours pas vraiment encaissé la nouvelle. Avant d'en venir à ce qui est arrivé le Jour chez le Médecin, laisse-moi tout d'abord faire ce que j'ai promis de faire le Jour un, à savoir, t'expliquer comment tout a commencé.

C'était pendant la fête de Noël chez Matt il y a deux ans. Bon sang, tu ne te souviens probablement même pas de Matt. Il est ce qu'on appellerait un personnage secondaire, quelqu'un qui surgit dans ta vie à quelques mois d'intervalle, principalement quand tu le croises au centre commercial. Mais ses fiestas de Noël sont toujours assez réussies. Sandra et toi y êtes allés, vous avez rencontré des gens, vous êtes mêlés aux invités, car vous êtes comme ça, et c'est alors que c'est arrivé. Le frère et la belle-sœur de Matt se sont présentés : *Salut, moi, c'est James, et voici Karen*, et tu as répondu : *Salut, moi, c'est Jerry, et voici mon épouse…* et tu t'es arrêté là. C'est ton épouse. Sandra, naturellement, a comblé le vide. C'est ton épouse, *Sandra.* Elle ne savait pas que tu avais eu une absence – elle pensait que tu essayais d'être drôle. Mais non, monsieur Banque de Mémoire, à qui tu avais emprunté son nom des milliers de fois depuis près de trente années que tu l'aimais, avait bloqué ton compte. Ça s'est passé si vite, et à quoi as-tu attribué ça ? À l'alcool. Et pourquoi pas ? Ton père avait été un véritable ivrogne en son temps, et il était logique que ça déteigne un peu sur toi – après tout, tu te tenais là avec un gin tonic à la main, ton troisième de la soirée.

En fait, pour information, Votre Honneur, ne te méprends pas sur ton cas. Tu ne bois que deux ou trois fois par an, alors que ton père s'envoyait en une seule journée plus que toi en une année. Il en est mort, littéralement. C'était affreux, et un souvenir qui ne s'effacera probablement jamais est celui de ta mère t'appelant, tellement hystérique que tu ne comprenais pas ce qu'elle disait au téléphone, même si c'était inutile car le ton de sa voix te disait tout ce qu'il y avait à savoir. Ce n'était qu'en arrivant chez tes parents que tu avais découvert qu'il avait bu au bord de la piscine, s'était glissé dedans pour se rafraîchir, et n'avait jamais réussi à en ressortir.

Donc tu as oublié le prénom de ton épouse, et pourquoi ne pas croire que c'était à cause de l'alcool ? Certes, tu perdais constamment tes clés, mais si la société collait l'étiquette Grand A à tous ceux qui oublient où ils ont posé leurs clés, le monde entier souffrirait d'Alzheimer. Oui – il y avait les clés de voiture qui s'égaraient, mais on les retrouvait, n'est-ce pas ? Elles étaient dans le réfrigérateur, ou dans le garde-manger, ou, une fois (bonjour l'ironie), près de la piscine. D'accord, tu as perdu ton père dans une piscine, et tu y as aussi laissé ton café et tes clés, mais c'était juste de l'inattention – après tout, tu avais une multitude de gens qui vivaient dans ta caboche, cherchant leur voix, tu te souviens ? Tous ces personnages. Des tueurs en série, des violeurs, des braqueurs de banques et, évidemment, il y avait aussi les méchants (je plaisante). Avec tout ce qui se passait là-dedans, normal que tu perdes tes clés. Et ton portefeuille. Et ta veste. Et même ta voiture – bon, tu ne l'as pas perdue, pas vraiment, et par chance tu as appelé *Voici mon épouse... Sandra, c'est ça ?* depuis le centre commercial, et non la police pour signaler un vol, car quand elle est venue te chercher, elle l'a repérée en quittant le parking exactement là où tu l'avais laissée. Alors que toi, eh bien, tu avais cherché la voiture que tu avais possédée cinq ans plus tôt. Ça vous a bien fait rire tous les deux. Un rire un peu inquiet. Et ça t'a rappelé la fois où tu avais oublié son nom, et aussi l'époque où tu rénovais des maisons, avant que ta carrière d'écrivain de romans policiers ne décolle, quand tu repeignais des pièces et montais de nouvelles cuisines, posais du carrelage et installais de nouvelles salles de bains, et que tu perdais constamment ton tournevis ou ton marteau (et il n'y avait alors pas de piscine où chercher). Et. Bon Dieu. Où. Étaient. Ils ? Eh bien, parfois, tu ne les retrouvais jamais.

Sandra pensait que la solution serait d'avoir *Un Endroit pour Chaque Chose.* Elle a libéré une étagère près de la porte, et quand tu rentrais à la maison, tu vidais tes poches, y posant ton téléphone, tes clés, ton portefeuille et ta montre – du moins, tel était le plan. Mais l'étagère n'a pas fonctionné pour une très simple raison. Ce n'était pas tant que tu n'arrivais pas à te souvenir où tu laissais ces objets, c'était que tu n'avais *aucun* souvenir de les avoir posés. C'était comme quand on atteint une destination sans se souvenir du trajet. On ne peut pas avoir *Un Endroit pour Chaque Chose* quand on n'a pas conscience d'avoir sorti ses clés de sa poche. Puis tu t'es mis à oublier les anniversaires. Les dates importantes. Et ceci et cela et tout le reste – et tu as de nouveau oublié le nom de Sandra. Juste. Comme. Ça. Vous remplissiez des formulaires de renouvellement de passeport, assis l'un à côté de l'autre, et tu lui as demandé… écoute ça, ça te fera soit rire, soit pleurer, tu lui as demandé : *Pourquoi est-ce que tu inscris Sandra dans la case du prénom ?* Car c'était ce qu'elle était en train de faire – évidemment que c'était ce qu'elle était en train de faire, c'est ce qu'aurait fait n'importe quelle Sandra –, mais tu lui as posé cette question parce que, à cet instant, tu ne te souvenais plus. Le nom de ta femme était… quoi ? Tu n'en avais aucune idée. Mais tu ne savais pas que tu ne le savais pas – tu savais juste que ce n'était pas Sandra, bien sûr que non, c'était…

C'était Sandra. Et c'est à ce moment que les choses ont changé.

Voilà comment ça a commencé – ou du moins, c'est alors que ça a commencé à se voir. Car qui sait quand ça a débuté ? À la naissance ? *In utero* ? Cette commotion cérébrale que tu as eue à seize ans quand tu es tombé dans l'escalier à l'école ? Ou il y a vingt ans, quand tu as emmené Sandra et Eva camper ? Tu courais après ta fille autour du campement, faisant mine d'être un grizzly, elle gloussait et tu grognais *grrr, grrr*, ta gorge commençait à te faire souffrir, tes mains formaient des griffes, et tu as foncé droit dans une branche et tu t'es assommé. Ou peut-être que c'était à quatorze ans, quand ton père t'a donné un coup de poing pour la seule et unique fois de sa vie (il avait normalement le vin gai) parce qu'il était en colère, fou de rage, comme il l'était parfois quand les ténèbres s'emparaient de lui. Un peu comme les ténèbres qui t'attendent. Et quand on y réfléchit, peut-être qu'il n'était pas aussi ivre qu'il en avait l'air – peut-être qu'il était atteint de la même maladie que toi. Ça pourrait être une de ces choses, ou aucune d'entre elles, ou, comme tu le pensais au début, ça pourrait être l'univers qui rétablit l'équilibre après t'avoir donné la vie que tu voulais.

Bientôt tu ne te souviendras plus de ta série télé préférée, de ta nourriture favorite. Bientôt tu commenceras à bafouiller et à oublier les gens, mais tu ne t'en rendras généralement pas compte. Ton Cerveau-Chambre-Forte se transformera en Cerveau-Passoire, et tous ces gens, tous ces personnages que tu as créés, leurs univers et leur avenir disparaîtront, et bientôt… mais bon, tu n'étais pas éternel, de toute façon.

À l'instant où les choses ont changé, Sandra a déclaré que tu devais aller voir le Dr Goodstory. Ce qui a mené à d'autres médecins. Puis à l'annonce du Grand A le Grand V – c'est ainsi que tu considères désormais ce vendredi, le Grand V, le Jour chez le Médecin, et tu trouves réellement que c'est un nom assez approprié, pas vrai ? Tu espérais quelque chose de simple, quelque chose qu'un changement de régime, plus de temps à l'extérieur et plus de vitamine D pourraient guérir. Mais à la place, le Grand V a apporté exactement la nouvelle que tu espérais ne pas entendre.

Qu'est-ce que tu veux savoir ? Tu veux que je te dise qu'en rentrant chez toi tu as pleuré dans les bras de Sandra ? Pas le Grand V – ça, c'était le jour du résultat –, mais la première fois, quand tout ce que le Dr Goodstory a dit, c'était : *On va devoir effectuer des tests*. Bien sûr, allons jusqu'au fond des choses. Il n'a pas dit : *Ne vous en faites pas, Jerry*. Il t'a juste demandé si tu étais déprimé. Évidemment, quel auteur ne l'est pas après avoir lu certaines critiques. Est-ce que tu avais de l'appétit ? Oui. Est-ce que tu dormais beaucoup ? Pas énormément, mais suffisamment. Régime ? Comment était ton régime ? Il était bon, assez riche en vitamines, tu te maintenais en forme et allais à la salle de sport deux fois par semaine. Est-ce que tu buvais beaucoup ? Peut-être un gin tonic ou deux à l'occasion. Il a dit qu'il effectuerait des tests, et c'est ce qu'il a fait. Après quoi, il t'a envoyé chez un spécialiste.

Puis il y a eu les rendez-vous à l'hôpital. L'IRM, les tests sanguins, les tests de mémoire, les formulaires à remplir, pas seulement pour toi, mais également pour Sandra, qui devait te garder à l'œil. Et pourtant, vous n'avez rien dit à Eva. Et ensuite le Grand V. Le Dr Goodstory avait les résultats, et pourrais-tu s'il te plaît venir le voir ? Alors c'est ce que tu as fait… Bon, tu sais ce qu'il t'a annoncé. Regarde-toi dans le miroir. Signes précoces de démence. Alzheimer. Peut-être qu'à l'avenir il y aura un remède, mais il n'y en a certainement pas à l'heure qu'il est. Et peut-être que ce carnet sera la source d'inspiration de ton prochain livre – peut-être que, quand tu reliras ces lignes, tu en auras écrit cinquante, et que ce moment de ta vie aura été la période sombre de Jerry Grey, comme Picasso a eu sa période bleue, et les Beatles leur blanche.

Tu es atteint d'une démence à progression lente. Le Grand A. Ce symptôme n'est pas fréquent chez les personnes de moins de soixante ans, a expliqué Goodstory, ce qui fait de toi une exception statistique. Il existe des médicaments pour lutter contre l'anxiété et la dépression qui vont, t'a-t-il assuré, arriver – mais il n'y en a pas contre la maladie elle-même.

Nous ne pouvons pas prévoir précisément la vitesse à laquelle les choses vont changer pour vous, a déclaré le Dr Goodstory. *Car le cerveau... le cerveau recèle de nombreux mystères. En tant que médecin, et en tant qu'ami, je dirais qu'il pourrait vous rester cinq ou dix bonnes années, ou alors vous pourriez être complètement dingue à Noël. Je vous conseille donc d'utiliser votre revolver et de vous brûler la cervelle tant que vous savez encore comment faire.*

OK, il n'a pas dit ça. Ça, c'est juste toi qui lis entre les lignes. Tu as passé une demi-heure à parler de l'avenir avec lui. Bientôt, un étranger vivra dans ton corps. Et cet étranger, c'est peut-être toi, Futur Jerry. Il va y avoir de mauvais jours, des jours où tu t'échapperas de la maison et te perdras dans le centre commercial, où tu oublieras à quoi ressemblaient tes parents, où tu ne seras plus capable de conduire. Hormis ce carnet, tes jours d'écrivain sont révolus. Et ce n'est que le début. La vie deviendra si sombre que tu finiras par ne plus savoir qui est Sandra, ni même que tu as une fille. Tu ne te souviendras peut-être même plus de ton propre nom. Il y aura des choses que tu oublieras, d'autres que tu te rappelleras mais qui ne se seront jamais produites. Des choses simples n'auront plus aucun sens. Le jour arrivera où ton monde sera dénué de logique, où plus rien ne voudra rien dire, où la conscience aura disparu. Tu ne pourras plus tenir la main de Sandra et la regarder sourire. Tu ne pourras plus courir après Eva en faisant semblant d'être un grizzly. Ce jour-là… le Dr Goodstory n'a pas été en mesure de te dire quand il surviendrait. Pas demain. C'est la bonne nouvelle. Et tout ce qu'il te reste à faire, c'est t'assurer que ce jour ne sera jamais pour demain.

La maison de santé se trouve à vingt-cinq kilomètres au nord de la ville. Elle est bâtie sur un terrain de deux hectares, un parc qui s'étire jusqu'aux bois avoisinants. Il y a une vue sur les montagnes à l'ouest, sans lignes électriques pour l'interrompre, et elle est suffisamment à l'écart de la route principale pour qu'on n'entende pas les camions. C'est un endroit isolé. Paisible. Même si Jerry ne le considère pas de la sorte. Il pense que s'il est tellement éloigné, c'est pour que les gens puissent y balancer leurs parents et les membres malades de leur famille, puis poursuivre leur vie, *loin des yeux, loin du cœur.*

Eva a allumé la radio. Les infos de cinq heures débutent tandis qu'ils s'engagent dans l'allée qui mène à la maison de santé. L'allée fait près de cent mètres de long. Les arbres qui la bordent ressemblent pour la plupart à des squelettes, mais une poignée d'entre eux sont mouchetés de bourgeons qui commencent à pousser. Il est question d'un meurtre. Le corps d'une femme a été retrouvé il y a une heure, et comme chaque fois qu'il entend une telle nouvelle, Jerry est triste d'être un être humain. Il a honte d'être un homme. Car pendant qu'il marchait sur la plage avec Eva, profitant de la brise, cette femme vivait les dernières secondes de sa vie. C'est ce genre de chose, se souvient Jerry, qui lui a toujours permis de relativiser ses problèmes.

Eva immobilise la voiture. La maison de santé a été construite il y a quarante ans, cinquante tout au plus. Deux étages de briques grises formant un carré de cinquante mètres de côté, un toit noir, des rebords de fenêtre en bois maculé de taches brunes, pas beaucoup de couleur hormis le parc où le printemps effectue son miracle, redonnant vie aux bulbes plantés par le passé. Il y a une grande porte en chêne à l'avant, qui fait penser à Jerry à une porte d'église. Visuellement, tout lui semble familier, mais pas émotionnellement. C'est comme s'il n'avait jamais vécu ici, mais avait un jour vu cet endroit dans un film. Il ne se souvient même pas du nom de l'institution. Cette vie n'est absolument pas la sienne, elle appartient à un personnage du film où il a vu cette maison de santé, un homme qui avoue le meurtre de femmes qui n'ont jamais existé, un homme détesté par sa femme, un homme qui s'éloigne de plus en plus du Jerry qu'il était.

« Ne me force pas à entrer là-dedans.

— S'il te plaît, Jerry, tu n'as pas le choix », répond Eva en détachant sa ceinture de sécurité.

Comme il ne bouge pas, elle tend le bras et défait également la sienne.

« Je reviendrai te voir demain, d'accord ? »

Il voudrait lui dire que non, demain ne suffit pas, qu'il est son père, que sans lui elle n'existerait pas, que quand elle était bébé il s'est fait un tour de reins en lui donnant son bain et qu'il a à peine pu marcher pendant une semaine, qu'il a un jour fait tomber un pot de nourriture pour bébé et s'est coupé le doigt en ramassant les morceaux, qu'il a un jour songé à appeler un exorciste après lui avoir ôté sa couche et découvert le carnage à l'intérieur. Il voudrait lui dire qu'il lui a pansé les genoux et lui a ôté des échardes et des aiguillons d'abeilles, qu'il lui a rapporté des ours en peluche de pays lointains puis, quand elle était plus grande, des articles de mode de ces mêmes endroits. De ces choses il se souvient. Alors qu'il ne se souvient pas de ses parents. Ni de ses livres. Ni même de ce matin. Alors la moindre des choses, a-t-il envie de lui dire, serait de ne pas le forcer à entrer là-dedans. Ou elle pourrait au moins l'accompagner. Mais il ne dit rien de tout ça. Le monde est ainsi, c'est le cycle naturel de la vie, il a trente ans d'avance sur le programme, mais ce n'est pas sa faute à elle. C'est la sienne à lui, et il ne peut pas la punir. Il lui prend la main, sourit et demande :

« Tu promets ? »

La grande porte de la maison de santé s'ouvre. L'infirmière… Hamilton – son nom lui revient tandis qu'elle marche vers eux – s'arrête à mi-chemin et leur sourit. C'est une femme imposante qui pourrait étreindre un ours. Ses cheveux sont un mélange égal de noir et de gris, coiffés à la mode des années 1960. Âgée d'environ soixante ans, elle a exactement le genre de sourire qu'on veut voir sur une infirmière, le genre de sourire qu'aurait une grand-mère. Elle porte un uniforme et un gilet auquel est épinglé un badge à son nom.

« Tu promets ? répète-t-il.

— Je ferai de mon mieux », répond Eva, baissant brièvement les yeux.

Ça ne ressemble pas du tout à une promesse, mais il continue de sourire tandis qu'elle poursuit :

« Tu dois faire tout ton possible pour rester ici. Je ne sais pas comment tu as fait pour aller en ville », ajoute-t-elle.

Et personne ne le sait, surtout pas lui. La limite de la ville est à vingt-cinq kilomètres, mais il faut en ajouter huit pour atteindre l'endroit où il a été retrouvé. Lui non plus ne comprend pas pourquoi il est allé à la bibliothèque. Peut-être pour voir ses livres, peut-être pour en voir d'autres, peut-être pour s'endormir et se faire embarquer par la police. À l'instant où l'infirmière Hamilton atteint la voiture, ils en descendent.

« Jerry. »

Elle sourit et secoue légèrement la tête d'un air de dire : *Eh bien : vos facéties nous ont tous beaucoup amusés.*

« Nous vous avons cherché toute la journée. »

Elle place un bras autour de ses épaules et commence à le guider vers la porte.

« Comment vous faites pour vous enfuir, c'est un mystère.

— Est-ce que je peux avoir un mot avec vous ? » demande Eva lorsqu'ils sont à l'intérieur.

L'infirmière acquiesce, et Jerry s'imagine que ce sera plus qu'un seul mot, que la conversation portera sur la façon dont il a pu se rendre en ville, et qu'elle ne sera pas amicale. Il se retrouve planté dans le hall, près d'un guichet de réception derrière lequel se trouve une autre infirmière, tandis que les deux femmes disparaissent. L'infirmière derrière le guichet lui sourit et se met à lui parler, lui demandant si la plage lui a plu. Il répond par l'affirmative, ce qui est probablement ce qu'elle s'attendait à entendre. Quand l'infirmière Hamilton et Eva reviennent, sa fille lui dit de se porter bien, et il répond qu'il fera de son mieux. Il s'apprête à l'enlacer, mais elle a un mouvement de recul avant de placer les bras autour de lui. Il ne veut pas la lâcher lorsqu'elle s'écarte quelques secondes plus tard, mais, surtout, il ne veut pas déclencher le genre de scène qui prouvera qu'Eva et Sandra ont pris la bonne décision en le faisant interner ici. Il la regarde partir, puis se tient à la porte tandis que sa voiture disparaît parmi les arbres.

« Venez, Jerry », dit l'infirmière Hamilton en passant une fois de plus autour de lui son bras chaud, lourd, réconfortant.

Il sent une odeur de café et de cannelle. Il voudrait lui retourner son sourire, mais s'aperçoit qu'il n'y arrive pas.

« Venez dîner. Vous devez avoir faim. »

Elle le mène au réfectoire. Ils passent devant des pensionnaires, et Jerry les regarde, ces gens avec d'autres problèmes. Le fait qu'ils ont tous été abandonnés ici par leur famille le pousse à les considérer comme des laissés-pour-compte, des indésirables, puis il se voit comme leur roi, avant de songer qu'il exagère de penser ça, que chacun d'entre eux a une histoire qu'il ne connaît pas, ou qu'il connaît peut-être mais a oubliée. Il s'assied seul à une table et mange avec appétit. Jerry est la personne la plus jeune ici, à l'exception d'un autre type dont le crâne est enfoncé d'un côté. Une infirmière est en train de le nourrir.

Une fois le dîner terminé, il regagne sa chambre. Elle est de la même taille que celle qu'il partageait avec Sandra et comporte un lit simple avec une couette à rayures noires et blanches assortie à l'oreiller, ce qu'il trouve assez affreux. Il y a une petite télé à écran plat au mur, une petite chaîne hi-fi, un petit réfrigérateur dont il espère qu'il contient de l'alcool, mais lorsqu'il l'ouvre, il ne voit que des bouteilles d'eau et des canettes de soda light. Contre un mur se dresse une petite bibliothèque couverte d'exemplaires de ses livres, probablement pour lui rappeler qui il était. Toute la pièce est miniaturisée, un reflet de la façon dont sa vie a rétréci. Il y a une petite salle de bains sur le côté, et la fenêtre donne sur le parc qui reçoit désormais les derniers rayons de soleil, les fleurs se refermant pour la nuit. Il y a trois photos encadrées d'Eva et de Sandra, dont une a été prise à Londres, les lumières vives de la ville scintillent derrière elles, on peut voir un bus à impériale, une cabine téléphonique au bord de la rue – le tout typiquement britannique. Eva n'était alors qu'une adolescente. Il soulève le cadre, et soudain il se rappelle ce voyage, le vol aller, les turbulences vingt minutes avant l'arrivée à Heathrow qui avaient fait vomir Sandra. Il se rappelle le trajet en taxi jusqu'au centre-ville, mais il ne se souvient pas de quel livre il faisait la promotion, ni où ils sont allés après Londres, ni combien de temps ils sont partis. Il a toujours la photo qu'Eva lui a donnée plus tôt, et la place sur la commode à côté de celle de Londres.

Il marche jusqu'au lit, où une copie d'*Un meurtre de Noël* est posée sur l'oreiller. Il a dû le lire hier soir, et c'est ce qui a dû déclencher sa confusion. Il se rappelle la manière dont il a regardé sa fille au poste de police, le fait qu'il se l'est représentée nue, et son sentiment de dégoût le fait foncer dans la salle de bains où il vomit dans les toilettes. Il a l'impression d'être un vieux dégueulasse qui perce des trous dans les clôtures qui entourent les écoles pour pouvoir ajouter des gosses à sa banque de porno mental. Quel genre d'homme regarde sa propre fille de la sorte ?

La réponse, bien entendu, est évidente. Un homme

malade. Un homme qui ne sait plus qui est sa fille, qui a même oublié qui il était. Il les sent désormais qui reviennent, les idées noires, toute une armée marchant vers lui, et, comme toujours, il se demande comment il en est arrivé là. Qu'a-t-il fait dans sa vie pour mériter ça ?

Il se nettoie, retourne dans sa chambre. Il replace *Un meurtre de Noël* dans la bibliothèque et commence à se déshabiller. Lorsqu'il enfonce les mains dans ses poches pour les vider, son doigt touche quelque chose de dur niché au fond. Il le sort. C'est une chaîne en or, à laquelle est accroché un trèfle à quatre feuilles doré. Il la retourne et l'examine sous différents angles, mais il a beau la scruter, elle ne lui dit rien et il ne sait pas à qui elle pourrait bien appartenir. Puis il songe qu'il ne serait pas un très bon auteur de romans policiers s'il n'était pas capable de relier les points entre eux – il l'a volée soit à un membre du personnel, soit à un autre résident. Génial, maintenant il va non seulement être le cinglé, mais aussi le voleur fou. Encore une chose à ajouter à la liste croissante des mauvaises actions qu'il a commises dans sa vie mais dont il ne se souvient plus. Demain il s'en débarrassera quelque part dans le parc pour que quelqu'un la trouve, mais pour cette nuit il doit la mettre en lieu sûr. Bien cachée. La dernière chose dont il a besoin, c'est qu'une infirmière débarque et la voie sur sa table de chevet.

Il ouvre son tiroir à chaussettes et enfonce la main au fond pour la planquer, mais il y a déjà quelque chose – une enveloppe de la taille d'une carte de vœux. Elle est fine sur les bords et un peu bombée au milieu. Il n'y a rien d'écrit dessus, et il ne la reconnaît pas. Il s'assied sur le lit et l'ouvre.

À l'intérieur se trouve un collier. Et une paire de boucles d'oreilles. Et un médaillon.

Tu sais ce que c'est, n'est-ce pas ?

Ce ne sont pas ses mots, mais ceux de Henry Cutter, et lui, c'est du sérieux. Jerry est peut-être capable de relier les points entre eux, mais Henry est le type qui crée les énigmes.

« Non », répond-il.

Mais si.

Jerry secoue la tête.

Ce sont des souvenirs, déclare Henry.

« Je les ai volés à des gens ? »

Ce n'est pas tout ce que tu as fait.

« Quoi d'autre ? »

Mais Henry est reparti et Jerry se retrouve assis seul au bord du lit, confus, effrayé, avec une enveloppe pleine de souvenirs dont il ne se souvient pas.

Jour cinq

« Mon nom est Jerry Grey et ça fait cinq jours qu'on m'a diagnostiqué Alzheimer.
— Salut, Jerry.
— Et je n'ai rien oublié depuis deux jours.
— Bien joué, Jerry. »

C'est ainsi que Henry décrirait le groupe de soutien auquel Sandra veut que tu participes, s'il tenait ce carnet (je t'en dirai bientôt plus sur lui). À tes yeux, les groupes de soutien, c'est pour les autres, comme les accidents de voiture. Sandra pense que ça te ferait du bien. À vrai dire, vous vous êtes engueulés à ce sujet – même si *engueuler* est peut-être un terme un peu fort –, mais avant de lire le récit de cette dispute et d'en apprendre plus sur Henry, voici ce que tu dois savoir sur Sandra. Tu l'aimes. Évidemment. Tout le monde l'aime. C'est absolument la meilleure chose qui te soit jamais arrivée. Elle est belle, intelligente, attentionnée, et elle sait toujours quoi dire. Quand les choses vont mal, elle est là pour te mettre un peu de plomb dans la cervelle. Quand les critiques sont mauvaises, elle est là pour te dire que les chroniqueurs ne savent pas de quoi ils parlent ; et quand elles sont bonnes, elle est là pour te dire que les chroniqueurs sont les types les plus intelligents du monde. Tu lui soumets tes idées, parfois elle t'accompagne à la salle de sport, tu cours avec elle. Vous faisiez des randonnées quand vous étiez plus jeunes, vous alliez camper et skier, et un jour vous avez sauté en parachute ensemble parce que tu voulais pouvoir connaître ce sur quoi tu écrivais. Ta femme ne peut pas passer à côté d'un chat sans vouloir le prendre dans ses bras, elle ne peut pas passer à côté d'un chien sans lui lancer un *Comment ça va, mec*, ni regarder un film sentimental sans verser une larme à la fin. Elle ne peut pas entrer dans un centre commercial sans acheter une paire de chaussures, ni imaginer ce que tu traverses, même si elle te comprend. Et toi, tu ne peux pas imaginer une vie sans elle.

Vous êtes mariés depuis vingt-quatre ans et, si tu fais le calcul, tu verras qu'Eva en a vingt-cinq. Vous êtes sortis ensemble pendant cinq années avant le mariage, durant lesquelles vous avez vécu sous le même toit pendant trois ans. Vous vous êtes rencontrés à l'université. Tu passais l'un de ces diplômes d'anglais inutiles qui étaient prisés à l'époque, et tu suivais également un cours de psychologie – niveau débutant. Et pourquoi faisais-tu ça ? Parce que tu voulais devenir écrivain. Depuis ton enfance, tu as voulu raconter des histoires. Un diplôme d'anglais t'aiderait à le faire, et un diplôme de psychologie t'aiderait à comprendre les personnages. C'est là que tu as rencontré Sandra – dans une salle remplie d'étudiants qui désiraient comprendre ce qui excitait les esprits. Ta phrase d'ouverture a été : *On a besoin de cinglés pour gagner notre vie en faisant ça.* Elle a éclaté d'un magnifique rire chaleureux qui t'a réchauffé intérieurement. Son sourire a fait disparaître le monde et il n'est plus resté qu'elle. Tu te souviens même de ce qu'elle portait – jean serré bleu troué, comme c'était alors la mode, avec des revers dont on aurait dit que des hérissons avaient fait joujou avec, un haut rouge sans manches assorti à la teinte de son rouge à lèvres, et ses cheveux blonds descendaient jusqu'à ses épaules, comme tu les as toujours aimés. Même si, depuis environ dix ans, elle les attache toujours en queue-de-cheval. C'était d'ailleurs ainsi qu'elle les portait le soir de la fête au cours de laquelle tu as dit : *Voici mon épouse...* (Remplis le blanc, s'il te plaît.) Vous êtes allés au cinéma ce vendredi soir. Voir un film est peut-être un cliché pour un premier rendez-vous, mais c'est un bon cliché. C'était un film de la série *Star Trek*. Elle était fan, et tu lui avais dit que toi aussi, en secret. Elle t'a alors demandé ce que tu cachais d'autre. Et tu as répondu le cadavre de ton ex.

À l'époque, évidemment, au temps de la fac, tu n'étais pas vraiment écrivain. Tu avais toujours soupçonné que la formation universitaire que tu recevais serait une planche de salut à mesure que ta maison se remplirait de lettres de refus d'éditeurs. Tu avais voulu être auteur depuis le premier jour, mais c'est ta mère qui t'avait encouragé à poursuivre tes études, son argument choc ayant été qu'un diplôme d'anglais serait bon pour ta créativité. Quand tu as rencontré Sandra, tu avais écrit environ deux douzaines de nouvelles, mais ce n'est qu'après être sorti avec elle pendant quelques mois que tu as osé les lui montrer – et même alors, tu ne l'as fait qu'après qu'elle t'eut assuré qu'elle savait qu'elles seraient géniales, parce que tu étais génial. Tu étais convaincu que si elle lisait le moindre de tes écrits, elle te féliciterait très vaguement d'un *Oh oui, c'est chouette, je veux dire, vraiment... je suis sûre que ça va plaire, et, au fait, je ne peux pas te voir vendredi soir parce que je dois me laver les cheveux / je dois aller chercher une cousine à l'aéroport / j'ai attrapé un coup de froid, ne m'appelle pas, c'est moi qui t'appellerai.* Mais ce qu'elle t'a dit, c'est que tu devais retravailler tes histoires. Que chaque personnage devait avoir des défauts parfaits. Et c'est elle qui, au fil des années, t'a persuadé d'écrire un roman. LE roman. Et c'est ce que tu as fait. Tu as écrit LE roman, et LE roman était atroce, et Sandra a eu la gentillesse de te le dire. Du coup tu as écrit LE DEUXIÈME roman, qui était également atroce – mais pas autant que l'autre, t'a-t-elle dit, alors tu as réessayé. Et encore. Ce ne serait que des années plus tard que tu mettrais à profit ton diplôme universitaire et trouverais ta voix, mais c'est durant ces années d'études, tandis que Sandra commençait à en avoir assez de la psychologie et envisageait de s'inscrire en droit, qu'elle a découvert qu'elle était enceinte.

La vie a alors changé. Quelques jours plus tard, tu l'as demandée en mariage, et elle a commencé par refuser, affirmant qu'elle ne voulait pas t'épouser simplement parce qu'elle attendait un enfant, mais tu l'as convaincue que ce n'était pas la raison de ta demande. L'avoir dans ta vie était la chose la plus extraordinaire, et chaque jour sans elle serait rempli de douleur et de désespoir. Alors elle a dit oui. Vous ne vous êtes mariés qu'après la naissance d'Eva – elle avait dix-huit mois quand tu lui as passé la bague au doigt. Tu avais achevé tes études et rénovais désormais des maisons. Sandra est demeurée mère au foyer jusqu'à ce qu'Eva aille à l'école, puis elle est retournée à l'université et a obtenu son diplôme de droit, se concentrant sur les droits civiques. À l'époque, tu avais écrit *Un meurtre de Noël,* qui un an plus tard deviendrait un best-seller et t'ouvrirait le monde, et Sandra s'est trouvé un emploi dans un cabinet d'avocats. Et maintenant, après toutes ces années, te voilà atteint d'Alzheimer et tu as eu une grosse dispute avec elle.

Sandra est inquiète, évidemment, parce que tu as passé toute la journée d'hier à te morfondre dans ton bureau, même si tu lui as dit que tu ne te morfondais pas mais travaillais sur le roman de l'année prochaine, à propos duquel ta relectrice venait de t'envoyer ses notes. Bien sûr, c'était un mensonge, mais tu as appelé ta relectrice ce matin et elle a commis l'erreur de dire : *Ravie d'avoir de tes nouvelles, Jerry. J'espère que tu vas bien ?* Autant espérer que les politiciens ont nos intérêts à cœur. Du coup, tu lui as tout déballé. Pas comme dans le carnet, attention – juste une version condensée. À vrai dire, Mandy, non, tu n'allais pas bien – ça faisait cinq jours que tu étais en train de devenir quelqu'un d'autre, et ton projet du moment était un carnet de la folie. Elle a été bouleversée quand tu lui as dit ça, et toi aussi. Et pourquoi pas ? C'est une chose qui justifie qu'on soit bouleversé.

Ça expliquerait toutes les erreurs dans le manuscrit, a déclaré Mandy, et tu as fait comme si ça n'avait pas touché la corde sensible. *J'aurais dû m'en douter... J'aurais dû.*

Mais à la place, tu t'es juste dit que j'étais devenu nul, as-tu répliqué, puis tu as éclaté de rire pour lui indiquer que c'était une plaisanterie, et elle aussi a ri, même si ce n'était pas très drôle.

Cinquième jour et Sandra est furieuse après toi. La vérité, c'est que si tu comptais tous les jours où elle l'a été, tu serais aux alentours de cinq mille. (C'est une blague, Jerry – j'espère que tu es hilare !) En fait, vous ne vous disputez jamais. Absolument jamais ! Mais si, évidemment que vous vous disputez parfois, quel couple ne le fait pas ?

Donc, voici le problème – tu ne supportes pas l'idée de rejoindre un groupe de soutien. Rencontrer tous ces gens qui t'oublieront aussi vite que tu les oublieras – deux fois plus vite, en réalité, comme deux trains fonçant dans des directions opposées. Tu crains que toute nouvelle information n'en évince une ancienne pour faire de la place. Et si tu rencontrais ces gens et oubliais ta famille ? Je te présente Blair – mais qui est Sandra, déjà ?

Tu ne lui as pas expliqué les choses de la sorte parce qu'elle ne comprendrait pas, malgré ses efforts. Personne ne comprend, à moins d'être comme toi, mais ce n'est pas comme si tu pouvais te mettre en quête d'un groupe de personnes atteintes…

Ha – on dirait que tu vas devoir présenter des excuses à Sandra, tout compte fait ! Mais ça ne signifie pas que tu vas y aller pour autant. Tu n'as jamais été sociable, même quand tout allait bien, et là, tout ne va pas bien. Bon sang, on n'en est même pas encore au pire – ça va arriver. Nous sommes encore près du commencement. Une sorte de vide avec une touche d'espoir et une touche de folie, le tout parfaitement équilibré.

Tu tentes toujours de t'habituer à ce qui est en train de se produire. Tu as un nouveau rendez-vous plus tard dans la semaine. Pas avec le Dr Goodstory, mais avec une conseillère qui va te donner une idée de ce qui t'attend. Elle te parlera à coup sûr des sept étapes du chagrin – attends, non, ce sont les sept péchés capitaux, les sept nains, les sept rennes du père Noël. Le chagrin n'a que cinq étapes. Déni, Colère, Éclair, Simplet et Marchandage. Ces derniers jours, tu as essentiellement été en état de choc, pour être honnête. Tu n'arrives toujours pas à croire à ce qui t'arrive. Un choc, et une bonne vieille colère. Et… des gin tonics bien costauds. Faute de mieux, préparer des cocktails est un talent auquel tu dois te raccrocher, Futur Jerry. C'est probablement la raison pour laquelle tu t'es disputé avec Sandra. Pas les gin tonics, mais le reste, les merdes sérieuses comme disait ton grand-père à l'époque où…

Ah, bon Dieu. À l'époque où il commençait à s'enfoncer dans Barjoville.

Ton grand-père était de la vieille école – il prenait la maladie et en tirait de la cruauté et de l'amertume. Il disait que les femmes ne devraient pas avoir le droit de travailler, et que celles qui le faisaient volaient le boulot des hommes, que « les pédés » étaient la cause des tremblements de terre et des inondations. Alzheimer lui avait donné la liberté de devenir une version non censurée de lui-même. Il tapait sur le cul des infirmières à la maison de santé et leur demandait de lui préparer des sandwichs. Il avait l'air du genre de type qui aurait préféré se servir un whisky sec, s'asseoir dans un fauteuil en cuir, ajuster sa cravate et se tirer une balle dans la tête plutôt que de mourir d'une mort lente, mais il avait vécu trop longtemps avec Alzheimer et avait loupé le coche quand cette option était encore ouverte à lui.

Cette option est ouverte à toi.

Sandra n'est pas au courant pour l'arme. Tu savais qu'elle n'approuverait pas. Tu l'as achetée pour tes recherches. Les écrivains disent toujours qu'il faut écrire sur ce qu'on connaît, et maintenant tu sais à quoi t'attendre quand tu appuies sur une détente. Tu connais le bruit qui va te déchirer les tympans si tu ne portes pas de protection. Tu connais le poids et la sensation, et aussi l'odeur. Tu as utilisé ton arme au stand de tir il y a des années de cela, et depuis elle est cachée sous une latte de parquet sous ton bureau, attendant peut-être dans l'obscurité cette occasion précise. Tu l'as achetée illégalement à Hans. Tu te souviens de lui ? Tu en sauras bientôt plus sur son compte, quand je te parlerai de Henry, mais si un type couvert de tatouages vient te voir en te disant que tu lui dois de l'argent, ce sera Hans. Tu ne lui en dois pas, en fait, mais ça lui ressemblerait bien de tenter le coup. Tu le sauras si tu te souviens de lui.

Eva n'a toujours pas été informée du Grand A. Elle est venue ce matin. Elle a pris deux jours de congé, Sandra en a pris quelques semaines pour toi, et elles ont passé leur temps à parler *non-stop* du mariage. Bal, gâteau, fleurs, robes, demoiselles d'honneur – c'est l'avenir. Mais pour toi, tout ça c'est peut-être le passé. Eva épouse un type nommé Rick. Tu l'aimes bien. Tu as allumé le barbecue quand Eva était là, vous avez passé un déjeuner agréable tous les trois, et tu es content de ne pas l'avoir informée. Mais bientôt il le faudra.

Laisse-moi te parler d'Eva. C'est, sans le moindre doute, la meilleure chose qui te soit jamais arrivée. Le jour où tu as découvert que Sandra était enceinte, tu as failli t'évanouir. D'ailleurs, tu n'as pas immédiatement demandé à Sandra de t'épouser car tu as passé deux jours sur le canapé, à peine capable de fonctionner. Tu allais être père, et ça te foutait sacrément les jetons. Tu pensais que les enfants ne venaient pas avec un manuel, mais en fait si. Il y a un million de livres sur le sujet, et Sandra les achetait puis les lisait à peine. La bibliothèque était pleine de piles de bouquins sur l'éducation des enfants dont la tranche n'était même pas abîmée car tu ne les lisais pas non plus. Tu n'en avais pas besoin, tout venait naturellement. De tout ce que tu as fait dans ta vie, rien ne vaut les jours où tu passais des heures à fabriquer de nouveaux jouets pour Eva. L'expression sur son visage quand elle les voyait, ce sourire, bon Dieu, ce sourire et ces grands yeux bleus semblables à ceux de sa mère… cet émerveillement devant chaque nouvelle chose… Si le Grand A te laisse un seul souvenir, prie pour que ce soit un de ceux-là. Tu n'arrêtais pas de penser que la magie disparaîtrait à mesure qu'elle grandirait, mais non, ça a été de mieux en mieux. Le jour où elle s'est cassé le bras… elle avait sept ans. Elle adorait regarder les rediffusions de feuilletons avec lesquels tu avais grandi, et elle avait couru jusqu'à la voiture et tenté de glisser sur le capot comme ils le font dans *Shérif, fais-moi peur*, mais elle était retombée dans l'allée de l'autre côté et son bras s'était tordu sous son poids. Tu as gardé ton sang-froid et l'as emmenée à l'hôpital, mais cette nuit-là, ni toi ni Sandra n'avez fermé l'œil, car vous saviez l'un comme l'autre que si quelque chose devait lui arriver, si vous perdiez Eva un jour, ce serait la fin du monde. Tu éprouves toujours la même chose. Mais tout ça… tout ça en dit plus sur toi que sur elle. Comment résumer Eva ? Elle est chaleureuse. Empathique. Intelligente. À l'école, elle n'avait que de très bonnes notes, elle excellait au volley, à l'athlétisme, à la natation. À neuf ans, elle pouvait chanter en chœur toutes les chansons des Rolling Stones que tu passais sur la chaîne. À dix ans, pour Halloween, elle s'est déguisée comme un des agents de police de *Chips* parce qu'elle savait que tu regardais cette série dans ton enfance. À onze ans, elle allait voir ta mère et lui faisait la lecture pendant les derniers mois de sa vie. Elle pourchassait le chat des voisins chaque fois qu'elle le voyait attraper un oiseau, puis, une fois l'oiseau libéré, elle le ramenait à la maison et tentait de le soigner. Parfois ça fonctionnait, parfois non, et quand elle échouait, elle te faisait creuser un trou et rester à ses côtés tandis qu'elle organisait un petit enterrement. Elle t'a supplié de lui acheter une guitare pour son treizième anniversaire, puis elle a appris à en jouer toute seule. Elle vivait encore à la maison quand elle est entrée à l'université. Elle a étudié les beaux-arts, la politique et le droit. Mais c'étaient les voyages... Il y avait quelque chose dans les voyages qui l'a arrachée à ses études. À dix-neuf ans, elle est allée seule en Europe. Elle a appris le français. A vécu à Paris quelque temps. Une année s'est transformée en deux. Elle a appris l'espagnol. Elle a bourlingué à travers une douzaine de pays. Elle est restée absente trois ans, mais tu la voyais quand tu étais en Europe pour la promotion d'un livre. Ses pérégrinations lui ont donné l'envie de montrer le monde aux autres, et à son retour, elle a commencé à travailler pour une agence de voyages. Puis elle a rencontré Rick. Elle est amoureuse, Futur Jerry. Elle est heureuse. C'est ça, Eva. Ta fille. Et si le Grand A est le contrepoids de cette vie incroyable, alors soit. Il te prendra peut-être tes souvenirs, mais il ne peut pas te prendre le fait que tu as une fille merveilleuse. Une fille qui, à cet instant, ne se doute pas que son père est malade.

Rick, soit dit en passant, travaille dans l'informatique.

Il écrit des codes ou crée des sites Internet ou joue à des jeux à longueur de journée – quelque chose comme ça. Sandra et toi allez les informer le week-end prochain, après le rendez-vous avec la conseillère qui va, de façon amicale, te préparer à la suite des événements. Si jamais elle parle de *couches pour adultes*, tu soulèveras cette latte de parquet et sortiras ton flingue.

Bonne nouvelle – tu as toujours toute ta tête. Tu es toujours parfaitement toi. Tu as perdu ta montre ce matin, et elle n'est pas sur l'étagère *Une Place Pour Chaque Chose.* Autre bonne nouvelle – bientôt tu n'auras plus besoin de montre. Mauvaise nouvelle – tu t'es engueulé avec Sandra, et tu détestes ça. Tu vas te faire pardonner. Tu lui achèteras des fleurs quand tu auras retrouvé ta carte de crédit. Oh, oui, c'est l'autre mauvaise nouvelle. Ta Visa est égarée quelque part dans la maison, Dieu sait où. Bonne nouvelle – au moins la note ne sera pas trop salée ce mois-ci.

L'idée du buffet du petit déjeuner fait gronder l'estomac de Jerry. Assis au bord de son lit, il se frotte les yeux, s'étire les jambes et le dos, et il entend ses articulations craquer et se remettre en place. Il y a un exemplaire de *Salle des coffres* à côté de lui, un roman sur un braquage de banque qui tourne horriblement mal, le rebondissement final étant qu'en fait il s'est terriblement bien passé. C'est l'un de ses premiers livres, mais il ne se souvient pas l'avoir lu hier soir, et il ne sait pas trop ce qu'il fait là. D'ordinaire, il voyage léger.

Il va prendre une douche, et quand il en ressort, il allume la télé. Il la laisse allumée sur la première chaîne qui apparaît. Celle-ci diffuse les informations, et il suppose que la dernière personne qui a dormi ici devait être anglaise car c'est une chaîne anglaise, ou peut-être est-ce le réglage par défaut de l'hôtel. Son estomac se déchaîne. Les jolis hôtels et les petits déjeuners copieux sont parmi les choses les plus agréables quand on voyage pour participer à des festivals et à des dédicaces. Il a soudain hâte de voir ce que cet établissement a à proposer. Il ne se souvient pas des détails de son programme, mais il y a normalement un train à prendre dans la matinée puisqu'ils doivent voyager d'une région à une autre. Et Jerry adore être en Allemagne, même s'il ne sait dire que deux ou trois phrases – *Mein name ist Henry*, car c'est ainsi que ses lecteurs croient qu'il s'appelle. Henry Cutter. Il parcourt la chambre du regard à la recherche de sa montre mais ne la trouve pas. Pas grave. Il est du matin, ne s'est jamais réveillé après dix heures de sa vie, et il ne doit pas être beaucoup plus tard que ça. Sinon, son éditeur allemand, avec qui il voyage, aurait déjà cogné à sa porte. Ça l'ennuie tout de même un peu de ne pas savoir où est sa montre. Il s'est un jour fait dépouiller en Allemagne, et depuis il a tendance à ranger son portefeuille et son passeport dans le coffre – c'est probablement là qu'il l'a également mise. Mais impossible de se souvenir du code, et, à bien y réfléchir, où est le coffre ? Un rapide examen de la pièce n'en révèle aucun, ce qui signifie qu'il a dû tout laisser à la réception.

L'hôtel est un peu sinistre, songe-t-il en sortant dans le couloir. Il tourne à un angle et voit deux hommes âgés qui se tiennent devant une porte, chacun en peignoir. Tandis qu'il passe, l'un d'eux le salue d'un geste de la tête et l'appelle par son nom. Probablement quelqu'un qu'il a rencontré au bar hier soir, ou à qui il a dédicacé un livre. L'homme dit simplement *Jerry*, ce qui signifie que ça doit être quelqu'un qu'il apprécie suffisamment pour lui avoir donné son vrai nom, mais ce simple mot ne lui suffit pas à déterminer si l'homme parle bien anglais. Il ne trouve pas l'ascenseur, mais tombe sur le restaurant, ce qui doit vouloir dire qu'il est au rez-de-chaussée. Il y a un méli-mélo de personnes, pour la plupart âgées, certaines regardant dans le vide, certaines en pyjama, certaines avec de la nourriture sur la bouche, et il commence à se demander ce que c'est que cet hôtel. Il en voit même une en train d'être nourrie à la cuillère par une autre. Son éditeur n'est pas là – soit il dort encore, soit il est dehors en train de fumer une cigarette. Il trouve une table, attend que l'une des serveuses lui apporte du café et lui demande son numéro de chambre, mais personne ne vient, ce qui n'est pas plus mal car il ne se souvient pas de son numéro de chambre, et, à bien y réfléchir, il a dû laisser sa clé magnétique là-bas. Il va voir le buffet, qui, songe-t-il, n'est pas ce qu'il espérait. Il prend quelques œufs à la coque, du pain grillé et un bol de céréales, et il regagne sa table.

Il a avalé la moitié de ses céréales et vient d'en renverser un peu lorsqu'il s'aperçoit qu'il porte toujours le peignoir qu'il a enfilé en sortant de la douche. Il l'écarte et se rend compte qu'il est nu en dessous. Une gêne intense s'empare de lui – c'est exactement le genre de connerie qui, selon Sandra, risquait de lui arriver s'il buvait trop en tournée. Qui oublie de s'habiller le matin ? Il se lève, si soudainement qu'il heurte la table et renverse son verre de jus d'orange. Il se retient de jurer. Il se retient aussi de regarder tous ceux qui le dévisagent désormais. Il se passe ici quelque chose d'étrange, il le sent, mais il ne sait pas vraiment quoi. Tête baissée, il quitte le restaurant, et une fois dans le couloir il se met à courir. Il veut se tirer d'ici – ville suivante, s'il vous plaît –, et ce soir, croix de bois, croix de fer, il ne touchera pas au gin tonic. Il a l'impression d'être dans l'un de ces rêves où on arrive au travail nu. Il atteint sa chambre et pose les doigts sur la poignée en espérant que la porte ne sera pas verrouillée.

« Jerry, hé, Jerry, ça va ? »

Un homme marche dans le couloir dans sa direction. Il porte un uniforme blanc – on dirait plus un cuisinier qu'un portier ou un concierge ou Dieu sait quelle est sa fonction à l'hôtel Machin-Chose. Il est imposant – le genre de type qui a pu être joueur de rugby en son temps. Il doit avoir une petite quarantaine d'années et arbore la sorte de coupe qui a toujours effrayé Jerry, avec des cheveux sur les côtés, mais le reste du crâne chauve. Il porte une paire de lunettes à monture blanche, qui auraient besoin d'être nettoyées, surmontée par des sourcils épais. Sa grosse mâchoire carrée et bien rasée est plus saillante que son nez.

« J'ai oublié ma clé », explique Jerry, omettant de préciser qu'il a également oublié ses vêtements.

Le type qui lui parle ne le fera pas non plus remarquer s'il veut un pourboire digne de ce nom.

« La porte n'est pas verrouillée », répond l'homme.

Jerry tourne la poignée, et en effet, la porte s'ouvre.

« Elle ne se verrouille pas automatiquement ?

— Non.

— Qu'est-ce que c'est que cet endroit ? »

Soudain, tout lui revient. Les choses qui n'avaient aucun sens en ont désormais un, et Jerry sent la colère monter. « C'est pour ça que ma montre a disparu ! Et mon portefeuille et mon passeport – je ne les trouve pas non plus. Sérieusement, je n'aime pas vraiment laisser d'avis sur Internet, mais vous devriez revoir votre sécurité, ici. » Il rougit alors, car il sait quelle va être la réponse de l'homme. *Quoi, c'est le type qui oublie de mettre un pantalon qui dit ça ?* Il décide de ne pas lâcher le morceau. De rester en mode attaque.

« Je vais appeler la police, dit-il.

— C'est bon, Jerry. Vous n'avez rien perdu. Si on entrait dans votre chambre pour discuter un peu ?

— Où sont mes affaires ?

— Je vais vous expliquer. »

Jerry secoue la tête.

« Je n'ai pas le temps. J'ai un train à prendre.

— Allez, asseyons-nous un instant », insiste l'homme.

Il fait penser à un vendeur de voitures qui dirait : *Allez, faites un petit tour, voyez comment elle réagit, testez-la sur la route et appuyez sur le champignon.*

« Je ne veux pas acheter une foutue voiture ! hurle Jerry.

— Allez, Jerry, s'il vous plaît, asseyons-nous. »

Ils pénètrent dans la chambre. Il y a une bibliothèque avec tous ses livres, ce qui est assez étrange, puis il décide que non, ce n'est pas étrange du tout, mais plutôt très gentil. Les employés de l'hôtel ont dû se dire qu'il voyageait beaucoup, et ils ont essayé de faire en sorte qu'il se sente un peu comme chez lui. Il apprécie le geste, mais pas aux dépens de la sécurité. Il voit alors une photo de lui et d'Eva appuyée contre un autre cliché. Sa fille a une guitare à la main. Ils ont vraiment poussé les choses loin.

Il y a deux fauteuils près de la fenêtre. Dehors, le ciel est en partie nuageux, et tout un tas d'arbres s'étirent à perte de vue. Jerry se demande quel pourrait être le nom collectif des arbres, et il opte pour *flopée.* Cette pensée le fait sourire. Il devra mettre ça dans un livre. Puis il se rend compte que le nom collectif pour les arbres est probablement *forêt.* Ou *bois*, ou *bosquet*, ou *taillis*, et ainsi de suite. Ils s'assoient. La télé allumée diffuse les informations, et les présentateurs parlent d'une femme qui a été assassinée hier, une femme très belle aux longs cheveux blonds qui lui rappelle un peu Sandra. Elle a un trèfle à quatre feuilles en or accroché à une chaîne autour du cou, et ce n'est pas une chose que son épouse porterait. Il est triste pour cette femme. Triste pour sa famille. Triste pour l'espèce humaine.

« Jerry, vous vous souvenez où vous êtes ? »

Bon sang, il avait presque oublié qu'il n'était pas seul. Il se tourne vers l'homme assis face à lui.

« Je suis juste fatigué, c'est tout.

— Voulez-vous faire une sieste, Jerry ?

— À quelle heure est le train ?

— Vous avez le temps de vous reposer un peu, je pense que vous vous sentirez mieux à votre réveil.

— Et mes affaires ? Mon portefeuille, mon passeport et ma montre ?

— En sécurité. Tout est en sécurité.

— J'ai trop bu, hier », dit Jerry à l'homme, même si ça ressemble plus à un simple mal de tête qu'à une gueule de bois.

Il se masse la tempe. Soudain, l'homme lui semble quelque peu familier.

« Est-ce que vous vous appelez Derek ?

— Eric, répond l'autre.

— Vous êtes sûr ?

— Affirmatif.

— Vous savez où sont mon portefeuille et ma montre, Derek ? Ils ont disparu.

— Je vais les retrouver, Jerry, je vous le promets, dit Eric en se levant. Allongez-vous et reposez-vous pendant que je serai parti. Je reviendrai vous voir dans environ une heure, d'accord ?

— D'accord », répond Jerry, et ça lui semble en effet une bonne idée.

Il n'en revient pas de se sentir soudain aussi épuisé.

« Mais je ne veux pas rater le train.

— Vous ne le raterez pas, je le promets, OK ?

— Je vous en tiendrai responsable.

— Tout va bien se passer, Jerry.

— Oui, tant que vous me rapportez mes affaires.

— C'est ce que je vais faire. Si vous vous allongiez d'abord, et après je partirai.

— Soit, si ça vous fait sortir d'ici plus vite, répond Jerry en marchant jusqu'au lit.

— Parfait. »

L'homme éteint la télé.

« Reposez-vous un peu, Jerry. Vous avez eu une grosse journée hier et vous êtes sans aucun doute fatigué, dit-il. Je vais bientôt revenir », ajoute-t-il, et il se glisse hors de la chambre.

Jerry sait qu'il a raison. Hier a été une grosse journée – à tel point qu'il ne s'en souvient même pas.

Jour dix

Salut, étranger ! Tu te souviens de moi ? Je suis ce type que tu connaissais, Machin-Truc, l'écrivain, celui qui souffre d'une maladie au nom marrant. C'est le dixième jour du Carnet de la Folie. Désolé de ne pas être plus régulier, mais la vie et tout ce qui va avec (ces choses que tu oublieras bientôt) n'arrêtent pas de me mettre des bâtons dans les roues.

Bon, assez plaisanté. Comment ça va ? Sérieusement, Jerry, tu t'en sors ? J'espère que ce n'est pas trop le bazar et que ce carnet n'a pas un effet négatif sur toi. C'est peut-être la carte qui te permettra de retrouver la personne que tu étais, mais il servira aussi à te rappeler tout ce que tu as perdu.

Jour dix, et tu te sens comme tu t'es toujours senti. En bonne forme. Sain. Un peu fatigué, peut-être, mais c'est tout. Tu as dîné au restaurant hier soir avec Sandra – durant toutes ces années de mariage, vous vous êtes toujours réservé au moins une sortie par mois –, et vous avez parlé de livres, de films, des actualités, de vos amis. C'était vraiment agréable de discuter d'autre chose que de la bombe à retardement qui va exploser à un moment ou à un autre. Où que tu sois, j'espère que tu tiens le coup.

La conseillère est venue cet après-midi. Son nom

est Beverly, ses seins étaient si énormes qu'ils reposaient sur ses genoux quand elle était assise, et ils touchaient presque ses genoux quand elle était debout. Elle a une cinquantaine d'années, mais quand elle en aura soixante, ils lui auront sûrement cassé la colonne vertébrale en deux. Sandra m'a dit par la suite qu'elle lui avait fait penser à une de ses profs de fac, une certaine Mlle Malady, qu'elle avait l'habitude d'appeler Catlady, et dès qu'elle a dit ça, tu as vu la ressemblance. Tu aimes bien Beverly – elle est dans l'ensemble plutôt marrante, mais sérieuse quand c'est nécessaire. Elle est venue et nous avions raison, mon pote – il a été question des cinq stades de la démence, ou du chagrin. Premier stade, le déni. Elle a indiqué que tu étais dans le déni depuis la première fois que tu as oublié le nom de Sandra et attribué ça à l'alcool, et a ajouté que tu resterais dans cette phase pendant quelque temps – c'est le choc, tu vois. Évidemment, là où tu es désormais, ça remonte à loin, de même que les quatre autres étapes. Tu as probablement atteint depuis longtemps la phase d'acceptation – ou est-ce que je me trompe ? Au moment où tu lis ceci, refuses-tu toujours de croire ce qui s'est passé ? Je ne sais pas trop quoi en penser. C'est triste, dans un sens, mais c'est également rassurant de savoir que tu restes fort et inébranlable et que tu continues de repousser les Lendemains Sombres qui arrivent.

Stade deux – colère. Elle a expliqué que tu aurais une propension à la colère à mesure que ton état se dégraderait, que des sautes d'humeur t'attendaient, que tu serais furax après la maladie, après la vie, après les personnes qui essaieraient de t'aider. Tu seras cassant avec les gens et tu leur diras des vacheries. Tu t'étais dit que repousser

Sandra pourrait être une bonne chose – pour elle –, mais après aujourd'hui, après avoir écouté Beverly, eh bien, tu as peur comme jamais. Il existe cependant des médicaments qui te faciliteront la vie – qui nous faciliteront la vie –, et elle a ajouté que ce carnet était une bonne idée, et suggéré que Sandra le lise car ça pourrait permettre de suivre la progression de la maladie. Tu as répondu que tu y réfléchirais, mais tu aurais simplement dû dire non. Ceci est destiné à toi seul, mon pote. Souviens-t'en.

Donc, le déni et la colère sont les deux choses que tu vis en ce moment. Vient ensuite le marchandage. Mais je ne sais vraiment pas trop avec qui. À qui dois-tu vendre ton âme ici pour retrouver une santé parfaite ? Il est possible que dans les semaines à venir tu finisses par dire au Dr Goodstory qu'il doit y avoir un remède, le suppliant de trouver quelque chose d'inédit, de te faire participer aux nouveaux tests cliniques un tant soit peu prometteurs, même si les résultats sont incertains – à ce stade, un *peut-être* te suffira. Tu vendrais la maison et utiliserais l'argent pour t'inscrire au moindre essai – qui ne le ferait pas ?

Tu as dit à Beverly que tu avais l'impression qu'une chenille se frayait un chemin à travers ton esprit, laissant des trous partout à mesure qu'elle se gavait de souvenirs avant de se transformer en papillon et de s'envoler. Tu lui as expliqué que tu commençais à considérer l'homme que tu allais devenir comme Jerry le Remplaçant, une version de toi qui fonctionnerait à des niveaux différents, et que tu avais peur du genre de personne qu'il serait. Un homme gentil ? Soupe au lait ? Combien de qualités partageras-tu avec lui ?

Elle a affirmé qu'il y aurait des bons et des mauvais

jours. Tires-en les conclusions que tu voudras, Futur Jerry.

Tu ne sais plus quel est le quatrième stade. Tu voulais le chercher sur Internet tout à l'heure, mais, *roulement d'yeux*, tu as oublié le mot de passe de ton ordinateur. Il te reviendra à coup sûr bientôt, et au besoin Sandra le connaîtra. Elle connaît tout – tu ne veux juste pas qu'elle sache que tu l'as oublié.

Beverly est restée trois heures. Ça a été une longue journée, et elle a évoqué quelques scénarios catastrophe et d'autres préférables. Il est possible que tu te retrouves dans une maison de santé d'ici quelques mois. Peux-tu le croire ? Quelques mois ! Elle a précisé que c'était le pire scénario, mais le fait que tu aies Alzheimer à quarante-neuf ans, eh bien, n'est-ce pas déjà le pire ? Tu lui as serré la main à son départ, et Sandra l'a prise dans ses bras. Quand elle a été partie, vous vous êtes assis tous les deux et avez décidé que le moment était venu d'avertir Eva. Elle vient dîner demain soir. Elle te demandera de lui passer le sel, et tu lui répondras : *Bien sûr, et au fait, je suis en train de crever.* Bon sang… impossible de lui annoncer ça sans qu'elle soit dévastée. Tu l'imagines assise auprès de toi comme elle le faisait avec ta mère, te lisant *Ne tirez pas sur l'oiseau moqueur*, te servant un verre d'eau et te demandant de temps à autre si ça va.

C'est donc le moment des bonnes et des mauvaises nouvelles. Bonne nouvelle – tu as toujours ta raison et tu te souviens de ton nom ! Peut-être que toutes les bonnes nouvelles pourront rimer, à l'avenir. Et tu as retrouvé ta carte de crédit – elle était sous ton lit. Tu vois ? Une rime parfaite. Sauf qu'elle n'était pas sous ton lit. Tu t'en es servi l'autre jour pour acheter de la nourriture pour chat au supermarché et tu l'as laissée là-bas par accident. On t'a appelé le lendemain pour te prévenir.

Mauvaise nouvelle – tu n'as plus de chat. Il est mort il y a six ans.

Il se réveille et songe à l'argent. De grosses liasses de billets enfoncées dans des sacs de sport, deux agents de sécurité ligotés dans la salle des coffres, le directeur de la banque avec une sacrée commotion cérébrale, et un avenir fait de plages et de sexe, et peut-être même qu'il va se faire tatouer pour fêter ça. Après tout, ce n'est pas tous les jours qu'on réussit un tel coup – ils sont repartis avec 3,4 millions en cash, divisés en trois parts. Il peut prendre sa retraite avec un million de dollars, et claquer le reste en faisant la fête.

Il s'assied au bord du lit, regarde son poignet où il n'y a pas de montre, et il se demande quelle heure il est, où ils se sont arrêtés. Tout ce qu'il veut, c'est récupérer le fric, qui est enterré sous la ferme, et qui y restera en attendant que les choses se tassent. La patience est la clé. Il y a un livre sur le lit à côté de lui. *Salle des coffres*. Il a été écrit par un certain Henry Cutter. Ce nom lui dit quelque chose, mais il n'arrive pas à le situer, même s'il a l'impression que c'est important. Il se lève et s'étire, puis ôte son peignoir, enfile un tee-shirt et…

Et son nom est Jerry Grey. Il a cinquante ans et souffre d'Alzheimer. Il est écrivain et non braqueur de banques. *Salle des coffres* est l'un de ses romans. Il est dans une maison de santé. C'est ça, sa vie.

La nouvelle est si soudaine qu'il doit se rasseoir sur

le lit. Il n'y a pas de ferme. Pas d'argent. Pas d'agents de sécurité. Juste la folie. Il regarde la table de chevet, mais son carnet n'est pas là, et il n'est pas non plus sur l'étagère où se trouvent les autres exemplaires de ses livres. Il marche jusqu'à la chaise près de la fenêtre, observe le parc et regarde le soleil transformer lentement l'ombre en lumière. Il se rappelle des moments de la matinée, juste de petites bribes. Il était en mode Jerry Cinglé, comme il dit parfois. Il termine de s'habiller puis se dirige vers le réfectoire, mort de faim. Eric le voit et approche, un grand sourire sur le visage.

« Comment vous sentez-vous ? demande-t-il.

— Je me sens... », commence Jerry, puis il songe à la meilleure manière de résumer son état.

Il décide d'opter pour la vérité.

« Je me sens embarrassé.

— Vous n'avez aucune raison de l'être », déclare Eric.

Il y a des gens partout, des voix qui murmurent, des couverts qui cliquettent. Un type en fauteuil roulant avec une partie du crâne enfoncée est poussé vers une fenêtre. Il croit qu'il s'appelle Glenn et était gardien de prison jusqu'à ce que sa destinée le fasse atterrir ici avec les autres.

« Alors pourquoi je me sens comme ça ? »

Eric lui rappelle qu'il a rendez-vous avec un médecin dans l'après-midi, et, en effet, il ne s'en souvenait pas – c'est le genre de chose qu'il aurait oublié même avant de prendre cet auto-stoppeur, un type nommé Démence avec un énorme D majuscule.

« Je sais », répond Jerry.

Eric lui fait un sourire, un sourire entendu, et si ce dernier arrive à lire dans ses pensées, alors il sait qu'il avait complètement oublié.

« Vous vous souvenez que vous vous êtes enfui, hier ?
— Qu'est-ce qui s'est passé ?
— Vous êtes allé en ville. »

Jerry éclate de rire. Puis il cesse car ce n'est pas une plaisanterie. Ça lui revient.

« C'est la troisième fois en quelques mois, ajoute Eric.
— La troisième fois ?
— Oui. »

Jerry secoue la tête.

« Je ne suis pas sûr pour les fois précédentes, mais je me souviens d'hier. Pas de tout. Pas de la fuite, mais je me rappelle avoir vu Eva au poste de police. Et je me rappelle avoir marché sur la plage avant d'être ramené ici. Je voulais rentrer chez moi. Et c'est ce que je veux encore.

— Je suis désolé, Jerry, chez vous, c'est ici maintenant.

— Jusqu'à ce que j'aille mieux.

— Oui, répond Eric, et il sourit. Si vous alliez déjeuner ? »

Jerry mange près de la fenêtre, où il peut voir les arbres qui bordent le parc. Ils s'étirent sur des kilomètres dans la plupart des directions. Il y a beaucoup de roses et de jonquilles, et certaines des personnes qui errent dans les couloirs de la maison de santé sont en train d'arracher les mauvaises herbes en savourant le soleil du printemps. Lorsqu'il a terminé son repas, il retourne dans sa chambre. Il prend *Un meurtre de Noël*. Il sait que c'est son premier livre, mais ça fait tellement longtemps qu'il l'a lu qu'il ne s'en souvient pas en détail. Il s'assied sur une chaise avec les pieds sur celle d'en face et commence à lire, s'apercevant qu'il n'a pas simplement oublié les détails, mais l'essentiel de l'histoire. Il en est à la trentième page quand Eric vient le chercher, annonçant que le médecin est arrivé, puis le mène à une salle de consultation.

Il reconnaît le médecin mais ne se souvient pas de son nom. L'homme a dix bonnes années de plus que lui et des dents si parfaites que Jerry le soupçonne d'être en fait dentiste, avant de comprendre qu'il serait plus logique qu'ils se rendent des services entre toubibs, échangeant des antalgiques et l'occasionnelle intervention bénigne contre des plombages et des dévitalisations. Le médecin lui demande comment il se porte, et Jerry ne sait pas trop ce que l'autre s'attend vraiment à entendre, alors il répond qu'il va bien.

« Vous savez qui je suis ?

— Mon médecin, répond Jerry.

— Vous vous souvenez de mon nom ?

— Non.

— Dr Goodstory.

— Pourquoi ça ne pouvait pas être Dr Goodnews ? » demande Jerry.

Le médecin sourit, puis lui prend sa tension artérielle avant de lui faire passer des tests de mémoire. Jerry trouve certaines réponses et pas d'autres, puis Goodstory lui pose quelques questions de logique, et une fois encore les résultats sont mitigés.

Finalement, Goodstory remballe son matériel, s'assied et croise les jambes.

« J'ai appris qu'il vous est arrivé une sacrée aventure hier, dit-il.

— Je me souviens de quelques bribes. Je me rappelle qu'Eva m'a emmené à la plage.

— Nous suivons la progression de la maladie. Elle est très variable. Certains jours vous êtes parfaitement lucide, et d'autres vous ne savez pas où vous êtes, ni même qui vous êtes. Comme j'ai dit, les choses varient, mais votre état général présente certaines constantes. L'une d'elles est que souvent, à votre réveil, vous croyez que vous êtes de nouveau dans votre ancienne vie. Cette impression que tout est comme avant ne dure parfois que quelques minutes, et d'autres fois plusieurs heures. C'est comme si vous régressiez à une certaine période du passé. Ce matin, par exemple, on m'a dit qu'à votre réveil vous pensiez être en tournée. La plupart du temps, vous retournez à un moment qui remonte aux dernières années, mais occasionnellement vous retournez à des périodes beaucoup plus anciennes. Il y a des jours où vous n'avez aucune idée de ce qui se passe, où vous n'êtes même pas capable de vous nourrir. Ils sont rares, mais ils arrivent, et, hélas, ils vont commencer à être de plus en plus fréquents. »

Jerry regarde ses mains pendant que Goodstory lui parle. Il se sent tellement stupide.

« Même quand vous êtes au mieux, il y a de nombreuses choses que vous avez oubliées, reprend le docteur. Il y a des souvenirs que vous avez refoulés.

— Quel genre de souvenirs ?

— Juste des souvenirs. On vous pose une question et vous n'avez aucune idée de quoi on parle. Certaines choses vous reviennent, mais il y en a d'autres qui refusent de le faire. C'est surtout difficile le matin. Quand vous revenez à la réalité, vous êtes souvent très lucide, très conscient, comme maintenant. J'ai eu des conversations avec vous durant lesquelles je voyais les mots vous rentrer par une oreille et ressortir par l'autre, et d'autres où vous étiez presque comme l'homme que vous étiez avant. Cette difficulté du matin au réveil s'étend aussi aux siestes. Souvent vous vous reposez dans l'après-midi, et quand vous vous réveillez, vous êtes confus, mais en général ça ne dure qu'un quart d'heure. Parfois beaucoup moins, quelques minutes tout au plus, puis vous êtes de nouveau alerte.

— Est-ce que j'arrive à fonctionner dans ces états ?

— Parfois très bien. On dirait juste que vous ne fixez pas vos souvenirs. Vous ne vous rappelez pas ce matin, n'est-ce pas, quand vous croyiez que vous étiez en tournée ?

— Des bribes, mais pas vraiment.

— Mais vous vous souvenez avoir été en tournée il y a des années ?

— Oui, répond Jerry. Parfois très clairement. D'autres fois à peine.

— Eh bien, vous fonctionniez assurément quand vous êtes allé en ville. Il y a presque trente-cinq kilomètres entre ici et la bibliothèque, ce qui fait un sacré bout de chemin. Vous avez pu vous y rendre à pied, ou alors faire du stop, mais le simple fait que vous en ayez été capable signifie à un certain niveau que vous avez pleinement conscience de ce qui se passe.

— Mais je ne conserve pas les souvenirs. C'est comme si je faisais du somnambulisme.

— Ce n'est pas une mauvaise analogie, déclare Goodstory. C'est ce que fait Alzheimer, Jerry. La maladie efface les choses, elle crée, elle réécrit.

— Est-ce que je vais me souvenir de cette conversation ?

— J'imagine que oui, jusqu'au moment où vous l'oublierez. Ça pourra être dans vingt-quatre heures. Ça pourra être dans une semaine. Vous n'y penserez pas pendant vingt ans, puis ce sera comme si elle avait eu lieu la veille.

— Y a-t-il une maladie plus cruelle, docteur ?

— Parfois, je n'en suis pas sûr. Ils devraient vraiment mieux vous surveiller ici, ajoute Goodstory. C'était l'une des conditions. »

Une fois le médecin reparti, Jerry va prendre le soleil avec *Un meurtre de Noël*. Pendant les heures qui suivent, il ne fait que lire, pris dans l'élan du tueur et du flic. Le roman a un thème récurrent qu'il se rappelle avoir utilisé dans certains autres – une histoire d'équilibre. Le monde dans ses livres est déséquilibré, de traviole, et parfois ses personnages – les gentils, du moins – essaient de réparer ça. Il a le sentiment que ce thème est également valable pour sa vie. Il a dû faire quelque chose de terrible pour que l'univers le traite de la sorte.

Il en est à un tiers du roman quand il commence à avoir l'impression très désagréable que ce quelque chose est lié à Suzan, le personnage du livre. C'est quelqu'un qu'il connaissait. Une personne réelle. Il ne se souvient pas de son vrai nom, mais c'était sa voisine quand il était adolescent, jusqu'au jour où elle ne l'a plus été parce que son ex-petit ami l'a tuée. Il en pinçait sévèrement pour elle – elle avait dix ans de plus que lui, mais il est tombé amoureux d'elle cet été-là, depuis l'autre côté de la rue, trop jeune et trop timide pour ne serait-ce que lui parler. Il a basé ce livre sur ce qui s'est passé. Il a utilisé son histoire pour écrire la sienne, une histoire qu'il a ensuite vendue, qui l'a aidé à rembourser son prêt immobilier, à offrir une bonne éducation à Eva, une histoire qui leur a donné l'opportunité de faire le tour du monde – autant de choses que Suzan n'avait certainement pas à l'esprit quand son ex avait les mains autour de sa gorge. Jerry se souvient que, quand il est rentré de la fac ce jour-là, il y avait des voitures de police dans sa rue, et ses parents lui ont raconté ce qui s'était passé. Suzan était morte, et le fait que sa vie ait pu s'achever aussi facilement n'avait aucun sens.

C'est ça, l'équilibre, comprend-il. Il a tiré profit du malheur de sa voisine. C'est pour ça qu'il est puni.

Il décide qu'il ne veut plus finir le livre.

Il décide qu'il ne veut plus jamais lire un seul de ses romans, parce qu'il n'y a pas seulement le souvenir des voitures de police quand il est rentré chez lui. Il y a quelque chose d'autre qui se cache dans l'obscurité – mais mieux vaut cesser de chercher. Mieux vaut retourner à l'intérieur et laisser la démence faire son ouvrage.

Jour quinze

De nombreuses choses se sont produites, et tu as beaucoup à rattraper, la plus urgente étant une nouvelle dispute avec Sandra. Ça te rend toujours malade quand vous vous engueulez, et aujourd'hui ne diffère en rien. Raye ça – en fait, aujourd'hui, c'est pire. Ça a vraiment chauffé. Le stress est monté d'un cran depuis que le mariage a été avancé – ça a été décidé il y a quelques jours, mais je dois d'abord te parler d'aujourd'hui. Souviens-toi, c'est un carnet, il décrit le trajet. Ce n'est pas un journal intime, tu ne vas pas ajouter une entrée chaque jour simplement parce que c'est une nouvelle journée. Sinon, ce serait : *Jour quatorze, ai mangé mon petit déjeuner, suis allé me promener et ai lu le journal à la table de la cuisine.* Cette longue pause – est-ce que ça ferait un bon titre de livre ? *La Longue Pause* ? Non, probablement pas – a eu lieu parce que tu as été très occupé, et parce que, *soi-disant,* Sandra a lu le carnet. Elle te l'a demandé, et tu as répondu : *Bien sûr, chérie, fais-toi plaisir.* Ou quelque chose de ce genre. Voici ton souvenir de la scène…

Exactement – cette page et demie blanche représente exactement ce dont tu te souviens, à savoir, rien. Mais Sandra affirme que vous avez eu une conversation, et comment un homme en train de perdre la tête et la mémoire pourrait-il trouver quelque chose à y redire ? Très facilement, en fait, car tu es catégorique : cette conversation n'a jamais eu lieu. Si quelqu'un te dit que deux plus deux font cinq, tu affirmeras que c'est faux parce que tu sais, tu connais avec certitude la vérité. C'est ce que tu ressens. Si Sandra t'avait demandé de lire le carnet, tu aurais dit non. C'est une certitude. Cependant, elle prétend que tu as dit oui. Tu l'aimes et tu lui fais confiance, et la vérité, mon pote, c'est que tu vas devoir commencer à lui faire confiance plus qu'à toi-même. Tu t'imagines sûrement ce qui s'est passé quand tu as découvert qu'elle était en train de le lire, et tu n'as pas besoin qu'on te le dise – mais Henry Cutter, auteur de romans tels que *Le Persécuteur mort* et *Mort pour tous*, est là pour te l'expliquer. Cependant, avant qu'il prenne les choses en main, voici un petit résumé qui te dira qui il est vraiment.

Henry Cutter est ton pseudonyme. Seulement, c'est un peu plus intime que ça. Ce n'est pas juste le nom que tu inscris sur la couverture de tes livres, c'est la personne que tu essaies de devenir quand tu écris. Toutes ces choses sombres que tu inventes, tu essaies de faire en sorte qu'elles restent dans la tête de Henry Cutter, pas dans la tienne. Quand tu es dans ton bureau et qu'un type se fait arracher les bras par des gangsters, c'est le monde de Henry Cutter. Quand tu dînes avec Sandra ou regardes un film avec Eva, c'est celui de Jerry Grey. Tu maintiens les deux univers séparés. Ne t'inquiète pas – tu ne souffres pas d'une quelconque hallucination quand tu penses réellement être une personne différente. La distinction est peut-être subtile, mais quand tu éteins ton ordinateur à la fin de la journée, tu dois pouvoir t'éteindre toi aussi. Avant, ce n'était pas comme ça. De fait, c'est pour ta famille que tu procèdes ainsi. Sandra disait souvent que tu étais distant, que tu étais absent parce que ton esprit essayait de démêler des problèmes, et elle avait raison. Tu essayais constamment de découvrir comment le personnage A survivrait à ce que le personnage B avait prévu de lui faire, et tu n'avais aucune peine à quitter le monde réel pour t'intéresser à ce qui se passait dans l'imaginaire, à te déconnecter des conversations que tu avais avec Sandra pour prendre mentalement des notes. Quand tu as été publié, elle t'a aidé à trouver ce pseudonyme, et c'est peu après qu'elle a déclaré : *J'aimerais seulement que Henry puisse vivre cette vie dans ton bureau et qu'on ait Jerry le reste du temps.* Et elle t'a alors décrit comment tu te comportais. Tu te souviens encore de ce jour-là, de cette étreinte que tu lui as donnée quand tu lui as promis d'essayer de faire ce qu'elle suggérait. Et devine quoi, FJ. Ça a fonctionné. Henry Cutter est la personne que tu deviens quand tu portes ton « chapeau d'auteur ». Il n'y a pas beaucoup de professions où on passe ses journées à imaginer qu'on est quelqu'un d'autre. Et tu vas maintenant mettre ce chapeau, et passer le relais à Henry.

À toi, Henry.

C'est un mardi que Sandra emprunta le journal intime. Un jour comme un autre pour la plupart des gens, mais pas pour elle – c'était le deuxième mardi depuis qu'elle avait appris que son mari la quittait, et elle allait le passer à lire ses pensées les plus intimes.

Il avait peur, elle en était certaine – bon Dieu, elle aussi avait peur.

À la fin de l'année suivante, elle serait seule, peut-être même à la fin de celle-ci. Elle ne pouvait s'empêcher de déjà réfléchir à ce qu'elle ferait – passerait-elle à autre chose ? Y aurait-il une période de deuil pour un homme qui serait toujours en vie mais à bien des égards déjà tellement loin ? Rencontrerait-elle quelqu'un d'autre et recommencerait-elle une nouvelle vie ? Elle n'en savait rien. Et qu'est-ce qui se passerait si elle commençait une nouvelle vie et que dans cinq ans un remède était découvert et que Jerry redevenait lui-même ?

Du café et un muffin. C'était le petit déjeuner – pas le plus sain, mais elle n'avait jamais été trop soucieuse de sa santé quand il s'agissait de manger, et c'était la raison pour laquelle elle se rendait à la salle de gym trois fois par semaine avant d'aller au travail – quatre si elle avait le temps, et le temps, pensait-elle, était une de ces choses qui viendraient à manquer tant que Jerry serait malade. Elle serait forcée de se mettre en congé, ce qui serait compliqué, car elle avait des affaires prêtes à être jugées. Mais elle le ferait tout de même. Elle ferait n'importe quoi pour Jerry. Elle prenait déjà des journées pour aider Eva à préparer son mariage. Elle porta le journal et son petit déjeuner dehors, s'assit à la table de la terrasse, but une gorgée de café et commença sa lecture. Jour un, les premiers mots, et Jerry qui se parlait à lui-même d'une voix qui ressemblait à… eh bien, à celle de Jerry. Le chat du voisin avait sauté par-dessus la clôture et était assis au bord de la terrasse, interrompant de temps à autre sa toilette pour la regarder. Le café était trop chaud, alors elle le laissa refroidir, et ne tarda pas à l'oublier. Elle continua de lire, se sentant au fil de sa lecture de plus en plus triste pour son mari. Mais soudain elle vit quelque chose qui la fit se précipiter à l'intérieur. Jerry était toujours en train de dormir. Ces derniers jours, il faisait tout le temps la grasse matinée.

« Qu'est-ce que c'est que ça ? » demanda-t-elle, le réveillant.

Elle était en colère. Elle n'aurait pas dû l'être, mais c'était plus fort qu'elle.

Jerry avait l'air fatigué et confus.

« Quoi ? Qu'est-ce qui se passe ?

— Ceci, répondit-elle, jetant le journal sur le lit à côté de lui, et les yeux, les deux yeux de marionnette collés à la couverture, s'agitèrent dans leurs coquilles.

— Tu lis mon carnet ?

— C'est toi qui m'as demandé de le faire.

— Certainement pas. »

Elle marqua une pause, cherchant à voir s'il se moquait d'elle. Mais non, il ne mentait pas, il n'en avait aucun souvenir. Est-ce que ça allait être comme ça désormais ? Des conversations absurdes au cours desquelles Jerry nierait tout ce qu'elle affirmerait ?

« Tu me l'as demandé hier soir, insista-t-elle, désireuse d'aborder le vrai problème. Mais le plus important, c'est qu'il y a une arme à la maison. Comment as-tu pu ? Et tu crois que – quoi ? – un jour tu vas t'en servir contre toi-même ?

— Tu n'avais pas le droit de lire ça !

— J'ai tous les droits parce que tu es mon mari et que je t'aime. Je déteste ce qui t'arrive, et j'ai besoin de savoir ce qui se passe là-dedans pour pouvoir t'aider », dit-elle en se tapotant la tempe quand elle aurait mieux fait de tapoter celle de Jerry.

On aurait dit que c'était elle la folle. Il semblait désemparé, ressemblait à un animal acculé. Elle devait faire machine arrière.

« Je m'inquiète pour toi.

— On ne dirait pas. On dirait plutôt que tu m'espionnes.

— C'est faux, c'est toi qui m'as demandé de le lire.

— Je m'en souviendrais. Tu te sers de la maladie contre moi. Est-ce que c'est ce que tu vas continuer de faire pour parvenir à tes fins ? Me mentir et prétendre que j'ai dit quelque chose alors que je ne l'ai pas fait ?

— Je ne ferais jamais...

— Sors ! » hurla-t-il, et il jeta le carnet dans sa direction, qui manqua sa cible et percuta le mur derrière elle.

Elle ne l'avait jamais vu comme ça et prit peur. Elle était inquiète. Elle savait avant même que la maladie soit diagnostiquée que, quel que soit le problème, elle resterait à ses côtés. Pour toujours. Mais lorsque le carnet heurta le mur, elle sentit poindre le soupçon du doute. Elle ramassa le cahier et fila hors de la pièce.

Lorsqu'elle regagna la terrasse, elle était en larmes. Vingt secondes plus tard, Jerry arriva derrière elle. Elle se tourna vers lui, mais ce n'était plus l'homme qu'elle avait vu dans la chambre, c'était celui dont elle était tombée amoureuse, celui qu'elle avait rencontré à la fac, le fan secret de *Star Trek*, celui qu'elle ne quitterait jamais. Beverly, la conseillère, les avait prévenus qu'il pourrait être comme ça. Ça faisait partie du package Alzheimer. Elle mettrait du temps à s'adapter, mais elle y parviendrait. Pour lui. Pour elle. Pour Eva.

« Bon sang, je suis désolé », dit-il.

Il écarta les bras, et le un pour cent de Sandra qui aurait voulu le repousser fut vaincu par les quatre-vingt-dix-neuf pour cent qui acceptèrent son étreinte. Le soupçon de doute était mort et enterré.

« Je suis tellement... à côté de la plaque, poursuivit-il.

— Ça va aller. »

C'étaient des mots qu'elle s'était entendue dire au cours des dernières semaines, comme si le fait de les répéter allait les rendre réels.

« Je veux que tu lises le reste du carnet, ajouta-t-il.

— Tu es sûr ?

— Sûr. »

Il disparut à l'intérieur pour préparer son petit déjeuner et elle resta sur la terrasse. Lorsqu'elle eut fini, elle retourna dans la maison et le trouva dans la cuisine en train de manger un toast et de regarder par la fenêtre.

« Je veux que tu te débarrasses de cette arme », annonça-t-elle d'une voix calme.

Il se tourna vers elle.

« Je ne vais pas me suicider.

— Jerry, s'il te plaît, je me sentirais mieux si elle n'était pas ici. »

Il acquiesça. Il n'avait pas l'air de vouloir discuter.

« Elle est sous mon bureau.

— Je sais. Tu le dis dans ton journal intime.

— C'est un carnet. Pas un journal intime. »

Ils se rendirent ensemble dans la pièce où il

travaillait, et elle se tint à l'écart tandis qu'il poussait le bureau vers la fenêtre. Il tira un tournevis d'un tiroir et s'en servit pour soulever une latte de parquet. Puis il enfonça le bras dans la cavité jusqu'à l'épaule. Il commença à chercher à tâtons.

« Elle a disparu, constata-t-il d'un air confus.

— Comment ça, *disparu* ? »

Il ressortit son bras. Sa main était vide.

« Elle était là, elle a toujours été là, mais elle n'y est plus. » Il semblait ébranlé. « Je ne... je ne sais pas où elle est », ajouta-t-il.

Le Jerry qu'elle avait vu dans la chambre semblait sur le point de revenir.

« Bon, elle doit bien être quelque part, déclara-t-elle.

— Je sais, bon Dieu, je sais !

— Eh bien, vérifie de nouveau. »

Il s'exécuta et obtint le même résultat.

« À quel autre endroit as-tu pu la cacher ?

— Nulle part. Elle était ici.

— Si elle était ici, elle y serait encore, observa Sandra, d'une voix qui demeurait calme en dépit de son agitation. Quand l'as-tu vue pour la dernière fois ?

— Je ne sais pas.

— Et d'abord, pourquoi est-ce que tu l'avais ?

— Pour mes recherches. Je voulais savoir ce que ça faisait de tirer avec une arme. Je suis allé au stand de tir à quelques reprises.

— Sans me le dire. Est-ce que tu me caches autre chose ?

— Non.

— Alors, quand t'en es-tu servi pour la dernière fois au stand de tir ?

— C'était... je... je ne m'en souviens pas.

— Quand l'as-tu vue pour la dernière fois ?

— Je ne sais pas.

— Tu es certain que tu la gardais ici ? demanda-t-elle.

— Évidemment.

— Alors, elle est où ? Où est cette foutue arme ? »

Et… scène.

Merci, Henry, pour le résumé.

Inutile de dire que tu as honte d'avoir hurlé sur Sandra, et que tu es embarrassé de n'avoir aucune idée de l'endroit où est cette arme. Si ça se trouve, tu ne l'as même jamais achetée. En fait, tu sais quoi ? Il y a un personnage dans un de tes livres – c'est *lui* qui a fait l'acquisition d'une arme et l'a cachée sous une latte du parquet de *son* bureau. Il planifiait un meurtre, et c'était lui qui voulait voir comment c'était de tirer, le bruit que ça faisait. Il est possible que ce soit ce à quoi tu pensais. Oui, absolument. Tu as découvert la latte qui se soulevait quand tu as emménagé ici, et tu t'es dit que ce serait un bon endroit pour cacher un flingue, tu t'en es donc servi pour le roman que tu écrivais à l'époque. Tu as cru que c'était toi, mais non – c'était juste une de ces personnes qui vivent dans ta tête !

Sandra sera soulagée quand tu lui diras. Mais toi, tu es terrifié. D'avoir commis une telle erreur… qu'est-ce que ça présage pour l'avenir ?

Tout ça, c'était aujourd'hui. Je n'ai pas le temps de m'attarder sur l'autre jour, quand Eva est venue, car ce soir, c'est votre sortie entre amoureux, et Sandra et toi vous apprêtez à partir. Vous allez au restaurant, puis voir un film qu'un de tes amis auteurs a écrit. Les vides se combleront bientôt, mais, pour faire vite, disons qu'Eva et Rick ont avancé la date de leur mariage pour être sûrs que tu pourras y assister.

Bonne nouvelle – Sandra t'a pardonné la dispute et te pardonnera encore plus quand vous serez au restaurant et que tu lui annonceras qu'il n'y a pas d'arme dans la maison. Toi et moi, mon pote, on va devoir faire amende honorable après cette engueulade, et aussi en prévision des jours qui arrivent. En plus, c'est son anniversaire le mois prochain – elle va avoir quarante-neuf ans, comme toi. Tu vas lui offrir quelque chose de spécial.

Bonne nouvelle – si tu ne sais plus comment sont tes livres, tu peux les relire comme si c'étaient des nouveautés. Pour la première fois, tu peux te plonger dedans sans connaître les rebondissements qui vont survenir. Ce serait génial si tu pouvais t'attaquer au marché des patients souffrant de démence – ils achèteraient tes livres, oublieraient qu'ils les ont lus, et ils les rachèteraient.

Mauvaise nouvelle – l'un des yeux de marionnette collés à ton carnet a été écrasé contre le mur quand tu l'as jeté. Il est désormais opaque, comme s'il avait une cataracte.

Ça fait deux jours que le médecin de Jerry est venu le voir, et depuis il ne s'est pas enfui et a réussi, pour autant qu'il sache, à se contrôler. Les jonquilles qui étaient vigoureuses dans le parc sont désormais molles et flétries. Certains rhododendrons sont en train d'éclore, d'autres sont déjà tellement chargés de fleurs qu'ils se brisent et heurtent le sol avec un bruit sourd. Les arbres bourgeonnent de tous les côtés. Jerry sait que c'est cette période de l'année où les choses arrivent vite, que chez lui il aurait commencé à tondre la pelouse plus souvent pour en arriver à une fois par semaine pendant l'été. Pour l'instant, il est assis au milieu de la végétation, sur un banc situé sous un arbre à soie dont les branches sont encore principalement dénudées, le soleil caressant son visage. Il lit un journal en une duquel se trouve la photo d'une femme qu'il reconnaît. Elle s'appelle Laura Hunt et a été assassinée chez elle. L'article affirme que son corps a été découvert lundi. Et aujourd'hui, à en croire le journal, c'est jeudi. Apparemment, le cadavre a été trouvé dans l'après-midi. Il se rappelle avoir entendu la nouvelle à la radio et songé que, pendant qu'il prenait un bol d'air frais sur la plage, cette femme se faisait assassiner. Il s'aperçoit désormais qu'il se trompait, car si son corps a été retrouvé dans l'après-midi, l'article affirme qu'elle a été tuée le matin. Il est question d'un collier volé. Ça lui évoque quelque chose, alors il ferme les yeux et tente de se rappeler quoi, et…

« Ça va, Jerry ? »

Il lève les yeux. L'infirmière Hamilton se tient devant lui. Elle arbore un grand sourire qui s'estompe puis disparaît complètement. Elle s'assied et lui pose une main sur le bras.

« Jerry ? »

Il secoue la tête. Non, ça ne va pas. Il plie le journal en deux afin de ne plus voir la photo de la femme. Il commence à se souvenir.

« J'ai tué quelqu'un », déclare-t-il.

Voilà, c'est dit, l'infirmière peut en faire ce qu'elle voudra. Appeler la police, suppose-t-il. Et il espère que c'est ce qu'elle fera. D'ailleurs, il pourrait même être exécuté. La peine de mort a été abolie il y a plus de cinquante ans, mais avec toute la violence qui a agité la Nouvelle-Zélande ces dernières années, le peuple a demandé son rétablissement. Il y a même eu un référendum. Les gens ont voté pour. Il se souvient que ça s'est joué à peu de chose, mais a oublié quand c'était. L'année dernière ? Il y a deux ans ? Il n'est pas non plus certain qu'elle ait déjà été mise en application, mais il pourrait être le premier. Dans ce cas, il ne veut pas que Sandra ou Eva soient présentes quand il sera pendu. En revanche, il aimerait bien que l'infirmière Hamilton soit là. Il s'imagine que son sourire triste rendrait peut-être les choses un peu moins effrayantes quand la corde se resserrerait.

« Je sais », répond l'infirmière Hamilton avec une expression peinée.

Il se demande comment elle le sait, et arrive à la conclusion qu'il a déjà dû le lui dire. Elle poursuit :

« Et je suis désolée, Jerry. Vraiment, mais vous savez que ce n'était pas votre faute.

— Bien sûr que si, réplique-t-il. J'ai choisi Suzan parce que j'étais tombé amoureux d'elle. Je me suis introduit chez elle et je l'ai fait souffrir, et plus tard la police a arrêté le mauvais homme. »

Le chagrin de l'infirmière disparaît. Son inquiétude se transforme en soulagement. Jerry songe qu'elle n'aimait peut-être pas Suzan.

« Ça va », dit-elle.

Il secoue la tête. Ça n'ira jamais.

« Vous vous souvenez de votre nom ? demande-t-elle.

— Évidemment. Je m'appelle Henry Cutter », répond-il.

Mais il sent que ce n'est pas tout à fait exact. C'est presque ça, mais pas tout à fait. En plus, elle l'appelle Jerry.

« Henry est votre pseudonyme, déclare-t-elle.

— Pseudonyme ?

— Votre vrai nom est Jerry Grey. Vous êtes auteur. »

Il fouille dans sa mémoire, tentant de comprendre ce qu'elle dit.

« Je ne crois pas.

— Vous écriviez des romans policiers, explique-t-elle. Parfois vous confondez la réalité et les choses que vous inventiez. Vous savez où vous êtes ?

— Dans une maison de santé », répond-il, et, ce faisant, il se met à parcourir du regard le parc, les arbres et les fleurs.

Il y a d'autres patients, des gens qui déambulent,

certains ont l'air heureux, d'autres tristes, et d'autres perdus. Il est, se souvient-il – ce qui est, selon lui, plutôt ironique –, l'une de ces personnes perdues.

« Je suis atteint de démence.

— Le plus terrible avec la démence, c'est qu'elle réécrit votre passé, Jerry. Elle vous fait croire que les histoires de vos romans sont réelles. Mais Suzan n'existe pas. Elle n'a jamais existé. »

Il réfléchit à ce qu'elle vient de dire. Écrire des livres… ça lui dit en effet quelque chose. Et évidemment que son nom est Jerry Grey. Pas Henry Cutter. Henry est celui qu'il devenait quand il écrivait, car comme ça il pouvait être une personne pendant les mauvais moments, et une autre pendant les bons.

« Donc je n'ai tué personne ? »

L'infirmière Hamilton lui adresse l'un des sourires les plus tristes qu'il lui ait été donné de voir, le genre de sourire qui fait se comprimer sa poitrine. Cette femme a pitié de lui. Même lui a pitié de lui-même.

« Il n'y avait pas de Suzan, reprend-elle. C'était juste le produit de votre imagination.

— Mais elle semble… elle semble tellement réelle.

— Je sais. Venez, rentrons. C'est presque l'heure du dîner. »

Elle le mène à l'intérieur, mais il lui dit qu'il voudrait se reposer un peu dans sa chambre. Elle l'accompagne et répète que tout va bien se passer, puis elle lui demande de ne pas trop tarder. Ce n'est que lorsqu'il est seul, assis près de la fenêtre, qu'il repense à la conversation qu'ils viennent d'avoir et voit ce qui lui a échappé.

Elle a dit : *Je sais.*

« *Donc je n'ai tué personne ?* Voilà ce que je vous

ai demandé », dit-il, les mots résonnant dans la pièce vide – vide à l'exception de Jerry l'Amnésique. Et ça n'a pas l'air de gêner Jerry l'Amnésique de parler tout seul. D'ailleurs, il s'encourage à le faire, et, à bien y réfléchir, il a l'impression que c'est une chose qu'il fait souvent. Lorsqu'il prend de nouveau la parole, il regarde la chaise vide face à lui comme si l'infirmière Hamilton y était assise. « Puis vous avez affirmé que je n'avais pas tué Suzan. Mais vous n'avez pas dit que je n'avais tué personne. »

Il se repasse une fois de plus la conversation.

Il n'a pas tué Suzan.

Si, tu as tué quelqu'un. Ces mots ne sont pas les siens, mais il sait à qui ils appartiennent. Henry Cutter, son pseudonyme, veut être entendu. *Tu as tué quelqu'un, et l'infirmière le savait.*

Mais si ce n'était pas Suzan, alors qui ?

Jour vingt

Les jours passent à toute vitesse et tu n'as pas été en mesure d'écrire autant que tu aurais voulu. La vie, comme souvent, te met des bâtons dans les roues. Je dois toujours raconter le onzième jour, celui où Eva est venue dîner. Évidemment, elle a beaucoup été présente depuis, et il s'est passé plein de choses. Mais pour commencer, laisse-moi te dire que Sandra a jeté tout l'alcool qui se trouvait dans la maison. C'est vraiment dommage, car les gin tonics du soir t'aident réellement. Ils te calment, et un type dans ton état mérite d'être apaisé. D'autres personnes tombent malades, et d'autres personnes meurent beaucoup plus jeunes, mais là, c'est toi-moi-nous. Tu peux te lamenter sur ton sort – c'est ton droit, et tu dois admettre que tu es un peu en colère que Sandra se soit débarrassée de la seule chose qui t'apportait du réconfort. Elle t'a aussi pris ta carte de crédit après cette histoire de nourriture pour chat. Et tu ne sais pas combien de fois elle t'a dit au cours de la semaine passée : *Tu ne peux pas faire ça, Jerry*, ou : *Tu devrais faire ça, Jerry.*

La bonne nouvelle, c'est que tu as appelé Hans. Il t'a bien aidé au fil des années. Il est ce qu'on appellerait… une source d'inspiration. Tu l'as rencontré à l'université. Il a été le premier de tes amis à perdre ses cheveux, et il a décidé de se les raser complètement, ce qui faisait de lui le seul type chauve de vingt ans de tout le campus. Il a suivi tout un tas de cours, y compris celui de psychologie auquel Sandra et toi assistiez, mais pour lui c'était plus comme s'il essayait de trouver la clé qui déverrouillerait pas uniquement l'esprit, mais le monde. Il aime savoir comment fonctionnent les choses. Tu avais l'habitude d'aller étudier dans son appartement, et souvent la télé, l'ordinateur ou le grille-pain étaient en pièces, et une fois qu'il avait compris comment tous ces trucs marchaient, il passait à des projets plus importants. Il est également un peu comme Rain Man pour ce qui est des nombres. Il ne peut pas voir une boîte de cure-dents renversée par terre et dire combien il y en a, mais il peut effectuer toutes sortes de calculs complexes dans sa tête. Il a aussi le don de deviner l'âge et le poids des gens, même s'il déduit toujours entre vingt-cinq et trente-cinq pour cent pour les femmes de plus de vingt ans, et plus si elles lui plaisent. Parfois tu faisais une pause et allais t'asseoir sur le porche de derrière. Il fumait un joint et tu buvais une bière, et il y avait ce Rubik's Cube qu'il était constamment en train de triturer, utilisant la méthode du couche par couche pour le résoudre en quelques minutes, et cherchant un moyen de le résoudre plus rapidement, ce qu'il a finalement réussi à faire en descendant à trente secondes. Il a appris tout seul à parler trois langues, et, à un moment, il a passé deux semaines à ne rien faire d'autre que des origamis, construisant des cygnes, des roses et des pandas avant d'essayer de fabriquer l'avion en papier parfait. À dix-neuf ans, il a lu une douzaine de manuels pour apprendre à piloter un Cessna, puis, une nuit, il s'est glissé dans un aérodrome et en a volé un. Il a testé tout ce qu'il avait appris, volant dans un périmètre d'un kilomètre et demi autour de la piste avant de le reposer en sécurité. Un jour, tu étais chez lui en train d'étudier et il s'entraînait à crocheter une serrure, pas parce qu'il avait besoin de s'introduire dans une maison, mais pour voir s'il y arrivait. Après quoi, il a passé des heures à te montrer comment faire, pas pour ton bénéfice, mais pour voir si enseigner était également dans ses cordes.

Le problème avec Hans, c'était l'herbe. Il en fumait probablement juste pour faire taire son cerveau. Mais il s'est mis à en faire pousser, juste pour voir s'il y parvenait. Puis il a commencé à en vendre. Et à vingt et un ans, il a fait quatre mois de prison. À sa sortie, ce n'était plus le même Hans – quelque chose changeait en lui, et la prison n'avait fait qu'accélérer le processus, comme elle le ferait quand il serait condamné à trois années supplémentaires pour trafic à l'âge de vingt-cinq ans. Vous vous êtes un peu perdus de vue après sa première incarcération, mais Christchurch étant une petite ville, tu le croisais de temps à autre, et tu continuais de l'apprécier pour ce qu'il était avant. Nous avons tous ce genre d'amis, Futur Jerry, des gens dont il est difficile de savoir s'ils deviendraient des proches si on les rencontrait maintenant. (Pour être honnête, je dois t'avouer que je m'interroge à ton sujet et me demande si j'aimerai la personne que tu vas devenir, de la même manière que je ne sais pas si tu aimeras la personne que tu étais.)

Hans s'est encore plus enfoncé dans la drogue après ce premier séjour en prison. Il s'est mis à aller à la salle de sport et a pris du muscle. Il s'est fait tatouer. Pourtant, chaque fois que tu tombais sur lui, c'était le type le plus chaleureux qui soit. Quand ton premier livre est sorti, il est venu te voir. Il était tellement excité. L'amitié a commencé à reprendre – même si Sandra se fait rare chaque fois qu'il passe, et quand il est reparti, elle te demande pourquoi tu passes du temps avec un type comme ça. Tu n'as jamais basé le moindre de tes personnages sur lui, mais si tu devais apprendre comment faire sortir clandestinement un bébé du pays ou comment acheter une livre de cocaïne, c'est à lui que tu demanderais. Les gens croient souvent que les auteurs de romans policiers savent comment commettre le meurtre parfait, mais tu as toujours pensé que si une personne savait comment faire, ce serait Hans. Certaines des horreurs décrites dans tes livres ne proviennent que de ton imagination, Jerry ; mais la manière dont elles se déroulent, les petits détails peuvent parfois être inspirés par lui. Qu'il s'agisse d'usurper une identité ou de foutre la trouille de sa vie à quelqu'un, Hans est un type aux talents multiples, dans le sens où il est capable de toutes sortes de choses. Des choses moches. Et tu devrais probablement savoir qu'il te fait un peu peur. D'ailleurs, c'est à lui que tu croyais avoir acheté le revolver.

Le dix-septième jour, tu l'as appelé et lui a annoncé ta maladie. Il a répondu qu'il allait venir te voir. Tu lui as dit de ne pas s'en faire, mais il s'inquiétait tout de même, alors Sandra est allée au boulot régler quelques affaires, juste histoire de ne pas avoir à le croiser. Assis sur la terrasse, tu as bu une des bières qu'il avait apportées pendant qu'il fumait son joint, et vous avez parlé de l'injustice de la vie. Il t'a demandé de lui expliquer Alzheimer, voulant connaître tous les détails, et il n'arrêtait pas de poser des questions, comme si c'était un problème auquel il aurait pu trouver une solution. S'il avait pensé que ça aurait pu t'aider, il t'aurait probablement mis en morceaux sur la terrasse afin de réparer les parties qu'il jugeait défectueuses.

Quand tu lui as dit que Sandra avait jeté tout le gin, il a sauté dans sa voiture et disparu pendant vingt minutes. À son retour, il avait cinq bouteilles, que tu as toutes cachées, et il t'a dit de le rappeler dans une semaine quand tu n'en aurais plus. Une semaine ! Tu t'es demandé s'il plaisantait, et tu as répondu que ce serait plus probablement dans un mois. Voire deux. Tu regrettes la personne qu'il était avant, mais l'ancien Hans ne serait jamais allé t'acheter tout ce Bombay Sapphire.

Au fait, tu as une cachette dans ton bureau – non, pas sous le parquet (ça, ce n'en est plus une maintenant que Sandra est au courant), mais au fond du placard. Il y a une fausse cloison. Tu t'es servi de tes talents de menuisier pour la construire quand vous avez emménagé – c'est là que tu conserves les sauvegardes de tes manuscrits. C'est bien plus simple que de déplacer le bureau chaque jour, et tu mourrais de honte si quelqu'un trouvait certaines des choses que tu as écrites par le passé. Tu n'as pu y loger que trois bouteilles, et tu as caché les deux autres dans le garage. Quant au tonic, Sandra n'est pas opposée à ce qu'il y en ait à la maison.

Ça, c'était le dix-septième jour en résumé. Laisse-moi te faire un récapitulatif sous forme de bonne et de mauvaise nouvelle. D'abord la mauvaise. Tu n'avais plus d'alcool. Puis la bonne. Tu es réapprovisionné. Et une autre bonne nouvelle. Hans a confirmé que tu ne lui avais jamais acheté d'arme. Quand tu lui as posé la question, il a dit : *Donc, la démence, c'est quand on commence à raconter tout un tas de conneries, c'est ça ?*

Tu as répondu oui.

Je n'ai jamais vendu d'arme. Je n'ai jamais vendu d'arme à personne.

Maintenant, retour au onzième jour. Difficile de croire que c'était il y a plus d'une semaine. D'ailleurs, pourquoi tu n'ajouterais pas ça à ta liste de *Choses Incroyables,* FJ, liste qui commence à être sacrément longue si tu veux savoir. Les choses avancent désormais rapidement. Pas le Grand A (même si cette bombe à retardement continue de faire tic-tac – en fait, raye ça, le Grand A est une bombe qui a déjà explosé, et c'est aux retombées que nous avons affaire). Tu étais allé voir ton avocat durant la semaine, et aussi ton comptable – tous ces préparatifs, c'est comme si tu t'apprêtais à prendre un aller simple pour la Lune. Ils t'ont tous deux serré la main en te disant combien ils étaient désolés, mais ils ne l'étaient pas vraiment. Pourquoi le seraient-ils ? Tu vas mourir, eux veulent s'acheter de nouvelles voitures et de nouveaux bateaux, et ces heures, ils te les facturent, mon vieux, ils te les facturent plein pot.

C'est toi as préparé le dîner le onzième jour. Eva est venue avec Rick. De fait, tu es plutôt bon cuisinier. C'est un de tes talents – et tu n'en as pas beaucoup. Tu sais écrire, tu sais jouer au billard, tu connais quelques tours de cartes, tu peux attraper Alzheimer comme on attrape un rhume, et tu sais cuisiner. Tu as oublié ce que tu as préparé ce soir-là, mais si tu veux vraiment le savoir, adresse une lettre à Jerry Grey, c/o le passé, et je te répondrai.

Ils sont arrivés tout sourire, Eva avait apporté sa guitare, vous avez pris place dans le salon et elle a expliqué qu'elle composait de la musique et, tiens-toi bien, qu'elle venait de vendre sa première chanson ! Elle a ajouté qu'elle avait commencé à écrire durant ses trois années en Europe. Elle tenait un carnet de voyage, et quand elle voyait des choses qui l'inspiraient – des gens, des couchers de soleil, des paysages –, elle les notait. Elle n'en avait jamais rien dit. C'était une chose qu'elle voulait faire seule, car elle craignait qu'en l'apprenant, tu ne cherches à lui donner des conseils, ou que tu ne tentes de l'aider pour les paroles. La chanteuse qui a acheté sa chanson prévoit de l'enregistrer et de la sortir bientôt. Eva l'a jouée, et elle était très belle, mais ça a rendu la conversation à venir encore plus difficile. Assis dans le salon, le bras passé autour de Sandra, tu as écouté Eva chanter. Rick la regardait, envoûté, et tu crois ne jamais avoir vu un type aussi amoureux que ce bon vieux Rick.

La chanson s'intitule *The Broken Man*, elle parle d'un homme qui brise le cœur de toutes les femmes qui tombent amoureuses de lui, jusqu'au jour où son propre cœur est brisé par la femme qu'il ne pourra jamais avoir parce qu'elle est déjà mariée. Tu lui as demandé de la rejouer, ce qu'elle a fait, mais quand Sandra le lui a demandé une troisième fois, elle a dit non, peut-être plus tard, et elle a souri comme si elle était un peu embarrassée de vous voir tous deux si fiers. Sandra a pris une photo de toi assis à côté d'Eva avec un grand sourire sur le visage. (Elle a imprimé le cliché le lendemain, et a écrit au dos : *Le père le plus fier du monde.* La photo est désormais sur la porte du réfrigérateur.)

Puis le dîner est arrivé. Sandra et toi leur avez annoncé la nouvelle dès qu'il a été terminé. Eva a pleuré, et Rick a passé le bras autour d'elle pendant qu'elle n'arrêtait pas de poser la même question, ce *Combien de temps il te reste ?* auquel personne n'a de réponse exacte, et tu n'arrêtais pas de te dire que tant qu'il y aurait la musique d'Eva, alors, quoi qu'il arrive, tout irait bien pour toi.

Eva a pleuré, elle t'a étreint pour te remonter le moral, mais pour son propre réconfort, elle s'est tournée vers Rick. Tu n'arrives pas vraiment à formuler ce que tu as éprouvé alors. Ce n'était pas de la jalousie, plutôt un sentiment d'inutilité. Tu étais la personne qui regardait sous son lit pour vérifier qu'il n'y avait pas de dragons. Tu étais là pour elle quand elle avait cru que son monde s'écroulait le jour où elle avait embouti en marche arrière le mur du garage. Tu l'avais tenue dans tes bras jusqu'à ce que ses larmes soient sèches après la mort du chat. Maintenant tu es l'Homme Brisé, pas celui de sa chanson, mais brisé tout de même. Eva a désormais Rick, elle va avoir besoin de lui. Et vraiment, ça devrait te faire chaud au cœur.

C'est lui qui a eu l'idée d'avancer le mariage. Rick que tu n'as pas trop aimé la première fois que tu l'as rencontré parce qu'il est arrivé dans sa voiture avec cet abominable hip-hop qui sortait des enceintes. Ce qui me rappelle, J-Man (c'est mon surnom hip-hop pour toi, et celui du Carnet de la Folie est C-Barge), que tu détestes le hip-hop, et que si tu en écoutes un jour avec le froc te descendant au milieu du cul, alors ça signifiera que tu seras vraiment trop barré pour que quiconque puisse t'aider. Ton truc, c'est Springsteen. Et les Stones. Les Doors. Tu as un jour écrit un roman entier en n'écoutant que Pink Floyd. La musique que tu écoutes est immortelle.

Rick. Rick et son foutu hip-hop braillant dans ses enceintes comme s'il faisait le DJ pour tout le quartier. Eva côté passager le regardant avec des yeux de merlan frit. Et tu t'en es bien sorti, J-Man, tu ne lui as pas dit de couper sa musique sans quoi tu irais chercher ton flingue (qui n'existe pas, soit dit en passant) et tu collerais une balle dans son autoradio. Il ne t'a pas fait une première impression formidable, et tout ce que tu te disais, c'était que si ce type épousait ta fille, et s'ils avaient des gosses, ce serait là qu'irait ton héritage. Les choses se sont améliorées par la suite – soit le hip-hop était une phase, soit Eva lui a dit quelque chose, parce qu'il s'est mis à passer sa musique à bas volume et à remonter son pantalon. Et maintenant – eh bien, maintenant, tu l'aimes bien. C'est un brave type. Ils vivent ensemble depuis deux ans, et le mariage approche. Peut-être que c'est la musique d'Eva qui l'a changé.

C'est pour toi que le mariage a été avancé. Difficile d'accompagner Eva à l'église et de la confier à Rick si tu ne te souviens pas de son nom. Alors ta fille, la fille la plus extraordinaire du monde, déplace le plus grand jour de sa vie pour que tu puisses en profiter. Il devait avoir lieu dans environ un an, mais maintenant ce sera dans quelques mois. Un homme plus soupçonneux que toi penserait peut-être que Rick veut lui passer la bague au doigt avant ton départ pour la Lune histoire d'avoir une part de ce que tu laisseras derrière toi. Il n'aurait pas tort – après tout, dans un an tu n'en auras plus rien à foutre.

Donc voilà, ta femme et ta fille passent déjà leurs soirées à tout préparer, parfois avec Rick, parfois sans lui, et parfois Rick vient et vous regardez tous les deux un match à la télé, ou vous jouez aux fléchettes dans le garage tout en causant de tout et de rien. Ils ont du mal à trouver un endroit pour la cérémonie dans un délai si court, mais ils gardent bon espoir.

Bonne nouvelle – Eva se marie. Tu n'en reviens pas qu'elle ait tellement grandi. Son mariage sera l'un des jours dont tu seras le plus fier de ta vie.

Mauvaise nouvelle – Sandra a parlé de vendre la maison. Elle essaie d'être pragmatique. Elle veut trouver un endroit plus petit. Tu as ajouté ça à la liste des *Choses Incroyables*. Tu t'y es opposé, arguant que tu voulais rester ici aussi longtemps que possible. Tu lui as dit que tu ne voulais pas finir dans une maison de retraite, que vous aviez assez d'argent et d'assurances pour engager une aide à domicile. Elle a accepté, ajoutant que vous en reparleriez dans quelque temps. Mais tu ne sais pas ce que « dans quelque temps » signifie. Ça va être la même chose que quand elle a lu ton carnet. Elle te dira que tu es d'accord depuis le début pour vendre la maison et que tu as oublié.

Tu vas devoir la garder à l'œil.

Quand arrive samedi, Jerry a fini par comprendre ce que cache sa maladie. Sa conversation avec l'infirmière Hamilton est la preuve qu'il a tué quelqu'un, et la lecture de passages de ses livres au cours des derniers jours lui a montré comment fonctionne le monde. C'est une question d'équilibre. Il y a, croit-il, une raison au fait qu'il soit atteint d'Alzheimer, et découvrir cette raison sera le premier pas sur le chemin de la guérison.

Il s'engage dans le couloir. On lui a dit qu'il s'est réveillé ce matin un peu confus, mais cet après-midi il sait qui il est – Jerry Grey, cinquante ans, meurtrier d'une personne, au moins. Il se dirige vers les parties communes de la maison de santé, où d'autres regardent la télé, ou jouent aux cartes, ou échangent des anecdotes sur leurs petits-enfants. La télé ne l'intéresse plus. Il est impossible de suivre un programme quand on ne sait pas ce qui s'est passé la semaine précédente. Il y a des canapés et des tables basses, certaines personnes discutent, d'autres lisent, d'autres regardent simplement droit devant elles, perdues dans leurs pensées réelles ou imaginaires, confuses ou non, courant après un souvenir qu'elles n'arrivent pas tout à fait à rattraper. Il y a des fauteuils roulants garés contre les murs, des béquilles posées contre les canapés. Le son de la télé est coupé. Elle diffuse une émission sur des ventes aux enchères d'antiquités, seulement ce n'en sont pas vraiment pour le public cible du programme, juste des objets avec lesquels ces gens ont grandi.

Eric est occupé, du coup Jerry attend. Sur un canapé. Près d'une fenêtre. *Jerry Grey, cinquante ans, meurtrier.* Ces mots tournent dans sa tête comme un disque rayé, jusqu'à ce qu'Eric se libère et approche.

« J'ai besoin de votre aide, commence Jerry.

— Tout ce que vous voulez.

— Il faut que je sorte d'ici. »

Eric ne répond pas. Il se contente d'adresser à Jerry un de ces sourires tristes que toutes les personnes qui travaillent ici maîtrisent à la perfection, un sourire dont Jerry commence à avoir sa claque.

« S'il vous plaît, c'est important.

— Je n'ai pas l'impression que vous ayez besoin de mon aide pour sortir d'ici, Jerry… Vous l'avez déjà fait trois fois tout seul. »

Trois fois, pense Jerry, où il a fonctionné suffisamment bien pour parcourir trente kilomètres à pied, mais pas pour s'en souvenir. Trois fois où il a fondamentalement agi comme un somnambule. Seulement il était éveillé. Il est Jerry Grey, auteur de romans policiers de cinquante ans, meurtrier. Il est le somnambule éveillé. Mais peut-être l'a-t-il fait plus que trois fois, songe-t-il, s'il a réussi à revenir discrètement.

« Pourquoi avez-vous besoin de sortir ? » s'enquiert Eric.

Jerry se demande ce qu'il peut révéler, et décide que le mieux est de tout déballer. Il n'y a aucune honte à avoir besoin d'aide.

« Je sais pourquoi je suis atteint d'Alzheimer. C'est

parce que l'univers me punit pour les mauvaises actions que j'ai commises. J'ai fait souffrir quelqu'un, peut-être même plusieurs personnes. Mon seul espoir de retrouver mes souvenirs, c'est de confesser mes crimes. Je dois aller voir la police. »

Le sourire d'Eric s'est transformé en une moue. Jerry se rappelle que quelqu'un lui a dit un jour qu'on utilisait plus de muscles quand on faisait la grimace. Le type qui lui a dit ça s'est pris une balle à l'arrière de la tête lors d'un deal de drogue dans l'arrière-salle d'une usine de meubles. Jerry revoit son visage passant par tout un tas de mimiques tandis qu'il était agenouillé là avec le tireur au-dessus de lui, qui lui disait qu'il avait à l'esprit un nombre jusqu'auquel il compterait, et quand il l'atteindrait, il presserait la détente. Le nombre était vingt-neuf, mais le tireur ne l'avait pas dit, il s'était contenté de compter en silence tandis que le type agenouillé devant lui tremblait. Puis il y avait eu le coup de feu. L'écho. Il n'y avait pas eu beaucoup de sang. Comment Jerry sait-il tout ça ? Est-ce lui qui a fait feu ?

« Il s'agit de Suzan ? » demande Eric.

Suzan. Elle a été la première.

« Comment êtes-vous au courant ?

— Nous avons déjà eu cette conversation, vous vous rappelez ? »

Jerry secoue la tête. S'il s'en souvenait, il ne serait pas là.

« Ça ne s'est jamais produit », poursuit Eric.

Il se penche en avant et pose la main sur le bras de Jerry.

« Ces gens que vous pensez avoir tués, c'est une illusion. Personne n'a été assassiné dans votre rue. Vous ne vous êtes jamais introduit chez quelqu'un pour l'assassiner. Il n'y a pas de Suzan avec un z.

— Comment pouvez-vous en être si sûr ?

— Parce qu'on a vérifié. Là où vous avez grandi, personne n'a été assassiné. Pas dans votre rue, bon sang, pas même dans votre quartier. »

Jerry sait qu'il dit la vérité, ses paroles sonnent vrai, et il est submergé par le soulagement. La peur en lui retombe. De la même manière que le métier d'auteur de romans policiers lui va comme un gant, apprendre qu'il n'est pas un assassin lui semble parfaitement cohérent. Il n'y a pas de Suzan. Il n'y a pas eu de deal de drogue au cours duquel il a vu un type se prendre une balle derrière la tête après que le tireur eut compté jusqu'à vingt-neuf. Tout ça, c'était dans ses livres. Il ne se rappelle peut-être pas les détails, mais il sait qu'il a créé ces personnes.

Puis une idée lui vient soudain. S'il a été un type bien pendant toutes ces années, pourquoi la maladie ? S'il n'a tué personne, comment pourrait-il se repentir ? Son avenir demeure toujours aussi sombre.

« Alors pourquoi est-ce que je suis puni ?

— Il n'y a pas de *pourquoi*, répond Eric. C'est juste de la malchance.

— Donc je n'ai jamais tué personne ?

— Le problème, Jerry, c'est la façon dont vous avez créé ces univers – ils semblent tellement réels. Les gens lisaient vos livres, et ils devenaient les personnages principaux, ils voyaient le monde à travers leurs yeux, ils ressentaient les mêmes choses qu'eux. Pas étonnant que ça vous semble réel – c'était exactement pareil pour vos lecteurs. C'est ce que je ressentais aussi. Vos livres sont extraordinaires, ajoute-t-il. Je suis un grand fan depuis le premier.

— Ça ne peut pas simplement être de la malchance. L'univers rétablit l'équilibre pour une raison.

— Jerry…

— J'ai besoin d'y réfléchir», déclare-t-il. Il se lève. «Je crois que je vais aller me reposer un peu.»

Eric se lève également. Ils commencent à marcher vers la chambre de Jerry.

«Vous vous souvenez que je vous ai dit que je voulais devenir écrivain?» demande Eric.

Jerry secoue la tête.

«Je vous ai demandé conseil, et vous m'avez dit d'écrire ce que je connaissais. J'ai répondu que ce n'était pas toujours possible. Vous vous souvenez de ce que vous m'avez conseillé?

— Non.

— De faire semblant. Vous m'avez demandé si je croyais réellement que Gene Roddenberry était allé sur Mars. Ou que Stephen King avait été effrayé par un vampire dans son enfance. Ou que Bill et Ted savaient comment voyager dans le temps. Vous m'avez conseillé d'écrire ce que je connaissais et de faire semblant pour le reste. Et aussi de faire des recherches.

— Et est-ce que ça fonctionne pour vous?

— Je travaille encore ici, non? répond Eric, et il se met à rire. Cette histoire avec Suzan, c'est exactement ça. Vous ne l'avez pas tuée, vous avez juste fait semblant, mais elle vous semble aussi réelle qu'à vos lecteurs. Bon, vous n'allez pas retenter de vous échapper aujourd'hui, n'est-ce pas?

— Non.»

Une fois dans sa chambre, Jerry s'assied près de la fenêtre. Si ce n'est pas une punition, alors qu'est-ce que c'est ? Un souvenir lui revient alors, si net qu'il pourrait remonter à hier. Il a seize ans, il est au lycée, c'est la journée d'orientation et ils doivent tous décider ce qu'ils veulent faire de leur vie, comme si c'était possible à cet âge. Seulement lui sait. Il discute avec une prof, lui expliquant qu'il veut être écrivain. Celle-ci lui répond qu'il doit d'abord se préparer un véritable avenir, et considérer l'écriture comme un hobby. Mais Jerry réplique qu'il fera tout ce qu'il faudra pour y arriver. Est-ce qu'il s'agit de ça ? L'univers lui vole-t-il ses dernières années parce qu'il lui a donné ce qu'il voulait ? A-t-il vendu son âme ?

« Ce n'est pas ça », dit-il, autant à lui-même qu'au garçon d'il y a près de trente-cinq ans.

Il s'agit de Suzan avec un z. Peut-être pas elle spécifiquement, mais une personne semblable. La sensation qu'il a tué quelqu'un est simplement bien trop réelle pour qu'il l'ignore.

Jour trente

Salut, Futur Jerry. Comment ça va ? Désolé que tu n'aies pas donné de nouvelles. Tu as été occupé. Tu sais comment c'est. Des choses à faire. Des endroits où aller. Des gens à oublier. Ça fait dix jours que tu n'as pas écrit. Toute cette histoire, ce bazar d'Alzheimer, t'a tapé sur le moral, évidemment. Tu voudrais être super-optimiste, prendre les choses à la légère quand c'est possible, adhérer à cette idéologie du *Tout va bien se passer* que tout le monde professe, mais tu n'y arrives tout simplement pas, alors plutôt qu'affronter le monde tu fais la grasse matinée tous les jours, te levant rarement avant l'heure du déjeuner. Cette semaine, ta devise a été : *Rien à foutre,* alors que ça aurait plutôt dû être : *Faisons tout ce qu'on peut tant que c'est encore possible.* Tu devrais être dehors à faire du deltaplane, à visiter l'Égypte, à aller à des concerts de rock ou à dresser la liste des choses que tu veux faire avant tes derniers jours. Pas faire la grasse matinée. Et puis, tu bois plus qu'avant. Ne te méprends pas, tu ne te soûles pas tous les soirs – juste deux ou trois verres, de quoi t'apaiser. Parfois quatre. Jamais plus de cinq. Assez pour dormir. Et tu aimes bien faire la sieste pendant la journée. Il y a un canapé dans le bureau. Le Canapé à Réflexion. Parfois tu t'étends dessus et tu trouves des idées de livres, tu résous des problèmes, tu restes allongé là à écouter Springsteen tellement fort que les stylos roulent par terre. Le Canapé à Réflexion est devenu le Canapé à Sieste, le bureau est un dessous-de-verre, et ça fait plus d'une semaine que tu n'as pas allumé la chaîne. Sandra n'arrête pas de dire que tu ne devrais pas te morfondre autant, mais hé, si c'est ce que tu veux, tu le fais. Un homme mourant a droit à une dernière volonté, non ? Parce que tu es mourant. Évidemment. Ton esprit se sera fait la belle dix, vingt ou même trente ans avant ton corps – et si ça, ce n'est pas la mort, alors c'est quoi ? Ces jours-ci, tu utilises aussi le canapé pour cacher le Carnet de la Folie. Car tu es sûr que Sandra vient en douce la nuit et le cherche, même si tu n'en as aucune preuve.

Mais tu n'as pas simplement passé ton temps allongé sur le canapé du bureau. Tu as reçu les notes de ta relectrice il y a une semaine. Elle est vraiment adorable. Ce que tu attends d'un relecteur, c'est qu'il soit capable d'annoncer une mauvaise nouvelle de façon agréable. Elle est toujours là, dissimulée derrière les louanges – s'il n'y avait pas de louanges, tu aurais abandonné depuis longtemps. Mais cette fois-ci – cette fois-ci, ça lui a coûté un effort, ça ne fait aucun doute. Elle a suggéré quelques changements et veut que tu combles plus les vides, que tu retravailles certains personnages secondaires, le genre de trucs qu'il y a quelques années tu aurais été ravi de modifier car, après tout, le travail de révision est ton moment préféré, partenaire. Et pourquoi pas ? Tu as construit la maison, et cette phase finale est comme choisir la déco.

Alors oui, c'est ce qui t'a occupé. Siestes. Alcool. Révisions. Tu as fini les trois bouteilles de gin que Hans t'a apportées. Quand tu l'as appelé, il a affirmé en avoir acheté cinq, mais tu ne retrouves pas les deux autres. Sandra a téléphoné au Dr Goodstory, aujourd'hui – tu ne sais pas ce qu'elle lui a dit, et tu t'en fous un peu, pour être honnête, mais elle est partie chercher une ordonnance en ce moment même. Elle t'a demandé si tu voulais l'accompagner, comme si tu étais son petit chien, mais tu t'es contenté de faire non de la tête et tu es allé t'allonger dans ton bureau. Quand elle rentrera, elle essaiera de te remonter le moral d'une manière ou d'une autre, et tu feras ton possible pour qu'elle croie que ça fonctionne. Tu feras semblant. C'est ce que tu dis aux gens quand ils te demandent des conseils d'écriture – car ils le font constamment, tu le sais, alors sois préparé. Même dans ton état, ils vont farfouiller dans ton cerveau en quête d'une ultime pépite d'espoir, quelque chose qui fera que leur manuscrit finira sur les rayonnages et non au broyeur. D'ordinaire, tu dis : *Écrivez des choses que vous connaissez et faites semblant pour le reste.* Tu devrais peut-être aussi te méfier des personnes qui essaieraient de te voler tes idées – même si tu n'en auras bientôt plus rien à faire, tu devrais. Après tout, tu as écrit tous ces livres et ça t'a rendu dingue. Tous ces mots, tous ces personnages – l'univers est en expansion permanente, c'est ce qu'affirment les physiciens, mais un jour ça changera. Un jour il atteindra sa taille maximale, et alors il rétrécira. Il s'effondrera sur lui-même. C'est ce qui est en train de t'arriver. Ton esprit – ces idées – a atteint sa taille maximale, et maintenant il s'effondre sur lui-même.

Ah, oui, ta chère fouille-merde de voisine – Mme Tu-Sais-Qui (au cas où tu ne le saurais pas, elle s'appelle

Mme Smith – je ne plaisante pas, c'est vraiment son nom) – est passée hier. Sandra n'était pas à la maison. Elle était sortie avec Eva, en train de s'extasier devant des serviettes de table, pendant que tu étais allongé dans ton bureau à fixer le plafond. La maison est équipée d'une sonnette sans fil qui fait clignoter une lumière sur ton bureau, car tu mets la musique si fort que tu ne l'entends jamais. De fait, comme tu écris toujours avec la chaîne à fond, tu as dû faire installer une isolation supplémentaire dans les murs pour que la musique ne dérange pas Sandra ou les voisins. La pièce est totalement insonorisée. Tu pourrais t'y tirer une balle, et personne n'entendrait rien. Donc la lumière de la sonnette s'est mise à clignoter, tu es allé à la porte dans ton peignoir et ton pantalon de pyjama, et tu es tombé sur Mme Smith. Et, sincèrement, l'as-tu déjà vue porter quelque chose qui ne soit pas saturé de couleurs pastel ? Ses vêtements étaient à la mode il y a soixante ans, puis de nouveau il y a trente ans, mais ils sont désormais dans la phase ringarde du cycle. Ses lèvres sont maquillées dans une teinte rouge vif pour détourner l'attention des nombreuses rides qui sillonnent son visage, des rides assez profondes pour avaler une pièce d'un penny. Elle sent le parfum bon marché, mêlé à un petit relent de terre, comme si elle passait son temps à planter des fleurs dans son jardin ou à arranger la tombe de son mari.

Elle est passée parce qu'elle voulait avoir discrètement un petit mot avec toi, tu sais, juste pour évoquer furtivement le fait que *certains* voisins – pas elle, attention, absolument pas, même si elle était bien obligée d'être d'accord avec eux –, *certains* voisins parlaient. Tu vis dans une jolie maison, Jerry – et j'espère que tu y es encore –, une jolie maison dans une jolie rue hors de prix où les gens ont des goûts onéreux, des voitures onéreuses, des vies onéreuses, la plupart travaillant moins que toi, voire pas du tout, leur carrière derrière eux, la maison de santé à l'horizon. Elle est passée par politesse, juste pour t'informer que *certaines, certaines personnes sont, eh bien, un peu – pas en colère, non, pas en colère, ni contrariées –, plutôt inquiètes, oui, Jerry, je dirais inquiètes, inquiètes que votre jardin soit un peu mal entretenu.* Et elle n'avait pas tort – la pelouse n'a pas été tondue depuis trois semaines, le jardin est plein d'orties, les rosiers ont besoin d'être taillés, et ça commence à ressembler à une jungle dans laquelle pourraient se tapir des bêtes sauvages. Mme Smith n'a pas été la seule à le mentionner. Sandra en a également fait part. Mais elle est tellement prise par le mariage qu'elle n'a pas eu le temps de désherber, et puis, le jardinage, c'est ton domaine. Elle a parlé d'engager un jardinier, mais chaque fois qu'elle le fait, tu t'y opposes, affirmant que tu t'y mettras le lendemain. Tu as été très insistant, et Sandra a compris, quand tu lui as expliqué, que c'était important car ce serait comme ouvrir la boîte de Pandore. D'abord un jardinier, puis une femme de ménage, puis une infirmière, puis quelqu'un pour te doucher, quelqu'un pour te laver les dents. Engager un jardinier reviendrait à accélérer l'arrivée de ces Lendemains Sombres que tu essaies de repousser.

Je sais que les choses ont été... difficiles pour vous dernièrement, a déclaré Mme Smith, et cela ne résume-t-il pas merveilleusement la démence ? *Difficile pour vous.* Putain, oui, madame, sacrément difficile. Entre Sandra qui est obsédée par le mariage et toi qui es obsédé par le besoin de te morfondre (il faut le faire tant qu'on se souvient pourquoi la vie vaut qu'on se morfonde), le jardinage est passé à la trappe. Elle t'a suggéré d'engager un jardinier. Tu aurais voulu lui suggérer de s'occuper de ses oignons. Tu savais que ta maison faisait tache dans la rue, cette superbe rue chic où tout est bien propret, tout sauf ton jardin et ton Grand A. Tu lui as dit que tu t'en occuperais. Elle a répondu qu'elle n'en doutait pas.

Ça résume le trentième jour. Ça résume le premier mois.

Il est temps pour une nouvelle sieste. Le jardin peut attendre.

Bonne nouvelle, mauvaise nouvelle – tu sais quoi ? Je n'ai pas vraiment envie de jouer à ça aujourd'hui.

Son nom est Jerry Cutter Henry Cutter, son nom est Cutter Grey, il est auteur, ceci est une maison de santé, c'est du sérieux, et il n'a tué personne même s'il sait qu'il l'a fait. Son nom est Jerry Henry Cutter, il est auteur et rien de tout ça n'est réel.

Son nom est Jerry Jerry, il écrit des romans policiers et rien de tout ça n'est réel.

« Jerry ?

— Mon nom est Jerry Cutter et je suis…

— Jerry, savez-vous qui je suis ? »

Il est assis près de la fenêtre, en train de regarder le parc. Le soleil brille. Il y a un lapin dehors, à vingt mètres, caché dans les buissons, mais il le voit, oh oui, il le voit, caché là-bas en train de l'observer, de l'observer, lui volant ses pensées, se servant de son minuscule cerveau de lapin pour voler les pensées de Jerry et essayer d'agrandir son cerveau, volant les idées de Jerry pour écrire son propre roman, un roman de lapin sur des lapins.

« Jerry ? »

Il se tourne vers la voix. L'infirmière Hamilton se tient au-dessus de lui.

« Il va devoir faire semblant, déclare Jerry, car un lapin ne peut pas vraiment savoir ce qu'il pense.

— Jerry ?

— Oui, je sais qui vous êtes, nom de Dieu. Vous êtes l'infirmière qui refuse de la boucler. Vous avez sûrement mieux à faire. »

Elle lui sourit, et pourquoi le fait-elle ?

« Jerry, il y a deux policiers qui veulent vous parler, c'est possible ?

— Des policiers tirés des livres ?

— Non, de vrais policiers. »

Il regarde de nouveau vers la fenêtre. Les agents ne l'intéressent pas. Ils ne peuvent pas être aussi marrants que les flics fictifs. Il ne voit plus le lapin, mais il sait qu'il est toujours dans le même buisson, en train de l'observer. *Il est en planque !*

« Est-ce que le lapin est de la police ? Où sont maman et papa ? »

L'infirmière ne lui répond pas. Elle se tourne vers les deux hommes qui se tiennent derrière elle et qu'il n'avait pas vraiment remarqués, mais il continue de les ignorer.

« Je ne crois pas que ce soit une bonne idée, leur dit l'infirmière. Il y a des bons et des mauvais jours. Aujourd'hui, c'est un mauvais. »

Jerry n'a aucune idée de ce qu'elle raconte.

« C'est important, réplique l'un des hommes.

— Lapin, dit Jerry.

— Regardez-le, reprend l'infirmière Hamilton. Vous ne pouvez pas croire ce qu'il dit, pas dans cet état. Il va avouer une douzaine de crimes. Deux douzaines.

— Il n'y en a qu'un seul qui nous intéresse.

— Je le sais, mais il ne va pas s'enfuir.

— Vraiment ? Il l'a déjà fait.

— J'avais un lapin quand j'étais petit », déclare Jerry.

Ils le regardent tous et il éprouve le besoin de s'expliquer.

« Je l'ai eu pendant deux jours avant qu'il s'échappe. Ce n'était pas ma faute. J'avais sept ans, et quel enfant de cet âge va se souvenir de fermer la porte du clapier ? »

Il se lève et pose les mains sur la fenêtre.

« C'est lui ! »

Il se tourne vers l'infirmière et les deux hommes qui l'accompagnent.

« C'est Wally ! Où sont maman et papa ? Ils peuvent m'aider à l'attraper ! Vite, allons-y ! »

L'infirmière lui pose une main sur l'épaule.

« Rasseyez-vous, Jerry, s'il vous plaît, on s'occupera bientôt du lapin.

— Mais…

— S'il vous plaît, Jerry. Faites ce que je vous demande, d'accord ? »

Il regarde par la fenêtre, puis se tourne vers les hommes derrière l'infirmière. La façon qu'ils ont de l'observer… ça ne lui plaît pas. Il s'assied mais continue de regarder dehors.

« Nous allons garder un œil sur lui, dit l'infirmière Hamilton aux hommes. Vous pourriez peut-être revenir demain ?

— Hé, hé, Jerry, y a quelqu'un là-dedans ? demande l'un d'eux en se penchant et en lui tapant sur le front, suffisamment fort pour que ça fasse mal.

— Ne faites pas ça ! » s'écrie Jerry en tapant sur la main de l'homme.

Jerry ne l'aime pas. Pas du tout.

« Hé, allez, ça suffit », intervient l'infirmière Hamilton.

Elle ôte la main du flic, puis s'interpose entre lui et

Jerry, si bien que tout ce que ce dernier voit, c'est l'arrière de son gilet.

« Comment on sait qu'il ne simule pas ? demande le même homme. Qu'il ne simule pas la maladie pour que son meurtre reste impuni.

— Ne dites pas ça devant lui, l'interrompt l'infirmière Hamilton.

— Je n'ai pas assassiné Wally », dit Jerry, puis il se tourne de nouveau vers la fenêtre.

Il ne veut plus voir ces types. Il veut juste trouver Wally. Le lapin est la seule chose à laquelle il veuille penser.

« Je vais devoir vous demander de partir, déclare l'infirmière Hamilton.

— Appelez-nous si son état s'améliore aujourd'hui », répond le premier homme.

Jerry perçoit du mouvement dans leur direction, et lorsqu'il se retourne, il voit le type qui tend une carte à l'infirmière. Il se demande si c'est un vendeur de lapins.

« Si nous n'avons pas de nouvelles, nous tenterons de nouveau notre chance demain matin. »

Ils regardent les deux hommes partir. Jerry a le dos tourné à la fenêtre, et il sent la chaleur du soleil qui passe à travers. Il a envie de sortir, mais pas tant que les deux sont encore là. Ce sont peut-être des vendeurs de lapins, mais ça ne fait pas d'eux des gens bien. Il décide d'attendre dix minutes. C'est une durée raisonnable pour que les gens disparaissent. Il songe que certaines personnes peuvent disparaître de la surface de la terre en moins de temps que ça, et il ne sait pas comment il peut savoir une telle chose, et encore moins la penser.

« C'était qui ? demande-t-il une fois qu'ils sont sortis de la pièce.

— Juste deux personnes qui venaient voir comment vous alliez.

— Des vendeurs de lapins ?

— Non.

— Des amis ?

— Pas exactement.

— Ils n'ont pas l'air d'amis, observe-t-il. Je ne les aime pas.

— Moi non plus, Jerry. »

Il se tourne de nouveau vers la fenêtre.

« Je veux sortir. Je veux retrouver Wally.

— On va d'abord vous nettoyer, répond l'infirmière Hamilton.

— Nettoyer ? Pourquoi ?

— Vous avez eu un accident », dit-elle, et quand il baisse les yeux, il se rend compte qu'il s'est pissé dessus, puis quand il les relève, il voit Wally qui s'enfuit, disparaissant parmi les arbres.

Jour trente et un

Bordeeeeel !

Hé, Schtroumpf grognon ! Comment ça va, Schtroumpf grognon ?

Mieux ? Oui. Oui, ça va mieux !

Bon sang, tu te sens bien. Vraiment bieeeeeen !

Ces dernières semaines – tu étais au stade quatre. *STADE QUATRE !* Tu les enchaînes vraiment à toute vitesse, maintenant. Tu t'imagines allant à un groupe de soutien où les gens considéreraient ça comme une compétition et diraient : *Non, c'est moi qui ai été le plus rapidement déprimé*, ou : *Non, j'étais plus en colère que toi*, ou encore : *C'est moi qui l'ai accepté en premier et tu es resté plus longtemps dans le déni.*

Sandra est rentrée à la maison hier avec ces petits cachets bleus pour que tu te sentes mieux. Pour équilibrer ton humeur. Et, pour être honnête, tu ne voulais pas les prendre, puis tu t'es dit, tu sais quoi ? Que tu devrais les prendre *tous*. Alors c'est ce que tu as décidé de faire, seulement Sandra a refusé de te les donner *tous*, à la place elle te les a distribués au compte-goutte, deux toutes les quatre heures, et elle s'est assurée que tu les prenais bien, elle t'a même fait ouvrir la bouche et dire *ahh* pour vérifier que tu ne les gardais pas pour les gober d'un seul coup. Mais ce matin tu te sentais mieux, et cet après-midi encore mieux, et ce soir encore mieux. Tu es en voie de guérison ! D'ailleurs, tu es tellement en voie de guérison qu'on dirait que cet Alzheimer peut être vaincu. Les gens atteints de démence ne peuvent pas se sentir aussi bien, pas vrai ?

C'est le moment d'un petit récapitulatif. Bonne nouvelle – tu es quasiment sûr que le diagnostic est erroné, et que rien ne cloche chez toi. Donc, ça c'est la bonne nouvelle – c'est une nouvelle géniale ! La meilleure que tu pouvais t'annoncer, et c'est exactement ce que tu es en train de faire. Tu n'es plus le Schtroumpf grognon. Plus le Schtroumpf alcoolo.

Mauvaise nouvelle – il n'y en a pas.

Eva est passée aujourd'hui.

Elle a laissé Hip-Hop Rick à la MAISON.

Et elle est venue SEULE.

Yo.

Elle est venue avec des revues de mariage et des photos de robes qu'elle avait imprimées sur Internet. Elle débordait de bonnes nouvelles – oh, oui, encore des bonnes nouvelles. Aucun des endroits qu'elle a contactés n'avait la moindre annulation, mais il y a une église qui avait une date de libre et, tiens-toi bien : ils se marient dans six semaines ! Ce qui nous mènera aux alentours du soixante-dixième jour de ce Carnet de la Folie. Et toi-moi-nous attendons cet événement avec impatience. Bien que ton costume n'ait que six ans, il t'en faut un nouveau d'après Eva. Et aussi d'après Sandra.

Aujourd'hui, tu t'es remis à travailler sur *L'Homme qui met le feu.* Tu avais la maison pour toi, puisque Sandra est allée au travail de temps en temps cette semaine. Elle défend un enseignant qui a été licencié après que des photos de lui en train d'embrasser un autre homme – son compagnon – ont été publiées sur Internet. Suffisamment de parents se sont plaints qu'un prof gay enseigne les sciences à leurs enfants pour que l'école finisse par mettre un terme à son contrat. L'homophobie n'est pas très répandue dans ce pays, mais elle montre tout de même sa sale tronche de temps à autre. Tu n'as jamais compris ça. Les homos ont tendance à être plus soignés, mieux habillés et plus sophistiqués que les autres – s'ils étaient hétéros, ils piqueraient toutes les femmes. Tu n'aurais jamais rencontré ton épouse. Avec Sandra au travail et toi en voie de guérison, ça a ressemblé à une journée ordinaire : juste toi et ta chaîne à fond, et cette sensation que te procurent les révisions quand tu sens la magie se produire. Tu ne pourrais jamais te sentir comme ça si tu n'étais pas en train de vaincre la maladie. Il est fort possible qu'on t'ait fait un mauvais diagnostic.

Bonne nouvelle – les deux bouteilles de gin sont réapparues. Tu les avais cachées dans le garage, et ça t'es revenu ce matin. Tu boiras peut-être un verre plus tard pour fêter ça. Tu ne devrais pas, à cause des cachets, mais tu le feras, parce que tu en as envie. Autre bonne nouvelle – si tu n'arrives pas à vaincre, vaincre, vaincre le Grand A, la Facture Salée du mariage te laissera indifférent.

Mauvaise nouvelle – tu as l'impression que si Sandra estime que tu as besoin d'un bon costume, ce n'est pas uniquement pour le mariage. Tout homme mourant a besoin d'en avoir un à la fin, pas vrai ?

Vous ne vous souvenez pas d'hier ?» lui demande Eric. Ils marchent dans le parc et passent à côté d'un groupe de personnes en train d'écouter un chanteur qui vient à la maison de santé deux fois par semaine. Le type joue de la guitare, il interprète tout un tas de vieilles chansons, le genre de musique que Jerry adore, seulement il les aime sur sa chaîne, avec des voix fortes, de la batterie, des guitares électriques et des saxophones qui hurlent à fond. Il appréciait la façon dont elles stimulaient sa créativité. Alors que ce type les interprète comme s'il était sur un paquebot de croisière pour centenaires. Une camionnette est garée près de la porte principale tandis qu'un agent d'entretien bidouille les éclairages extérieurs, et Jerry se demande si ce serait difficile de se planquer à l'arrière du véhicule et de faire une petite virée. Assez, imagine-t-il, car il y a un chien assis sur le siège avant. Le soleil brille, il n'est pas encore chaud mais ça va bientôt venir, et la plupart des résidents sont en manches courtes. Il est dix heures du matin, il vient de se lever. Il n'a pas encore pris son petit déjeuner. La question d'Eric lui fait prendre conscience qu'il n'a même pas songé à hier. Il ne lui est pas venu à l'esprit qu'il y avait des choses à se rappeler. Chaque fois que quelqu'un lui indique qu'il a oublié un certain laps de temps, il se sent désorienté. Ils continuent de marcher. Il passe mentalement en revue une petite check-list qui, quand il pense à s'en servir, lui est utile. Où est-il ? Eh bien, tous les hôtels se ressemblent, et ça, ce n'en est pas un. Il n'est pas en tournée. Il est dans un centre de soins. Son nom est Jerry Grey. Il est un homme sans avenir en passe d'oublier son passé. Un homme à qui sa femme ne rend pas visite parce qu'elle a demandé le divorce car tout ça était trop difficile pour elle.

Jerry acquiesce.

« Bien sûr que si, répond-il, puis il s'aperçoit qu'il n'en a aucun souvenir. C'était une journée mémorable ?

— Et la veille ? »

Cette fois, il fait non de la tête.

« Le nom de Belinda Murray, poursuit Eric, ça vous dit quelque chose ?

— Belinda Murray ? »

Jerry réfléchit, laissant le nom filtrer à travers ses blocs mémoire. Mais il traverse son esprit sans se raccrocher à rien.

« Ça devrait ? »

Eric lui donne une tape sur l'épaule et sourit.

« Peut-être pas. Comment vous sentez-vous, ce matin ?

— Bien », répond Jerry.

Il sait que c'est la réponse standard, ce qui signifie qu'au moins il se rappelle encore comment les êtres humains se comportent en société. Il sait également qu'il y a une demi-heure, quand il s'est réveillé, il a été quelque temps confus. Il s'aperçoit soudain qu'il n'a pas demandé à Eric comment il allait, donc peut-être qu'il a oublié quelques règles de politesse de base. Il le fait alors.

« Je vais bien, mon pote », sourit Eric.

Puis Jerry se rappelle autre chose.

« Comment avance l'écriture ?

— Bien », affirme Eric, manifestement ravi qu'on lui pose cette question.

Et Jerry est tout aussi ravi de s'en être souvenu.

« J'ai été inspiré par quelque chose. À vrai dire, c'est vous que je dois remercier. Vous et votre conseil sur le fait d'écrire ce qu'on connaît. »

Jerry se demande ce qu'il raconte.

« Vous écrivez sur un aide-soignant ?

— Ha ! fait Eric, et il lui donne une tape dans le dos. Vous êtes plus proche de la vérité que vous ne l'imaginez. Je ferais bien de me mettre au travail, et vous devez aller prendre votre petit déjeuner et vous préparer, car vous avez des visiteurs qui arrivent.

— Sandra et Eva ?

— Hélas non, mon pote. »

Les visiteurs arrivent juste avant midi, et il s'avère que ce sont deux policiers, ce qui est décevant, pense-t-il, mais pas autant que recevoir une visite de son comptable. Le premier flic se présente. C'est un type du nom de Dennis Mayor qui ne ressemble à aucun Dennis que Jerry ait rencontré, et le second est un certain Chris Jacobson, qui ressemble plus à un Dennis qu'à un Chris. Ils lui expliquent qu'ils sont venus le voir hier, et il les traite presque de menteurs, car ils n'étaient pas là hier… puis il songe qu'ils disent peut-être vrai. En plus, maintenant qu'il y pense, ils semblent en effet vaguement familiers. Les présentations ont lieu dans une chambre qui est en ce moment inoccupée, parce que le patient précédent est mort, s'imagine Jerry, vu que personne ici ne voit vraiment son état s'améliorer. Ils sont cinq – les deux flics, Eric, l'infirmière Hamilton, et lui, Jerry Grey, auteur de romans policiers. Lorsqu'ils sont tous assis, il s'aperçoit que ce n'est pas juste une chambre inoccupée, mais plutôt une salle d'interrogatoire. Les deux policiers sont assis face à lui, Eric est à sa gauche, et l'infirmière à sa droite. Il se sent coincé. Il a l'impression qu'il devrait exiger un avocat.

Avant qu'il ait le temps de demander de quoi il s'agit, Mayor se penche en avant et lance les festivités.

« Est-ce que le nom de Belinda Murray vous dit quelque chose ? »

Belinda Murray. Jerry compare le nom à des visages du passé, les faisant défiler de la même manière que les empreintes digitales défilent dans les séries télé, les images se succédant à toute allure. Il ne trouve rien. Pourtant… ça lui dit quelque chose.

« Je connais ce nom.

— Vous voulez nous parler d'elle ? » demande Mayor.

Il voudrait bien, mais…

« Je… ne peux pas.

— Et pourquoi ça ?

— Je ne sais pas qui c'est.

— Vous venez de dire que vous connaissiez ce nom, insiste Jacobson.

— Je sais, mais… »

Il compare une fois de plus le nom aux visages.

« Je ne sais simplement pas où je l'ai entendu.

— Ça pourrait être ma faute », intervient Eric.

Tout le monde se tourne vers lui, sauf Jerry car il observe les deux flics qui ont l'air agacés par l'aide-soignant. Eric poursuit :

« Je lui ai demandé tout à l'heure s'il connaissait ce nom. Désolé, je n'aurais probablement…

— Pas dû ? » demande Mayor.

Eric hausse les épaules.

« C'est peut-être à cause de ça qu'il s'en souvient.

— Vous avez raison, vous n'auriez vraiment pas dû faire ça, confirme Mayor.

— Et pourquoi pas ? demande l'infirmière Hamilton, fusillant ce dernier du regard. C'est Jerry qui nous a dit ce nom, et c'est nous qui vous en avons informés. Alors ne faites pas comme si nous avions mal agi quand tout ce que nous faisons, c'est essayer de découvrir la vérité.

— Certes, répond Mayor. Je suis désolé, et nous vous remercions de votre aide. Nous sommes cependant ici parce qu'il a prononcé ce nom il y a deux jours, alors d'où s'en souvenait-il ? »

Jerry n'aime pas qu'on parle de lui comme s'il n'était pas dans la pièce. Ça lui donne l'impression d'être un objet.

« Qui est Belinda Murray ? » demande-t-il.

Ils se retournent tous vers lui.

« Je ne sais pas qui c'est.

— Vous pourriez peut-être lui montrer la photo », suggère l'infirmière Hamilton.

Jacobson acquiesce et ouvre une chemise qui est posée sur ses genoux. Il en tire une photo qu'il tend à Jerry. C'est un cliché brillant de vingt centimètres sur vingt-cinq, représentant une blonde aux yeux bleus avec un beau sourire, le sourire d'une fille ordinaire âgée d'environ vingt-cinq ans avec toutes sortes d'espoirs et de promesses, qui devait avoir toutes sortes d'hommes qui faisaient la queue en toutes sortes d'endroits dans l'idée de sortir avec elle. Jerry sait déjà où tout cela va mener. Évidemment qu'il le sait.

« Vous croyez que je l'ai tuée, déclare-t-il.

— Et pourquoi dites-vous ça ? demande Mayor.

— Écoutez, inspecteurs, je perds peut-être la tête, mais pas au point de ne pas voir l'évidence. Ceci, ajoute-t-il en écartant les bras pour désigner la pièce et tout ce qu'elle contient, est un interrogatoire. Vous êtes ici parce que cette fille est morte, et j'en suis désolé, sincèrement, mais je ne la connais pas et je ne lui ai pas fait de mal.

— C'est parce que…, commence Mayor, mais il s'interrompt lorsque l'infirmière Hamilton lève la main dans sa direction.

— Laissez-moi lui expliquer », dit-elle.

Mayor regarde son équipier, qui hausse les épaules d'un air de dire : *Pourquoi pas.*

L'infirmière oriente sa chaise de sorte à être presque face à Jerry, elle saisit sa main dans les siennes et se penche en avant. Il sent l'odeur de café de son haleine, et elle porte le même parfum que sa belle-sœur. Il ne se souvient plus de son nom, ni de la dernière fois qu'il a pensé à elle, mais il se rappelle à quoi elle ressemble, et il imagine qu'elle a influé sur la décision de Sandra de le quitter. Il se les représente toutes les deux vautrées dans des canapés, les pieds relevés, buvant du vin et écoutant de la musique, sa femme disant que c'est trop dur, sa sœur répondant qu'elle est encore assez jeune pour repartir de zéro, pour lâcher Jerry et se trouver un type de la moitié de son âge. Il regrette soudain que ce ne soit pas sa belle-sœur sur la photo qu'ils lui montrent, au lieu d'une parfaite inconnue.

« Jerry, vous vous sentez bien ?
— Pardon ?
— Vous avez eu un petit moment d'absence, dit l'infirmière Hamilton.
— Ça va.
— Vous êtes sûr ? »
Il réfléchit quelques secondes.
« J'ai connu mieux.
— Dites-moi si tout ça devient trop stressant, d'accord ? demande-t-elle.
— Vous allez en venir au but, oui ou non ? » intervient Mayor.
Elle l'ignore.
« D'accord, Jerry ?
— Je vous le dirai. J'ai compris, répond-il, Sandra et sa sœur s'effaçant de ses pensées.
— Est-ce que vous savez où vous êtes ? »
Il n'a pas besoin de regarder autour de lui. C'est une question simple, et ils doivent vraiment croire qu'il est particulièrement idiot pour lui demander ça, mais il parcourt tout de même la pièce du regard, juste pour être sûr.
« Évidemment. Je sais qui je suis et où je suis. Je suis dans une maison de santé parce que je souffre de démence. J'ai été interné ici parce que ma femme a décidé de divorcer au lieu de me laisser rester chez moi. Je suis ici parce que le Capitaine A prend parfois le dessus et je m'égare.
— Qui est ce Capitaine A ? demande Mayor.
— C'est comme ça qu'il appelle son Alzheimer », répond l'infirmière Hamilton.
Elle se tourne de nouveau vers Jerry. Elle tient toujours sa main entre les siennes.

« Vous vous rappelez ce que vous faisiez comme métier ? »

Il acquiesce.

« Dites-le-moi.

— J'étais romancier. J'ai écrit dix livres.

— Vous en avez écrit treize. Vous vous rappelez il y a deux jours, quand vous étiez assis dans le parc ?

— Treize ? Vous êtes sûre ?

— Le parc, Jerry. »

Il passe beaucoup de temps dans le parc. Il y était aujourd'hui. Et aussi probablement hier et avant-hier. Mais quand tous les jours se ressemblent, comment les distinguer les uns des autres ?

« Pas vraiment », répond-il.

Sans même regarder les deux inspecteurs, l'infirmière Hamilton écarte le bras sur le côté, légèrement derrière elle, levant l'index pour leur signifier de ne pas dire un mot.

« Vous étiez dans le jardin en train de cueillir des roses, vous vous souvenez ? Vous disiez que vous donniez un coup de main. Vous avez ajouté que vous aidiez votre voisine de la même manière.

— Vraiment ? demande-t-il, incapable de se souvenir de la voisine, incapable de se souvenir d'avant-hier, incapable de se souvenir qu'il a écrit treize livres et non dix.

— Je vous ai pris par la main, nous nous sommes assis à l'ombre, et je vous ai donné de l'eau à boire. Nous avons discuté un moment. Vous vous souvenez de quoi nous avons parlé ?

— De roses ? » suggère-t-il, mais ce n'est qu'une simple déduction logique.

Puis il songe à ce qu'elle dit, à son métier.

« Il était question de livres.

— Il se souvient que dalle ! » lance Mayor en desserrant sa cravate.

Il a l'air frustré, et Jerry pense qu'il y avait beaucoup de flics frustrés dans ses romans. Ces types boivent probablement beaucoup de café et ont beaucoup d'ex-femmes, et ils finissent par craquer. Il commence à faire chaud dans la pièce, sans doute parce qu'ils ont contribué à faire monter la température, et il veut partir d'ici. Pas juste de cette pièce, mais de ce centre de soins. Il veut rentrer chez lui.

L'infirmière Hamilton se tourne de nouveau vers Jerry après avoir lancé à Mayor un autre de ses regards furieux dont Jerry ne voudrait pas faire les frais.

« Jerry, vous vous souvenez de Suzan ? »

Il fronce les sourcils et incline un peu la tête tout en serrant les dents. Bien sûr qu'il se souvient de Suzan. C'était la première.

Il se rappelle avoir trouvé sa porte déverrouillée et avoir traversé la maison, cherchant autant que possible à ne pas faire de bruit et y parvenant.

« Comment êtes-vous au courant, pour elle ?

— C'est bon, Jerry, dit-elle, lui serrant plus fort la main. Parlez-nous de Suzan. »

Il secoue la tête.

« Faites-moi confiance, Jerry. S'il vous plaît, vous devez me faire confiance.

— Avec un z, dit-il.

— C'est exact. »

Il baisse la voix.

« Devant les inspecteurs ?

— Ils sont ici pour vous aider. »

Il les regarde, ces deux hommes qui l'observent, l'un avec sa cravate de travers, l'autre n'en portant pas, tous deux ayant besoin de se raser. Aucun de ces flics n'a l'air de vouloir l'aider.

« Est-ce que je suis obligé ?

— Oui », répond-elle, et ce qu'elle dit fait loi.

C'est le truc avec l'infirmière Hamilton – il s'imagine que même s'il oubliait complètement qui elle est, il obéirait tout de même à ses ordres.

Il recommence à parler normalement.

« Suzan avec un z est une personne que je connaissais quand j'étais jeune. Elle vivait dans la même rue que moi, et je… »

Il regarde de nouveau l'infirmière Hamilton.

« Je dois vraiment continuer ?

— Non, Jerry, vous n'êtes pas obligé, parce que Suzan avec un *z* n'existe pas. C'est un personnage de l'un de vos livres.

— C'est… », commence-t-il, puis il s'interrompt en milieu de phrase.

Suzan avec un z. Dans un livre. Deux synapses s'activent dans sa matière grise et il se retrouve là, assis devant son ordinateur, cherchant un nom pour son personnage, un nom auquel on pourrait s'identifier, mais aussi un peu différent. Quand il s'agissait des personnages principaux, les noms pouvaient être difficiles à trouver car il fallait choisir le bon, celui qui collerait à la personne, qui la ferait sembler plus authentique.

Il se revoit écrivant la scène, arrivant à la fin puis la reprenant, ajoutant et supprimant des passages. Il se souvient du moindre détail, comme si c'était hier. Il se rappelle avoir écrit une scène du point de vue de Suzan et l'avoir supprimée, puis le livre suivant son chemin, arrivant au stade des corrections, de la conception de la couverture, puis le grand jour de sa parution, alors qu'il travaillait déjà à son roman suivant. Il comprend exactement ce que l'infirmière Hamilton est en train de dire. Il a créé Suzan. Elle n'est qu'une combinaison de mots sur du papier, née de son besoin d'écrire, de son besoin de distraire, de son besoin de rembourser l'emprunt pour la maison.

« Jerry ? »

Il se tourne de nouveau vers l'infirmière. Elle le fixe du regard.

« C'est un personnage, dit-il. Parfois je les confonds avec le monde réel. »

Il adresse cette dernière phrase aux flics, puis lâche un petit éclat de rire de circonstance pour prouver qu'ils sont tous amis, que ce n'est rien qu'un léger malentendu. Mais ça ne prend pas. Au mieux, ça le fait passer pour un fou. Et il sait à quoi ressemblent les fous… il en a créé suffisamment.

« Belinda Murray appartient au monde réel, déclare Mayor.

— Jerry, reprend l'infirmière Hamilton tout en continuant de lui tenir les mains, il y a deux jours, quand nous étions assis dans le parc, vous vous souvenez de ce que vous m'avez dit sur Belinda ?

— Belinda le personnage de roman, répond-il, tentant d'avoir l'air confiant, certain que c'est de là qu'elle vient, mais incapable de se souvenir d'elle.

— Je viens de dire…, commence Mayor, mais il se tait lorsque l'infirmière lui lance un nouveau regard à la Hamilton.

— Non, pas un personnage de roman, réplique-t-elle. Belinda est une personne réelle. »

Jerry Grey compare le nom à sa base de données interne. Aucun résultat.

« Vous êtes sûre ?

— C'est inutile, déclare Mayor. Je suggère qu'on l'emmène au poste et qu'on lui parle là-bas. On fera appel à quelqu'un de plus qualifié. »

L'infirmière regarde dans sa direction, et cette fois il ne recule pas.

« Allez, même vous, vous voyez bien que c'est une perte de temps.

— Qu'est-ce qui se passe ? » demande Jerry.

Elle se tourne de nouveau vers lui.

« Jerry, Suzan avec un z, vous savez qu'elle n'existe pas, vous le voyez, n'est-ce pas ?

— Évidemment, répond-il, embarrassé d'avoir pu faire cette erreur et se promettant qu'on ne l'y reprendra plus.

— Mais elle n'est pas la seule, poursuit l'infirmière. Depuis un an que vous êtes ici, vous…

— Attendez, attendez, une seconde, l'interrompt Jerry en secouant la tête. Vous vous trompez. Je ne suis pas ici depuis un an. Je suis ici… »

Il regarde Eric et hausse les épaules.

« Depuis quoi ? Deux mois tout au plus ?

— Ça fait un an, répond l'aide-soignant. Onze mois pour être précis.

— Non ! s'exclame Jerry en commençant à se lever, mais l'infirmière ne lâche pas sa main et le fait se rasseoir. Vous me mentez.

— C'est bon, Jerry. Calmez-vous, s'il vous plaît.

— Me calmer ? Comment pourrais-je être calme quand vous êtes tous là à inventer ces choses à mon sujet.

— Vous êtes ici depuis un an, Jerry, répète-t-elle, avec force cette fois.

— Mais… »

Tu es Jerry Grey, l'homme qui a Alzheimer pour acolyte, comment peux-tu discuter ? Comment peux-tu contredire l'infirmière Hamilton ? Sa parole fait loi.

« Vous êtes sûre ?

— Oui, répond-elle. Et depuis onze mois que vous êtes ici, vous avez avoué de nombreux crimes.

— La première fois que vous l'avez fait, mon pote, ça a été un sacré choc, déclare Eric. L'infirmière Hamilton ici présente était prête à appeler la police, mais il y avait quelque chose de familier dans ce que vous disiez. Je suis un grand fan de vos livres, et j'ai rapidement compris que vous décriviez une scène tirée de l'un d'entre eux.

— Depuis que vous êtes avec nous, vous avez avoué de nombreux crimes imaginaires que vous pensiez avoir commis, reprend l'infirmière.

— Ils vous semblent tellement réels, ajoute Eric.

— Il y a deux jours, nous étions dans le parc et vous m'avez raconté une histoire », continue l'infirmière Hamilton en jetant un coup d'œil à la photo.

Jerry sait ce qu'elle est sur le point de dire, de la même manière qu'il pouvait toujours prédire comment les séries télé et les films finissaient après le premier quart du programme. Est-ce là qu'ils en sont ? Au premier quart de cette folie ? Et le Carnet de la Folie ? Où est-il passé ?

« Vous m'avez parlé d'une fille que vous aviez tuée. Vous avez affirmé la connaître, mais vous n'avez pas dit comment. Vous vous rappelez ? »

Il ne s'en souvient absolument pas, même s'il essaie. Vraiment. Il sait que c'est une chose que les gens lui disent probablement, d'essayer de se concentrer intensément et de mieux se souvenir, comme s'il pouvait bander les muscles de son cerveau et faire un effort supplémentaire. Mais les choses sont ce qu'elles sont, et dans ce cas, il n'y a qu'un grand néant.

« Je me souviens du parc, dit-il. Et… il y avait un lapin. Wally.

— Vous l'avez poignardée, déclare Mayor.

— Le lapin ?

— Belinda Murray. Vous l'avez assassinée de sang-froid. »

L'infirmière Hamilton pose une main sur le genou de Jerry alors qu'il s'apprête à se lever.

« Attendez, Jerry, s'il vous plaît. Malgré le fait que l'inspecteur Mayor se comporte de façon franchement déplorable, c'est ce que vous m'avez dit. Vous avez prétendu avoir frappé à sa porte au milieu de la nuit, et quand elle a ouvert vous… vous l'avez frappée. Puis vous… », commence-t-elle en détournant le regard.

Il sait ce qu'elle ne veut pas dire, et il se demande comment elle va s'y prendre. Et alors, elle le fait.

« Vous avez abusé d'elle. Ensuite vous l'avez poignardée. Vous m'avez tout raconté.

— Mais si je suis ici depuis un an, alors…

— C'était juste avant que vous ne soyez condamné à venir ici, coupe Mayor. Quelques jours avant l'autre meurtre.

— Quel autre meurtre ?

— Ça suffit, inspecteur ! intervient l'infirmière avant de se tourner de nouveau vers Jerry. Pensez à cette fille, Jerry. »

Mais il ne veut pas y penser, parce qu'elle n'existe pas. Cette Belinda Murray n'est pas plus réelle que les autres personnages de ses livres.

« Quel meurtre ?

— Il n'y a pas eu de meurtre, Jerry, répond l'infirmière d'une voix calme. La fille. Est-ce que vous vous souvenez d'elle ? Belinda. Est-ce que vous vous rappelez l'avoir vue avant de venir ici ? C'était il y a un an. Regardez encore la photo. »

Mais il ne la regarde pas.

« Il y a quelque chose que vous ne me dites pas, déclare-t-il à l'intention de toutes les personnes présentes dans la pièce.

— S'il vous plaît, Jerry, répondez aux questions pour que ces deux hommes puissent repartir. »

Il regarde la photo. La fille blonde. La jolie fille. La fille morte. L'inconnue. Et pourtant…

« Quand je pense à Suzan, c'est comme si je la connaissais, mais elle… » Il laisse sa phrase en suspens. « Le truc, c'est qu'elle me dit visuellement quelque chose. Je n'ai pas le *sentiment* de la connaître, mais elle me dit quelque chose. Quant au nom… je l'ai déjà entendu. Mais quand ? »

Les flics l'observent. Il songe à ce qu'il vient de dire et regrette de l'avoir fait. Il voudrait que Sandra soit là. Elle serait de son côté.

« Nous pensons qu'il devrait venir avec nous, dit Mayor à l'infirmière Hamilton.

— Est-ce vraiment indispensable ?

— À ce stade, j'ai peur que ce ne soit l'étape suivante. »

Mais Jerry ne trouve pas qu'il ait l'air d'avoir peur.

Ils se lèvent tous.

« Est-ce qu'on va me passer les menottes ? demande-t-il.

— Ce ne sera pas nécessaire, répond Mayor.

— Est-ce que je pourrai jouer avec la sirène ?

— Non. »

Ils commencent à sortir de la pièce.

« Vous venez avec moi ? demande Jerry à l'infirmière Hamilton.

— Je vous rejoindrai là-bas, répond-elle, et j'appellerai votre avocat en chemin. »

Il réfléchit quelques secondes.

« Vous pouvez demander aux inspecteurs si je peux jouer avec la sirène ?

— Ne nous forcez pas à vous menotter, intervient Mayor.

— Inspecteur… », dit l'infirmière.

Mayor hausse les épaules.

« Je plaisante. Allez, sortons d'ici – cet endroit me file la chair de poule. »

Jour quarante

Cette entrée ne va pas commencer par une bonne ou une mauvaise nouvelle, mais par une nouvelle étrange. Deux pages ont été arrachées à ce carnet, celles qui suivaient la dernière entrée. Ce n'est pas toi qui l'as fait, et tu n'as pas écrit dessus non plus car toi-moi-nous sommes toujours sains d'esprit. Deux pages blanches disparues. Il est cependant possible que Sandra les ait arrachées pour l'une ou l'autre des raisons suivantes. Soit elle veut que tu penses avoir écrit quelque chose mais que tu ne te souviennes pas quoi, auquel cas son mobile est obscur. Soit elle a trouvé le carnet et était en train de le lire quand elle a renversé quelque chose sur ces pages et a été obligée de les arracher. En tout cas, dorénavant, tu vas devoir faire plus attention à ne pas laisser le carnet sorti.

Eva t'a emmené déjeuner hier. Vous étiez juste tous les deux, chose que vous n'avez presque jamais l'occasion de faire. Le restaurant donnait d'un côté sur la rivière Avon, et de l'autre sur les montagnes. La chef, une de ses amies, vous a préparé un repas spécial qui ne figurait pas encore sur le menu, mais qu'elle compte ajouter dans les semaines à venir. Elle est venue vous demander ce que vous en pensiez, sans trop abuser de votre temps, mais avec tellement de sourires et de bonheur que même si Eva et toi n'aviez pas aimé, ni l'un ni l'autre n'auraient pu le dire. Vous n'avez pas beaucoup parlé de l'avenir, ni du mariage. À la place vous avez discuté de sa musique, elle t'a raconté de nouvelles anecdotes sur son grand voyage à l'étranger, t'a révélé qu'une de ses camarades d'école allait avoir un bébé, et que fonder une famille était une chose dont elle et Rick avaient beaucoup parlé. Tu lui as demandé si elle était enceinte, elle a ri et répondu que non, pas encore, mais peut-être dans deux ans. Elle t'a expliqué qu'avant d'écrire des paroles de chansons elle avait songé à s'essayer à la fiction. Juste des nouvelles. Pas des intrigues à la Henry Cutter, mais des histoires basées sur des tranches de vie dont elle avait été témoin quand elle voyageait, moments qui avaient au bout du compte fini en musique. Elle t'a demandé si tu accepterais de lire certains de ses textes car elle adorerait avoir un avis extérieur, et même si tu sais qu'elle fait ça pour toi, pas pour elle, le fait qu'elle te pose la question t'a ravi.

Elle a ensuite voulu savoir quels étaient tes plans pour l'anniversaire de Sandra. L'anniversaire de Sandra, que tu avais naturellement oublié, avant de t'en rappeler quelques jours plus tôt, pour finalement le reléguer de nouveau dans l'oubli. Tu ne sais pas trop si Eva aurait décrété que c'était typique d'Alzheimer ou typique de Jerry, mais qu'importe, car le fait est que tu y avais pensé, mais n'avais à ce stade décidé ni du cadeau parfait, ni de la manière dont vous passeriez la journée.

« Et si on lui organisait une fête surprise ? » a suggéré Eva.

Tu as convenu que c'était une excellente idée, mais ce que tu n'as pas dit, c'est qu'elle aurait dû l'organiser sans que tu le saches. Car tu vois deux choses se produire : soit tu oublieras la fête, soit tu oublieras que c'est un secret. Quand elle t'a ramené chez toi, Eva t'a tendu une chemise qui se trouvait sur la banquette arrière et contenait les paroles d'une douzaine de chansons. Tu t'es assis au soleil sur la terrasse et les a lues, les accordant à la musique dans ta tête, tellement heureux pour elle, pour son avenir, pour les gens qui un jour les entendraient.

Tes propres écrits, au fait, avancent bien. Tu as renvoyé la version révisée de *L'Homme qui met le feu* à ta relectrice ce matin. Il s'est avéré que ça représentait beaucoup de travail. Le livre traite d'un pompier pyromane qui tombe amoureux d'une collègue et incendie des bâtiments juste pour travailler avec elle, dans le but ultime de lui sauver un jour la vie. Tu as fini par introduire un nouveau personnage, ce qui t'a été d'une grande aide – un type nommé Nicholas qui apporte une toute nouvelle facette à l'histoire, un peu du cœur et de la profondeur qui manquaient jusqu'alors. Nicholas est un jeune punk accusé de vol à main armée, et alors qu'il est détenu en cellule au poste de police, il est passé à tabac et violé et manque d'y laisser sa peau. Mais Nicholas, évidemment, n'a pas commis le vol, et il se sert du peu d'argent qu'on lui verse en compensation pour s'inscrire en fac de droit. Mais tout ça, c'était avant, et maintenant, ton personnage principal, le pyromane, engage un avocat lorsqu'il devient suspect après la disparition de la femme qu'il aime. Et Nicholas est le genre d'homme qui irait jusqu'au bout du monde pour un client qu'il croirait réellement.

Le livre n'est pas la seule chose qui avance bien. Les préparatifs du mariage progressent à grands pas. Tous les éléments du grand jour se mettent en place. *C'est mariage ceci* et *mariage cela, Parlons de fleurs, Parlons de la décoration, Est-ce que cette robe te plaît ? Est-ce que le gâteau te plaît ? C'est toi l'écrivain, Jerry, alors dis-nous quelle police de caractère te paraît la plus adaptée pour ces menus. Celle-là ? Tu es sûr ? vraiment sûr ?*

Dieu merci, tu as eu tout ce travail, car ça t'a vraiment permis de rester à l'écart, ce qui est probablement le plus beau cadeau que tu puisses faire à ta famille. Le mariage est pour dans moins de cinq semaines, et tu as hâte qu'il soit derrière toi. Et dans cinq semaines, la démence ne sera également plus qu'un mauvais souvenir, et peut-être que tu pourras écrire une bonne partie de ton quatorzième livre avant de partir en tournée promotionnelle pour le treizième. Tu es cependant assez réaliste pour savoir que, même si tu esquives maintenant la balle de la démence, ça ne signifie pas qu'elle ne t'atteindra pas au bout du compte. Ça pourra être dans vingt ans, ou bien dans dix. Mais tu dois continuer d'écrire pour toi, pour tes fans, pour ta famille.

Te plonger dans la réécriture a autant été un gros travail qu'un grand plaisir, mais ça t'a fait délaisser ce carnet. Cela dit, ça indique que le besoin de l'écrire n'est assurément plus aussi urgent – pourquoi une personne qui n'est clairement pas folle aurait-elle besoin de tenir un Carnet de la Folie ? Tu ne le lis presque plus, de toute manière.

Avant d'en finir pour aujourd'hui, voici un petit événement qui remonte à quelques jours, un incident étrange qui mérite à peine d'être mentionné, mais bon…

Sandra était au travail, et ta voisine, Mme Smith, est venue. Elle est venue et elle était fumasse. Quelqu'un avait arraché toutes ses fleurs, et elle voulait savoir si tu étais au courant. Tu ne l'étais pas – bien sûr que non –, mais elle a ensuite affirmé qu'une autre voisine t'avait *vu* le faire – ou du moins quelqu'un qui te ressemblait. Tu lui as répondu que non, ce n'était pas toi. Tu es un auteur de romans policiers qui est resté chez lui toute la semaine à écrire des histoires de meurtres et qui, lui as-tu assuré, a bien mieux à faire qu'aller anéantir des rangées et des rangées de ses roses.

Je trouve juste étrange que Mme Blatch prétende être sûre que c'était vous, et qu'elle croyait que vous faisiez du jardinage.

Bon, Mme Blatch, pour mettre les choses en perspective, Futur Jerry, a un âge dont le premier chiffre ne pourra être de nouveau sept que si elle atteint sept cents ans. Elle porte des lunettes si lourdes qu'elles finiront par lui briser la nuque et la tuer.

Alors Mme Blatch se trompe, ce qui n'est pas vraiment une surprise, n'est-ce pas ? Elle a presque deux cents ans.

En tout cas, Jerry, elle est certaine que c'était vous, et, eh bien, il n'y a pas vraiment de manière délicate de dire ça, mais après notre conversation de l'autre jour, on dirait que vous vous vengez.

Quelle conversation ?

Je vous ai demandé de mettre de l'ordre chez vous. Votre jardin est une honte.

J'y travaille, et ce n'est pas moi qui ai déterré vos roses.

Comment pouvez-vous en être si sûr ? Un homme dans votre état – vraiment, comment pouvez-vous en être si sûr ?

Si vous voulez m'accuser d'en avoir après votre jardin, alors la prochaine fois essayez d'avoir un témoin qui n'est pas né quand le feu a été inventé.

Tu lui as dit : *Bonjour chez vous* – tu as vraiment utilisé ces mots tirés tout droit d'un drame victorien –, puis tu lui as fermé la porte au nez.

Bonne nouvelle – Nicholas va sauver ton manuscrit. Tu en es certain, et le livre sortira l'année prochaine. Bonne nouvelle – Jerry le Remplaçant ne frappe plus à la porte. Tu es en train de vaincre cette saloperie.

Mauvaise nouvelle – hier soir tu es allé uriner dans une des chambres. Tu étais au milieu de ton affaire quand tu t'es soudain aperçu que tu pissais dans le coin de la chambre d'amis et non dans les toilettes. Tu t'es arrangé pour interrompre le jet (bonne nouvelle), et tu es parvenu à tout nettoyer sans que Sandra s'en rende compte (autre bonne nouvelle).

Donc, voilà, Futur Jerry. Pas trop le temps de rester en contact désormais, et pas vraiment l'utilité non plus. Tu vas consacrer ton temps au mariage et au prochain livre. D'ailleurs, tu as une idée d'intrigue – un auteur de romans policiers atteint de démence. Pas totalement basé sur toi, car ce type est vraiment atteint du Grand A. *Écris ce que tu sais*, tu te souviens ? *Et fais semblant pour le reste.*

Jerry n'a pas l'opportunité de jouer avec la sirène en chemin. Il n'a le droit de rien faire si ce n'est rester assis à l'arrière et regarder par la vitre. Il commence à se sentir un peu comme la personne qu'il était avant. Peut-être que le mouvement de la voiture agit sur la chimie de son cerveau, faisant remonter les souvenirs comme la vase du fond d'une rivière. Peut-être que l'odeur de fast-food et de café qui a imprégné la trame de la tapisserie le ramène à des périodes où il était à l'étranger et mangeait des plats à emporter achetés dans des bouis-bouis parce qu'il était pressé. Ou ça pourrait être le changement d'environnement, l'air frais qui l'a frappé lorsqu'il a marché de la maison de santé à la voiture. Des bribes de son passé refont surface. Il se rappelle son père se noyant dans la piscine, il se rappelle avoir rencontré Sandra à l'université, il se rappelle avoir emmené sa famille dans des villes si grandes qu'elles faisaient ressembler Christchurch à une goutte dans l'océan. Bien sûr, il y a des choses qui ne lui reviennent pas. Il n'a aucune idée de ce qu'il a mangé au petit déjeuner. Il ne se souvient pas de ce qu'il a fait hier, s'il a regardé la télé ou s'est promené dans le jardin. Il ne se souvient pas de la dernière fois qu'il a lu un journal, ni de celle où il a tenu sa femme dans ses bras, ni de celle où il a passé un coup de téléphone ou envoyé un e-mail. Les souvenirs fluctuent, ils s'agitent, certains se fixent, d'autres disparaissent.

Il ne parle pas aux policiers – l'infirmière Hamilton a été très claire à ce sujet. *Ne dites rien. Demandez à boire si vous avez soif, à aller aux toilettes si vous en avez besoin, mais c'est tout. Maintenant, répétez.* Il a répété. Ils étaient face aux deux agents, l'inspecteur Mayor et l'inspecteur Machin-Chose, et elle leur a alors demandé de ne pas engager la conversation avec Jerry tant que son avocat ne serait pas arrivé.

Nous connaissons notre boulot, a répliqué Mayor, mais Jerry le connaissait également, et il savait qu'ils essaieraient.

Et c'est précisément ce qui se produit alors qu'ils ont parcouru huit kilomètres. Mayor ajuste sa position sur le siège passager et incline le rétro de sorte à pouvoir voir Jerry.

« Alors, comme ça, vous êtes écrivain, hein ? »

Jerry ne répond pas. Il pense à Sandra, et se demande si l'infirmière l'a déjà appelée. Nul doute que Sandra voudra venir, soit pour le soutenir, soit pour se prouver que divorcer était la meilleure décision qu'elle ait prise dernièrement.

« Ça doit être un chouette boulot », insiste Mayor.

Il voit les yeux et le nez de l'inspecteur dans le rétro, mais rien d'autre. Il n'y a rien entre l'avant et la banquette arrière pour empêcher Jerry de lui ébouriffer les cheveux. Ou d'essayer de l'étrangler.

« Allez, on taille juste une bavette, dit Mayor, pas vrai, Chris ?

— Faut bien s'occuper sur le chemin du retour, répond celui-ci, sinon c'est un trajet plutôt barbant.

— On papote simplement, reprend Mayor. Voyez ça comme si on se rencontrait à un barbecue et qu'on buvait quelques bières. Ça doit vous arriver tout le temps, pas vrai ? Monsieur le Grand Écrivain ? Vous devez adorer en parler. Vous écrivez des romans policiers, pas vrai ? Vous avez publié quelque chose que j'aurais pu lire ?

— Peut-être, répond Jerry.

— Peut-être. J'aime bien un bon roman policier, vous savez. J'aime un bon mystère. J'aime résoudre des énigmes. Vos livres, ils sont comme ça ?

— Je ne... je ne suis pas sûr, répond Jerry, et en effet, il ne l'est pas.

— Il est pas sûr, t'entends ça, Chris ?

— J'ai entendu. C'est la démence. Il se souvient pas de ses propres histoires.

— Mais vous vous souvenez des personnages, pas vrai ? demande Mayor. Vous vous rappelez les avoir tués. C'est pour ça que vous écrivez ? Parce que c'est un exutoire pour vous, parce que vous vous dites que ça vaut mieux que commettre de vrais meurtres ? Je me suis toujours interrogé sur les types comme vous. »

Jerry ne répond rien.

« Moi, je me suis toujours dit qu'un type qui écrivait le genre de livres que vous écrivez, eh bien, il devait y avoir quelque chose qui clochait chez lui, quelque chose de tordu. Sinon, pourquoi pondre tous ces trucs ? »

Jerry garde le silence.

« Les saloperies qu'on voit tous les jours, et on en voit un paquet, pas vrai, Chris ?

— Absolument, répond ce dernier.

— On patauge dedans.

— C'est profond, et ça s'en va jamais.

— Ça s'en va jamais, acquiesce Mayor. Si vous voyiez ce qu'on voit, je veux dire, comment un type comme vous peut-il prendre ce qui nous tue intérieurement à petit feu et en faire une distraction ? Quand vous allumez la radio et que vous entendez parler d'une pauvre gamine balancée dans une benne à ordures avec la gorge et la culotte en lambeaux, est-ce que vous vous dites : *Bon, ça va faire une bonne histoire* ? »

Jerry voudrait ne rien dire, mais il ne peut pas se retenir.

« Ça ne se passe pas comme ça », proteste-t-il, de plus en plus en colère.

Il sait que ce n'est pas ça, écrire. Il le sait à cause du mouvement de la voiture, de la chimie de son cerveau qui s'agite, comme de la vase dans un cours d'eau.

Mayor se contorsionne sur son siège de sorte à le regarder.

« Ça vous excite ? Vous restez devant la télé à attendre les infos pour pouvoir prendre votre pied, assis là avec votre carnet en attendant d'être inspiré par la tragédie d'un autre ?

— Bien sûr que non.

— Est-ce que les plus crades vous donnent de meilleurs scénarios ? »

Jerry ne répond pas. On ne peut rien dire à quelqu'un qui s'est déjà fait son idée.

« Vous vous faites du fric en vendant des crimes. Vous en gagnez plus que nous qui les résolvons.

— Et sans crimes vous n'auriez pas de boulot, rétorque Jerry. Le costume que vous portez, la maison dans laquelle vous vivez, la nourriture que vous donnez à vos enfants, tout ça est payé sur le dos de la souffrance des autres.

— Ooh, t'entends ça, Chris ? demande Mayor tout en continuant de regarder Jerry. Notre pote a des choses à dire.

— C'est un commentaire social, déclare Chris.

— Alors dites-nous, Jerry, dites-nous à quel point les malheurs bien réels des autres vous inspirent. »

Jerry regarde entre les deux hommes, fixant le camion de transport de bois qui roule devant eux, son chargement tanguant d'un côté et de l'autre tandis qu'ils filent sur la route à cent à l'heure.

« Comme j'ai dit, ça ne se passe pas comme ça.

— Ah non ? Alors comment ça se passe ?

— Vous ne pouvez pas comprendre.

— T'entends ça, Chris ? »

Jerry déteste la manière qu'il a de toujours prendre son équipier à témoin.

« Il croit que je peux pas comprendre.

— Moi, je crois que tu peux comprendre, répond son collègue. Notre ami derrière doit juste te laisser une chance.

— Je crois que t'as raison. Vous en dites quoi, Jerry ? Vous voulez me laisser une chance ? Je suis pas écrivain de romans policiers, et il paraît que les flics dans vos livres font pas grand-chose à part se gratter le cul et se renifler les doigts, alors comment vous m'expliquez ça ? »

C'est le genre de chose qu'il entendait souvent. Il s'en souvient – c'était une question que les journalistes lui balançaient tout le temps. *Donc vous êtes fasciné par le crime.* Non, il ne l'est pas – il aime écrire des histoires de meurtres, mais il ne les aime pas en tant que tels, et combien de fois a-t-il indiqué que c'étaient deux choses totalement différentes ? C'est comme croire que les gens qui aiment les films de guerre aiment la guerre. Au fil des années, il a refusé des interviews à la télé et à la radio parce que les journalistes voulaient son avis sur un meurtre récent et qu'il estimait que ce serait inapproprié et que ça ferait souffrir la famille de la victime qu'un auteur vienne mettre son grain de sel juste pour se faire un peu de pub.

« Ce sont juste des histoires, leur dit-il. Des histoires qui existent depuis la nuit des temps, et sans elles l'espèce humaine n'aurait jamais évolué.

— Les crimes aussi existent depuis la nuit des temps, observe Mayor.

— Mais je ne me suis jamais servi d'un véritable crime pour mes livres, objecte-t-il d'un ton qui lui semble presque pleurnichard. Les choses que j'invente… c'est juste de la fiction. Absolument tout. Je n'ai jamais utilisé la tragédie d'une personne réelle. J'y mets un point d'honneur.

— Vous ne croyez pas que ce que vous écrivez incite les gens à tuer ? Vous ne croyez pas qu'il y a des types qui voient vos assassins et qui se disent : *Je peux faire mieux* ?

— Ça ne fonctionne pas comme ça, et les personnes qui pensent que si ne savent pas ce qu'elles racontent », rétorque Jerry, et cette fois il est vraiment lucide.

À cet instant, il a l'impression d'être de nouveau l'homme qu'il était avant. Tous les détails ne lui sont pas revenus, et il ne saisit toujours pas ce qu'il a fait pour que Sandra demande le divorce, mais ça fait longtemps qu'il n'a pas eu une telle conscience des choses, il en est certain.

« Alors dites-moi comment ça fonctionne, demande Mayor.

— Les gens ne lisent pas mes livres en se disant : *Hé, c'est une super-idée, je vais essayer ça.* »

Il s'aperçoit alors que Mayor sait probablement déjà tout ça et qu'il essaie juste de l'appâter pour qu'il commette un faux pas. Ou alors il ne le sait pas, auquel cas Jerry n'arrivera jamais à le convaincre. Il devrait se taire, il le sait, mais il poursuit.

« Les gens ne deviennent pas des assassins du jour au lendemain à cause d'un roman. Il faut qu'ils soient déjà détraqués. Et quand ils lisent nos livres, il y a déjà quelque chose qui cloche sérieusement chez eux.

— Donc ça ne vous dérange pas de faire sauter ce fusible ? »

Jerry prend une profonde inspiration comme il le faisait quand des journalistes lui posaient cette question. Puis il fixe Mayor.

« Rejetons la faute sur l'auteur, et non sur la société, le système judiciaire, les institutions psychiatriques, l'économie, n'essayons pas de réduire le fossé entre riches et pauvres, n'accusons pas l'éducation et les gens qui passent à travers les mailles du filet, ni le fait que le salaire minimum ne couvre pas le coût de la vie et oblige les gens à faire des choses qu'ils ne feraient pas normalement, ni les infos vingt-quatre heures sur vingt-quatre qui instillent la peur chez tout le monde, ni le fait qu'il soit si facile de se procurer une arme, mettons ça sur le dos des auteurs, c'est leur faute, enfermez-les tous et vous aurez la paix dans le monde ! »

Il sent son cœur s'emballer, une veine palpiter sur son front, il sent l'ancien Jerry qui revient.

Mayor ne répond rien. Jerry ne sait pas s'il a marqué un point ou si le flic réfléchit juste à sa prochaine question. Puis celle-ci arrive :

« Laissez-moi vous demander autre chose, dit Mayor, toujours du même ton, comme s'il parlait de la pluie et du beau temps. Est-ce qu'il vous est déjà arrivé de penser qu'un auteur de romans policiers pouvait être plus malin que les flics ? Est-ce que vous vous êtes déjà dit que si quelqu'un était capable de commettre un meurtre sans se faire prendre, c'était bien vous ? »

On lui a également déjà posé cette question. Les gens ont toujours tendance à croire que les écrivains pourraient commettre le crime parfait. Comme il ne répond pas, Mayor continue sur sa lancée.

« Un type comme vous, je parie que vous pensez que vous pourriez le faire, hein ? Je parie que vous croyez que vous pourriez contaminer une scène de crime de sorte que personne ne saurait que vous y étiez. »

Jerry ne dit rien.

« Ça arrive à vos personnages de maquiller des scènes de crime ?

— Parfois.

— Parfois. Alors comment vous vous y prendriez ? Comment feraient vos personnages ?

— Je ne sais pas.

— Vous ne savez pas ? Allons, Jerry, c'est vous l'écrivain. Est-ce que vous essuieriez les empreintes ?

— Je suppose.

— Évidemment que vous le feriez. C'est la base. Quoi d'autre ? Vous utiliseriez de l'eau de Javel, pas vrai ? Vous en verseriez sur le corps ?

— Quelque chose comme ça.

— Peut-être que vous mettriez le feu au bâtiment.

— Quelque chose comme ça.

— Cacher le corps quelque part ?

— Possible.

— Avec tous les livres que vous avez écrits, toutes les recherches que vous avez faites, tous les films que vous avez vus, je parie que vous êtes très au fait des techniques de la police scientifique. »

Jerry ne répond rien.

« Alors dites-moi, qu'est-ce qu'il faudrait ? demande Mayor. Qu'est-ce qu'il faudrait, d'après vous, pour commettre le crime parfait ? »

Au lieu de répondre, Jerry regarde le camion de transport de bois, espérant que les troncs vont tomber à l'arrière et… et quoi ? Il ne sait pas. Quelque chose. Pas écraser leur voiture, mais quelque chose.

« Vous voyez, cette fille sur laquelle on vous questionnait tout à l'heure, Belinda Murray, reprend Mayor, son meurtre est toujours irrésolu. Donc quelqu'un de très intelligent a réussi à s'en sortir impunément, vous ne pensez pas ?

— Peut-être qu'il a juste eu de la chance, observe Jerry.

— Vous avez déjà eu des personnages qui commettaient des crimes et ne se rappelaient pas l'avoir fait ?

— Je n'ai plus envie de parler. »

C'était le conseil de l'infirmière Hamilton – ne dites rien. Il en a déjà trop dit comme ça.

« Allez, c'est juste une petite mise en jambes.

— Une conversation de barbecue », répond Jerry, et il sait aussitôt qu'il n'aurait même pas dû dire ça.

Mais il sent au fond de lui que s'il parvient simplement à parler à ces deux personnes, s'il parvient à les faire s'identifier à lui et à leur faire voir qu'il n'est pas un homme mauvais, alors tout ça pourra être effacé. Ils sauront qu'il n'est pas un assassin.

« Exactement. Une conversation de barbecue. Ça me plaît, ça ! Vous devriez vous en servir dans un de vos bouquins, dit Mayor. Supposons que vous ayez un personnage qui affirme ne pas se rappeler avoir tué quelqu'un. Qu'est-ce qui se passerait ? »

Comme Jerry ne répond pas, Mayor le fait à sa place. « Normalement, ça veut dire qu'il ment, pas vrai ?

— Je n'ai pas tué cette fille.

— Mais il y a deux jours, vous avez affirmé que si.

— Je ne m'en souviens pas.

— Laissez-moi vous demander une chose.

— Plus de questions.

— La dernière, insiste Mayor. Si vous l'aviez tuée, est-ce que vous le sauriez ? Est-ce que vous le sentiriez ? Je ne parle pas de vous en souvenir, mais de le sentir… au fond de vos tripes. »

Jerry réfléchit, et il ne lui faut pas longtemps pour trouver la réponse.

« Évidemment. Je ne m'en souviendrais peut-être pas, mais je le saurais, et c'est pour ça que je sais que je n'ai pas fait de mal à cette femme. »

Mayor se contorsionne un peu plus sur son siège. Il a une expression sur le visage à mi-chemin entre un air suffisant et un sourire.

« C'est intéressant. Vraiment intéressant. Vous voulez savoir pourquoi ?

— J'ai dit : plus de questions.

— Mais vous êtes un type curieux, pas vrai ? Tous les auteurs doivent l'être. Alors continuons, par pure curiosité. Vous avez déjà tué quelqu'un, Jerry ? Je ne veux pas dire dans les livres, mais dans la vraie vie ? »

Jerry ne répond pas.

« Je vais prendre ça pour un non, parce que vous vous en souviendriez, pas vrai ? Et si vous ne vous en souveniez pas, vous le sentiriez dans vos tripes.

— Je ne veux plus parler tant que mon avocat ne sera pas arrivé.

— Et votre femme ? demande Mayor.

— J'attendrai également qu'elle arrive. »

Le flic secoue la tête.

« Ce n'est pas ce que je veux dire. Ce que je veux dire, c'est, est-ce que vous vous rappelez avoir tué votre femme ? »

C'est une question troublante, et elle donne à Jerry l'impression qu'il a raté une partie de la conversation. A-t-il eu un moment d'absence ? Sa mémoire est-elle en train de battre en retraite ? Puis il comprend.

« Vous parlez de l'un de mes livres.

— Non, Jerry, dans la vraie vie. »

Il secoue la tête.

« Bien sûr que non. Comment pourrais-je ? Elle est toujours en vie.

— Elle est morte, Jerry, déclare Mayor. Vous l'avez tuée.

— Ne dites pas ça.

— Vous l'avez abattue.

— Je vous ai dit de ne pas dire ça.

— Pourquoi pas ? C'est la vérité.

— Ce n'est pas drôle », réplique Jerry.

Et non, ce n'est vraiment pas drôle, et ce n'est pas vrai non plus, pas vrai, la vase s'agite, elle s'agite, et c'est forcément un mensonge parce qu'il ne possède pas d'arme, et parce que, comme il l'a dit, il le sentirait.

« C'était il y a presque un an. Vous avez assassiné votre propre femme », reprend Mayor, avec cette expression suffisante, cet air de monsieur je-sais-tout-et-je-suis-plus-malin-que-vous qui fait trembler Jerry de rage.

S'il avait une arme, et s'il l'avait sur lui, il le descendrait sur-le-champ.

« Vous savez que vous l'avez fait, insiste Mayor, ignorant son équipier qui a quitté la route des yeux pour lui faire une moue désapprobatrice. Vous dites que vous le sentiriez, mais c'est ce que j'appellerais une incohérence, Jerry. Vous ne pouvez pas affirmer que vous n'avez pas tué Belinda Murray parce que vous le sentiriez, puis dire que vous ne vous souvenez pas avoir abattu votre femme quand nous savons avec certitude que vous l'avez fait.

— Ma femme n'est pas morte.

— Dennis..., dit son équipier.

— Quoi ? C'est vrai, réplique Mayor en regardant ce dernier avant de porter de nouveau son attention sur Jerry. Elle est morte à cause de vous, Jerry. C'est pour ça que vous êtes dans une maison de santé. Si ça avait dépendu de moi, je vous aurais collé en prison, mais on a considéré que vous n'étiez pas responsable de vos actes.

— Ne dites pas ça ! »

Il commence à se donner des claques, suffisamment

douces pour ne pas se faire mal, puis de plus en plus fortes.

« Elle n'est pas morte, elle n'est pas morte ! »

Il sait qu'à cet instant il doit avoir l'air du véritable cinglé qu'ils pensent qu'il fait mine d'être, mais il s'en moque.

« Je crois que ça suffit, Mayor, intervient Chris.

— Sandra n'est pas morte, répète Jerry, tout en continuant de se donner des claques.

— Vous l'avez abattue », réplique Mayor, haussant la voix pour se faire entendre.

Il lève l'index et le majeur en direction de Jerry, arme son pouce, transformant sa main en un revolver qu'il pointe vers l'arrière de la voiture, le braquant à deux centimètres de la poitrine de Jerry.

« Pan ! En plein cœur.

— Retirez ça ! Retirez ça !

— Pan ! »

Son nom est Jerry Henry Cutter, il est auteur, il invente des choses et il invente ce qui est en train de se passer. Ceci n'est pas réel. Ces gens ne sont pas réels.

« Pan ! » répète Mayor.

Jerry saisit le revolver imaginaire et tord le canon en arrière jusqu'à ce que les deux doigts cèdent. Mayor se met à hurler, Jerry lui attrape les cheveux à deux mains et se met à tirer.

« Lâchez-moi, espèce de taré ! » hurle Mayor.

Il enfonce les doigts de sa main valide dans les avant-bras de Jerry, mais ce dernier tient bon. Chris déporte la voiture vers le bord de la route et l'immobilise.

« Ma femme n'est pas morte ! »

Cette idée lui est insupportable.

« Dites qu'elle n'est pas morte ! Dites-le ! »

Chris se penche et tente de lui faire lâcher prise, puis Mayor projette son poing et atteint Jerry sur le côté du visage. Le coup le renvoie dans la banquette, mais une poignée de cheveux du flic part avec lui.

« Espèce de cinglé ! lance Mayor en se penchant pour le frapper à nouveau, mais son équipier le retient.

— Arrête ! » ordonne Chris.

Il n'a pas besoin de le dire deux fois. Mayor interrompt son geste, et porte à la place sa main à la partie nouvellement chauve de son crâne, qui est mouchetée de taches de sang.

« Espèce de connard ! » dit-il, avant de saisir délicatement ses doigts cassés.

Jerry ouvre la main et laisse tomber les cheveux à côté de lui sur la banquette.

« Elle n'est pas morte, répète-t-il, désormais beaucoup plus calme.

— On va devoir vous menotter, Jerry, OK ? dit doucement Chris pendant que son équipier inspire de grandes bouffées d'air.

— Il a dit que Sandra était morte.

— Il n'aurait pas dû dire ça.

— Non, il n'aurait pas dû. Ce n'est pas drôle. »

Chris descend de voiture. Il ouvre la portière arrière et demande à Jerry de sortir. Puis il lui ordonne de se retourner avant de lui passer une paire de menottes. Jerry a l'impression d'avoir déjà été menotté.

« Mais est-ce que c'est vrai ?

— Quoi ? dit Chris.

— Qu'elle est morte. »

Un silence de quelques secondes, puis le flic acquiesce.

« Oui, Jerry, je suis désolé. »

Incapable de retourner dans la voiture, Jerry s'écroule au bord de la route, ses genoux heurtant lourdement la chaussée, ses mains attachées dans son dos, puis il bascule sur le côté et se met à pleurer sur le bitume.

Jour cinquante

Tu as commencé l'entrée du cinquantième jour plus tôt dans la journée, écrivant deux paragraphes avant d'arracher les pages et de les balancer dans la corbeille parce que tes idées étaient trop embrouillées, ton orthographe trop déplorable. En plus, tu ne savais pas ce que tu essayais de dire car tu étais trop contrarié. Arracher ces pages et recommencer à zéro semblait être la solution, comme si en faisant ça tu effaçais également les événements de la journée. Si seulement c'était aussi simple. (Pourtant, dans un sens, ça l'est. Si je ne l'écris pas, tu pourras l'oublier plus facilement. Pas tout de suite, mais quand les Lendemains Sombres arriveront.) Il s'avère que la route est jonchée d'obstacles. Ta décision de te séparer du Carnet de la Folie était prématurée. Tu en as besoin pour t'aider à te souvenir qui tu es, car cette maladie que tu fais mine de ne pas avoir, eh bien, tu l'as. Tu ne peux plus te mentir.

Les obstacles.

Commençons par Nicholas, l'avocat que tu as créé pour le roman au nombre porte-malheur, selon certains. Nicholas, cet enfoiré de bon à rien en qui tu avais confiance, à qui tu as donné vie, et qui t'a lâché sous prétexte que Mandy, ta relectrice, ne l'aimait pas. Qu'est-ce qui s'est passé ? Qu'est-ce qui ne lui a pas plu chez lui ?

Elle a affirmé que pour la première fois tu avais pris ta révision par le mauvais bout. Ça a été dur d'entendre ces mots. Sacrément dur. Alors tu as passé la semaine dernière à supprimer Nicholas de l'histoire. Mandy t'a dit de prendre ton temps, mais ne se rend-elle pas compte que tu n'en as pas ? Si le Capitaine A arrive à ses fins, tu ne seras bientôt plus capable d'écrire ton propre nom, et encore moins de réécrire un roman. Capitaine A, soit dit en passant, est le nouveau nom que tu as donné à la maladie, parce que quand les Lendemains Sombres arriveront, ce sera lui qui mènera la barque. Tu es déjà complètement largué avec ce manuscrit, partenaire. Tu as envoyé à Mandy la version remaniée il y a deux jours, et elle a téléphoné ce matin pour dire qu'il était peut-être temps que tu te trouves un nègre. Un nègre ! Encore une chose à ajouter à la liste des *Choses Incroyables.*

Voilà ce qui s'est passé avec Nicholas et Mandy. Tu sais qu'elle protège tes intérêts. *Tu le sais.* C'est juste que, eh bien, c'est juste tout ce bazar. Tu l'as laissé tomber, et tu t'es laissé tomber.

Mme Smith, en revanche, c'est une autre histoire. Elle n'est pas simplement ta voisine, mais également la présidente de Barjoville. Elle a son propre Capitaine A qui mène sa barque. Il y a quelque temps, elle s'est plainte de ton jardin (bien que ce bon vieux Hip-Hop Henry y ait passé il y a une semaine toute une journée à tondre, à désherber, à tailler et à tout rendre joli avant la fête d'anniversaire surprise à venir en l'honneur de Sandra), et maintenant elle a l'air de croire que tu as arraché les roses de *son* jardin. Allons, tu es un auteur de romans policiers de quarante-neuf ans qui a mieux à boire qu'arracher ses foutues roses. Ha – pas *boire.*

Faire. Mieux à *faire.* Hier, cependant, la police s'en est mêlée, et maintenant Sandra est en colère parce qu'elle a pris le parti de Tu Sais Qui.

Voici en gros ce qui s'est passé : hier, en vous réveillant, vous avez tous découvert que le mot *PUTE* avait été peint à la bombe sur la façade de la maison de Mme Smith, le P sur le mur, le U recouvrant la largeur de la porte, le T sur le mur à côté et le E sur la fenêtre. Personne n'a rien vu parce que ça s'est sans doute produit pendant la nuit, et Mme Smith n'a rien entendu parce que les années qu'elle a passées à casser les bonbons à son mari jusqu'à ce qu'il en crève lui ont perforé les tympans. Naturellement, elle est venue cogner à ta porte. Bien entendu. Parce que c'est toi qu'on va voir quand on a des obscénités écrites sur son mur. Vous avez le mot *connard* peint sur votre porte ? Allez voir Jerry. *Tête de con* sur votre boîte à lettres ? Allez voir Jerry. *Tas de merde* sur la voiture ? Allez voir Jerry. Donc elle est venue et a vu Jerry pendant que Sandra était au travail, et ce dernier lui a dit qu'il n'avait aucune idée de ce qu'elle racontait. Alors elle a indiqué qu'il avait de la peinture de la même foutue couleur sur les doigts, ce qui, lui a-t-il fait savoir, n'était pas de la peinture mais de l'encre, parce qu'il avait écrit cent dix putains de noms sur cent dix putains de cartes la veille au soir en prévision du mariage, et il s'était servi d'un feutre, alors qu'elle arrête de l'accuser d'avoir tagué son mur quand, de toute évidence, c'était une pute et tout le monde dans la rue le savait, ce qui donnait à chaque résident un mobile.

Les mots avaient à peine quitté ta bouche que tu les as regrettés. Mme Smith, bien que fouineuse et énervante, ne méritait pas d'être insultée de la sorte, surtout après ce qu'on avait fait à sa maison. Fut un temps où tu avais de très bonnes relations de voisinage avec elle. De fait, à l'époque des tournées promotionnelles, quand ta famille t'accompagnait, c'était elle qui s'occupait de votre maison, ramassait votre courrier et nourrissait le chat en votre absence. Sandra et toi êtes allés à l'enterrement de son mari, et elle apportait tout le temps des muffins pour l'anniversaire de Sandra. Alors évidemment que tu regrettais d'avoir dit ça, regrettais que quelqu'un lui ait fait cette chose infâme, et, plus que tout, tu regrettais que le Capitaine A ait fait de toi le genre de personne qu'on pouvait rendre responsable de tout ce qui clochait dans la rue.

Tu lui as claqué la porte au nez.

C'est une heure plus tard que les flics ont débarqué. Ils ont demandé à examiner tes doigts, mais tu les avais alors lavés, naturellement – tu prends des douches, tu essaies de rester propre, et l'hygiène n'est pas un crime. Ils ont demandé s'ils pouvaient jeter un coup d'œil dans la maison. Bien entendu, tu avais déjà téléphoné à Sandra, qui était rentrée, et elle leur a dit non, ajoutant qu'elle ne tolérerait pas qu'on te traite en suspect, à moins qu'il n'y ait des preuves suggérant le contraire, alors elle serait heureuse de les laisser fouiller quand ils auraient un mandat. Ils t'ont demandé, s'ils te fournissaient une bombe de peinture, si tu accepterais d'écrire le mot qui se trouvait sur la maison de la voisine, afin de déterminer s'il y avait des similarités. Tu as cru qu'ils plaisantaient, et tu as éclaté de rire, mais le fait est qu'ils voulaient un échantillon de ton écriture avec des lettres d'un mètre cinquante de haut. Sandra s'y est opposée. Elle leur a dit qu'elle était désolée de ce qui était arrivé à la maison de Mme Smith, mais que ni toi ni elle n'étiez mêlés à cette affaire.

Est-il possible que vous l'ayez fait sans en avoir conscience ? a demandé l'un des policiers.

Non, as-tu répondu.

Et c'était bien impossible. Tu le saurais si c'était le cas.

Ils ont expliqué qu'ils questionneraient d'autres personnes du voisinage, puis reviendraient vers toi. Dès qu'ils sont repartis, Sandra t'a demandé si c'était toi qui avais fait ça. Tu as répondu non.

Tu es sûr ?

Évidemment que je suis sûr.

Montre-moi la cachette.

Quelle cachette ?

Celle sous le bureau.

Comment tu es au courant ?

Montre-la-moi.

Alors tu la lui as montrée. Après tout, tu n'avais rien à cacher. Tu n'avais pas tagué la maison de Mme Smith. Tu as repoussé le bureau sur le côté, sorti le tournevis et soulevé la latte de parquet.

Tu veux deviner ce qu'il y avait en dessous ?

Rien. Exactement. Rien.

C'est plus tard le même soir que tu as trouvé la bombe de peinture. Elle était à l'endroit où tu conserves tes manuscrits, à côté du gin et du flingue.

Ils roulent jusqu'à l'hôpital sans autre conversation de barbecue. Mayor tient sa main, et Jerry regarde par la vitre, tendu, bouillonnant de colère, empli d'une douleur profonde. Son visage est trempé de larmes. S'entendre dire qu'on a fait quelque chose et n'en avoir aucun souvenir, c'est comme s'entendre dire que le noir est blanc et que le haut est le bas. Ils ont affirmé que Sandra était morte, mais c'est impossible parce qu'il le saurait. Même s'il ne se souvient pas de l'avoir tuée, il sentirait au moins son absence. Ils sont mariés depuis vingt-cinq ans. Il se rappelle clairement sa conversation avec Eva la semaine dernière à la plage. Elle a dit que Sandra l'avait quitté. Que la situation était devenue trop difficile pour elle. Mais elle n'était pas morte – le poids de la maladie de Jerry avait été trop énorme, et elle était partie au lieu de se laisser écraser.

À l'hôpital, Mayor descend de voiture et lance des regards noirs à Jerry tandis qu'il entre dans le bâtiment, et ce dernier suppose qu'il ne peut pas lui en vouloir. Il marche en tenant sa main contre sa poitrine, la protégeant comme si c'était un petit oiseau. Jerry et Chris se retrouvent seuls, et Jerry ne dit pas un mot pendant les cinq minutes qui séparent l'hôpital du parking du poste de police. Ils prennent l'ascenseur jusqu'au quatrième. Tout semble vaguement familier, et Jerry soupçonne qu'il est déjà venu ici, qu'à un moment de sa carrière il a dû être suffisamment curieux pour demander à visiter cet endroit. *Écris ce que tu connais, et fais semblant pour le reste.* Il se demande dans combien de livres il a fait semblant de connaître ce lieu, puis se souvient qu'il était ici la semaine dernière, que c'est ici qu'Eva est venue le chercher. On le mène à une salle d'interrogatoire. Chris détache les menottes, et Jerry se masse les poignets.

« Vous voulez quelque chose à boire ? lui demande le flic.

— Un gin tonic serait super.

— Pas de problème, Jerry. Je vous apporte ça tout de suite. Vous voulez autre chose ? Un petit parasol à cocktail dedans ? »

Jerry réfléchit.

« D'accord, si vous en avez. »

Chris pose la photo de Belinda Murray sur la table, puis quitte la pièce. Jerry sait ce qui se passe – il a placé suffisamment de personnages fictifs dans la même situation pour savoir qu'ils vont le laisser gamberger ici un moment, avant de lui faire un petit numéro de bon flic, mauvais flic. Un quart d'heure plus tard, il est toujours assis seul. Peut-être qu'ils attendent que Mayor se soit fait remettre les doigts en place. Peut-être même qu'ils vont attendre que les os se ressoudent et que Pâques arrive. Son avocat n'est pas là. Son gin tonic n'est pas là. Il essaie la porte et s'aperçoit qu'elle est fermée à clé. Il fait à quelques reprises le tour de la pièce puis se rassoit et observe la photo d'une femme qu'il n'a jamais vue avant aujourd'hui, se demandant pourquoi ils pensent qu'il l'a tuée, songeant que si elle a eu quelque chose à voir avec l'organisation du mariage de sa fille, c'est normal qu'il ne la connaisse pas – tout ça a été géré par Sandra et Eva.

La porte s'ouvre alors, un homme que Jerry n'a jamais vu entre, s'assied face à lui, et explique que son nom est Tim Anderson et qu'il est son avocat. Ils se serrent la main. Tim a dans les cinquante-cinq ans, avec des cheveux argentés tirés en arrière sur les côtés et aplatis sur le dessus. Il porte des lunettes qui lui rapetissent les yeux, comme si on les regardait depuis le mauvais côté d'une paire de jumelles, et il arbore un bronzage estival bien que ce soit le printemps, ce qui signifie que soit il se l'est payé, soit il revient de vacances à l'étranger. Il porte un beau costume et une belle montre, et Jerry devine qu'il gagne bien sa vie, ce qui veut probablement dire qu'il fait bien son boulot.

« Qu'est-ce qui vous est arrivé à l'œil ? demande Tim.

— J'espérais mon avocat habituel. »

Tim a ouvert sa serviette et est en train d'en sortir un bloc-notes quand Jerry dit ça. Il s'interrompt en plein mouvement et l'observe. Il a l'air soucieux.

« Je suis votre avocat habituel, déclare-t-il. Donc pas la peine de vous demander si vous me reconnaissez. »

Jerry hausse les épaules.

« Ne le prenez pas personnellement. »

Tim pose le bloc-notes sur la table, et un stylo à côté. Puis il place sa serviette par terre, croise les doigts et appuie les coudes sur la table, et son menton sur ses mains.

« Ça fait quinze ans que je suis votre avocat.

— Désolé, dit Jerry en secouant légèrement la tête. Je ne sais pas ce que je fais ici.

— C'est pour ça que je suis venu, Jerry, pour éclaircir

les choses, répond Tim en rapprochant un peu le bloc-notes et en saisissant le stylo. Dites-moi tout ce que vous vous rappelez, à commencer par ce gonflement sous votre œil. Qui vous a frappé ? »

Jerry lui relate tout ce qu'il peut à propos des deux policiers, expliquant qu'ils croient qu'il a tué la fille sur la photo. Il lui raconte le trajet en voiture, comment il a été menotté et frappé en chemin. Il ajoute qu'ils essaient de le convaincre que Sandra est morte, puis fixe silencieusement l'avocat, attendant une confirmation qu'il ne veut pas entendre, mais qui vient dans la manière qu'a ce dernier de lâcher son stylo, de soupirer, et de baisser les yeux vers ses mains pendant quelques secondes.

« Je crains que ce ne soit vrai, Jerry. Ils vous ont dit comment ? »

Cette fois, la nouvelle ne lui procure pas un aussi grand choc, même si elle est tout aussi difficile à entendre. Il ouvre la bouche mais s'aperçoit qu'il est incapable de répondre.

Tim poursuit : « Elle a été abattue. Vous… vous ne saviez pas ce que vous faisiez. C'est pour ça que vous êtes dans une maison de santé et pas en prison. Vous n'étiez pas assez sain d'esprit pour être jugé. C'était vraiment, vraiment affreux, et personne n'est responsable. »

Jerry songe que c'est stupide de dire ça. Personne n'est responsable ? Alors quoi, l'arme est apparue par magie dans la maison, elle s'est pointée par magie sur Sandra et elle a fait feu ? Il sait qui est responsable. Le Capitaine A. Ces gens sont au courant de la mort de Sandra depuis un an, mais c'est une nouvelle toute fraîche pour lui. Pour lui, elle n'est morte que depuis une demi-heure. Il se couvre le visage avec les mains et pleure dedans. Le monde s'assombrit. Il pense à Sandra, aux bons moments, et il n'y en a pas eu de mauvais – jamais. Tous ces sourires, toutes les fois où ils ont ri, fait l'amour, se sont tenu la main. Il a l'impression que sa poitrine est comprimée. Le monde sans Sandra est un monde dans lequel il ne veut pas être. Il ne sait pas comment il pourra vivre sans elle, même si c'est ce qu'il fait depuis un an, bien que ce ne soit pas exactement la vie. C'est de l'oubli. Il s'écarte de la table et vomit par terre, éclaboussant ses chaussures. Son avocat reste à sa place, songeant qu'il ne peut probablement pas facturer plus qu'il ne le fait déjà et qu'il est inutile de donner une tape dans le dos à Jerry en lui disant que ça va aller. Pas la peine de risquer de maculer son costume d'une matière visqueuse. Lorsqu'il a fini, Jerry se passe le bras sur la bouche et se redresse.

« Le responsable, c'est la maladie, pas vous, reprend Tim. Je suis désolé pour Sandra, sincèrement, et je suis désolé pour ce qui vous est arrivé, mais nous avons du pain sur la planche. Nous devons parler de Belinda Murray. Reprendre tout ce qui s'est passé aujourd'hui. »

Il saisit de nouveau son stylo et le tient au-dessus du bloc-notes.

Jerry secoue la tête. L'odeur de vomi est puissante.

« Parlez-moi d'abord de Sandra.

— Je ne suis pas vraiment sûr que ce soit utile.

— S'il vous plaît. »

Tim repose son stylo et se penche en arrière.

« Nous ne savons pas. Pas exactement. Vous vous souvenez du mariage ?

— Non. Enfin… oui », répond-il.

Et c'est vrai, il s'en souvient, mais pas de ce qui est arrivé à Sandra. Il sait néanmoins qu'il a gâché la fête.

« C'est pour ça que je l'ai tuée ? À cause de ça ?

— Personne ne sait. La maladie progressait rapidement à ce stade. Quand les alarmes ont été installées à travers la maison, vous…

— Quelles alarmes ?

— Parfois vous vous échappiez, explique Tim. Sandra avait caché vos clés de voiture pour qu'au moins vous ne puissiez pas conduire, mais vous sortiez en douce de la maison et disparaissiez, donc elle a dû les installer.

— Vraiment ? Je m'échappais en douce ?

— Les alarmes étaient pour votre protection. Si vous tentiez de sortir, elle avait un bracelet qui la prévenait. Quand elle sortait, elle vous emmenait avec elle, ou bien elle demandait à quelqu'un de venir. À l'époque, elle avait pris des congés pour s'occuper de vous. Mais vous n'aimiez pas l'image que ça vous renvoyait de vous-même.

— Je devais me sentir infantilisé.

— Le problème, c'est que vous vous échappiez par la fenêtre. Quand Sandra l'a découvert, elle a également voulu y placer des alarmes, mais… eh bien, elles devaient être installées le jour de sa mort. Le problème, Jerry, c'est que ça indique une tendance à la fuite. La police va penser que vous avez assassiné cette femme, puis tué Sandra parce qu'elle l'avait compris.

— Je… je n'aurais jamais pu faire ça. Ni à l'une ni à l'autre.

— Les flics ne savent pas exactement ce qui s'est passé. Ils n'ont même pas retrouvé l'arme. On a cherché des résidus de coup de feu sur vous, et il n'y en avait pas, mais vous vous étiez douché plusieurs fois au cours des jours qui ont séparé sa mort du moment où vous avez appelé la police.

— Combien de temps ?

— Quatre jours. Comme votre bureau était insonorisé, personne n'a entendu le coup de feu. Les autres analyses sont vagues. S'il y avait des éclaboussures de sang sur votre chemise, ça a été dissimulé par le fait que vous êtes resté assis dans celui de votre femme pendant un laps de temps considérable, la tenant dans vos bras. Quand vous avez appelé la police, vous avez avoué. Nous ne savons pas pourquoi vous l'avez abattue, Jerry, nous savons juste que vous l'avez fait. »

Il se demande combien de fois au cours de cette dernière année on lui a annoncé cette nouvelle, puis il revoit Eva lui disant que Sandra l'avait quitté et demandait le divorce, refusant de lui dire la vérité, préférant lui épargner une souffrance inutile. Il comprend alors pourquoi sa fille l'appelle *Jerry* et non *papa*. Pas parce qu'il a foutu son mariage en l'air, mais parce qu'il a tué sa mère. Il s'imagine assis par terre dans son bureau, un revolver fumant à la main, tenant sa femme morte dans l'autre. Il se l'imagine comme il s'est imaginé des dizaines d'autres morts au fil des années, des morts fictives qui ont fini entre les pages de ses livres. Qu'est-ce qu'il ne donnerait pas pour que celle de Sandra le soit également.

« Pourquoi est-ce que je ne me rappelle pas l'avoir tuée ?

— Les toubibs pensent que vous avez refoulé le souvenir parce qu'il est trop traumatique. Des bribes de votre vie vont ressurgir de temps à autre, mais ils pensent qu'il est peu probable que celle-ci refasse surface. Votre médecin affirme que vous ne vous en souviendrez peut-être jamais. Je suis désolé, Jerry, sincèrement, et je ne veux pas paraître trop insensible, mais nous devons vraiment nous concentrer sur la raison de notre présence ici. Dites-moi ce que vous avez dit à la police. »

Jerry enfonce son visage dans ses bras et pense à Sandra. Si c'est vrai, s'il lui a fait du mal, alors quelle importance a le reste ? Il devrait attraper le stylo de son avocat et, si la porte n'est pas fermée à clé, courir au milieu des bureaux et menacer de poignarder quelqu'un jusqu'à ce qu'ils le descendent et mettent un terme à ce cauchemar.

« Jerry, allez, nous devons travailler là-dessus, OK ? Je suis désolé pour Sandra, mais nous devons nous concentrer sur vous. Vous devez collaborer si vous voulez qu'on vous sorte d'ici.

— Je me fous de sortir, réplique Jerry, le visage collé à la table.

— Eh bien, vous ne devriez pas, parce que si vous n'avez pas tué cette fille, et la police pense que vous l'avez fait, alors le véritable assassin va s'en tirer. C'est ce que vous voulez ? »

Jerry relève les yeux vers lui. Il n'avait pas pensé à ça. L'odeur de vomi semble de plus en plus puissante. Il remue sur sa chaise à la recherche d'un meilleur angle, tentant de bloquer la puanteur.

« Attendez une seconde », dit Tim, et il sort de la pièce. Il revient trente secondes plus tard avec un agent d'entretien. L'homme, armé d'une serpillière et d'un seau, nettoie le sol, et une minute plus tard Jerry est de nouveau seul avec son avocat, et la pièce sent un peu meilleur.

« Dites-moi tout, reprend Tim.

— OK, OK. Laissez-moi réfléchir. »

Il prend quelques profondes inspirations et tente de repousser l'image de Sandra pour se concentrer sur aujourd'hui. Il renifle, s'essuie les yeux, et passe tout en revue. Il ne voit aucun changement par rapport à ce qu'il a déjà raconté, mais comment pourrait-il en être sûr ? Il est l'homme qui ne peut même pas se faire confiance. Il commence à parler. Tim prend des notes au fur et à mesure.

Quand Jerry a terminé, Tim déclare :

« J'ai parlé à l'infirmière Hamilton avant de venir. Elle dit que vous confondez fréquemment réalité et fiction. Elle prétend que certains jours vous croyez que des choses tirées de vos livres sont réelles et que vous les avez faites. Apparemment, vous avouez parfois avoir tué votre voisine quand vous étiez étudiant. Elle dit que vous êtes tellement catégorique qu'ils ont consulté de vieux journaux et interrogé Eva à ce sujet, mais que ça ne s'est en fait jamais produit.

— Je me souviens d'elle. Suzan.

— Elle n'existe pas, Jerry.

— Je sais. Je veux dire que je me souviens d'elle dans le livre.

— Et Belinda Murray ? Vous vous souvenez aussi d'elle ? »

Jerry jette un nouveau coup d'œil à la photo, mais il a beau essayer, il ne se la représente dans aucun autre contexte que ce cliché. Elle semble bien moins réelle que Suzan.

« Je ne sais pas. Je ne crois pas. Est-ce que la police a la preuve que je lui ai fait du mal ? Des traces ADN ? »

Tim secoue la tête.

« J'en doute. Ils ont vos empreintes digitales et votre ADN depuis la mort de Sandra. S'il y avait eu une correspondance dans le système, on l'aurait su il y a onze mois. Il est possible que votre confession soit leur seule piste, qu'ils n'aient pas réussi à tirer quoi que ce soit de la scène de crime. »

Jerry réfléchit à ce que vient de dire l'avocat. Il revoit Mayor lui demandant dans la voiture s'il pensait pouvoir être plus malin que la police, si les auteurs de romans policiers pensaient pouvoir commettre le crime parfait. Est-ce la théorie qui est privilégiée ?

« Ce n'est pas moi. C'est pour ça qu'ils ne trouvent aucune trace de moi sur la scène de crime.

— Est-il arrivé à l'époque qu'on prétende que vous aviez fait des choses dont vous ne vous souveniez pas ?

— Vous voulez dire, à part tuer Sandra ?

— Votre voisine a signalé l'année dernière que quelqu'un avait peint une obscénité sur la façade de sa maison. Ça vous dit quelque chose ?

— Quelle voisine ?

— Mme Smith. »

Jerry secoue la tête. Il se souvient de la voisine, mais pas de ce que Tim lui dit.

« Je me rappelle que quelqu'un a arraché ses fleurs.

— Je ne suis pas au courant de ça, répond Tim, mais elle croyait que c'était vous qui aviez tagué sa maison.

— Alors elle se trompait.

— Il y a eu une autre plainte quatre jours plus tard. La voiture de Mme Smith a été incendiée. Ça vous dit quelque chose ? »

Il réfléchit, mais il n'y a rien – ni voisine, ni voiture, ni incendie.

« Non. »

Tim pianote avec son stylo sur la table.

« OK, voici comment je vois les choses. Vous regardez les infos ?

— Parfois.

— Et vous lisez les journaux ?

— Parfois.

— Bien. On va demander aux inspecteurs de revenir et on va leur donner notre appréciation de la situation.

— C'est-à-dire ?

— C'est-à-dire que non seulement vous confondez vos livres avec le monde réel, mais les informations aussi. Vous avez une imagination hyperactive. Vous ne pouvez pas la mettre en veilleuse. On va leur dire que vous avez confondu la nouvelle que vous avez entendue avec votre réalité, de la même manière que vous confondez vos fictions avec votre réalité. On ne répondra à aucune question parce que vous n'avez aucun souvenir de l'événement et ne pouvez fournir aucune réponse utile, et toutes celles qu'ils pourraient poser à ce stade risqueraient de vous faire avouer une chose qui n'est pas vraie. On fait ça, et ensuite on vous fait sortir d'ici et on vous ramène chez vous.

— Chez moi ou à la maison de santé ?

— La maison de santé. »

Jerry tapote du doigt la photographie.

« Je ne lui ai pas fait de mal. »

Tim range son stylo et son bloc-notes dans sa serviette.

« Attendez-moi ici, Jerry, je vais aller parler aux inspecteurs, seul. Je reviens dans un instant.

— Ils devaient m'apporter un gin tonic.

— Quoi ?

— L'inspecteur m'a demandé si je voulais boire quelque chose. Il a dit qu'il m'en apporterait un tout de suite.

— OK, Jerry. Attendez ici et laissez-moi voir ce que je peux faire », répond Tim en sortant de la pièce, et Jerry se retrouve une fois de plus à attendre dans la salle d'interrogatoire, assoiffé et seul.

Jour cinquante et un

Ton nom est Jerry Grey et il n'y a rien, absolument rien, qui cloche chez toi, si ce n'est le fait que tu ne te rappelles pas avoir écrit à la bombe une grossièreté sur la maison de ta voisine. C'est le truc. Le souci. Le hic. Le problème. Futur Jerry, tu n'as aucune certitude d'avoir fait ce qu'ils prétendent. Ce n'est pas parce que tu as caché une bombe de peinture dans ton bureau que tu t'en es servi sur la façade de ta voisine. Après tout, il y a des couteaux dans ta cuisine – est-ce que ça signifie que toutes les personnes qui ont été poignardées au cours des vingt dernières années l'ont été par toi ? La bombe est un vestige de l'époque des rénovations, et il y a tout un tas d'autres peintures stockées dans le garage. Le plan, après l'avoir trouvée dans ta cachette, était de t'en débarrasser. Ça, tu t'en souviens. De la balancer dans une benne quelque part en ville. Le problème avec ce scénario, c'est que Sandra t'a pris tes clés de voiture, si bien que tu ne peux plus conduire. Elle l'a fait hier soir, en affirmant que tu ne t'en rendais peut-être pas compte, mais que, hélas, tu commençais à vriller un peu. Elle a dit qu'elle te les supprimait pour ta sécurité, et pour celle des autres personnes sur la route. Mais tu connais la vérité, tu sais pourquoi elle a vraiment fait ça. C'est pour te contrôler.

Jerry, ne fais pas ci, ne fais pas ça. C'est tout ce que tu entends ces jours-ci.

Les flics ne sont jamais revenus hier, mais ça ne signifiait pas qu'ils ne le feraient pas. Tu devais te débarrasser de la bombe de peinture, ou faire face à une peine de perpétuité incompressible, le restant de ta vie à casser des cailloux au soleil. Si tu ne pouvais pas conduire, tu pouvais au moins marcher. Rien d'illégal là-dedans. Les voisins n'allaient pas regarder par la fenêtre et dire : *Oh, voilà Jerry qui cherche à se débarrasser d'une preuve compromettante.*

Alors c'est ce que tu as fait.

Du moins, ce que tu as tenté de faire. Jusqu'à ce que le Capitaine A s'en mêle.

Il y a un parc à trois rues d'ici. Tu estimais que c'était assez loin pour y jeter la bombe de peinture car, après tout, les flics ne cherchaient pas une arme qui avait servi à commettre un crime, et ils n'iraient probablement pas fouiner dans un rayon de plus de cinq mètres autour de la maison. Maintenant, en y repensant, toute cette histoire paraît absurde, car tu n'avais vraiment aucun besoin de t'en débarrasser. La police n'allait pas demander un mandat – le délit n'avait pas fait les gros titres et personne n'avait été blessé. Ce n'était, tout bien considéré, pas grand-chose.

Tu as quitté la maison avec ton petit sac de sport qui ne contient d'ordinaire qu'une serviette et une bouteille d'eau, mais qui ne contenait ce jour-là (ce jour-là étant aujourd'hui) que les preuves, m'dame, les preuves dont tu devais te débarrasser. De l'autre côté de la rue, tu voyais la maison de Mme Smith baignée de soleil, les lettres incrustées encore plus profondément dans le bois, la sous-couche temporaire censée les masquer étant si fine qu'elles suintaient déjà à travers.

Tu as atteint le parc. Souvent, des enfants y jouent, mais pas à cette heure-là car ils sont à l'école. Tu t'es assis sur un banc. (Et te rappelles-tu la fois où tu avais rendez-vous au même endroit avec Sandra et Eva, il y a des années de cela ? Il faisait une trentaine de degrés, tu dégoulinais de sueur, tu avais de grosses auréoles sur ta chemise et le front brillant. Tu étais arrivé le premier et, pendant que tu attendais, l'une des mères était venue te voir et t'avait demandé de partir, ajoutant que les types de ton genre pouvaient tous pourrir en enfer – alors tu avais demandé : *Quoi, les écrivains fauchés ?* Elle avait riposté : *Non, les pervers pédophiles*, et avant que tu puisses répondre, Sandra était arrivée.) Tu étais épuisé. Tu n'avais quasiment pas dormi de la nuit, t'interrogeant constamment sur ce que tu avais pu faire ou non. Il y avait une poubelle à quelques mètres, et tu étais venu ici en pensant que c'était un bon endroit pour jeter la bombe de peinture, mais tu étais un peu dans les vapes, et tu as commencé à te demander ce qui se passerait si quelqu'un la trouvait, et alors…

Et alors tu n'as plus pensé à rien. Du moins pas le Jerry Grey que toi-moi-nous étions auparavant. Il devait cependant te rester un minimum de conscience, car tu ne t'es pas fait renverser par un bus, tu ne t'es pas mis tout nu, tu n'as pas perdu ton portefeuille et n'as pas essayé de voler des sacs à main et des sacs de nourriture pour chat. Donc, tu fonctionnais encore, mais à un niveau différent, au niveau *Jerry est absent, s'il vous plaît laissez un message.* Tel un somnambule. Le Capitaine A t'a guidé jusqu'à l'ancienne maison de tes parents. Tu es même allé jusqu'à essayer d'ouvrir la porte avant de frapper. C'est ce que t'a dit la femme qui y vit désormais – une femme qui n'était pas ta mère.

Tu ne te rappelles pas la conversation, mais Henry, l'homme dont le nom n'apparaît pas sur les factures téléphoniques mais figure sur tous tes livres, peut te résumer assez bien les choses. Henry ?

Jerry était confus. Jerry a merdé. Jerry est complètement cinglé.

Merci, Henry.

Donc, voilà. Heureusement – et n'est-ce pas là un mot auquel nous allons devoir être attentifs à l'avenir ? *Heureusement*, tout est bien qui finit bien, *heureusement*, tu n'étais pas vraiment atteint de démence – la femme qui loue désormais cette maison où tu as débarqué est infirmière à l'hôpital de Christchurch, et elle a vu que tu étais perdu et effrayé, elle a compris qui tenait vraiment les rênes, et elle t'a fait entrer, t'a dit que tout irait bien, puis elle t'a fait asseoir et préparé une tasse de thé. Tu lui as demandé pourquoi elle habitait chez toi. Elle t'a demandé qui tu étais, et tu étais… un peu incertain. Mais tu avais ton portefeuille, qui contenait ton permis de conduire (Sandra, dans sa lubie de contrôle, ne t'a au moins pas pris ça), et une fois que ton nom a été prononcé, tu es redevenu Jerry qui Fonctionne, du moins un peu. Tu lui as dit où tu habitais. Elle t'a demandé si tu avais ton téléphone portable, et il s'avérait que oui. Elle a appelé Sandra au travail. Cette dernière a répondu qu'elle arrivait. En attendant, elle t'a gavé de biscuits pour accompagner ton thé, et t'a raconté l'histoire du quartier, évoquant même un meurtre qui s'était produit longtemps auparavant. Est-ce que tu t'en souvenais ? Non, quel meurtre ? C'était arrivé vingt ans plus tôt, voire trente, bien avant que Mae (c'était le nom de la femme – l'infirmière Mae) n'emménage dans cette rue. De fait, elle ne vivait là que depuis six mois. Elle avait à peu près ton âge, et tu enviais sa vivacité d'esprit.

C'est étrange que tu te sois rendu à cet endroit, car ce n'est pas là que tu as grandi. Tu vivais à quelques kilomètres de là, dans une maison semblable située dans une rue semblable, mais dans un quartier différent, même pas dans le même secteur scolaire. Tu y as habité de l'âge de trois ans (ce dont tu ne te souviens pas) à celui de vingt et un (ce dont tu te souviens), et tes deux parents y ont vécu jusqu'à la fin de leurs jours. Mais quand tu avais dix-neuf ans, un jeune conducteur qui frimait dans son nouveau bolide devant son pote fana de nouveaux bolides a perdu le contrôle et traversé votre pelouse avant de percuter le côté de votre maison. Le conducteur a eu le dos brisé, et son ami a passé une semaine sous assistance respiratoire avant qu'il soit décidé de le débrancher. Ta famille était indemne, mais elle a dû trouver un autre endroit où habiter, pendant que la société d'assurances cherchait une faille (la maison n'était pas couverte pour les accidents de voiture) avant de finir par admettre qu'elle devait payer. Mais ensuite, les ouvriers… eh bien, tu sais comment ils sont. Donc vous aviez loué cette autre maison pour trois mois, qui en étaient devenus six, pendant que la demeure familiale était retapée. Et la raison qui t'a poussé à venir à cet endroit précis et non là où tu as grandi est un mystère. Mais les voies du Capitaine A sont mystérieuses, n'est-ce pas ?

Quand Sandra est arrivée, elle a remercié l'infirmière Mae pour son temps, allant jusqu'à la prendre dans ses bras, et pendant un instant tu as cru qu'elle allait s'accrocher à elle et lui raconter tous ses malheurs. Puis elle a remercié Dieu que tu aies atterri chez une infirmière et non chez un membre de gang défoncé à la meth.

Une heure plus tard, tu étais dans ton bureau, plongé dans des e-mails professionnels pour détourner ton attention du fait que tu avais complètement perdu la notion du temps, quand Sandra est entrée. Elle tenait dans une main ton sac, que tu avais laissé dans la voiture. Et dans l'autre, la bombe de peinture, qui était restée à l'intérieur.

Vous vous êtes disputés. Évidemment. Tu lui as dit la vérité, à savoir que tu voulais la jeter parce que tu savais ce qu'on penserait si on la découvrait, même si ce n'était pas celle qui avait été utilisée. Elle a rétorqué que tu voulais la jeter parce que tu avais fait ce dont Mme Smith t'accusait.

Je savais que c'était toi, a-t-elle dit, et elle a marché vers toi, s'est accroupie pour pouvoir te regarder dans les yeux, puis elle a posé les mains sur tes genoux. *Je ne voulais pas le croire, et j'ai essayé de ne pas le faire, mais je le savais. Oh, Jerry, qu'est-ce qu'on va faire ? L'évolution est désormais constante.*

Ce n'est pas moi, as-tu répondu, inquiété par cette « évolution constante » qu'elle évoquait. *Est-ce que tu vas le dire à la police ?*

Elle a secoué la tête.

Bien sûr que non. Mais nous devons faire quelque chose. Nous ne pouvons pas laisser Mme Smith payer pour ces dégradations quand nous savons que c'est toi qui les as causées.

Je n'ai rien fait.

Et nous devons trouver de nouvelles options pour être sûrs que ça ne se reproduira pas.

Comme quoi ?

Elle t'a fait un sourire triste qui t'a dit qu'un paquet de souffrance et de chagrin t'attendait. *On en discutera demain matin*, a-t-elle répondu.

Alors voilà. Demain tu apprendras quelles sont ces nouvelles options.

Bonne nouvelle ? Il n'y en a pas vraiment aujourd'hui.

Mauvaise nouvelle ? Tes parents sont morts. Ça fait un moment que tu le sais, depuis qu'ils sont décédés à vrai dire, mais c'est probablement une bonne chose que tu t'en souviennes. Ton père s'est noyé dans une piscine, et ta mère a eu le Grand C quelques années plus tard. Ce qui prouve bien que tu ne pourras jamais revenir en arrière. C'est la vérité, partenaire. Particulièrement dans ton cas.

On prélève un nouvel échantillon de son ADN, comme si l'ancien avait pu être corrompu, alors que Jerry sait que les chances que ça se produise sont encore plus infimes que celles qu'il retrouve son ancienne vie. On lui frotte un Coton-Tige à l'intérieur de la joue, et il a l'impression d'être le personnage d'un de ses romans, celui où un innocent est accusé de meurtre, et ses protestations le font paraître encore plus coupable. On ne lui pose plus de questions car ses réponses ne peuvent pas être considérées comme pertinentes. Tout ce qu'il dit, à en croire son avocat, est délirant. Voici ce qu'il est devenu, songe-t-il. Jerry le Délirant. Il faut presque entraver l'infirmière Hamilton lorsqu'elle voit l'hématome sur son visage. L'inspecteur à qui il a cassé les doigts est invisible.

L'infirmière est assise dans la salle d'interrogatoire avec Jerry, tous les deux seuls pendant que les autres discutent dehors de son avenir.

« Ça va aller », dit-elle.

Elle lui serre la main et ils restent ainsi, attendant de voir ce qui va arriver ensuite.

Ce qui arrive ensuite, c'est que l'avocat de Jerry entre dans la pièce et leur annonce qu'ils peuvent partir, mais que demain, sous sa supervision, Jerry sera interrogé par un spécialiste. L'inspecteur à qui il n'a pas cassé les doigts les escorte sans un mot jusqu'au rez-de-chaussée.

L'infirmière Hamilton est garée une rue plus loin, et le flic les accompagne jusqu'à la voiture. Jerry grimpe dedans pendant que l'agent et l'infirmière s'entretiennent quelques secondes. Il se demande ce qu'ils se racontent, et suppose que ça ne doit pas être bon pour lui. Mais au moins, le retour sera plus plaisant que l'aller.

Quand l'infirmière Hamilton monte dans la voiture, elle déclare une fois de plus que tout va bien se passer, puis ils se mettent à rouler.

« Vous croyez vraiment que j'ai fait du mal à cette femme ? » lui demande-t-il une minute plus tard.

Ils sont au niveau d'un feu qui est au vert, mais la circulation est immobilisée à cause d'une famille de canards qui traverse la route devant eux. Eva adorait voir ce genre de chose quand elle était petite. Elle collait son visage et ses mains à la vitre et parlait aux animaux pendant qu'ils passaient lentement.

« Honnêtement, Jerry ? Je ne sais pas. Je ne sais vraiment pas.

— Alors pourquoi n'avez-vous pas peur de moi ?

— Regardez-moi, Jerry. Est-ce que j'ai l'air d'avoir déjà eu peur de quelqu'un ? »

Les canards libèrent la route, laissant derrière eux un parc et marchant en direction d'une boutique de *fish and chips*, et Jerry s'imagine un scénario dans lequel ils se commandent à dîner, puis un autre où ils deviennent le dîner.

« Je voudrais me rappeler cette époque, dit-il. Je tenais un carnet. Où est-il ?

— Personne ne l'a mentionné.

— Vous voulez dire qu'il n'est pas au centre de soins ?

— Personne ne l'a trouvé. Même pas la police. Vous devez l'avoir caché quelque part.

— Peut-être. »

Avec le mouvement de la voiture, les événements de la journée, la vase qui lui obscurcit l'esprit continue de se dissiper. Quelque chose lui revient.

« Qu'est devenue ma maison ?

— Elle a été vendue.

— Des gens y vivent, maintenant ?

— Je suppose. Pourquoi ?

— Parce qu'il y avait un endroit dans mon bureau où je cachais des choses, répond-il, opinant du chef, l'image lui revenant clairement. Peut-être qu'on pourrait aller y jeter un coup d'œil ? Le carnet doit être là-bas.

— Je suis sûre que la cachette a été découverte par les nouveaux propriétaires », déclare-t-elle.

Il secoue la tête.

« Si la police ne l'a pas trouvée, les nouveaux propriétaires n'ont pas dû la trouver non plus.

— La police ne savait probablement pas quoi chercher. Vous n'en avez jamais parlé avant. »

Il se demande pourquoi. Peut-être qu'il n'en a pas parlé parce qu'il ne voulait pas savoir. Peut-être qu'il se souvenait suffisamment pour comprendre que mieux valait oublier. Seulement, maintenant, il a besoin d'en avoir le cœur net.

« Elle était sous le plancher. Si nous trouvons le carnet, il nous dira peut-être ce qui s'est passé.

— Je ne sais pas, Jerry.

— S'il vous plaît.

— Même s'il y est, vous n'aimerez peut-être pas ce que vous découvrirez. Je ne veux pas avoir l'air méchante, mais il serait peut-être préférable de laisser tomber. Nous ferions mieux d'appeler la police et de les laisser s'en occuper.

— Et si ce n'est pas moi qui l'ai tuée ?

— C'est ce que vous croyez ? »

Il lève vivement les mains.

« Il y a une grosse faille dans tout ça. Si je confesse des crimes, pourquoi les fictifs ? Pourquoi pas les réels ? J'imagine que ça devrait être l'inverse. »

Elle n'a pas de réponse à ça.

« Et si le carnet m'innocente ? S'il vous plaît, à quand remonte la dernière fois que j'ai été comme ça ?

— Comme quoi ?

— Tellement lucide. Tellement moi. Ce Jerry que je suis en ce moment, il veut savoir ce qui s'est passé. Il espère qu'il n'est pas le monstre pour lequel vous le prenez tous.

— Je ne pense pas que vous soyez un monstre, réplique-t-elle. Et pour répondre à votre question, ça fait un moment que vous n'avez pas eu les idées aussi claires. Au moins quelques mois.

— Ma fille pense que je suis un monstre », poursuit-il.

Il comprend désormais la distance qui s'est installée entre eux.

« C'est pour ça qu'elle ne vient jamais me voir. Elle me déteste.

— Elle ne vous déteste pas, rétorque l'infirmière Hamilton.

— Elle ne m'appelle même plus *papa.*

— C'est dur, pour elle.

— J'ai besoin du carnet. Je mérite ces réponses. »

Et s'il n'a pas mentionné le carnet jusqu'alors parce

qu'il est très compromettant, mais qu'il ne s'en souvient plus maintenant, eh bien, tant pis.

« Si je peux le trouver, je pourrai m'excuser pour ce que j'ai fait. Ça ne signifiera pas grand-chose pour qui que ce soit, mais je dois commencer quelque part », dit-il, car s'il peut s'excuser, s'il peut s'engager sur la voie de l'honnêteté et du pardon, alors peut-être que l'univers sera un peu plus clément avec lui.

Elle réfléchit en silence. Il voit qu'elle pèse le pour et le contre. Il voudrait en dire plus, mais a peur que tout ce qu'il pourrait ajouter la pousse à prendre la mauvaise décision.

« OK », dit-elle finalement.

Elle quitte le flot de la circulation, s'engage dans une petite rue et s'arrête.

« Laissez-moi d'abord appeler votre avocat. Je veux son autorisation, et je veux être certaine que je ne fais rien d'illégal.

— Ça va bien se passer, je le promets.

— Ne vous emballez pas, Jerry. Il n'y aura peut-être personne dans la maison, et même s'il y a quelqu'un, nous ne savons pas si on nous laissera entrer, et même dans ce cas, le carnet ne sera peut-être pas là.

— Je sais, je sais.

— Et si nous le trouvons, les policiers vont le vouloir. Ils le considéreront peut-être comme une preuve. Ils pourraient ne jamais vous le rendre.

— J'ai juste besoin de le lire. C'est tout.

— Vous êtes sûr de vous ? Vraiment sûr ?

— Sûr », répond-il.

Puis il ajoute :

« Ça va bien se passer.

— C'est la maison dans laquelle Sandra est morte, et vous êtes peut-être sur le point de lire votre propre récit du meurtre. Je vais appeler Eric pour qu'il vienne nous donner un coup de main, car je crois qu'il y a de grandes chances pour qu'en fait ça ne se passe pas bien du tout. »

Jour cinquante-trois

Ils vont installer des alarmes, Futur Jerry. Tu le crois, ça ? Bon sang, bientôt ils vont monter une gigantesque chatière rien que pour toi et tu devras… attends, message de Henry… Qu'est-ce qu'il y a, Henry ? Oh, ça ne s'appellerait pas une *chatière*, mais une *porte.* Et ensuite tu devras porter un foutu collier magnétique pour être sûr que les autres papis déments de la rue ne viendront pas vider le réfrigérateur, chier sur la moquette et mâchonner les accoudoirs du canapé et des fauteuils.

En fait, c'est l'idée de Machin-Chouette, la conseillère aux gros nibards. Sandra l'a appelée ce matin et lui a dit que tu t'étais enfui, ce qui, l'avait prévenue la femme, risquait de se produire. Un type doit venir demain pour les travaux. Alarmes à toutes les portes qui permettent d'entrer et de sortir de la maison, y compris celle du garage, mais pas aux fenêtres, car si tu es suffisamment lucide pour essayer de t'échapper par les fenêtres de sorte à ne pas déclencher les alarmes, alors c'est que tu es sain d'esprit. Elles sont censées se déclencher quand le Capitaine A est à la barre. Tu t'es enfui UNE FOIS, et au lieu de faire preuve de compassion, Sandra t'enfonce. Bon sang, elle n'a AUCUNE IDÉE de ce que ça fait. Ce n'est pas ELLE qui souffre, ce n'est pas ELLE qui est en train de perdre la boule. Si tu arrivais à trouver tes clés de voiture, tu pourrais peut-être t'acheter une tente, rouler jusqu'à la plage, faire griller des Chamallows et laisser ta dictatrice de femme faire ce qui lui plaît pendant quelques jours.

Le mariage est désormais pour dans moins de trois semaines. Tu as trop peur de jeter un coup d'œil à ton relevé de carte de crédit – que, soit dit en passant, tu n'as plus l'occasion de voir. Toutes ces choses se font en ligne, désormais, et tu ne peux rien consulter parce que tu ne te souviens plus des codes d'accès ni des mots de passe, même si, pour être honnête, Futur Jerry, à ce stade tu penses que tu t'en souviens mais que c'est Sandra qui les a changés. Elle veut que tu les lui demandes pour pouvoir te répondre que ce sont les mêmes qu'avant, mais tu ne lui feras pas ce plaisir.

Tu as parlé à Hans, aujourd'hui. Il est venu te voir. Contrairement à Sandra, il est de ton côté. Il n'a aucune idée de ce que tu ressens, mais au moins il compatit à ta cause. Il t'a montré le nouveau tatouage autour de la base de son cou, juste sous la limite du col, si bien qu'il a dû baisser un peu son tee-shirt. En lettres grosses comme des doigts étaient inscrits les mots *L'Homme Qui Découpe.*

C'est parce que j'adore tes livres, mec, qu'il a dit. Je suis tellement fier de toi.

Tu lui as parlé des alarmes, de tes escapades, et des accusations de la voisine.

Ça doit être méchamment frustrant, mon pote, qu'il a répondu, et il est le seul de tes amis à t'appeler *mon pote*, parce que tu détestes ça, mais Hans le fait parce que c'est lui tout craché. *Cette bonne femme de l'autre côté de la rue, elle a l'air complètement cinglée.*

Folle à lier. Encore plus barrée que moi.

À quelle heure tu te fais castrer ?

Demain à la première heure. Après ça, je ne pourrai plus ouvrir une porte sans que Sandra le sache.

Et les flics, ils pensent que c'est toi qu'as tagué sa maison ?

Probablement.

Et comment avance le mariage ?

Ça doit être l'événement de l'année vu comment Sandra et Eva sont toujours à courir à droite et à gauche. Demain soir, on doit aller dans un restaurant pour goûter des desserts, et elles m'obligent à les accompagner pour que je ne m'échappe pas.

Ça va être marrant.

Seulement ça ne va pas être marrant. Tu vas rester planté là comme un idiot, à goûter des gâteaux, on te demandera lequel tu préfères, mais ce seront les filles qui auront le dernier mot. *Jerry aime celui au chocolat ? Oh, désolée, Jerry, mais tous les autres invités préfèrent la vanille.*

Sandra t'a demandé quoi faire à propos de Mme Smith. Tu as plaisanté qu'il fallait engager un tueur à gages, mais ça ne l'a pas fait rire. Peut-être que ce n'est vraiment pas drôle, mais là où tu es dans l'avenir, Jerry, peut-être que tu te marres en repensant à toute cette histoire. Sandra songe à laisser une enveloppe pleine de cash devant sa porte, suffisamment pour couvrir les frais de peinture, mais tu n'aimes pas l'idée de payer pour une chose que tu n'as pas faite, et tu vas avoir besoin de cet argent si ton état s'aggrave et que tu as besoin d'une aide à domicile. Et puis, as-tu indiqué à Sandra, Mme Smith saurait d'où ça vient – après tout, qui d'autre se sentirait assez coupable pour payer ?

Avec un peu de chance, tu as touché le fond. Tu as atteint le dernier stade du chagrin, on dirait. C'est ce que Sandra a dit quand elle a affirmé l'autre soir que les choses évoluaient. Maintenant, la question est de savoir comment ça va être ensuite. Et à quelle vitesse ça va arriver. Tu as atteint la première phase du stade cinq – tu as accepté de perdre le contrôle, mais t'échapper de temps en temps n'est pas la fin du monde, et qu'est-ce que ça peut foutre que tu aies oublié l'assiette ?

Ah, merde, tu as probablement complètement zappé cette histoire d'assiette. Tu as eu faim cet après-midi et tu t'es réchauffé une conserve de spaghettis. Rien de sorcier – tu utilises un ouvre-boîte, tu verses le contenu dans un saladier, tu irradies le saladier dans le micro-ondes pendant deux minutes. Ce n'est pas comme si tu allais foutre le feu à la maison. Tu avais à moitié fini de manger quand Sandra est rentrée du boulot, a pénétré dans la cuisine et remarqué qu'il n'y avait pas d'assiette. Eh oui, Futur Jerry, tu avais versé les spaghettis directement sur la table. Et même quand Sandra te l'a indiqué, tu as mis quelques secondes à comprendre qu'il n'y avait vraiment pas d'assiette.

C'est à ce moment que tu as accepté ton destin, qu'il n'y avait aucun moyen de se libérer du Capitaine A, qu'il te suivrait jusqu'à la tombe.

Malheureusement, Jerry, tu n'as plus le choix. Et en plus, ça progresse vite. Tu seras en état d'assister au mariage – c'est ce que tu dis à tout le monde, et tu le seras, tu dois l'être – mais Noël ne s'annonce pas trop bien. Vois cependant le bon côté des choses – au moins cette année personne ne t'en voudra d'avoir acheté le mauvais cadeau.

Bonne nouvelle – c'était vraiment agréable de reparler à Hans. Les préparatifs pour le mariage avancent bien, et tu n'as jamais vu Eva aussi heureuse. Ces jours-ci, son sourire te donne presque envie de pleurer parce qu'il va salement te manquer. Elle ressemble tellement à Sandra quand elle avait vingt-cinq ans. C'en est flippant. *The Broken Man*, la chanson qu'elle a écrite, passe désormais à la radio et a débuté à la douzième place. Tu préférais quand c'était elle qui l'interprétait, mais c'est tout de même un énorme bonheur. Elle a désormais vendu une deuxième chanson et affirme qu'une proposition a été faite pour une troisième.

Demain soir, on va goûter des desserts pour le mariage, et pendant ce temps, la sœur de Sandra fera entrer les invités dans ta maison pour son anniversaire surprise. Ça devrait être sympa.

Mauvaise nouvelle – il y a des marques laissées par la fourchette dans la table à l'endroit où tu as mangé les spaghettis. Il y a un an, si elle avait été abîmée par accident, Sandra aurait suggéré d'en acheter une nouvelle. Mais plus maintenant, ce qui peut uniquement signifier qu'elle a une liaison. C'est assez évident quand on sait lire entre les lignes, ce à quoi tu es expert. Bientôt elle va essayer de te convaincre d'aller dans une maison de santé. Et alors elle pourra choisir une nouvelle table sans toi. Elle pourra entrer main dans la main avec ton remplaçant dans divers grands magasins, et ils pourront dépenser ton argent ensemble. La table est la preuve qu'elle passe déjà à autre chose, et au moins maintenant tu sais pourquoi elle a changé ton code de banque en ligne et arraché des pages à ton carnet. Elle ne veut pas que tu dépenses ce qui est désormais leur argent, et tu as dû le comprendre plus tôt et le noter, mais elle l'a découvert et a supprimé les preuves.

Ça explique également pourquoi elle a passé tellement de temps hors de la maison ces dernières semaines. Tu ne veux cependant pas qu'elle sache que tu as tout compris, alors motus, Futur Jerry. C'était vraiment stupide d'essayer de planquer le carnet sous le canapé. Ça montre que la maladie t'affecte plus que tu ne le pensais. Le moment est venu de le cacher avec les sauvegardes de tes manuscrits. Tu sais où.

L'infirmière Hamilton appelle l'avocat, dont Jerry a oublié le nom alors qu'il s'en souvenait il y a une demi-heure. Le gruyère de la mémoire révèle certaines choses et en dissimule d'autres. Il écoute la conversation téléphonique, mais n'en entend qu'une moitié ; après avoir raccroché, l'infirmière remplit les blancs.

« Le journal intime serait considéré comme une pièce à conviction, surtout s'il dénote une intention claire d'abattre Sandra. Votre avocat affirme que nous devons être prudents. Cependant, il a également dit que, puisqu'il vous appartient, vous avez tout à fait le droit de le consulter. Il nous a ensuite souhaité bonne chance et a demandé à être tenu au courant.

— Ce n'est pas un journal intime, observe Jerry. C'est un carnet. »

Elle appelle ensuite Eric et lui demande de les retrouver devant la maison. C'est une conversation brève au cours de laquelle l'infirmière Hamilton opine occasionnellement du chef. Lorsqu'un espace s'ouvre dans le flot de voitures, elle démarre. Ils roulent en silence, et plus ils se rapprochent de chez lui, plus le paysage devient familier. Il ne se rappelle pas la dernière fois qu'il est venu ici, et songe alors sombrement que ça devait être quand il a tué Sandra. Ce qui, estime-t-il, demeure encore à prouver. Avec un peu de chance, le carnet leur fournira des réponses.

Ils se garent devant la maison. L'infirmière Hamilton lui pose la main sur le bras pour l'empêcher de sortir.

« Attendons Eric. Il ne va pas tarder.

— Nous ne pouvons pas attendre, réplique-t-il. Il faut que je sache. Il le *faut.*

— Juste quelques minutes. »

Il voudrait ouvrir la portière et se précipiter, mais accepte d'attendre à la place. Pour se changer les idées, il lui parle de la maison, lui racontant comment il l'a trouvée il y a tant d'années de cela – Sandra et lui étaient en route vers une autre maison qu'ils devaient visiter quand ils étaient passés devant celle-ci. Il y avait une pancarte « À Vendre » à l'extérieur. Les détails sont aussi clairs dans sa tête que si c'était hier, accentuant la frustration que lui fait éprouver le fait qu'il a oublié des choses plus récentes. Dès qu'ils étaient entrés dedans, ils s'étaient imaginés y vivant pour le restant de leur vie.

Dans un sens, c'est ce qu'ils ont fait, songe Jerry.

Une femme portant une robe bleu clair et des chaussures assorties approche depuis l'autre côté de la rue, marchant à grands pas, ce qui suggère que le message qu'elle a à leur communiquer est urgent. Jerry la reconnaît.

« Qu'est-ce qu'il fabrique ici, *celui-là* ? » demande Mme Smith.

À l'entendre parler de la sorte, on croirait que non seulement Jerry a tué sa femme, mais aussi qu'il l'a dévorée.

« Et vous êtes ? demande l'infirmière Hamilton.

— Je suis la voisine que… que cet *assassin* harcelait avant de tuer sa femme. Pour autant que je sache, c'était de moi qu'il voulait se débarrasser. J'ai de la chance d'être encore en vie. » Elle reste quelques secondes silencieuse pour qu'ils saisissent l'énormité de la situation.

« J'ai appelé la police. Ils arrivent.

— Peut-être que vous devriez les attendre chez vous, suggère l'infirmière.

— J'ai parfaitement le droit d'être dans ma rue. C'est lui qui devrait retourner dans son asile de dingues.

— Inutile de parler comme ça. S'il vous plaît, je crois vraiment que vous feriez mieux d'attendre chez vous plutôt que de contrarier Jerry.

— Qu'est-ce que vous faites avec un tueur sans pitié dans votre voiture ? Je…

— Merci d'être venue nous voir », l'interrompt l'infirmière Hamilton, et elle remonte sa vitre.

La bouche de Mme Smith forme un O, qui se transforme en une expression indignée. Elle pivote sur ses talons et remonte son allée, mais elle ne rentre pas chez elle. Elle se poste près de la porte de sa maison et observe, jetant de temps à autre un coup d'œil à sa montre.

« On ferait bien d'y aller, déclare l'infirmière Hamilton. On pourra toujours revenir.

— Mais on ne le fera pas, pas vrai ? »

Avant qu'elle ait le temps de répondre, Jerry ouvre la portière, et cette fois, quand elle lui agrippe le bras, il se dégage. Lorsqu'elle le rattrape, il a déjà atteint la maison et frappé à la porte. Il n'a jamais frappé à cette porte comme un étranger, sauf quand il s'enfermait dehors en allant chercher le courrier, ou quand il oubliait ses clés. Et chaque fois il savait qui allait ouvrir.

Ils entendent des bruits de pas qui approchent.

« Laissez-moi parler », dit l'infirmière Hamilton.

Un type d'environ quarante-cinq ans ouvre, avec un demi-kilo de trop pour chaque année de sa vie. Il a une tignasse brune sur le dessus mais grise aux tempes, des cernes noirs sous des yeux injectés de sang, et porte un tee-shirt blanc qui dit : « Éternuez pour Jésus », sous une chemise bleue déboutonnée.

« Qu'est-ce que… », commence-t-il.

Mais c'est tout ce qu'il dit car il s'interrompt et fixe Jerry.

« Vous êtes Henry Cutter. »

Il fait un énorme sourire avant de tendre la main, si vivement que Jerry fait presque un bond en arrière. Le type a l'air d'avoir le nez bouché.

« Oh, mon Dieu ! Henry Cutter ! Ou je suppose que je ferais mieux de vous appeler Jerry Grey, pas vrai ?

— Exact, répond Jerry.

— Je suis un très grand fan », déclare l'homme en lui secouant la main de haut en bas.

Sa main est moite. Au même moment, un chat apparaît dans l'entrebâillement de la porte, un écaille de tortue à poil long qui vient se frotter aux jambes de Jerry puis à celles de l'infirmière Hamilton.

« Votre plus grand fan de tous les temps, ajoute-t-il avant de se retourner et d'éternuer dans un mouchoir. Désolé, rhume des foins. Mon nom est Terrance Banks, mais on m'appelle Terry », débite-t-il à toute allure pour pouvoir finir sa phrase avant d'éternuer de nouveau.

Lorsque c'est fait, il poursuit :

« J'ai acheté cette maison parce que c'était la vôtre. Je me suis dit que ça m'inspirerait. Oh, merde, voilà que je déblatère déjà ! Jerry Grey… à ma porte !

— Vous êtes écrivain ? demande Jerry, ravi de ce

point commun, conscient que ça va les aider dans leur entreprise.

— J'ess… » Il se remet à éternuer, son corps se voûtant une première fois, puis une deuxième, puis une troisième. « J'essaie. J'ai une pièce pleine de lettres de refus, ce qui, je suppose, me place à moitié dans cette catégorie, pas vrai ? La prochaine étape, c'est une pièce pleine de livres. »

Il lâche un éclat de rire plein d'autodérision qui plaît à Jerry.

« Je suppose que ça doit être un peu bizarre, pas vrai, que j'aie acheté cette maison parce que c'était la vôtre. Mais c'était aussi un super-investissement, vous savez ? C'est normalement le cas avec l'immobilier. »

Jerry suppose qu'il dit vrai. Facile de faire le lien entre meurtre, perte de valeur, besoin de déménager, et profit.

« Je suis Carol Hamilton », dit l'infirmière en tendant le bras pour serrer la main de Terrance.

Jerry se demande si c'est la première fois qu'il entend son prénom.

« Nous espérions que ça ne vous dérangerait pas si Jerry jetait un coup d'œil dans la maison.

— Me déranger ? Non, non, bien sûr que non ! Je vous en prie, je vous en prie, entrez ! »

Ils pénètrent dans la maison, suivis par le chat. Terrance referme la porte et éternue deux fois de plus.

« Désolé, dit-il. Café ? Thé ?

— Nous n'avons pas beaucoup de temps, répond l'infirmière Hamilton. Je suis sûre que vous avez conscience des difficultés que rencontre Jerry.

— Oui, oui, évidemment. C'est affreux, vraiment affreux. »

Il les entraîne plus avant dans la maison.

« C'était tellement horrible. »

Il secoue la tête, manifestement secoué par la tournure que prend la conversation.

« Vous étiez pile au summum de votre carrière. Une telle voix, un tel talent – disparus du jour au lendemain. Si je peux faire quoi que ce soit… », ajoute-t-il, laissant sa phrase en suspens comme s'il pouvait réellement faire quelque chose.

Ils ont désormais cessé de marcher, Jerry s'étant arrêté devant ce qui était autrefois son bureau. La porte est fermée.

« À vrai dire, vous pouvez, déclare l'infirmière Hamilton, et le visage de Terrance s'illumine. Jerry espérait pouvoir récupérer une chose qu'il a laissée ici.

— Vous voulez récupérer quelque chose ? Pas de problème, ravi de pouvoir vous être utile. Nous avons vendu la plupart des trucs qui restaient, mais nous en avons gardé quelques-uns. Ils allaient bien avec la maison.

— Je ne sais pas de quoi vous parlez, intervient Jerry. Vous aviez des choses qui m'appartenaient ?

— Quand on a acheté la maison, les meubles venaient avec. »

Jerry acquiesce. Il est le Compréhensif Jerry.

« Ce n'est pas un meuble que je cherche. C'est un objet que j'ai caché dans le bureau.

— Nous espérions que vous laisseriez Jerry jeter un coup d'œil pour voir s'il est toujours là, ajoute l'infirmière Hamilton.

— Bien entendu ! Bien entendu ! répond Terrance. J'espère que ça ne vous ennuie pas, mais… mais puisque vous êtes ici, vous accepteriez de dédicacer mes livres ? Ce serait un honneur, vraiment.

— Je ne suis pas sûre que nous ayons le temps », objecte l'infirmière, rappelant à Jerry que la police a été appelée.

Courent-ils un risque ? Après tout, qu'a pu dire Mme Smith si ce n'est qu'il était assis dans une voiture garée dans la rue. Il semble peu probable que la brigade criminelle débarque, même s'il enfreint probablement quelque règlement en étant là – il a été interné dans une maison de santé, il ne devrait pas être par monts et par vaux, mieux vaudrait donc partir d'ici le plus vite possible. Mais une chose qu'il n'a jamais faite, c'est dire non à un fan qui demande une dédicace, et il ne va pas commencer maintenant.

« Je suis sûr qu'on peut prendre deux minutes de plus pour Gary, dit-il.

— C'est Terry, le corrige Terrance.

— Terry. Désolé.

— C'est bon, ne vous en faites pas. »

Terrance ouvre la porte du bureau.

« C'est là que se produisait la magie. J'espère qu'elle va me toucher aussi », déclare-t-il, avant d'éclater une nouvelle fois de rire, avec la même autodérision qu'auparavant, mais cette fois son rire s'interrompt brusquement et se transforme en éternuement.

Jerry pénètre dans la pièce, et rien n'a changé. Il voit son bureau, son canapé, ses affiches encadrées au mur. Son fauteuil, sa bibliothèque, sa plante en pot sur la table, sa chaîne hi-fi, son téléphone, sa lampe. La seule chose qui ne lui appartient pas est l'ordinateur. Il a l'impression d'être revenu dans le temps. D'être chez lui. Que Sandra va être quelque part dans la maison, ou au travail, ou peut-être en train de faire des courses.

« Tout est quasiment comme vous l'avez laissé, déclare Terrance.

— C'est mon bureau, confirme Jerry, quelque peu troublé que Terry n'ait touché à rien. C'est mon bureau.

— Exactement comme vous l'avez laissé.

— Ma maison. »

L'infirmière Hamilton lui pose la main sur l'épaule.

« Ce n'est plus votre maison, dit-elle, manifestement mécontente de la tournure qu'ont prise les événements. Ce n'est pas votre bureau. Je pense que c'était peut-être une erreur de vous ramener ici. Si j'avais su que c'était encore comme ça... », commence-t-elle, sans aller jusqu'au bout de sa pensée.

Jerry marche jusqu'à la bibliothèque. Au moins, tous les livres qu'il possédait ont disparu, remplacés par ceux que Terry a achetés, parmi lesquels toute une rangée de best-sellers de Henry Cutter, dont il reconnaît certains titres et pas d'autres. Il y a également sur les étagères des bibelots qui étaient à lui. Quand il voyageait, il rapportait toujours un souvenir de chaque pays. Une tour Eiffel miniature côtoie un bracelet acheté en Turquie, lui-même posé à côté d'un petit Mozart, qui dodeline de la tête, acquis en Autriche.

« Ma femme pense que c'est idiot de garder le bureau tel quel », déclare Terrance tandis que Jerry soulève un petit King Kong en peluche qu'il a acheté à l'Empire State Building.

Il se revoit faisant la queue, se rappelle le vent glacial au quatre-vingt-sixième étage, ses épaules voûtées tandis qu'il observait la ville avec Sandra, une ville plus vivante que toutes celles qu'il a vues. Il se souvient de ça, mais pas de ce qui est arrivé à sa femme.

« Mais je suis vraiment un grand fan de vos livres, ajoute Terrance, poursuivant sur sa lancée, et vous devez avoir eu tellement d'idées géniales ici… et, bon, je sais que c'est idiot, voire bizarre, mais parfois les choses idiotes fonctionnent, pas vrai ? »

Jerry repose le jouet. Il marche jusqu'à son bureau et passe les doigts sur le bord. Il l'avait disposé de sorte à être dos à la fenêtre pour ne pas être distrait par la vue. Il regarde le canapé.

« Vous avez un jour déclaré dans une interview que le canapé était la meilleure chose que vous ayez installée ici, mais aussi la pire, observe Terrance. Que certaines de vos meilleures idées vous étaient venues dessus, mais aussi que vous y aviez perdu un paquet d'heures. »

Jerry acquiesce. Il se sent nostalgique. Il a envie de s'étendre sur le canapé et de s'imprégner des souvenirs que recèle cette pièce. Au mur se trouve la phrase tirée de *Fahrenheit 451*. Il s'en approche et touche le cadre qui l'entoure.

Si ça se trouve, il a fallu toute une vie à un homme pour mettre certaines de ses idées par écrit, observer le monde et la vie autour de lui, et moi j'arrive en deux minutes et boum ! tout est fini.

« C'est ce que vous vouliez ? demande Terrance. La citation de Ray Bradbury ? »

Jerry secoue la tête. Il se rappelle l'avoir imprimée et encadrée. Il se souvient du chagrin sur le visage de Sandra quand il la lui avait expliquée.

« Ça parle des critiques, n'est-ce pas ? reprend Terrance. Vous mettez votre vie et votre âme dans un roman, et quelqu'un peut le démolir en un rien de temps.

— Non, il ne s'agit pas de ça, répond Jerry, et comme

il ne propose aucune explication, Terrance leur offre de nouveau quelque chose à boire.

— Non, merci, répond l'infirmière Hamilton. Où est la latte de parquet, Jerry ?

— Il y a une latte qui n'est pas fixée ? demande Terrance.

— Là, répond Jerry en désignant le sol. Mais nous devons pousser le bureau, et il nous faut un outil pour la soulever. J'utilisais un tournevis. Il devrait y en avoir un dans le bureau. »

Terrance secoue la tête.

« Les tiroirs étaient vides quand nous avons emménagé, mais j'en ai un dans la cuisine. Attendez, attendez, est-ce que l'arme est là-dedans ? demande-t-il, pointant le doigt vers le plancher. C'est ça que vous cherchez ? »

Jerry secoue la tête.

« C'est un carnet. »

Il ignorait que l'arme n'avait pas été retrouvée. Peut-être qu'elle est également là.

« Si ça peut vous rassurer, je serai heureux de vous laisser chercher vous-même. »

Mais lui, ça ne le rassure pas. Il a l'image de ce type découvrant l'arme et les prenant en otages tout en demandant à Jerry de lui écrire son prochain roman, puis le revolver retournerait dans sa cachette sous le plancher, accompagné de Carol Hamilton, infirmière, et de Jerry Grey, auteur de romans policiers.

« Oui, oui, d'accord. Et si vous me dédicaciez quelques livres pendant que je vais chercher le tournevis ? suggère Terrance, plein d'espoir.

— Pas de problème.

— Et si vous avez le temps, je me demandais, est-ce

que je pourrais vous soumettre quelques-unes de mes idées ? En ce moment je travaille sur…

— S'il vous plaît, nous sommes vraiment pressés, coupe l'infirmière.

— Bien sûr, bien sûr, répond Terrance, tel un enfant de dix ans qui se serait fait réprimander pour avoir parlé trop fort en classe. Tenez, les livres sont ici. »

Il les tire de l'étagère du haut et les pose sur le bureau, les treize volumes formant deux piles. Treize intrigues et treize séries de personnages dont Jerry se souvient à peine, et le dernier qu'il a à peine écrit. Il le prend. Il s'intitule *L'Heure du feu* – un titre, se souvient-il, qui n'est pas de lui, mais de son nègre. Il ne se rappelle plus comment il voulait l'appeler. Il se souvient qu'il était question d'un pyromane, mais n'a plus aucune idée de ce qu'il raconte. Il ne l'a pas lu, ou, s'il l'a fait, il n'en garde aucun souvenir.

« Dédicacez-les simplement à Terry, dit le type, ramenant Jerry à la réalité. Écrivez ce qui vous fait plaisir. »

Terrance disparaît. Jerry saisit un crayon et se demande s'il lui appartenait également. Il s'assied derrière le bureau, pose les mains dessus et ferme les yeux, espérant que, quand il les rouvrira, il sera revenu en arrière, que le fait de venir ici lui rendra son passé, pas seulement dans ses souvenirs, mais en réalité. Seulement ça ne fonctionne pas comme ça. Ils entendent Terrance éternuer à l'autre bout de la maison. Jerry commence à signer les livres. Les séances de dédicace sont faciles quand vous signez juste un livre par personne, songe-t-il, mais compliquées quand une seule personne possède de nombreux romans. Il a toujours eu le sentiment qu'il devait inscrire un message différent dans chaque livre. Alors il écrit : *Pour Gary, merci d'être beau joueur* dans le premier. *Pour Gary, merci d'être un fan. Pour Gary, j'aime ce que vous avez fait de la maison.*

Il en est au sixième livre et peine à trouver de nouvelles idées quand son plus grand fan revient. Il s'approche et regarde celui que Jerry est en train de signer, et son sourire s'estompe légèrement.

« Qu'est-ce qu'il y a ? demande Jerry.

— C'est… heu… rien, rien du tout. Merci de les avoir dédicacés. Maintenant, trouvons cette cachette. »

Ils écartent le bureau. Jerry s'accroupit et se met au travail, enfonçant juste assez le tournevis pour soulever la latte, puis glissant les doigts en dessous. Un courant d'air frais venu de sous la maison déclenche chez Terrance une nouvelle crise d'éternuements.

« Exactement comme dans un de vos livres, déclare-t-il, parvenant à se contrôler.

— Vraiment ?

— *L'Inconnu du dessous.*

— Je ne m'en souviens pas, répond Jerry.

— C'était un de vos meilleurs, Jerry – mais ce sont tous vos meilleurs. Vous voulez que je cherche ?

— Si vous pouviez. »

Terrance se baisse et enfonce en entier son bras dans la cavité, mais quand il le ressort, ce n'est pas le carnet qu'il tient. Ni le revolver. C'est une chemise bleu clair. Il regarde Jerry, puis l'infirmière Hamilton. La chemise est roulée en boule, mais Jerry voit un col et une manchette, et ce qui ressemble à de la rouille. Terrance la tend à l'infirmière, qui la secoue pour la déployer. C'est une chemise à manches longues, plutôt habillée, à l'exception des taches qui ne sont pas de la rouille mais du sang. Il n'y en a pas énormément, mais suffisamment.

Personne ne dit rien. Jerry fixe la chemise en se demandant d'où elle vient. Terrance semble nerveux. Il jette des coups d'œil vers le tournevis dans la main de Jerry. Il vient de rencontrer son idole, et son idole est un psychopathe qui est désormais armé. Jerry repose le tournevis. Terrance enfonce de nouveau la main sous le plancher. Il fait légèrement pivoter son corps tandis qu'il cherche de tous les côtés, tâtant d'abord le sol, puis le dessous des lattes de parquet au cas où le carnet y serait scotché. Il garde la tête tournée de sorte à toujours avoir Jerry à l'œil.

« Rien d'autre, annonce-t-il. Vous êtes sûr qu'il est ici ?

— Il est forcément là, répond Jerry.

— Laissez-moi aller chercher une lampe torche. »

Il disparaît. Jerry saisit le stylo et continue de signer les livres.

« Jerry, dit l'infirmière Hamilton. C'est votre chemise.

— On n'en sait rien, réplique-t-il, refusant de la regarder. Je suis plutôt du genre short et tee-shirt. Je ne mets des chemises que pour les grandes occasions.

— Comme le mariage d'Eva ? »

Il ne répond pas. Il signe : *Pour Gary, meilleurs vœux* dans les livres restants, pour la simple et bonne raison qu'il est à court d'idées. Terrance revient et se sert de la lampe torche tout en se contorsionnant pour voir ce qu'il peut sous la maison, à savoir, rien, si ce n'est de la terre, de la poussière et un paquet de toiles d'araignées.

« Ça vous ennuie si je jette un coup d'œil ? demande Jerry.

— Jerry, faut vraiment qu'on y aille, intervient l'infirmière Hamilton.

— Juste une minute, c'est tout. »

La sonnette de la porte d'entrée retentit, à la fois dans le couloir et dans l'un des tiroirs du bureau où se trouve un récepteur. Terrance disparaît et Jerry cherche à tâtons sous le plancher dans les mêmes endroits que leur hôte avant lui, avec le même résultat.

« Il n'est pas là », dit-il.

Il perçoit la frustration dans sa propre voix.

« Il devrait y être, mais il n'y est pas. Ça n'a aucun sens ! Il devrait être là !

— C'est bon, répond l'infirmière Hamilton, manifestement soucieuse. Ça signifie juste que vous l'avez caché ailleurs.

— Il n'y a pas d'autre cachette », réplique-t-il.

Ils entendent des voix qui approchent dans le couloir.

« Elle est morte ici. Là, par terre. Il a dit que mon bureau était exactement comme je l'ai laissé, mais c'est faux, parce que, quand j'en suis sorti, Sandra gisait morte ici, dit-il, désignant le sol. Et si je me concentre, je la vois. Je vois tout le sang », ajoute-t-il, puis il regarde la chemise.

Est-ce que tuer Sandra était une grande occasion ? S'est-il mis sur son trente et un pour le faire ?

« J'ai besoin du carnet pour savoir… pour savoir que je n'ai pas… »

Il tente de chercher plus loin dans le trou, coinçant son épaule contre le plancher au point de se faire mal.

« J'ai besoin de savoir que je n'ai pas fait ça.

— C'est bon, Jerry », dit l'infirmière Hamilton.

Elle pose la chemise sur l'accoudoir du canapé et marche vers lui.

« Non, ce n'est pas bon. »

Il se revoit assis dans cette pièce, écrivant furieusement, inlassablement, tous ces mots… pourquoi ne se souvient-il pas du carnet ?

Il ressort son bras, se laisse retomber contre le bureau. Terrance est de retour, accompagné d'Eric.

« Comment ça se passe, mon pote ? demande l'aide-soignant.

— Il faut qu'on enlève les autres lattes », déclare Jerry en se relevant.

C'est exactement ce qu'ils ont besoin de faire. Le carnet sera là-dessous, et alors il saura qui a vraiment tué sa femme, parce que ça ne peut pas être lui. Impossible. Et ensuite Henry et lui pourront décider ce qu'ils feront au meurtrier.

« Gary, il nous faut d'autres tournevis et de quoi faire levier ! lance-t-il, et comme personne ne réagit, il se met à taper dans ses mains. Allez, les gars, au boulot !

— Heu…, fait Terrance, puis il se tourne vers l'infirmière Hamilton.

— Avant, je gagnais ma vie en désossant des maisons et en les reconstruisant, déclare Jerry. Ça va être un jeu d'enfant. »

Mais personne ne bouge. C'est quoi, leur problème ?

« Faut qu'on y aille, dit l'infirmière. Peut-être que Terrance pourra regarder quand on sera partis ?

— Qui est Terrance ? demande Jerry.

— C'est moi Terrance, dit Terrance. Ou Terry, pour faire court. »

Jerry secoue la tête.

« Vous êtes Gary. À moins que… » Et alors, tout fait sens. « Il ment ! Et s'il ment à propos de son nom, il ment à propos du carnet ! hurle-t-il. Il l'a déjà trouvé ! Il veut être comme moi ! Il l'a trouvé quand il a cherché là-dessous il y a une minute et il l'a lancé hors de portée ! Il va le voler ! »

Il comprend tout. Il est Jerry Grey, auteur de romans policiers, un homme qui après le premier tiers sait comment les choses se terminent, et pourtant il a laissé passer celle-là.

« Vous avez tué Sandra pour pouvoir acheter la maison à bon prix !

— Jerry…, dit Eric tandis que Terrance est immobile, abasourdi.

— Il a tué Sandra pour voler mon carnet ! »

Il attrape le tournevis sur le bureau. Il se rue sur Terrance, qui fait un bond en arrière. Au même moment, Eric enfonce la main dans sa poche pour attraper le revolver, et Jerry s'aperçoit que Terrance n'est pas le seul à être dans le coup. Ils sont tous de mèche. Ils savent ce qui s'est passé ici, ils ont tous joué un rôle dans la mort de Sandra, et ils essaient de le persuader que c'est lui le coupable.

« Vous l'avez tuée ! Vous vouliez ma maison et mes idées ! »

Eric sort alors la main de sa poche, et ce n'est pas un revolver qu'il tient, mais une seringue. Ils vont l'empoisonner et faire passer ça pour une attaque cardiaque. Il se précipite vers Eric – il doit d'abord éliminer la plus grande menace –, mais c'est alors qu'un poids énorme s'abat sur son dos et que ses bras sont plaqués contre ses flancs. Il comprend qu'il s'est trompé, qu'Eric n'est pas du tout la plus grande menace. L'infirmière Hamilton le serre entre ses bras. La femme qui n'a peur de rien. Il tente de se dégager, mais elle est trop forte. Eric s'approche et Jerry voit son propre reflet dans les lunettes de l'aide-soignant. Un instant plus tard, l'aiguille de la seringue s'enfonce dans son bras. Une sensation chaude se diffuse dans son corps, et il se sent immédiatement fatigué. Son corps devient lourd. Il lâche le tournevis, qui roule par terre et tombe dans la cavité laissée par la latte manquante.

« Je n'ai rien vu venir », déclare-t-il, et il sourit tandis que le monde commence à disparaître, puis l'ironie de la situation le fait éclater de rire.

Pour la première fois il n'a pas su relier les points entre eux. Il ferme les yeux et imagine son corps sur une table d'autopsie, le légiste affirmant qu'il n'y a aucun signe d'empoisonnement, ainsi le monde croira que c'est le Capitaine A qui l'a emporté.

Jour cinquante-quatre

Et n'était-ce pas excitant ?

Voici quelques faits amusants pour l'avenir. Si quelqu'un te propose un dessert, dis oui. Tu es fan de desserts. Il y a plein de choses que tu n'es pas. Tu n'es pas fan de voitures, tu n'es pas fan de chiens, tu n'es pas fan de hip-hop, tu n'es pas sain d'esprit, mais tu ES fan de desserts.

Ce soir tu es allé à ta première dégustation de gâteaux et, dans ta petite tête de dément, tu t'étais imaginé que ce serait comme une dégustation de vin. (Et n'as-tu pas toujours rêvé d'aller à l'une d'elles, de faire tourner le vin dans ton verre en disant : *Hmm… raisin* ?) Tu pensais porter une fourchette pleine de gâteau à ton nez, l'agiter un peu en disant : *Hmm, une pointe de farine, une pointe de… ça alors, serait-ce du cacao ? Et un soupçon de cannelle ?* Agiter la fourchette, renifler, prendre une bouchée, laisser ta bouche s'emplir du goût avant de tout recracher dans une serviette.

Mais ce n'était pas comme ça, évidemment, et ça n'a même pas été la partie la plus excitante de la journée. Tu te sens encore électrisé par ce qui vient de se passer, mais il est temps de faire cette chose que tu fais, Jerry, à savoir commencer par les trucs barbants. Mais ne t'en fais pas, ça va s'arranger.

Tu pensais que l'endroit où vous retrouveriez Eva et Rick serait un restaurant, mais c'était en fait une boulangerie, et le propriétaire était un ami de la tante de Rick, ou de son oncle ou de son cousin, ou d'une personne avec qui il a été abandonné pendant un an sur une île déserte. La boutique était restée ouverte pour que vous puissiez vous gaver de deux douzaines de desserts différents, dont le nombre a été réduit à trois pour le mariage. Le boulanger était un type d'environ quarante-cinq ans, un beau gosse à la chevelure et au rire magnifiques qui faisait beaucoup rire Sandra, beaucoup rire et beaucoup toucher ses propres cheveux – qu'elle portait détachés, ce qu'elle n'a pas fait depuis longtemps (et tu sais ce que ça veut dire, pas vrai ?) –, et la façon qu'ils avaient de se reluquer te faisait penser que ça pourrait bien être le type avec qui elle irait acheter une table. Moyennant quoi tu as prétendu détester chaque dessert que tu as goûté, à tel point qu'Eva t'a dit : *Détends-toi, papa*, et Sandra a affirmé que tu te comportais grossièrement. En vérité, les desserts étaient fantastiques, tellement fantastiques que tu laisserais volontiers Sandra au boulanger si tu pouvais (c'est une plaisanterie, Jerry, tu as déjà un désastre dans ta vie, tu n'as pas besoin d'un autre). Tu as répliqué que tu ne te comportais pas grossièrement, que tu n'étais simplement pas vraiment fan de desserts et ne comprenais pas pourquoi elles ne t'avaient pas laissé à la maison travailler à ton nouveau livre.

Tu sais pourquoi. Telle a été la réponse de Sandra.

Eh oui, tu savais pourquoi. Parce que tu risquais d'arracher les roses de quelqu'un. Ou d'aller taguer une maison. Ou de manger des pâtes à même la moquette.

En plus, si tu sortais, une alarme risquait de se déclencher. Pourquoi ? Parce que le cinquante-quatrième jour a débuté par des coups frappés à la porte. Sandra était levée, pas toi, et c'était l'installateur d'alarmes. Ils étaient deux, à vrai dire. Tu as fait ton apparition en peignoir une heure plus tard, les deux types se tenaient dans la cuisine, en train de parler à Sandra qui venait de leur faire des cafés, et tu n'as pas apprécié la manière qu'ils avaient de la regarder. Mais le pire était que Sandra, elle, *aimait* ça. Ils se sont présentés tout en buvant leur café, puis ils se sont remis au travail tandis que tu allais t'étendre sur le canapé pour réfléchir au prochain livre. Il leur a fallu trois heures, après quoi ils vous ont montré à Sandra et à toi comment tout fonctionnait, mais tu n'as guère fait attention car tu étais dans ta phase *Qu'est-ce que ça peut foutre.* Et pourquoi pas ? Ces alarmes étaient là pour te contrôler, et quel homme de quarante-neuf ans aime être contrôlé ? Chaque fois qu'une porte qui donne sur l'extérieur est ouverte, une alerte est envoyée sur un bracelet que Sandra porte. Au moins, tu n'es pas tenu en laisse. Ou bien l'es-tu ?

Peu après leur départ, Mandy a appelé. Elle a expliqué qu'après de nombreuses discussions au bureau il a été confirmé qu'un nègre prendrait le relais. Il y a deux options. La première est qu'il ne soit pas totalement anonyme et ait son nom sur la couverture, partageant presque à égalité la charge de travail, le mérite et les droits d'auteur. La seconde est qu'il demeure anonyme, que seul ton nom figure sur la couverture et que le monde ne sache pas que tu t'es fait aider. Cependant, l'option deux signifiait des droits d'auteur encore plus réduits pour toi. Tu ne veux pas d'un nègre, mais si leur décision est prise, alors mieux vaut que personne ne soit au courant, et c'est ce que tu as dit à Mandy.

Sandra voyait les choses différemment – elle estimait que ton ego empêcherait la famille de percevoir de l'argent dont elle aurait l'utilité, mais tu ne peux pas supporter l'idée d'avoir ton nom sur la couverture à côté de celui d'un autre. Elle est juste furax parce que, dans sa tête, elle a déjà dépensé cet argent pour se payer des vacances avec le boulanger. Elle a peut-être raison pour cette histoire d'ego, mais c'est ta carrière, tout ce travail, toutes ces années – tu ne peux pas désormais dire au monde : *Voici mon nouveau livre, je ne l'ai pas écrit tout seul.* Le plus étonnant est que Sandra n'a pas discuté. De fait, elle t'a pris dans ses bras en disant qu'évidemment elle comprenait.

Dans l'après-midi, elle t'a emmené acheter un costume. Tu as opté pour un sombre à rayures, et Sandra a choisi une chemise bleu clair pour aller avec. On t'a pris tes mesures, et le costume sera prêt dans une semaine. Il sera magnifique au mariage, et aussi dans ton cercueil. Ensuite il y a eu la dégustation de gâteaux dans la soirée, et tu es, FJ, fan de desserts. Tu pourrais ne manger que ça. Et pourquoi pas ? Bientôt, tu n'en auras plus rien à foutre de ta ligne.

OK, tu as été patient, tu viens de boire un autre gin tonic, ce qui fait trois, alors passons aux choses sérieuses. Au début tu as flippé – évidemment, parce que la rue était pleine de gyrophares et de monde. Il y avait un camion de pompiers, deux voitures de flics, et la première chose que tu t'es dite a été que ta maison avait brûlé.

Mais il ne s'agissait pas de ta maison. Ni d'une autre.

C'était la voiture de Mme Smith, garée au bout de

son allée, qui était en train de se consumer. Tu avais raté le spectacle car les flammes avaient été éteintes quinze minutes plus tôt. Les voisins, qui étaient tous dans la rue, racontaient qu'on avait mis le feu au véhicule. Ta voisine se tenait sur les marches de sa maison, le mur fraîchement repeint derrière elle, parlant à cent à l'heure aux flics qui peinaient à suivre. Elle t'a montré du doigt en te voyant. Tu étais l'Homme qui met le feu, comme dans ton livre écrit avec l'aide d'un nègre.

Quelqu'un avait incendié sa voiture.

Mais pas ce quelqu'un, car ce quelqu'un était occupé à se comporter grossièrement chez le boulanger qui se tape sa femme, donc ce quelqu'un avait un alibi, et un quart d'heure plus tard, quand deux agents (pas les mêmes que les connards de jeudi) vous ont interceptés alors que vous vous engagiez dans l'allée pour vous demander ce que vous aviez vu, Sandra leur a répondu que vous n'étiez ni l'un ni l'autre à la maison.

Il y a pourtant quelqu'un, ont répliqué les agents. *Les lumières n'ont pas arrêté de s'allumer et de s'éteindre au cours des dernières minutes.*

Je vous assure qu'il n'y a personne chez nous, as-tu dit, même si tu savais que c'était faux, car Eva et Rick devaient être là.

Ils étaient arrivés avant vous car tu avais fait du lèche-vitrine en regagnant la voiture, histoire de leur laisser plus de temps. Et il devait aussi y avoir de nombreux amis et collègues de Sandra, ainsi que des membres de la famille. À ce moment précis, ils devaient se cacher dans le noir derrière des meubles, se préparant à bondir en criant : *Surprise !* Et c'en serait vraiment une, car l'anniversaire de Sandra est demain.

Nous allons devoir fouiller votre maison. Si vous êtes sûr qu'il n'y a personne chez vous, alors il est possible que la personne qui a allumé l'incendie s'y cache, a déclaré l'un des hommes.

Ça doit être notre fille, as-tu répondu.

Eva n'est pas là, a déclaré Sandra.

Inutile de fouiller la maison, as-tu insisté. *Je suis sûr que c'est juste Eva.*

Mais non, s'est entêtée Sandra. *Et si quelqu'un se cachait à l'intérieur ?*

Il n'y a personne, as-tu dit.

Mais elle ne te croyait pas. Elle leur a donné ses clés, et tu ne savais pas quoi faire tandis que les policiers marchaient vers ta porte. Quand tu as essayé de les rattraper, Sandra t'en a empêché. *C'est toi qui lui as dit de faire ça ?* a-t-elle demandé. Elle était en colère, folle de rage, pas comme la fois où tu avais oublié votre anniversaire de mariage quelques années auparavant, mais plus comme la fois où tu avais oublié son anniversaire à elle. Cette fois-ci, tu ne l'avais pas manqué, mais la fête était néanmoins sur le point d'être gâchée.

Quoi ? Qui ?

Tu sais quoi et tu sais qui, a-t-elle répliqué.

Je te promets que non, as-tu dit, et c'était la vérité.

Parce que tu ne t'en souviens pas. Tu vas utiliser cette... cette stupide maladie comme excuse pour tout, maintenant, n'est-ce pas ?

Elle était frustrée et se déchaînait sur toi. La conseillère l'avait prévenue que tu ne serais pas le seul à connaître les cinq stades du chagrin. À force de te vautrer dans ton angoisse, mon pote, tu avais oublié ça. Elle en est à la colère, qui vient juste après le premier stade : l'infidélité.

Je n'ai aucune idée de ce que tu racontes.

Hans a mis le feu à la voiture pour dissimuler le fait que c'est toi qui as tagué sa maison, et maintenant il se cache chez nous et tu sais qu'il est là.

Je n'ai rien fait de tel. Et il n'est pas là, je le jure.

Je ne veux plus le voir, c'est clair ?

Comme tu n'étais pas d'humeur à te disputer, tu lui as dit que c'était clair.

Alors assure-toi de l'écrire dans ton foutu Journal Intime de la Folie.

C'est un carnet, pas un journal intime.

Les policiers étaient à la porte. Vous vous teniez tous les deux assez près pour entendre tout le monde crier : *Surprise !* lorsque les agents sont entrés et ont allumé la lumière. Avec le recul, vous avez eu de la chance que personne ne se fasse descendre.

La colère de Sandra s'est envolée. Les policiers ont reculé en comprenant ce qui se passait, puis ils ont laissé quelques minutes à Sandra pour qu'elle profite de l'occasion, avant de passer l'heure suivante à recueillir des témoignages pendant que tout le monde papotait.

Rendez-moi service, leur as-tu dit alors qu'ils repartaient.

Lequel, monsieur ?

Quand vous découvrirez la personne qui a mis le feu à cette voiture, pourquoi ne pas lui demander si elle sait se servir d'une bombe de peinture au lieu de m'accuser, hein ?

Tu t'es bien fait comprendre, partenaire.

Tu as regagné la fête. Sandra t'a étreint et s'est excusée d'avoir hâtivement conclu que Hans était à l'intérieur.

Tu lui as pardonné tout en te demandant si elle n'avait pas raison de supposer qu'il était impliqué. Eva est venue te dire que ce n'était pas ta faute si la surprise avait été gâchée, et même si elle avait raison, tu avais tout de même l'impression du contraire. Encore maintenant tu ne sais pas ce que tu aurais pu dire ou faire pour empêcher les agents d'ouvrir la porte, mais tu soupçonnes que Jerry Passé, ne serait-ce que celui d'il y a un mois, l'aurait su.

À part ça, la fête s'est bien déroulée, et les invités, qui étaient au nombre de trente, se sont bien amusés. Sandra a reçu de nombreuses cartes pour ses cinquante ans, même si elle n'en a que quarante-neuf, avec des messages humoristiques écrits à l'intérieur. Tu es resté sobre jusqu'à ce que le dernier invité soit reparti, puis tu t'es mis à écrire dans ton carnet, et même maintenant tu te sens parfaitement lucide. Le fait que les policiers ont gâché la surprise a finalement rendu la soirée encore meilleure, comme si toutes les personnes présentes avaient désormais quelque chose à raconter – ça a rendu la fête unique. En guise de cadeau, tu avais fait encadrer la version originale des paroles de *The Broken Man* qu'Eva avait écrites sur une serviette en papier, avec les petits gribouillages dans les coins et les vers qui avaicnt été rayés et remplacés. Sandra a pleuré quand tu lui as donné. Tu lui as aussi offert une paire de chaussures qu'Eva t'a aidé à choisir. On ne peut pas se tromper avec des chaussures, Futur Jerry, quelle que soit l'occasion.

Bonne nouvelle – avec un peu de chance, Mme Smith et sa garde-robe pastel vont quitter le quartier.

Bonne nouvelle – tout s'est bien déroulé. Tu savais

depuis le début que la fête d'anniversaire était une répétition du mariage, un test pour voir ce que tu peux faire et ne pas faire, et tu l'as réussi. On dirait que tout va se passer comme sur des roulettes.

On aide Jerry à sortir de la maison et à regagner la voiture.

Le monde ne disparaît pas, mais les lumières sont faibles. Il a un bras passé autour de l'infirmière Hamilton, et l'autre autour de l'aide-soignant Eric. Ils longent une allée qui lui est familière, tout comme l'est la maison de l'autre côté de la rue, d'où est sortie une vieille femme qui vient à leur rencontre. La vase qui a été agitée tout à l'heure est en train de retomber. Elle dissimule le passé. Il sent que Jerry est en train de se volatiliser.

« Vous êtes un bon à rien d'assassin », lui lance la femme, et il songe que ce n'est pas vrai, qu'il est en fait un bon assassin puisqu'il s'en est tiré.

Sa femme lui manque, sa vie aussi, et il voudrait juste appuyer sur le bouton de réinitialisation et tout récupérer.

La femme n'en a pas fini.

« J'espère que vous pourrirez en enfer », ajoute-t-elle, et il se demande ce qui a bien pu le pousser à vouloir vivre ici.

Ils le mènent à la voiture. Ils l'installent sur le siège arrière et attachent sa ceinture.

« Est-ce qu'on l'a ? Le carnet ?

— Non », répond l'infirmière.

La vase est retombée sur son nom, l'oblitérant.

« Ça va aller », dit l'aide-soignant.

Et pourquoi les gens n'arrêtent-ils pas de dire ça ? Que savent-ils que lui ignore ?

Une voiture de police arrive et s'immobilise à côté d'eux. La vieille femme s'en approche et se met à pointer le doigt en direction de Jerry tout en parlant avec animation. L'infirmière s'en mêle, s'ensuit une longue conversation ponctuée de nombreux gestes de la tête, les deux agents n'arrêtent pas de le regarder, mais ils ne viennent pas le voir. Il ferme les yeux. La voiture démarre enfin. C'est relaxant et il somnole un peu, ouvrant les yeux de temps à autre pour regarder la route. Quand ils atteignent la maison de santé, on l'aide à descendre de voiture et à prendre place dans un fauteuil roulant. On le pousse dans un couloir jusqu'à une petite chambre avec un lit au milieu, une bibliothèque contre le mur, et une fenêtre qui donne sur un parc. Deux personnes l'aident à s'étendre sur le lit.

« Vous savez où vous êtes, Jerry ? demande un homme.

— Où est ma chemise ?

— C'est la police qui l'a, répond une femme.

— Est-ce qu'on va m'arrêter ?

— Reposez-vous », dit la femme, la femme bâtie comme un colosse qui l'a serré dans ses bras tout à l'heure et l'a kidnappé chez lui.

Puis il se retrouve seul. Quand il essaie de s'asseoir, il s'aperçoit qu'il ne peut pas, qu'il est trop fatigué. Il est possible de s'enfuir d'ici – il l'a déjà fait, et il peut recommencer. Il trouvera le carnet et résoudra l'énigme, et alors ils le laisseront partir parce qu'il leur prouvera qu'il n'est pas un assassin, qu'il se passe autre chose, et quand il le leur aura démontré, ils devront le laisser retourner vivre chez lui, et il aura le droit de récupérer la vie qu'ils lui ont prise. Le Capitaine A ne va pas s'en tirer à si bon compte.

Mais pour le moment, dormir.

Puis dîner.

Puis foutre le camp.

Jour soixante

Tu sais quoi – ce n'est peut-être pas soixante. Ça pourrait être cinquante-huit. Ou soixante-deux. Qui sait, et qu'est-ce que ça peut foutre ?

À vrai dire, Carnet de la Folie, recommençons depuis le début, d'accord ?

Jour qu'est-ce que ça peut foutre ?

C'est mieux. Tu voulais faire des mises à jour plus régulières, mais voici ce qui s'est passé : tu as perdu le Carnet de la Folie. Dans un sens, c'est une bonne chose, car tu sais que Sandra le cherche. Tu l'as surprise. Henry est plus en mesure d'expliquer la situation que toi. Bien sûr, il n'a jamais été trop doué pour écrire du point de vue d'une femme (*tu ne les comprends pas, Henry, parce que tu es un connard de macho*, à en croire un blogueur misanthrope amoureux des chats), mais il est disposé à le faire, si tu es, Futur Jerry, d'accord pour lui donner sa chance. Henry ?

Il faisait sombre dehors. La pluie martelait le toit et les vitres comme pas possible. Sandra était assise à la fenêtre, songeant au fait qu'une fois son mari parti elle n'aurait plus à sortir en douce pour écarter les jambes à l'arrière de voitures ou dans des toilettes de restaurant, car c'était vraiment ce que sa mère aurait décrit comme *indigne d'une femme*. Bientôt elle pourrait demander à des hommes de passer la nuit chez elle, peut-être même qu'elle s'offrirait quelques petites partouzes, comme celle à laquelle elle s'est adonnée avec les installateurs d'alarmes. Elle avait hâte de claquer tout l'argent de Jerry – oh, tout ce qu'elle achèterait !

Et ce pauvre Jerry, assis dans un centre de soins avec une sonde alimentaire enfoncée dans le cul, parce que c'est ce qu'elle demanderait (certes, ça coûtait plus cher, mais c'était de l'argent bien dépensé parce que ça *l'amusait*, tout comme Jerry *l'amusait* quand il était à côté de ses pompes). Le mariage approchait, et elle espérait qu'il n'aurait pas complètement perdu la boule d'ici là, non seulement parce qu'elle avait peur qu'il n'oublie qui était sa fille et ne foute la honte à Eva, mais aussi parce qu'il y aurait un paquet de queues à la réception et qu'elle comptait bien en profiter.

Elle se demandait ce que Jerry fabriquait. Est-ce qu'il organisait sa fuite pour aller rendre visite à Mme Smith de l'autre côté de la rue ? Elle s'interrogea sur ce qu'il ferait ensuite, et décida qu'il violerait la vieille. Ce serait du pur Jerry. Et même s'il allait en douce là-bas pour lui couper les tétons, elle s'en foutait. Ce qui la souciait, cependant, c'était l'image que ça donnerait d'elle. Elle serait toujours *l'épouse du violeur*, et quel country-club l'accepterait avec une telle étiquette ?

Un éclair illumina le ciel, elle vit son reflet dans la vitre, son visage de putain adultère lui retournant son regard. Elle se leva de son fauteuil, marcha jusqu'à la porte du bureau de Jerry, et c'est alors que le tonnerre gronda, si fort et si près qu'elle retint son souffle et attendit que les cadres se décrochent des murs. Mais rien ne se passa, alors elle ouvrit, entra dans la pièce et referma la porte derrière elle.

Le premier endroit où elle chercha le Carnet de la Folie fut dans les tiroirs de son bureau. Rien. Elle examina le canapé – où elle estimait qu'il passait trop de temps –, regardant derrière les coussins et en dessous. Puis elle soupira, écarta le bureau, utilisa le tournevis qui se trouvait dans le tiroir pour soulever la latte de parquet, et enfonça la main dans la cavité. Son plan était de lire le carnet et d'en arracher quelques pages pour qu'il oublie ce qu'il avait fait dernièrement. Ça *l'amusait* de se foutre de sa gueule.

Elle avait toujours le bras sous le parquet lorsque Jerry entra.

« Qu'est-ce que tu fais ?

— Je m'inquiète pour toi, Jerry », répondit-elle, retirant vivement sa main comme si elle l'ôtait de la gueule d'un requin.

Mais ce qu'elle voulait vraiment dire, c'était : *Je voudrais simplement que tu n'habites plus ici. Tu es peut-être le plus bel homme que j'aie jamais vu, mais tu m'empêches d'avancer.*

« Est-ce que tu cherches mon carnet ?

— Je veux juste être sûre que tu vas bien.

— C'est mon carnet ! » s'exclama-t-il.

On aurait dit une petite chienne geignarde, et elle lui en voulut encore plus.

« C'est comme un journal intime, Sandra, on ne peut pas lire celui des autres.

— Tu as dit que je pouvais.

— Quand ?

— Il y a quelques heures », répondit-elle.

Mais c'était un mensonge. C'était un des avantages depuis quelque temps. Elle pouvait raconter n'importe quoi et il ne savait pas si elle fabulait. Elle songea à lui dire qu'elle s'était envoyée en l'air avec Greg du cours de yoga juste histoire de lui briser le cœur, puis à mettre sa théorie en pratique pour prouver qu'il ne s'en souviendrait pas. Elle aurait voulu que Greg soit là. Ce type savait faire se plier les corps.

« Si c'était vrai, pourquoi est-ce que tu le cherches ? demanda-t-il. Pourquoi je ne te l'ai pas simplement donné ?

— Parce que tu ne te souvenais pas où tu l'avais mis. »

Il acquiesça, et elle comprit une chose – il ne se souvenait réellement pas où il l'avait mis.

« J'essayais de t'aider, Jerry.

— Comment je peux savoir que tu ne me mens pas ? »

Il se remit à pleurer et, sérieusement, elle était à une crise de larmes de lui planter un couteau dans la gorge.

« C'est la démence, chéri », dit-elle.

Elle s'était désormais relevée. Elle tendit les bras et Jerry se laissa tomber dans son étreinte. Elle commença à lui caresser le dos, songeant qu'il se sentait aimé, alors qu'en fait elle ôtait simplement de ses doigts les toiles d'araignées qui s'y étaient collées sous le plancher.

« Tu veux que je continue de t'aider à le chercher ?

— Non. C'est bon. Il refera surface, comme toujours.

— Si on retournait se coucher ? Belinda vient de bonne heure demain matin.

— Qui est Belinda ? »

Elle soupira. Ils avaient déjà eu cette conversation.

« Belinda, la fleuriste. »

Et… scène.

L'ironie est qu'à ce stade tu avais vraiment perdu

le carnet. Tu avais complètement oublié la cachette, et pendant toute une journée (que tu as passée au lit), tu as même oublié que tu *avais* un carnet.

Tu as fini par le retrouver, de toute évidence – ça s'est produit par hasard. Il était à l'endroit où tu dissimules le gin. Le problème, c'est que ça faisait une semaine que tu n'en avais plus. Hans est passé hier. Tu ne l'as pas fait entrer car Sandra a dit qu'elle ne voulait plus le voir, mais il a débarqué à l'improviste et elle n'a pas pu se résoudre à le foutre à la porte. Alors vous vous êtes installés sur la terrasse. Il portait un tee-shirt qui disait : *Du crack pas des smacks.* L'été approche et les jours rallongent, et tu dois profiter de chaque coucher de soleil car tu ne sais jamais quand ce sera ton dernier – du moins le dernier dont tu auras conscience. Au fait, Hans viendra au mariage. Sandra y était opposée, mais au bout du compte c'était à Eva de décider – pour elle, il est tonton Hans. Il n'est pas Hans le Taulard. Alors que Sandra était quelque part au fin fond de la maison, il a tiré deux bouteilles de gin de son sac.

Tiens, mon pote. Je serai toujours là pour toi, tu le sais, pas vrai ?

Je crois que Sandra a une liaison.

Quoi, Sandra ? Impossible, mon pote.

Mais…

Mais rien, Jerry. Crois-moi, elle t'aime, vieux, elle t'aime vraiment. J'aimerais avoir dans ma vie quelqu'un qui serait ne serait-ce qu'un dixième de ce qu'est Sandra. Pour ce qui est de l'amour, mon pote, t'es le plus grand veinard de la terre.

Mais…

Il a levé la main pour t'interrompre. Il semblait irrité.

Sérieusement, Jerry, me fous pas en rogne, OK ? Tu le vois pas parce que t'es trop proche, mais tout ça... c'est dur pour elle aussi. Je sais que Sandra m'aime pas, mais va pas dire des conneries comme ça, OK ? C'est ton putain d'Alzheimer, mon pote, ça t'embrouille le cerveau.

C'est toi qui as mis le feu à la voiture de la voisine ?

Il a éclaté de rire et secoué la tête. Mais même si tu connais très bien Hans, tu n'aurais pas su dire si c'était un oui ou un non.

Bonne nouvelle – tu as retrouvé le carnet, et tu as du gin pour une semaine.

Mauvaise nouvelle – la façon dont Hans a défendu Sandra, le fait qu'elle se fasse discrète chaque fois qu'il est là… ce qui se passe est assez évident. Et difficile de savoir par qui tu te sens le plus trahi, ton meilleur ami ou ta femme.

Son nom est Jerry Grey, il est auteur de romans policiers, et rien de tout ça n'est réel, rien de tout ça n'est réel.

Du sang sur les mains de Jerry.

Son nom est Henry Cutter, il est auteur de romans policiers, et rien de tout ça n'est réel, même lui n'est pas réel, il est le produit de l'imagination de Jerry Grey, qui se sert de lui pour gagner de l'argent, pour raconter des histoires.

Du sang sur la chemise de Jerry.

Son nom est Jerry Henry, il souffre de démence et ceci est un rêve de démence, une crise de démence, et rien de tout ça n'est réel, il est dans une maison de santé et tout va bien.

Mais ce n'est pas la maison de santé. Ce n'est pas sa maison. Rien ne va bien.

Jerry Grey. Auteur de romans policiers. Pas réel.

La fille morte qui gît au sol est une inconnue. Elle lui fait face. Il y a un couteau par terre à côté d'elle, et il se demande… il se demande… qui est-elle ?

Il se demande… que fait-il ici ?

Il se demande… où est-il ?

Il est assis sur un canapé dans un salon, juste lui et la fille poignardée étendue par terre, entouré de jolis meubles, de jolis tableaux, tous les conforts de la vie qu'on ne peut pas emporter avec soi. Les rideaux sont tirés. La fille est nue. Ses cheveux sont blonds, sa peau est pâle et ses yeux sont bleus, tellement ouverts et tellement bleus. Il y a un peignoir par terre, pas très loin d'elle. Il est moucheté de sang. Quand il essaie de se lever, il s'aperçoit qu'il ne peut pas. Ses jambes refusent de le porter et, et… qui est cette femme ? Il baisse les yeux vers ses propres mains. La gauche est serrée. Il l'ouvre. À l'intérieur se trouve une paire de boucles d'oreilles. Des diamants. Il y a du sang sur sa main droite. Il ferme les yeux et la femme disparaît. Il est fatigué. Il voudrait dormir, voudrait que le rêve s'achève. Il oscille légèrement, puis s'étend. Il cherche à tâtons, yeux clos, et trouve un coussin. Il le cale sous sa joue, replie les jambes et se balance doucement d'avant en arrière pour se détendre.

Il rouvre les yeux.

La fille. Le couteau. Le peignoir. Tout est toujours là.

Il est Jerry Cutter. Il est Henry Cutter. Il est auteur de romans policiers. Il est un criminel. Il est le Destructeur qui a tué sa femme.

Et cette fille ?

Il se lève du canapé. La pièce vacille, pas beaucoup mais suffisamment pour qu'il tende la main et se retienne au mur. De la musique provient de quelque part dans la maison, un morceau qu'il ne reconnaît pas. Il jette un coup d'œil derrière le rideau pour voir le monde dehors. Il fait jour.

Son nom est Jerry Grey. Il est perdu. Il est confus. Tout ça semble peut-être réel, mais ça ne l'est pas. C'est probablement Suzan avec un z. C'est le livre qu'il a écrit. Il est à l'intérieur des pages, et bientôt quelqu'un le sauvera.

Quand il bouge, les yeux de la fille le suivent, jusqu'à ce qu'il soit au sud de son corps. Il ramasse le peignoir et la couvre à l'exception de son visage. Il s'accroupit à côté d'elle et examine ses traits. Cette fille, cette inconnue, qui est-elle ?

Ses joues sont chaudes. Elle n'est pas morte depuis longtemps, mais elle l'est – impossible de le nier. Un massage cardiaque est inutile. Des secouristes pourraient être à deux secondes de là, ils ne pourraient rien faire à part regarder tout le sang. La mort est dans ses traits, dans la manière qu'elle a de le regarder, dans la façon dont son visage s'affaisse, dans le fait qu'elle semble devenir grise sous ses yeux. Elle doit avoir dans les vingt-cinq ans, peut-être même trente. Elle sent le savon. Il se relève, parcourt le salon du regard comme s'il s'attendait à trouver une réponse, peut-être même une personne plantée là qui lui expliquerait ce qui se passe. Il n'est jamais venu ici, il en est certain.

Vraiment ? demande Henry.

Ils ont déjà eu cette conversation. Pas pendant les Jours d'Avant, quand les choses avaient encore un sens, mais pendant les Jours d'Après, quand Alzheimer a vraiment commencé à prendre le dessus.

« C'est moi qui ai fait ça ? »

D'après toi ?

Jerry regarde ses mains. Il tient toujours les boucles d'oreilles. Il les enfonce dans sa poche.

« C'est un personnage d'un de tes livres ? »

Oh, ce sont mes livres, maintenant, hein ?

« Ils ont toujours été tes livres, répond Jerry. Alors, est-ce que c'est un personnage ? »

Il se rassied sur le canapé tandis que Henry réfléchit. Il se demande à quel point il est vraiment cinglé. La démence. Le meurtre de sa femme. Les aveux de crimes et les conversations avec lui-même. Qui est le plus fou – lui ou Henry ?

Je ne crois pas qu'il s'agisse d'un de tes livres, Jerry. Je suis désolé d'être la voix de la raison, mais tout ça m'a l'air bien...

« Réel, dit Jerry. Il faut que j'appelle la police. »

Ah oui, vraiment ? Pour leur dire quoi ? Pour autant que tu saches, tu t'es enfui de la maison de santé, tu ne savais plus où tu étais et tu as frappé à une porte au hasard, et comme personne n'a répondu, tu es entré, et voici ce que tu as trouvé. Si tu appelles les flics, ils viendront, ils t'arrêteront, et ce sera la fin de l'histoire. Même si ce n'est pas toi qui as fait ça, ce sera la fin de l'histoire.

« Alors, qu'est-ce qu'on fait ? »

On arrête de perdre du temps et on se tire d'ici.

Il secoue la tête. La fille, les yeux grands ouverts qui le fixent, l'observent. L'accusent.

« Je dois appeler la police. »

Tu l'as déjà dit. Tu seras en prison avant de comprendre ce qui t'arrive.

« Ce n'est pas moi qui ai fait ça. »

Je sais. Je te crois.

« Vraiment ? »

Ça pourrait être un petit ami minable, ou un meilleur ami jaloux, ou un voisin trop attentionné.

« Ça pourrait être n'importe qui, dit Jerry. Alors, qu'est-ce que tu suggères ? »

Tu es auteur de romans policiers, Jerry. Si tu te fais arrêter, tu ne pourras pas te servir de tes talents pour essayer de comprendre ce qui s'est passé. Tu dois t'enfuir.

« Qu'est-ce que ça signifie ? »

Si c'était un livre, tu ferais quoi ?

« J'appellerais la police. »

Non. Fais comme si ce n'était pas réel.

« Mais c'est réel. »

Bien sûr que ça l'est, mais tu ne comprends pas ce que je veux dire. Tu fais exprès d'être idiot ?

Jerry ferme les yeux. Il ne supporte plus que la morte le fixe, même avec les yeux clos il sent son regard. Il les rouvre. Il regarde le couteau ensanglanté par terre avant de tirer le peignoir par-dessus le visage de la fille.

« Où tu veux en venir ? » demande-t-il à Henry.

Considère ça comme un de tes livres.

« OK. »

Et dans les livres, quand les gens feraient bien d'aller voir la police, qu'est-ce qu'ils font à la place ?

« Tout sauf aller voir la police. »

Exactement.

« Alors tu me suggères quoi ? »

Asperge de l'essence partout, fous le feu et tire-toi.

Jerry secoue la tête.

« Je refuse de faire ça. »

Tu devrais.

« Non. »

Alors essuie tout ce que tu as touché, y compris le mur auquel tu t'es appuyé il y a quelques minutes. Va chercher de l'eau de Javel dans la buanderie et verses-en sur le cadavre. Emporte le couteau et balance-le à quelques kilomètres d'ici. Et après, retourne dans le centre-ville. J'ai une idée – va à la bibliothèque. On avisera ensuite.

« La bibliothèque ? »

Les bibliothèques te détendent. Tu y passais beaucoup de temps après l'école. Tu dévorais les livres et voulais devenir écrivain quand tu serais grand. Ce sont ces jours-là, ces jours à la bibliothèque, qui ont fait de toi l'homme que tu es devenu.

« Un malade ? »

Un auteur, imbécile.

Il se rend dans la salle à manger. La musique devient plus forte, et il croit qu'elle provient de la chambre. Il y a une horloge au mur. Il est sept heures cinquante du matin. Il trouve la buanderie, fouille dans le placard et déniche un bidon de quatre litres d'eau de Javel presque plein. Il le porte au salon et regarde la femme morte. Comment pourrait-il verser de l'eau de Javel sur une personne dont il ne connaît pas le nom ?

De la même manière que tu as tué une personne dont tu ne connais pas le nom.

« Donc c'est bien moi qui ai fait ça ? »

C'est possible. Mais si ce n'est pas toi, alors il ne faut pas rester ici.

Il retourne dans la salle à manger, puis gagne le couloir. Dans le coin près de la porte se trouve une étagère sur laquelle sont posés des clés, des lunettes de soleil et un sac à main. Il ouvre ce dernier. À l'intérieur se trouve un portefeuille, qui renferme un permis de conduire. Fiona Clark. Vingt-six ans – le même âge que sa fille.

« Mon nom est Jerry Grey et je suis écrivain, dit-il en

remettant le permis à sa place. Mon nom est Jerry Grey et rien de tout ça n'est réel. »

Mais c'est réel. Et il y a une fille morte dans le salon pour le prouver.

M moins sept

Le mariage aura lieu dans une semaine. Aucun risque de l'oublier, mon pote, pas avec Sandra qui le rabâche toutes les heures. C'est devenu ce gros truc omniprésent qui semble toujours si proche mais n'arrive jamais et, naturellement, les gros trucs omniprésents sont souvent accompagnés de problèmes, dont le dernier concerne les fleurs. Notre fleuriste est une très jolie jeune femme nommée Belinda Quelque Chose, ce qui me fait un peu penser à Sandra Quelque Chose (je déconne – Sandra porte ton nom de famille, du moins pour le moment). Même sourire charmeur, même personnalité pétillante. Elle serait comme la sœur beaucoup plus jeune de Sandra, si celle-ci avait une sœur beaucoup plus jeune. (En a-t-elle une ?) Belinda est venue à quelques reprises pour rencontrer Sandra et Eva. Elle est toujours pleine de sourires et te demande chaque fois comment tu te portes d'un ton qui te laisse penser qu'elle se soucie réellement de ta santé.

Pour le moment, elles stressent à cause des fleurs. Il y a eu une étrange invasion d'insectes et les fournisseurs de Belinda ont perdu une grande partie de leurs récoltes, les insectes en ayant dévoré la moitié et chié sur le reste. Elle va peut-être devoir les commander ailleurs, comme tous les autres fleuristes, ce qui signifie qu'elles doivent finaliser leur choix, car les fleurs pour lesquelles elles avaient opté initialement sont dures à trouver, ce qui engendre une pénurie sur les autres et entraîne, naturellement, une hausse des prix. Ton béguin pour Belinda avait quelque peu diminué à ce stade, mais son sourire triste face à la tragique tournure qu'ont prise les événements t'a de nouveau conquis. Puis tu as commencé à t'ennuyer. Puis tu as eu soif. Alors tu t'es excusé et es allé dans ton bureau. Puis tu es sorti discrètement par la fenêtre afin de ne pas déclencher d'alarme, et tu es allé faire un tour, parce que tu as bien le droit de te promener, non ? De prendre un peu l'air ?

Tu n'es pas allé bien loin. Juste assez pour t'acheter des cigarettes. Tu t'es rendu à la petite épicerie, qui se trouve à un peu plus d'un kilomètre, et tu as acheté un paquet. Jerry Grey, qui peut prédire comment finissent les histoires, peut probablement prédire ce qui s'est passé ensuite, exact ? Exact. Quand tu es sorti, tu t'es collé une cigarette dans la bouche, et avant même de l'allumer, tu as su que tu ne fumais pas. Tu ne l'as jamais fait. Et alors tu t'es souvenu que c'est Zach Perkins qui fume, l'inspecteur de tes romans, et tu t'es également souvenu que même lui avait arrêté il y a quelques livres de ça. Et au même moment tu as compris que le capitaine était réel, que tu étais malade, et que tout allait se passer exactement comme l'avait annoncé la conseillère.

Tu as balancé les cigarettes et tu es rentré. La voiture de Belinda était toujours garée devant la maison. Tu es passé par la fenêtre, t'es étendu sur le canapé et as réfléchi à ce qui venait de se passer, te demandant s'il t'arriverait encore de te prendre pour l'un de tes personnages.

Dieu merci, tu ne t'étais pas pris pour l'Homme au Sac !

L'Homme au Sac, au cas où tu aurais oublié, poignarde des femmes dans la poitrine puis leur attache un sac poubelle par-dessus la tête. Il était dans ton cinquième roman, et est réapparu quelques livres plus tard.

Alzheimer ne va pas te lâcher, Futur Jerry, et il s'accompagne de quelques excentricités (outre le fait que tu prends les mauvaises habitudes de tes personnages pour les tiennes). L'une d'elles est que tu parles désormais tout seul. Tu t'es surpris à le faire à quelques reprises. Tu ne te contentes pas de te parler, tu as de véritables conversations avec Henry, ton écrivain en résidence préféré. Rien de profond ni d'important, mais il te dira à l'occasion quelque chose comme *Tu devrais noter ça dans le carnet* ou *Tu as mérité un autre verre.* Il n'est pas réel, et tu ne l'as jamais considéré comme tel, mais ça ne l'empêche pas de te causer.

L'autre nouveauté est que l'alcool est vraiment devenu ton meilleur ami, même si Sandra affirmerait que c'est l'ami qui ne s'en va pas à la fin de la soirée. Elle se doute que tu bois – même si elle ne le sait pas *réellement* car elle ne peut pas te prendre sur le fait. Tu mets tes difficultés d'élocution et ta démarche incertaine sur le dos du Capitaine A. Tu comptes cependant diminuer ta consommation avant le mariage – si tu dois oublier le nom d'Eva quand tu la mèneras à l'autel, tu préférerais que ce soit à cause de la démence et non parce que tu es un ivrogne invétéré.

Bonne nouvelle – tes problèmes ne semblent plus si terribles que ça. Tu te soucies de moins en moins du monde réel.

Mauvaise nouvelle – c'est que la bonne nouvelle ci-dessus devrait vraiment en être une mauvaise. Non seulement tu as accepté ce qui t'arrive, mais tu es prêt. Vas-y, Capitaine A. Fais de ton mieux. Oh, et au cas où Futur Jerry serait incapable de le dire, laisse-moi le faire à sa place – allez vous faire foutre, Capitaine A, toi et la baleine rongée par la maladie qui t'a amené ici.

Quand il retourne dans le salon, la fille, Fiona Clark, n'a pas bougé. Elle ne s'est pas levée et enfuie de l'imagination de Jerry en emportant avec elle tout ce sang et cette violence. Attendait-elle quelqu'un ? Il y a des photos dans la pièce – une sur la bibliothèque, une sur le meuble télé, deux accrochées au mur, et sur chacune il y a un personnage récurrent, un beau mec à peu près du même âge que Fiona, et tout un tas d'étreintes, de baisers et de rires. Un personnage récurrent qui pourrait être au travail, ou sur le chemin du retour.

Il trouve la salle de bains, se lave les mains à l'eau chaude et frotte le sang. La musique a été remplacée par les déblatérations sourdes d'un DJ. Il ne comprend pas ce qu'il dit. Il se sert d'une serviette pour ôter le sang sur sa chemise, mais ne parvient qu'à l'étaler et à faire des taches sombres. Il utilise la même serviette pour essuyer les robinets et le lavabo, puis l'enroule autour de sa main avant d'ouvrir la porte de la penderie dans la chambre. Elle ne comporte que des vêtements de femme, donc le type sur les photos n'habite pas ici. Mais il trouve ensuite un blouson en cuir suffisamment grand pour que ce soit le type qui l'ait laissé ici. Ou alors il appartient à un ancien petit ami, ou au père, ou même à la victime. Il l'enfile pour couvrir sa chemise tachée de sang.

Il essuie d'autres objets dans la maison, parmi lesquels

le bidon d'eau de Javel qu'il n'a pas utilisé. D'ailleurs, il ne sait plus avec certitude si ça aurait été de la moindre utilité. Il ne peut pas se résoudre à mettre le feu. Lorsqu'il a fini, il s'accroupit à côté de Fiona et cherche quelque chose à dire. Mais quoi ? *Désolé* ? *Désolé de t'avoir poignardée en pleine poitrine* ? Il nettoie le couteau dans l'évier de la cuisine puis l'enveloppe dans la serviette. Il se dirige vers la porte d'entrée. Maintenant, il y a des pubs à la radio. Des jingles. Il tapote ses poches pour voir ce qu'il a sur lui. Comme il ne possède pas de téléphone portable, il attrape celui de Fiona, et tant qu'il y est, il prend tout l'argent dans son portefeuille, soit quatre-vingt-dix dollars. Lorsqu'il veut sortir son propre portefeuille, il trouve un sac poubelle en plastique noir soigneusement plié enfoncé dans sa poche de derrière. Il n'a aucune idée de ce qu'il fait là.

Vraiment ? demande Henry.

Il sort la carte SIM du téléphone, essuie ses empreintes, et il a un pied dehors lorsque la chanson de sa fille commence à passer à la radio. Il la reconnaît immédiatement. Quand elle apprendra ce qu'il a fait, ça la détruira.

Alors fais en sorte qu'elle ne le découvre pas.

Il balance la carte SIM dans le jardin en partant. La serviette avec le couteau à l'intérieur est coincée sous son bras. Il ne sait pas dans quelle rue il se trouve, et encore moins dans quel quartier. Tout fait très classe moyenne, rien de trop délabré, la majorité des voitures garées dans la rue ou dans les allées sont des importations japonaises, vieilles pour la plupart de sept ou huit ans. Il marche jusqu'au bout du pâté de maisons. Les noms de rues ne lui disent rien.

Il doit se débarrasser de la serviette. Il continue

d'avancer tête baissée. Bientôt il reconnaîtra nécessairement un croisement. Il atteint un parc deux rues plus loin. Il y a une aire de jeux au milieu, mais, par chance, pas d'enfants, ce qui signifie qu'il peut s'asseoir sur un banc sans que quelqu'un se rue sur lui en le traitant de pédophile pendant qu'il remet de l'ordre dans ses idées. Il y a une poubelle vingt mètres plus loin. Il se dit que c'est un bon endroit pour jeter la serviette, puis se ravise, conscient que les flics finiront par chercher ici. Ils passeront au crible toutes les poubelles et les bennes dans un rayon de cinq kilomètres. Le fait de l'avoir regardée en songeant à y jeter la pièce à conviction lui donne un sentiment de déjà-vu. A-t-il déjà fait ça ? Ou était-ce l'un de ses personnages ?

Honnêtement, je ne pourrais pas te dire. Je ne pourrais même pas te dire quel jour on est.

Il doit enterrer le couteau. Ou le jeter dans une rivière. Le balancer dans l'océan ou l'expédier dans l'espace. Il sort le sac poubelle de sa poche et le secoue, puis il y place la serviette et l'arme et roule le tout. S'il avait vraiment tué cette femme, il le saurait à coup sûr. Il le sentirait d'une manière ou d'une autre.

Comme pour Sandra ?

Sandra, morte à cause de lui. Il devrait faire une fleur au monde, ressortir le couteau du sac, devenir Henry Cutter et se taillader jusqu'à perdre conscience. Il n'y a pas de mystère – il a tué sa femme, il a tué la femme qu'il a découverte sur le sol de ce salon, et très probablement celle à propos de qui la police l'a questionné.

Il se met à trembler. Il n'arrive plus à respirer. Il a été idiot, complètement idiot de vouloir s'échapper de la maison de santé pour prouver son innocence, parce que tout ce que ça a donné, c'est qu'il a fait du mal à quelqu'un d'autre. Il est Jerry Grey, auteur de romans policiers, mais en réalité il n'est rien de plus qu'un homme perdu rendu prématurément vieux par le Grand A. Jerry Grey, créateur d'univers, tueur de femmes, cinglé confus.

Il est un monstre.

Il est le Destructeur.

Il ne sait pas quoi faire.

Bon Dieu, il ne sait pas quoi faire.

M moins cinq

Tu as vu le Dr Goodstory hier, et encore ce matin. Il a affirmé que le Capitaine A allait faire de tout ça un voyage assez rapide car tu es déjà au niveau avancé – tu fonces, mon vieux, de zéro à cent en l'espace de quelques mois. Hormis le fait que tu es bien plus souvent fatigué, tu lui as expliqué que tu ne te sentais pas vraiment différent. Certes, tu es parfois embrouillé, mais sinon tu es plutôt toi. En rentrant à la maison, tu as imprimé la phrase de Ray Bradbury que tu aimes tant, et tu l'as placée dans un cadre de sorte à pouvoir la voir depuis ton bureau. On dirait vraiment que tout est fini, maintenant, comme le dit la citation.

Sandra et Eva continuent de courir à droite et à gauche comme si le ciel leur tombait sur la tête. Tu as passé cet après-midi avec elles à l'église dans laquelle Eva va se marier, Saint-Machin-Chose. C'est un très joli édifice en pierre avec tout un tas de jolis jardins à l'avant et un cimetière derrière, un bosquet de peupliers et de chênes plantés en demi-cercle séparant les deux. Mais tu ne peux pas nier que c'est un lieu un peu sinistre, avec tous ces cadavres enterrés à seulement une minute de l'endroit où Eva et Rick vont se dire oui. Bien sûr, c'est le vieil auteur de romans d'épouvante en toi qui pense ça. Tu l'as probablement oublié, Jerry, mais tes premiers manuscrits parlaient de vampires, de zombies et de créatures qui se métamorphosaient. À l'époque, si tu avais su que la véritable épouvante, c'était se réveiller confus à trois heures du matin en train de pisser sur le mur de la chambre, ou sortir par la porte de derrière et traverser un vide mémoriel, alors ça fait belle lurette que tu aurais écrit un roman d'épouvante à succès. Eva se mariant dans une église qui jouxte un cimetière… Tu ne peux pas t'empêcher de penser que ce moment coïncidera avec celui de la révolte des zombies, qui choisiront le grand jour de ton enfant pour avoir leur petit jour à eux. Ça t'ennuie qu'Eva épouse son petit ami fan de hip-hop dans un tel endroit, mais ils le font à cause de toi, parce que

Le Capitaine A

Est en train de t'emporter.

Yo.

Après la visite à l'église, vous avez tous pris la direction du domaine viticole où se tiendra la réception. Ce coup-ci, Eva et Rick ont eu de la chance, car il y a eu une annulation, donc tout s'est bien goupillé. C'est un superbe bâtiment situé un peu à l'écart dans la campagne, avec les montagnes au loin, des vignes de tous les côtés, un lac, absolument magnifique, magnifique, magnifique. Et hors de prix. Si les zombies se révoltent ce jour-là, espère juste que personne ne leur dira que c'est un *open bar*.

Vous avez passé les derniers jours à rencontrer des gens et à peaufiner les derniers détails – le prêtre, la fleuriste, l'orchestre, les traiteurs, aller chercher ton costume, et en plus il a fallu retourner en ville pour voir le pâtissier. Tu as dû rester planté là à opiner du chef et à faire comme si tu ne savais pas ce qui se passait entre lui et Sandra, qui portait une fois de plus les cheveux détachés. Henry n'arrête pas de dire que tu dois régler cette situation, et c'est ce que tu vas faire, après le mariage. Il y a une répétition dans quelques jours, durant laquelle on te montrera comment marcher en ligne droite avec Eva à ton bras, comment serrer la main de Rick, puis comment t'asseoir au premier rang à côté de Sandra. Tout le monde a peur que tu ne foires tout, que tu ne te chies dessus au beau milieu de l'église et ne trébuches sur le prêtre.

Oh, autre chose. Tu as reçu aujourd'hui les notes que ton nègre a rédigées. Il prévoit quelques modifications, mais aucune n'a le moindre sens. Il a même suggéré de changer le titre du roman. Ils optent pour *L'Heure du feu.* Tu as envoyé un e-mail à Mandy pour lui donner le feu vert, faisant comme si tout ça te semblait parfait, parce que c'est désormais plus simple de laisser les choses se faire. Et puisque tu ne peux plus avoir le titre que tu voulais, tu as écrit *Le Capitaine qui met le feu* sur la tranche du Carnet de la Folie. Donc, si tu te demandes pourquoi cette mention y figure, maintenant tu le sais.

Hans est revenu aujourd'hui. Il a encore apporté du gin. Tu l'as caché dans ton bureau après son départ, mais tu ne vas pas y toucher, pas avant le mariage, et après tu en boiras autant que possible aussi souvent que possible. Tu t'es toujours demandé si la différence entre un bon écrivain et un grand écrivain était la sobriété. Tous les grands… ils passaient leur temps complètement défoncés ou ils débutaient la journée par un scotch. Futur Jerry, ton passé comporte plus de jours que ton avenir – ça fait déjà quelque temps que c'est vrai, mais ça l'est encore plus maintenant. Végéter dans une maison de santé à regarder par la fenêtre pendant qu'une infirmière essuiera la bave sur ton menton n'est pas une option pour toi. Quand le mariage sera passé, tu picoleras jusqu'à en crever. Tu devrais avoir le droit de décider comment tu vas tirer ta révérence, et ça te semble une assez bonne manière. Même si ça signifie que ce carnet n'a plus vraiment d'utilité, à part peut-être pour faire office de dessous-de-verre.

Tu étais sur la terrasse avec Hans quand la fleuriste est passée voir Eva. Elle t'a souri à travers les baies vitrées, tu lui as retourné son geste, et Hans s'est fendu d'un grand sourire en secouant lentement la tête.

T'en pinces un peu, pas vrai ?

Non, as-tu répondu.

Je te comprends, mon pote. Si tu dois finir dans un centre de soins, et je suis sûr qu'on en arrivera pas là, mais si jamais ça arrive, je ferai en sorte qu'il y ait des infirmières qui lui ressemblent.

Évidemment, il n'a aucun moyen de faire ça, mais sa réflexion vous a tous les deux fait rire, et tu ne peux pas nier que si les infirmières ressemblaient à la fleuriste, alors la maison de santé ne serait pas si terrible. Tu lui as révélé que tu avais commencé à parler tout seul, et il a répondu que tout le monde le fait parfois, mais il croyait que tu disais des choses comme *Hhm, où ai-je bien pu mettre le téléphone ?* Alors tu lui as raconté tes conversations avec Henry.

Est-ce qu'il te demande de faire des choses ?

Comme quoi ?

Comme faire du mal aux gens.

Tu as secoué la tête tout en répondant :

Non. C'est plus normal que ça. Comme les conversations que pourraient avoir deux vieux copains.

C'est lui qui t'a dit de taguer la maison de la voisine ?

C'était une bonne question, à laquelle tu n'avais pas la réponse. Si c'était bien toi qui avais tagué sa maison, l'avais-tu fait sur les conseils d'une personne qui n'existe pas ?

Au moins, tu peux plus sortir de la maison sans déclencher d'alarme, pas vrai ? a noté Hans.

Je peux m'échapper par les fenêtres.

Alors laisse pas Henry te convaincre d'aller rendre visite à la fleuriste, hein ?

Il a éclaté de rire, toi aussi, et pourquoi pas ? Tout est marrant à Barjoville.

Bonne nouvelle – les prévisions météo sont bonnes pour ce week-end. Calme à l'horizon.

Mauvaise nouvelle – tu vas à l'enterrement de vie de garçon de Rick en fin de semaine. Tu n'en as aucune envie, mais son père a promis de s'occuper de toi. Tu ne resteras que pour le dîner. Ça peut être sympa. Ou ça peut être un cauchemar. Ça ira mieux quand tout sera terminé. Pas juste le mariage.

Il s'avère que Jerry sait quoi faire. Évidemment qu'il le sait. C'est pour ça qu'il a pris le portable de Fiona Clark et fouillé son sac à main à la recherche d'argent. C'est comme il se disait (ou comme Henry lui disait) dans la maison : il doit envisager la situation comme si c'était un de ses livres. Que ferait l'Homme au Sac s'il était innocent ?

Il ne l'est pas.

Il recommence à marcher. Les rues sont différentes mais se ressemblent – mêmes maisons, mêmes voitures, même atmosphère. Il tombe alors sur une artère qui est un peu plus animée, et il la longe, comme on suivrait un petit cours d'eau pour en arriver à de plus grands jusqu'à atteindre l'océan. Et c'est précisément ce qui se passe, un océan de circulation, de monde, une route principale qu'il peut identifier. Le bon côté de Christchurch, c'est qu'on ne peut pas rouler dix minutes en ligne droite sans passer à moins d'un kilomètre et demi d'un centre commercial, et il suppose qu'il doit désormais être à environ trente minutes à pied du plus proche. Il a sans doute l'habitude de marcher, car la maison de santé est loin de la ville. Il se demande combien de temps il lui a fallu pour en venir. Longtemps. Peut-être toute la nuit. Il met quarante minutes à atteindre son but. Il déteste les centres commerciaux, et pourtant il a toujours pensé que si on les enlevait, la société s'effondrerait. Ce serait comme si la roue n'avait jamais été inventée. Il abandonne l'idée de se débarrasser du couteau dans l'une des poubelles. La personne qui les vide le trouverait.

Il passe devant une boutique d'électronique avec une demi-douzaine de télés tournées vers lui, certaines diffusant des émissions qu'il ne reconnaît pas, et d'autres son image filmée en direct par une caméra. Il passe devant des librairies, des magasins de chaussures, une banque, une confiserie, des bijouteries, un magasin de sport, des papeteries, un magasin de jouets avec en vitrine un gigantesque cochon en peluche affublé d'un smoking. Il atteint un supermarché avec des allées remplies d'aliments sucrés et de clients qui ont l'air de s'emmerder. Il achète une bouteille d'eau, un sandwich et une carte SIM. La fille à la caisse lui demande s'il passe une bonne journée, et plutôt que de lui dire la vérité, il répond que oui, puis lui demande également comment se passe la sienne. Elle répond : « Très bien », et il suppose que c'est parce qu'il ne s'est pas réveillé chez elle ce matin. En retournant vers la sortie du centre commercial, il repasse devant les mêmes boutiques en sens inverse, la seule différence étant que les télés diffusent les informations, et que les écrans affichent une photo de lui, Jerry Grey…

Tu es Jerry Grey.

« L'auteur qui écrivait sous le pseudonyme de Henry Cutter. »

Tu es Henry Cutter.

« … a disparu de la maison de santé… »

Tu vis dans une maison de santé.

« … où il a été interné après le meurtre de Sandra Grey, son épouse… »

Tu as assassiné ta femme.

« … l'année dernière. Grey est atteint d'Alzheimer et il est probablement perdu et dans un état de grande confusion. Si vous le repérez, merci d'alerter immédiatement la police. »

Il se dirige vers le magasin de sport devant lequel il est passé une minute plus tôt. Il dépense la moitié de l'argent qui lui reste pour s'acheter une casquette de rugby hors de prix (*Go All Blacks !*) qu'il se visse fermement sur la tête tout en abaissant légèrement la visière. Après quoi il prend la direction des toilettes, trouve une cabine vide, verrouille la porte et s'assied. Quelqu'un a inscrit en haut de la porte : *Damien est génial*, et en dessous d'autres personnes ont inscrit d'autres choses, lui rappelant un forum qu'il a consulté en ligne, une longue liste qui commençait par *C'est parce que Damien a un vagin* et qui s'achevait par *Monde de merde.* Il ouvre le paquet qui contient la carte SIM et l'insère dans le téléphone de Fiona Clark. Il s'apprête à appeler Hans, mais un problème survient immédiatement. Il ne connaît pas son numéro. Pourquoi le connaîtrait-il ? Ça fait un bail qu'il n'a pas retenu le moindre numéro. Pas à cause de la démence, mais parce que depuis des années son smartphone se souvient de tout à sa place. Il a perdu l'habitude de mémoriser les choses, et peut-être que c'est là que tout a commencé. Est-ce que c'est ce qu'il a fait les autres fois où il s'est échappé de la maison de santé ? Se procurer un téléphone sans être capable de s'en servir pour demander de l'aide ?

À notre époque, il doit y avoir un moyen, non ? Un foutu moyen d'appeler quelqu'un ! Ça ne peut pas être si compliqué que ça ! Il se frappe la tempe avec la paume de la main. Allez ! Ces numéros sont quelque part !

Calme-toi, Jerry. La voix de la raison. Celle de Henry Cutter, qui a écrit les choses les plus déraisonnables jusqu'à ce qu'un nègre le remplace. *Les numéros ne sont peut-être pas dans cet appareil, mais les e-mails ?*

Il a raison. Ça fait longtemps que Jerry n'a pas envoyé d'e-mail, mais s'il peut accéder à son compte, il pourra envoyer un message à Hans. Il utilise le téléphone pour se rendre sur Internet, se concentre intensément pour se souvenir de son adresse mail afin de se connecter, laissant ses doigts survoler l'écran, guidés par la mémoire musculaire. Et ça fonctionne, l'adresse lui revient, et à l'époque – du temps de Jerry le Sain d'Esprit –, il utilisait tout le temps le même mot de passe : *Frankenstein.* Cinq secondes plus tard, il accède à son compte. Il y a plus de onze cents messages non lus. Il n'en ouvre aucun et il est sur le point d'en rédiger un à l'intention de Hans quand il se souvient qu'il a accès non seulement à ses e-mails, mais également à un carnet d'adresses en ligne. Le numéro de Hans y est enregistré.

Il passe l'appel. Les toilettes sentent le chien mouillé et l'eau de Javel. Hans ne répond pas. Il laisse un message, puis se demande quelles autres options il a. Il parcourt ses contacts et voit le numéro d'Eva. Pourrait-il l'appeler ? Il décide d'attendre quelques minutes au cas où Hans le rappellerait, et c'est exactement ce qui se passe. Il décroche.

« C'est moi, dit Hans. Désolé de pas avoir répondu, mais je le fais jamais quand je reconnais pas le numéro.

— J'ai un problème », répond Jerry, les mots sortant précipitamment de sa bouche.

Le soulagement l'envahit. Soudain il n'est plus seul dans cette galère.

« Je sais.

— Non, tu n'as pas idée.

— Eva m'a appelé tout à l'heure, en plus ils en parlent aux infos et…

— C'est pire que ça, l'interrompt Jerry. Tu peux venir me chercher ? S'il te plaît ? J'ai vraiment besoin d'aide. Je suis dans un centre commercial.

— Lequel ?

— C'est… », commence-t-il.

Et il connaît le nom du centre, il l'a sur le bout de la langue.

« Je n'arrive pas à réfléchir.

— Va voir un agent de sécurité, ou le bureau de l'administration, et dis-leur qui tu es. Tu pourras attendre pendant que…

— Je ne peux pas faire ça », coupe Jerry en secouant la tête.

Quelques secondes de silence du côté de Hans, puis : « Qu'est-ce que tu ne me dis pas ? »

Jerry fixe le sac qui contient le sandwich et la bouteille d'eau qu'il a achetés plus tôt.

« Je te le dirai quand tu seras ici. Je vais sortir et voir de quel centre il s'agit, puis je te rappelle.

— Qu'est-ce qui s'est passé, Jerry ?

— Je te le dirai plus tard. Je te rappelle.

— Ne coupe pas, Jerry. »

Il reste en ligne, sort des toilettes et s'engage dans le flot de clients portant des livres, des DVD et des vêtements, certains poussant des Caddie et d'autres des poussettes, et il retourne à l'entrée par laquelle il est arrivé. Une fois dehors, il se retourne, voit le nom en grosses lettres, et il se sent idiot de l'avoir oublié. Il le communique à Hans, qui lui répond de ne pas bouger, qu'il sera là dans dix minutes.

Jerry raccroche et enfonce le téléphone dans sa poche. Il débouche la bouteille d'eau et en boit un quart tout en observant les voitures, sans bouger de l'endroit où il a dit qu'il serait. Il est en train de déchirer l'emballage du sandwich quand il se rend soudain compte d'une chose.

Il a laissé le sac avec la serviette et le couteau dans les toilettes.

Il crève d'envie de se mettre à courir, mais se retient afin de ne pas attirer l'attention. Il y a tellement de boutiques, tellement d'endroits où tourner, tellement de monde autour de lui. Il ne trouve pas le chemin des toilettes, pas immédiatement, et quand il y parvient enfin, les dix minutes sont écoulées et Hans l'appelle. Il ouvre la porte des toilettes et se dirige vers la cabine où il était assis plus tôt. Elle est vide. Il regarde l'arrière de la porte pour s'assurer que c'est bien la bonne. *Monde de merde.* Le sac contenant la serviette et le couteau a disparu.

M moins trois

Tu es encore parti en vadrouille aujourd'hui, moyennant quoi Sandra envisageait de te garder à la maison et de te priver d'enterrement de vie de garçon. Ça t'était complètement égal, mais elle a finalement décidé qu'elle voulait que tu y ailles. Probablement histoire de ne pas t'avoir dans les pattes pour des raisons évidentes. Alors tu y es allé, tu as répondu quand on te parlait, et tu n'as pas provoqué le moindre scandale. Nul doute que la fête a battu son plein une fois les vieux partis, que Rick et ses copains se sont arrêtés dans tous les bars pour finir dans un club de strip-tease, mais pour toi ça a juste été le dîner, du poulet trop cuit et une salade détrempée, et pas de vin mais de l'eau. Tu es resté assis là en faisant mine de ne pas remarquer les commentaires murmurés et les hochements de tête pas vraiment subtils dans ta direction. Tu étais le type atteint d'Alzheimer, ce qui faisait de toi une blague à leurs yeux. Parce qu'ils ne seraient jamais comme toi, de la même manière que tu pensais que tu ne serais jamais comme ça. Et qu'est-ce qui pourrait être plus marrant que le beau-père de votre pote perdant la boule à quarante-neuf ans et se rendant de temps à autre à Barjoville pour se balader dans Barjoparc ? Tu es rentré à dix heures, et tu tiens ta promesse de rester sobre jusqu'au mariage d'Eva.

Donc. La vadrouille. C'est ça que tu veux savoir, n'est-ce pas ? Quels conseils ta passoire de cerveau peut-elle retenir ? Bon, il y a deux choses. Si tu dois aller te balader, prends ton portefeuille. C'est bien de pouvoir s'identifier, et encore mieux de pouvoir se payer le taxi ou le bus. L'argent est utile – alors gardes-en sur toi. Essaie également d'emporter ton téléphone. Et une bouteille d'eau ne serait pas mal non plus – ça aide en cas de déshydratation, et qui sait jusqu'où tu peux aller à pied ?

Aujourd'hui tu t'es échappé par la fenêtre pour éviter les alarmes de la maison, et le truc, c'est que tu n'en as aucun souvenir. Tu ne sais pas si ton intention était d'aller te promener tout seul, ou d'aller acheter des fleurs, ou de faire toutes les choses qu'un homme peut faire lorsqu'il part de chez lui avec à peine de quoi s'offrir un menu dans un fast-food. Tu ne sais pas quelle version de Jerry a pris la décision, ni quelle version de lui a débarqué dans la boutique où Belinda travaille. Celle-ci se trouve dans le centre-ville, pile entre les deux artères principales que sont Manchester et Colombo. Et comment es-tu allé jusque là-bas ? Un vrai magicien ne révèle jamais ses trucs, Jerry, et le Capitaine A n'est autre que le maître du passe-passe. Regarde par ici pendant qu'il efface l'esprit de Jerry !

Belinda t'a demandé si tu allais bien, et tu as répondu que oui, car tu allais vraiment bien, Futur Jerry, tu étais en mission, une mission tellement top secret que tu ne savais même pas en quoi elle consistait. Elle était au courant pour le Grand A (apparemment, tout le monde l'est), et elle t'a fait asseoir dans le bureau, t'a préparé une tasse de thé et a appelé Sandra pour la prévenir qu'elle te ramènerait chez toi. Mais le Capitaine A a commencé à lâcher un peu la bride, et tu es devenu tout aussi embarrassé par la situation qu'elle. Belinda n'arrêtait pas de te sourire, en te disant de ne pas t'en faire, que sa grand-mère avait également Alzheimer et qu'elle y était habituée, ce qui, à vrai dire, t'a contrarié car ça t'a fait te sentir tellement *vieux*.

En chemin, elle a fait un détour par chez elle pour récupérer quelque chose pour Eva qu'elle comptait déposer plus tard de toute manière, et c'est la raison pour laquelle ça ne la dérangeait pas de te ramener. Elle t'a demandé si tu voulais bien attendre dans la voiture, et tu as répondu oui – ça, tu t'en souviens, mais le Capitaine A a alors resserré un peu la bride et Belinda t'a retrouvé quelques minutes plus tard assis devant la porte de derrière, en train de parler à son chat.

Sandra se faisait un sang d'encre quand vous êtes arrivés. Elle avait été prête à contacter la police juste avant que Belinda l'appelle. Le résultat est que des alarmes vont être installées à toutes les fenêtres. Et si ça ne suffit pas, peut-être que la prochaine étape sera de te coudre une puce GPS dans le dos, là où tu ne pourras pas l'atteindre.

Bonne nouvelle – le mariage est désormais proche. Il y a la répétition dans quelques heures, et souviens-toi – entraînement, entraînement, entraînement. Mauvaise nouvelle – Sandra a dit tout à l'heure : *J'ai hâte que tout ça soit terminé.*

Quand tu lui as demandé ce qu'elle entendait par là, elle a soupiré et répondu : *Qu'est-ce que tu crois, Jerry ?* avant de s'en aller brusquement.

Honnêtement ? Tu ne penses pas qu'elle fasse simplement allusion au mariage. Elle garde probablement des brochures quelque part, comme le font les gens quand ils envisagent d'expédier leurs proches dans une maison de retraite, la dernière étape avant le séjour dans la grande maison dans le ciel.

Le téléphone portable de Jerry continue de sonner, son écho résonnant à travers les toilettes. Il fixe la cabine où il était assis quelques minutes plus tôt, comme si en regardant plus longtemps et plus intensément il ferait réapparaître le sac avec la serviette et le couteau. Il regagne le couloir et répond.

« Tu es où ? demande Hans.

— Dans les toilettes.

— Je t'ai dit d'attendre dehors.

— J'arrive. »

Il raccroche. Ses mains tremblent tellement qu'il manque de faire tomber le téléphone en le replaçant dans sa poche. Il emprunte le même trajet qu'à l'aller pour ressortir. Hans n'est pas là, pas immédiatement, mais dix secondes plus tard il déboule dans un 4 x 4 bleu foncé. Hans se penche et ouvre la portière, et Jerry grimpe dans le véhicule. Il laisse tomber son sac de supermarché par terre entre ses pieds, puis essuie ses mains moites sur sa veste.

« Bon Dieu, Jerry, t'as vraiment une sale gueule.

— Roule », lui lance-t-il.

Et cette petite perle est du Henry Cutter pur jus, de même que *Suivez cette voiture* et *Tout est calme, trop calme.*

Hans n'a pas besoin de se le faire dire deux fois. Ils se

faufilent en douceur à travers le parking, passant devant d'autres voitures, traversant des emplacements vides.

« T'as une destination en tête ? La maison de santé ? » demande-t-il.

Jerry regarde son ami tout en réfléchissant à une réponse. Hans est plus massif que dans son souvenir. Une partie est du muscle, et une partie est l'accumulation de kilos qu'on voit sur les videurs en mauvaise forme physique, le genre de masse qui leur permet d'arracher un sac de frappe à sa chaîne, mais qui les empêche de le ramasser sans se retrouver à bout de souffle. On dirait aussi qu'il a de nouveaux tatouages, qui ressortent de sous son col. Ce Hans a tellement évolué par rapport à celui qu'il a rencontré à l'université.

« Pas la maison de santé, dit Jerry. Juste loin d'ici.

— Dis-moi ce qui s'est passé. »

Jerry se penche en arrière. Ses jambes remuent, ses genoux se soulevant et redescendant. Ils sortent du parking.

« Je ne suis… je ne suis pas totalement sûr, répond-il, ce qui résume assez bien sa vie dernièrement. Je me suis échappé de la maison de santé.

— Ça fait plusieurs fois que tu le fais.

— Ils te tiennent au courant ?

— Eva me tient informé de tes progrès.

— Ce ne sont pas des progrès, réplique Jerry. C'est exactement le contraire. C'est… est-ce qu'il y a un mot pour ça ?

— *Dé*-progrès, suggère Hans. Tu veux me dire ce qui s'est passé, ou tu veux juste que je conduise sans but ?

— Allumons la clim. »

Il commence à bidouiller les commandes, mais en

vain. Ses mains sont toujours en sueur. « Il fait soixante degrés, là-dedans.

— Non, il fait vingt », répond Hans, et il appuie sur un bouton.

De l'air frais jaillit des ventilations, et Jerry tend ses mains devant.

« Peut-être que si tu enlevais ta veste, tu te sentirais mieux. »

Jerry sort la bouteille de son sac.

« Jerry ? »

Il ôte le bouchon, avale une gorgée, puis une autre, si rapidement que ça lui fait mal à la gorge.

« Jerry ? »

Il se passe la main sur la bouche et regarde son ami.

« Il est possible que j'aie tué quelqu'un », dit-il.

Hans se tourne vers lui.

« Quoi ? Bon sang, Jerry, quoi ? »

Jerry éteint la clim. Il a soudain froid.

« Je me suis réveillé dans une maison dans laquelle je n'avais jamais mis les pieds, et il y avait une femme. »

Son débit commence à s'emballer.

« Elle était nue et gisait par terre dans le salon. Elle avait été poignardée.

— Oh, Dieu merci ! » s'exclame Hans avec un sourire.

Il a l'air sincèrement soulagé, et cette réaction est l'exact opposé de ce à quoi s'attendait Jerry. Tout cela n'est-il qu'une plaisanterie, pour lui ?

« Crois-moi, ça va aller.

— Je l'ai trouvée comme ça, mais je n'ai rien fait. Quelqu'un essaie de me faire porter le chapeau, mais je ne sais pas pourquoi.

— Du calme. »

Hans jette un coup d'œil dans le rétro, allume son clignotant, puis il tourne à l'angle et se gare à l'ombre dans une rue plus calme. Il ôte sa ceinture et se tortille sur son siège pour faire face à Jerry.

« T'as tué personne. Tu sais ce que tu faisais comme boulot, n'est-ce pas ?

— Évidemment que je le sais, mais ce n'est pas le sujet.

— Tu écrivais des romans policiers », poursuit Hans.

Jerry secoue la tête.

« Je le sais. Mais comme j'ai dit, ce…

— Et des très bons, ajoute Hans, l'interrompant. Les lecteurs disaient toujours à quel point ils étaient réalistes. Donc s'ils semblaient réels aux autres, Jerry, tu crois qu'ils te semblaient comment ?

— Ce n'est pas comme les autres fois.

— Tu as avoué des crimes qui étaient dans tes livres. Ce sont tous…

— Tu ne m'écoutes pas, coupe Jerry, luttant contre la frustration.

— Si, j'écoute.

— Non. »

Il ouvre sa veste pour révéler sa chemise tachée de sang.

« Ce n'est pas moi qui ai fait ça. J'étais là, mais ce n'est pas moi. »

Hans ne dit rien. Il tambourine avec ses doigts sur le volant tout en fixant le sang, puis, après un moment, il regarde à travers le pare-brise. Jerry le laisse réfléchir. Il ne se souvient pas de ce matin, mais il se souvient que Hans aime analyser les choses vraiment à fond. Il boit une nouvelle gorgée d'eau puis replace la bouteille dans le sac. Finalement, Hans se tourne vers lui.

« Tu es sûr de ça ?

— Totalement. Quelqu'un va bientôt la découvrir, et la police croira que c'est moi. »

Hans secoue la tête.

« Écoute-moi, fais-moi confiance, c'est une intrigue tirée d'un de tes… »

Jerry fait non de la tête.

« Tu n'écoutes toujours pas. Ils croient déjà que j'ai tué quelqu'un, et je ne parle pas de Sandra.

— Tu es au courant pour Sandra ?

— Qu'elle est morte ? Oui. Que je l'ai tuée ? Non. Ce n'était pas moi, mais ce n'est pas d'elle que je parle. Hier, j'ai dû aller au poste de police », explique Jerry, et naturellement il ne sait pas avec certitude si c'était hier.

Ça pouvait être la semaine dernière. Ou le mois dernier.

« Cette autre femme sur laquelle les flics m'ont questionné, c'était la fleuriste au mariage d'Eva.

— Oh, merde.

— Quoi ?

— Ils t'interrogent sur Belinda Murray, déclare Hans, arborant finalement l'expression soucieuse que Jerry attendait deux minutes plus tôt.

— Tu la connais ? Attends, attends, est-ce que je la connaissais ? »

Hans n'a pas l'air simplement soucieux, il a l'air carrément inquiet. Il recommence à taper sur le volant, plus rapidement. Il jette un coup d'œil par-dessus son épaule comme pour voir si quelqu'un les observe.

« Tu t'es… eh bien, tu t'es pris d'affection pour elle.

Tu t'es échappé de chez toi un jour et tu es allé la voir à son travail. »

Jerry secoue la tête.

« Tu fabules, dit-il, tentant de trouver une raison pour laquelle Hans ferait ça, et n'en trouvant aucune. Et même si tu ne fabules pas, aller la voir à son travail n'est pas la même chose que l'assassiner.

— T'as raison, c'est pas pareil », déclare Hans.

Il détourne le regard et cesse de tambouriner sur le volant.

« Quoi ? demande Jerry.

— Rien.

— Allez, y a clairement quelque chose que tu ne me dis pas. »

Hans se tourne de nouveau vers lui.

« Comme tu as dit, Jerry, c'est pas pareil. »

Jerry secoue la tête.

« Dis-moi. »

Hans hausse les épaules, soupire, puis il passe sa main sur son crâne lisse.

« Eh bien, le truc, Jerry, c'est que tu es aussi allé chez elle.

— Qu'est-ce que ça veut dire, je suis allé chez elle ?

— Ça veut dire exactement ce que ça dit. Quand tu es allé la voir à son boulot, elle t'a ramené chez toi, mais elle a fait un crochet par chez elle. Donc tu savais où elle habitait. »

Jerry continue de secouer la tête. Ça ne peut pas être vrai. Mais il y a tellement de choses qui semblent impossibles, et pourtant il sait qu'elles se produisent. Comme se réveiller ce matin chez une femme morte, ou trouver une chemise ensanglantée sous le parquet de sa maison.

« Ils n'ont jamais retrouvé son assassin, reprend Hans.
— Tu crois que c'est moi ?
— Ce n'est pas ce que je dis.
— Alors qu'est-ce que tu dis ? »

Hans regarde un moment à travers le pare-brise. Il fait cette chose qui lui est caractéristique et que Jerry a vue tant de fois : c'est presque comme s'il distinguait les rouages en train de tourner dans sa tête. Finalement, son ami se tourne de nouveau vers lui.

« La nuit où elle a été assassinée, tu m'as appelé. Tu étais complètement paumé, et je t'ai récupéré dans la rue. Tu avais du sang plein ta chemise. Comme maintenant. Je t'ai demandé ce qui s'était passé, et t'as dit que t'en savais rien. Je t'ai ramené chez toi. Je t'ai aidé à passer par la fenêtre. Je me suis assis avec toi sur le canapé, et t'es resté calme pendant quelque temps, puis tu m'as supplié de pas appeler la police, et quand je t'ai demandé ce que t'avais fait pour qu'on appelle la police, t'as refusé de répondre. Je… pour une raison ou pour une autre, stupidement, je l'ai pas appelée. Parce que t'es mon ami, et ce qui était fait était fait. Je l'ai pas appelée alors que j'aurais dû. »

Pendant quelques instants, Jerry a l'esprit vide. Absolument vide. Surcharge sensorielle. Trop d'informations d'un seul coup, et lui et Henry, et même le Capitaine A, sont mis en veilleuse. Mais alors une unique information ressort et fait redémarrer le système : il est Jerry Grey, et il est un monstre.

« Jerry ?
— C'est la faute de Henry.
— Comment ça ?
— Il a écrit ces livres, et ça m'a rendu dingue. Je suis

devenu un des monstres qu'il inventait constamment. J'ai vraiment fait ça ? J'ai vraiment fait du mal à ces gens ?

— Je peux pas faire deux fois la même erreur, Jerry. Je suis désolé, mais faut que je t'emmène à la police. On doit leur expliquer ce qui se passe et, surtout, on doit s'assurer que tu pourras plus jamais faire de mal à qui que ce soit. »

M moins deux

La répétition d'hier soir s'est bien déroulée. Tu as peut-être une araignée au plafond, comme se plaisait à dire ton grand-père, mais tout s'est passé sans accroc.

L'église – bon sang, tu y es allé tellement souvent cette semaine que tu risques de devoir payer le loyer. Le père Jacob est un vieux bonhomme à l'âge indéterminé. C'est un type terre à terre qui semble n'avoir jamais rigolé de sa vie. Il est plutôt sympa pour un prêtre, mais tu n'as jamais trop été porté sur ces gens-là. Ajoute ça à ta liste. Tu n'es pas fan de voitures, ni fan de prêtres, ni fan de jeans ou de religion. Tu es fan de desserts. Et d'araignées au plafond. Chaque fois que tu pénètres dans cette église, Henry Cutter, l'auteur raté de romans d'épouvante, vient assombrir ton humeur en te disant que quelque chose de désagréable attend juste au coin de la rue, probablement parce que au coin de la rue il y a un cimetière. Henry l'Écrivaillon d'Épouvante, tu veux prendre le relais ?

« Oui », dit Eva.

L'assistance était tout sourire, mais certaines personnes, comme sa mère, étaient en larmes. Les mariages l'ont toujours fait pleurer.

« Je vous déclare mari et femme », prononça le père Jacob.

Il sourit et se tourna vers Rick.

« Vous pouvez embrasser la mariée. »

Rick embrassa la mariée, et l'assistance se mit à applaudir. Tout s'était passé comme sur des roulettes – même Jerry avait parfaitement traversé l'église avec sa fille, à la bonne allure, avec le bon sourire, appliquant la pression adaptée sur le bras d'Eva qui était passé sous le sien. Comme le baiser s'éternisait, les gens se mirent à rire, après quoi l'heureux couple se tourna vers la foule en souriant.

Bientôt les mariés et leurs proches longeaient l'allée centrale pendant qu'on jetait des confettis en l'air. Un huissier attendait à la sortie, et ce fut alors que ça se produisit. Les portes s'ouvrirent soudain, frappant les murs si violemment que le bois se fendit partout à travers l'église. Les zombies se précipitèrent à l'intérieur, pendant que des douzaines d'autres, qui venaient de s'extirper du cimetière, arrivaient derrière eux.

« J'aime les beaux mariages, dit le premier zombie.

— Cerveaux, déclara le second.

— Bien vu, répondit le premier. Cerveaux. »

Un autre répéta ce mot, puis un autre, et il fut bientôt sur les lèvres de toutes les créatures. L'autre chose qui était sur leurs lèvres, c'était le sang des vivants tandis qu'ils se ruaient sur eux, et au bout de quelques secondes Eva et Rick prirent la fuite...

Merci, Henry, ça suffit. Ne laisse pas tomber ton job alimentaire !

Tu ne crois pas réellement que c'est ce qui attend tout

le monde samedi, mais tu n'arrives pas à te débarrasser du sentiment que *quelque chose de désagréable* va se passer, parce que ça a été une année désagréable, pas vrai ? Sandra comme Eva sont extrêmement encourageantes et semblent avoir bien plus confiance en toi que toi-même. Dans l'église, Sandra n'arrête pas de te serrer la main et de te dire que ça va être formidable, et son bonheur est contagieux. Avoir ta main dans celle de Sandra et ton bras autour d'Eva, les regarder sourire, les voir rire, tout ça te donne un sentiment de complétude. La vie est censée être ainsi. Certes, les choses vont changer, mais pour le moment, pour le moment, ta famille est heureuse et c'est tout ce qui compte. D'ailleurs, c'est une bonne chose que tu te sois enfui cette semaine. Si tu considères le Grand A comme une Cocotte-Minute, soulager un peu la pression en allant faire un tour en ville signifie qu'elle n'explosera pas de sitôt.

La répétition s'est bien passée. Encore des instructions. *Jerry, positionne-toi là. Papa, marche là-bas. Jerry, tiens Eva comme ça.* Tu ne feras rien que suivre les ordres. Quant au discours – tu n'en prononceras pas. Bien sûr que non, parce que Jerry Cocotte-Minute doit être contenu, et même si ça te rend triste, tu peux comprendre. Les choses sont malheureusement ainsi désormais.

Oh, au fait, à propos de la situation présente, devine ce qui va se passer lundi ? Exactement, des alarmes vont être installées aux fenêtres. C'est officiel, bientôt tu seras un prisonnier dans ta propre maison.

Bonne nouvelle – les alarmes signifient que Sandra ne prévoit pas de t'envoyer tout de suite dans un centre de soins.

Mauvaise nouvelle – ton monde rétrécit. Tu n'as pas vraiment besoin des alarmes car tu n'as même plus envie de sortir. Tu veux juste te recroqueviller sur le canapé et boire. Tu pensais que la différence entre un bon auteur et un grand auteur était… ah, bon Dieu, tu l'as déjà dit.

Ils s'écartent du bord de la route. Jerry bidouille la radio jusqu'à trouver une station d'information. Hans prend la première à gauche en direction du centre-ville. Jerry joue avec l'étiquette de la bouteille d'eau. Ses jambes continuent de gigoter.

« C'est dur, tu sais ? De me considérer de cette manière. De me voir comme un assassin. Y a un truc qui cloche. Quel que soit l'angle sous lequel j'analyse les choses, ça ne colle pas.

— Qu'est-ce qui se passe dans tes livres, Jerry, quand les gens espèrent le meilleur ?

— Ils ont le pire.

— Je suis désolé, mon pote, mais c'est ce qui est en train de t'arriver. »

Jerry acquiesce. Son ami n'aurait pas pu mieux résumer la situation. Pourtant…

« Ça ne colle pas. Je sais que ce que tu dis a du sens, qu'il y a une certaine logique là-dedans, mais le fait que je puisse me souvenir de certaines choses et pas d'autres me semble trop pratique. Pourquoi est-ce que je ne me rappelle pas ce matin ?

— Les médecins disent que tu es bloqué sur ce qui s'est passé avec Sandra, que c'est trop difficile pour toi de l'accepter. On peut raisonnablement penser que tu fais la même chose maintenant.

— Je ne suis pas comme ça, Hans. Je ne l'ai jamais été. Je n'aurais pas dû essuyer le couteau. Si je n'y avais pas touché, les empreintes du vrai tueur auraient été retrouvées dessus.

— On dirait que t'essayais de pas te faire choper», déclare Hans.

Cette réflexion irrite Jerry.

«Ce n'est pas ça. Je savais juste l'impression que ça donnerait. C'est pour ça que j'ai emporté le couteau au centre commercial.

— Quoi?

— Je ne comptais pas m'en débarrasser là-bas. J'y suis juste allé pour acheter de quoi manger et une carte SIM. J'allais m'en débarrasser plus tard.

— Tu aurais dû appeler la police.

— Non, répond Jerry. Je t'ai appelé parce que tu peux m'aider. Parce que tu as toujours été là pour moi. Parce que tu es la seule personne qui me croira. Quand je suis venu à ta rencontre, je me suis aperçu que j'avais laissé le sac avec le couteau et la serviette dans les toilettes.

— Bon Dieu, Jerry, tu te fous de moi? Ou tu veux pas voir la vérité? Tu m'as appelé parce que tu crois que je peux t'aider à pas te faire prendre. Comme tu l'as fait la dernière fois. Seulement ce coup-ci, je refuse.»

Jerry secoue la tête.

«C'est faux. Quelqu'un veut que je croie que je suis l'Homme au Sac.

— Quoi?

— Le personnage des livres.»

Hans secoue la tête.

«Je sais qui est l'Homme au Sac, Jerry, et c'est pas toi.

— Je n'ai pas dit que c'était moi. J'ai dit que quelqu'un voulait que je le croie.

— Est-ce que la femme de ce matin a été tuée selon son mode opératoire ? »

Jerry pense à la femme gisant par terre dans le salon, aux ecchymoses et au sang. Il revoit ses yeux ouverts fixés sur lui. Il tente de se rappeler l'Homme au Sac. Il ne se souvient plus du *qui* ni du *pourquoi*, seulement du *comment.* Son personnage poignardait ses victimes, et quand elles étaient mortes, il leur attachait un sac poubelle sur la tête. Pour les rendre impersonnelles.

« Elle a été poignardée à la poitrine. J'avais même un sac poubelle noir sur moi.

— Bon sang, Jerry… »

Son cœur martèle dans sa cage thoracique.

« Mais ce n'est pas moi qui ai fait ça. Je le saurais si c'était moi.

— Parce que tu te fais confiance.

— Tu dois m'aider.

— T'aider comment, Jerry ? Tu veux que je vole la plaque d'un flic et que je me balade autour de la scène de crime en posant des questions ? Que je suive des pistes et que je contourne les règles ? Que je sorte de mon cul un kit pour effectuer des tests ADN ?

— Non. Enfin, si. Je ne sais pas. Pas exactement. Mais on peut trouver quelque chose. »

Ils recommencent à rouler en silence. La circulation de l'heure du déjeuner diminue tandis que les gens retournent au travail. Il voit un garçon de deux ou trois ans laisser accidentellement tomber sa glace sur le trottoir et se mettre à pleurer, sa mère tentant en vain de le consoler. Derrière eux, un bus grille un feu rouge et manque de renverser un cycliste. Jerry n'arrête pas de revenir en arrière, de se repasser la matinée, mais le film s'arrête chaque fois à l'instant où il s'est réveillé sur le canapé de cette femme. Pour autant qu'il sache, il n'y avait rien avant ce moment. Son cœur bat plus fort à mesure qu'ils approchent du poste de police. Quand ils n'en sont plus qu'à deux rues, il se remet à transpirer.

« On peut s'arrêter ?

— On y est presque, répond Hans.

— S'il te plaît. Juste quelques minutes. Je t'en prie, écoute-moi. En tant qu'ami, écoute-moi. »

Hans le regarde, puis met le clignotant et s'arrête au bord de la route.

« Parle, dit-il. Mais tu n'as qu'une minute.

— Ce n'est pas moi qui ai fait ça, déclare Jerry. Mon ADN est fiché. S'ils l'avaient trouvé chez Belinda, ils auraient fait le lien. Mais il n'y était pas.

— Tu es auteur de romans policiers, Jerry. Tu sais comment tuer sans te faire prendre. »

Il se rappelle que Mayor a émis une suggestion très similaire pendant le trajet vers le poste de police.

« Ce n'est pas ce qui s'est passé.

— Alors t'as aucune raison de t'inquiéter. La police s'en rendra compte.

— Non. Ce sera encore pire », réplique Jerry.

Il peut deviner ce qui l'attend. Même s'il n'est plus l'homme qu'il était, il n'est certainement pas passé de la littérature criminelle à la perpétration de crimes.

« Si je vais là-bas et que je leur dis pour aujourd'hui, et qu'on leur parle aussi de la fleuriste, ce sera comme leur faire un chèque en blanc.

— Qu'est-ce que tu racontes ?

— Ils vont prendre tous les meurtres non résolus des dernières années, et ils vont me les coller sur le dos. Ils remonteront probablement encore plus loin dans le temps. Ils diront que je suis tombé malade il y a cinq ans. Ou dix. Toutes les affaires ouvertes vont se refermer avec mon nom dans la case coupable. »

Hans secoue la tête. Il semble perdu dans ses pensées.

« Tu dis des conneries.

— Ah oui ? C'est ce que tu crois vraiment ?

— Ils ne vont pas prendre…, commence Hans, avant de s'interrompre.

— Quoi ? »

Hans ne le regarde pas. Il se contente de fixer droit devant lui. Un camion passe suffisamment près pour faire tanguer la voiture sur ses essieux.

« Quoi ? répète Jerry.

— Rien.

— Il y a quelque chose. Dis-moi.

— C'est rien.

— Dis-moi. »

Hans pousse un gros soupir. On dirait un homme qui coupe des fils électriques en espérant qu'une bombe n'est pas sur le point d'exploser.

« Laisse-moi réfléchir quelques secondes, dit-il.

— Dis-moi !

— Bon Dieu, Jerry, je t'ai dit de me laisser quelques secondes. »

Il réfléchit. Jerry le laisse faire. Ils restent garés au bord de la route à deux rues du poste de police, et Jerry regarde par la fenêtre, les mains dégoulinantes de sueur. Hans continue de réfléchir, puis il incline la tête en arrière et se couvre le visage avec les mains. Il reste ainsi, si bien que les mots sont étouffés quand il parle.

« Il y a eu un autre meurtre la semaine dernière, déclare-t-il, puis il fait glisser ses doigts jusqu'à son menton, étirant la peau de son visage et abaissant ses paupières inférieures. Il n'est pas résolu. Une femme du nom de Laura Hunt.

— Je crois l'avoir vu dans la presse.

— Tu te souviens de ça mais pas de ce matin ? Je comprends pourquoi tu dis que ça peut sembler pratique.

— C'est tout le contraire.

— Laura Hunt avait vingt-cinq ans. Sa description correspond un peu à celle de Belinda Murray. Eva m'a dit que tu t'étais enfui la semaine dernière. C'était le jour où Laura Hunt a été assassinée. »

Jerry ne sait tout d'abord pas quoi dire, puis il revient à ce qu'il sait être une vérité absolue.

« Je ne l'ai pas tuée, dit-il.

— Jerry…

— On m'a retrouvé à la bibliothèque en ville. S'il y avait eu du sang sur moi, j'aurais été arrêté, mais à la place la police a appelé Eva et lui a dit de me ramener à la maison de santé. Je n'ai tué personne, je te le jure. Si tu m'emmènes à la police, je deviendrai le bouc émissaire parfait.

— Est-ce que tu entends ce que tu dis ?

— Tu es censé être mon ami. Tu es censé me croire.

— Qu'est-ce que t'as au bras ? demande Hans.

— Quoi ?

— T'arrêtes pas de le gratter. »

Jerry baisse les yeux et voit ses doigts qui s'enfoncent

dans sa chair. S'il peut se gratter sans s'en rendre compte, qu'est-il capable de faire d'autre ?

« Rien, répond-il.

— Les flics vont voir le couteau et penser que quelqu'un avait l'intention de commettre une agression au centre commercial, dit Hans. Ils verront le sang dessus.

— Je l'ai bien lavé.

— Ils peuvent toujours trouver du sang. Il a le don de se nicher dans les petits recoins dont on a même pas conscience. Et le sac, Jerry ? Est-ce qu'il y a tes empreintes dessus ?

— Quel sac ?

— Le sac poubelle dans lequel t'as mis le couteau et la serviette. »

Les mains de Jerry se mettent à trembler et il regarde par la vitre.

« Elles seront dessus.

— Donc, c'est juste une question de temps avant qu'ils se lancent à ta recherche, déclare Hans. Plus t'essaieras de les éviter, plus ça se passera mal quand ils te trouveront.

— Alors aide-moi. Ne les laisse pas me coller sur le dos tous les crimes non résolus des vingt dernières années.

— Désolé, Jerry. Faut qu'on aille à la police.

— Tu me crois coupable. »

Hans ne répond rien pendant quelques secondes, puis il baisse les yeux vers ses mains.

« Je suis désolé.

— Si tu me crois coupable, alors tu as une dette envers moi, parce que tu as tué Sandra. »

Hans reste silencieux. Il lance à Jerry un regard dur et froid.

« Tu as tué Sandra, répète Jerry. Si je suis coupable, alors toi aussi.

— T'engage pas dans cette voie, Jerry.

— La nuit où la fleuriste est morte, si c'est moi qui l'ai tuée, alors tu aurais dû aller voir la police. Mais tu ne l'as pas fait, moyennant quoi j'ai été en mesure de tuer Sandra. Si tu m'avais livré aux flics, Sandra serait toujours vivante. Mais tu n'as rien fait. Et elle est morte. Ce qui fait de toi mon complice.

— Jerry…

— Tu ne peux pas avoir le beurre et l'argent du beurre, déclare Jerry. Je ne pense pas avoir fait quoi que ce soit, mais si je suis coupable, alors tu as le sang de Sandra sur les mains parce que tu n'as pas fait ce que tu aurais dû. Tu vas devoir vivre avec ça. La seule manière de soulager ta conscience est de m'aider à prouver que je suis totalement innocent.

— Tu crois pas que je me rends compte chaque jour que ma décision d'aider mon meilleur ami a mené à la mort de sa femme ? Hein ? »

Il donne un coup de poing dans le volant.

« Espèce d'abruti. »

Sans prévenir, Jerry se contorsionne sur son siège et lui décoche une gauche. Il frappe son ami de toutes ses forces à la bouche, mais l'angle et l'espace confiné de la voiture l'empêchent d'avoir la puissance qu'il voudrait, rendant son coup de poing beaucoup moins efficace qu'il ne l'avait espéré. La tête de Hans bascule sur le côté, mais avant que Jerry ne tente à nouveau sa chance, Hans passe les bras à l'intérieur de ceux de Jerry et le frappe à la gorge, pas très fort, mais suffisamment pour lui couper le souffle. Jerry se met à tousser.

« Qu'est-ce que tu fous, Jerry ? demande Hans.

— C'est, répond-il, peinant à respirer, ta faute. C'est. Ta. Faute.

— Ferme-la.

— Si tu... »

Cette fois, Hans lui donne un coup de poing dans le bras.

« Je t'ai dit de la fermer. Je regrette vraiment de pas t'avoir livré, cette nuit-là. »

Jerry le regrette aussi. Sandra, Hans, Eva – ils étaient censés le protéger. Ils étaient ses anges gardiens, et maintenant des personnes sont mortes à cause de lui.

Pour autant qu'il soit vraiment coupable.

Ce qui est impossible.

« Aide-moi, reprend Jerry. Je n'aurais jamais fait de mal à personne.

— Tu dois comprendre que c'est pas ta faute. T'y peux rien. C'est cette foutue maladie. T'es plus le type qu'on connaissait, mais t'es un type bien, pas un assassin. T'es pas l'Homme au Sac, et encore moins le salaud que tu crois être. Je comprends que t'aies la trouille et que tu veuilles pas aller voir les flics. Et je comprends ce que tu dis à propos du chèque en blanc, mais... »

Le téléphone que Jerry a pris à la femme morte se met à sonner. Il le sort de sa poche et le regarde.

« Qui c'est ? demande Hans.

— Je ne sais pas. Tu es le seul à avoir le numéro, répond Jerry.

— Où t'es-tu procuré ce téléphone ?

— C'était celui de la morte. Mais la carte SIM est

neuve, je l'ai achetée au centre commercial. Est-ce que je dois répondre ?

— Donne-le-moi. »

Jerry lui tend le téléphone. Hans répond, il dit : *Allô* puis se contente d'écouter. Jerry entend quelqu'un parler à l'autre bout du fil, mais pas suffisamment bien pour comprendre ce que la personne raconte. Après quinze secondes, Hans raccroche sans dire un mot. Il lui rend le téléphone.

« Qui c'était ? demande Jerry.

— Le nom du type n'a aucune importance, mon pote. C'était probablement même pas son vrai nom. Il a dit qu'il travaillait aux objets trouvés au centre commercial, et qu'il avait remarqué un paquet qui devait t'appartenir.

— Alors pourquoi il n'a pas appelé la police ?

— C'était la police, imbécile, réplique Hans avant de prendre une profonde inspiration. Désolé, j'aurais pas dû dire ça. Mais c'étaient pas les objets trouvés, c'étaient les flics qui essayaient de t'appâter.

— Mais comment ? Comment ont-ils eu mon numéro ?

— Je sais pas. Attends… attends… t'as dit que t'étais allé aux toilettes pour mettre la carte SIM, pas vrai ?

— Exact.

— Parce que tu venais d'en acheter une neuve.

— Exact.

— Les cartes SIM sont vendues dans des paquets sur lesquels figure le numéro. Où est le paquet, Jerry ? Tu l'as ou tu l'as laissé là-bas ? »

Jerry tapote ses poches, puis fouille dans le sac du supermarché.

« J'ai dû le laisser dans les toilettes.

— Alors c'est ça. L'étau se resserre déjà, Jerry. Mais

y a une autre option, déclare Hans. Une option que je peux te proposer parce que t'es mon ami.

— Laquelle ?

— Retire la carte SIM et éteins le téléphone. »

Jerry s'exécute. Puis il essuie le téléphone avec sa chemise et le jette par la fenêtre.

« T'avais pas besoin de faire ça.

— Trop tard. Et maintenant ? demande Jerry.

— Maintenant ils vont visionner les vidéos de surveillance du centre commercial à la recherche du type qui est entré dans les toilettes avec un sac et qui l'a laissé là-bas. Puis ils te suivront jusqu'à l'extérieur et te verront monter dans ma bagnole. Par chance, c'est un centre commercial, pas une banque – l'image de toi grimpant dans la voiture ne sera pas nette. Ils auront ton nom grâce aux empreintes, seulement ils ne sauront pas où tu es, mais quand ils nous localiseront, ils nous enverront les unités d'élite.

— Tout ça à cause d'un couteau abandonné ?

— Non, Jerry, répond-il, et il monte le volume de la radio. Tout ça parce que la femme que tu ne crois pas avoir tuée vient d'être découverte. »

MDM

Cette liste que tu dresses, cette liste de *Choses Incroyables*, eh bien, voici quelque chose de croustillant à y ajouter. Tu as foutu le mariage en l'air, J-Man. Évidemment – c'était écrit depuis le début, non ? C'était une prophétie qui devait se réaliser. Le mariage devait être gâché pour la simple raison que tout le monde, toi inclus, croyait que tu le gâcherais. En réalité, ce que tu devrais faire, c'est dresser une liste de *Choses Croyables*, et inscrire celle-là tout en haut.

C'est encore le jour du MDM – le Mariage de Destruction Massive –, celui où ta famille est passée d'un mélange de pitié, de léger embarras, d'amusement à ton égard, à de la haine pure. *Haine* est un mot fort, mais pas suffisamment. Dieu merci, Sandra n'est pas au courant pour le revolver, sinon, à l'heure qu'il est, tu serais en train de te vider de ton sang par une douzaine d'orifices. Pour le moment, tu hibernes dans ton bureau, trop effrayé pour lui faire face, et tu as visionné encore et encore la vidéo d'aujourd'hui, comme des centaines d'autres personnes, car le témoin de Rick, appelons-le Connard, l'a postée en ligne. Tous les blogueurs qui te détestaient par le passé t'adorent désormais, car tu leur as donné une raison supplémentaire de te haïr. La vidéo a été mise en ligne il y a moins d'une heure, et elle comptabilise déjà plus de mille vues. Le mariage en lui-même s'est bien passé, mais uniquement parce que tous les *Tiens-toi là, Ne te tiens pas là, Marche comme ça* qu'on t'a rabâchés t'ont permis de faire ce que tu avais à faire. C'est pendant la réception que les choses ont dégénéré – et dégénérer est vraiment un euphémisme, partenaire. C'est difficile pour toi de décider d'écrire ça dans le carnet, car à l'avenir le peu de cervelle qui te restera qui n'aura pas été transformé en bouillie aura tout intérêt à ne pas savoir ce qui est arrivé. C'est ça, Alzheimer, vraiment : un mécanisme de défense. Il t'empêche de savoir à quel point les choses partent / sont parties en sucette. Et pour toi, Jerry, les choses viennent de salement virer au jus de boudin.

Mais tu sais quoi ? Ce carnet repose sur l'honnêteté. Mieux vaut noter tous les détails. Bien sûr, tu pourras toujours aller sur Internet et chercher *discours mariage Jerry Grey* si tu veux voir le moment où c'est arrivé, si tu veux voir ta famille te regarder avec horreur tandis que tu perds le peu de dignité qui te restait.

Du contexte. Voilà ce qu'il te faut. La bonne nouvelle est que la cérémonie s'est déroulée sans accroc. Alors commençons par ça, hein ? Ta femme a disparu dans la matinée pour rejoindre Eva et ses demoiselles d'honneur et s'extasier pendant qu'elles se faisaient coiffer et habilement maquiller, pour se calmer les nerfs avec un verre de champagne et, dans l'ensemble, pour passer du bon temps. Hans est venu s'occuper de toi. Vous vous êtes comme toujours assis sur la terrasse, tu as bu une bière et, puisqu'il n'y avait personne d'autre, il a allumé un joint comme il a l'habitude de le faire. Il faisait chaud. Ce n'est pas encore l'été, mais à en juger par aujourd'hui, ça va bientôt être la canicule.

Le mariage était programmé à deux heures. Vers midi, tu as enfilé ton nouveau costume, et tu étais classe, vraiment classe. Tu peux compter sur les doigts d'une main le nombre de fois où tu en as porté un. Tu as aimé la sensation qu'il t'a procurée, le fait qu'il te donnait une allure d'adulte. Toutes ces années à traîner à la maison en tee-shirt et en short t'ont toujours donné l'impression que tu étais un gamin. En costume, tu avais l'air de quelqu'un qu'il fallait prendre au sérieux, alors que tu t'es toujours dit que personne ne te prenait au sérieux. Pourquoi ? Parce que tu n'étais qu'un auteur de romans policiers. Tu te souviens de la fois où tu as été retenu à ton retour en Nouvelle-Zélande parce que tu avais inscrit « Illusion » comme métier sur le formulaire d'immigration ? La femme au contrôle des passeports n'avait pas trouvé ça drôle. Alors on t'a retenu, mais seulement un quart d'heure, au cours duquel on t'a sévèrement réprimandé et rappelé que l'immigration n'était pas une plaisanterie. Mais le fait est que tu *es* un maître de l'illusion. Techniquement. Ou plutôt étais – car maintenant tu as un maître de l'illusion fantôme qui écrit les textes à ta place.

Hans t'a conduit à l'église, vous êtes arrivés avec trente minutes d'avance, et tout était encore en train d'être installé. Belinda était là avec son assistante, sortant des fleurs de l'arrière d'une camionnette et les portant dans l'église. Tu as discuté une minute avec elle, puis elle a dû partir pour le domaine viticole situé à une demi-heure de là pour en décharger d'autres.

Les invités ont commencé à arriver. Ils ont attendu sur le parking au soleil. C'était une trop belle journée pour s'enfermer dans une église froide. Certains fumaient, certains riaient, les bavardages emplissaient l'air. Rick, Connard et les témoins sont arrivés dans une limousine noire. Il était clair qu'ils avaient bu quelques verres pour se calmer les nerfs, puis quelques autres juste histoire de rigoler. Rick avait dans l'œil la même expression que les coureurs du huit cents mètres avant le coup de feu du starter. Il s'est approché et tu l'as présenté à Hans, qui lui a serré la main en appliquant un peu trop de pression et lui a dit : *Si jamais tu lui fais du mal, si jamais tu la trompes, Jerry ne sera peut-être pas là pour protéger sa fille, mais moi si. Tu sors du droit chemin, mon pote, et je te punirai.* Et la façon qu'il a eue de dire ça… eh bien, ce n'était pas du bluff, et Rick l'a compris.

Je ne lui ferai jamais de mal, monsieur, a répondu Rick.

Alors on a aucun problème, pas vrai ?

Non, il n'y avait pas de problème.

Du moins, pas encore.

Des gens continuaient d'arriver, Rick et son entourage sont entrés dans l'église, et tu es resté dehors avec Hans. Il y avait des membres de la famille que tu n'avais pas vus depuis quelque temps, principalement du côté de Sandra, sa commère de sœur qui a elle-même été mariée trois fois, deux cousins, un oncle et une tante dont tu ne te souvenais pas, plein d'amis et des membres de la famille de Rick que tu n'avais jamais rencontrés, beaucoup d'amis d'Eva, dont certains que tu connaissais depuis son enfance. Tu as serré beaucoup de mains, répété plusieurs dizaines de fois : *Comment allez-vous ?* et : *Ravi de vous revoir.* Il y avait des personnes que tu ne connaissais pas, d'autres dont tu ne te souvenais pas, et tu étais Jerry souffrant d'Alzheimer, Jerry l'homme à plaindre, Jerry dont tout le monde craignait qu'il ne merde, et tout cela n'annonçait-il pas la catastrophe ? N'était-ce pas ce qu'ils voulaient ? Les gens vont aux courses automobiles en espérant assister à un bel accident, pas vrai ?

Quand les voitures transportant la mariée et son entourage sont arrivées, tous les murmures en provenance de l'intérieur de l'église se sont tus. On entendait les bancs gémir tandis que tout le monde se retournait pour regarder en direction de la porte. Eva est descendue d'une Jaguar bleu foncé vieille de cinquante ans, et elle ressemblait tellement à Sandra le jour de votre mariage que ton cœur s'est arrêté, et pendant un moment tu as eu peur, véritablement peur d'avoir ce que Mme Smith aurait appelé une « crise ». Mais ce n'en était pas une – c'était juste qu'Eva était d'une beauté resplendissante, le sourire sur son visage si large qu'on aurait dit que le monde lui appartenait, et tu as littéralement fondu. Tu étais en train de changer, mais tu avais fait ton boulot. Tu avais contribué à élever cette femme extraordinaire, et quoi que te réserve l'avenir, personne ne pouvait t'ôter ça.

Tu as pris sa main et l'as étreinte, et tu lui as dit qu'elle était superbe. Elle t'a souri, t'a retourné ton étreinte, et elle était tellement heureuse, emplie de tant de joie que tu avais envie de pleurer. Tu as ensuite serré Sandra dans tes bras. Son sourire était presque aussi large que celui d'Eva, et elle aussi semblait sur le point de pleurer. Et à cet instant, Jerry, tu lui as tout pardonné. Sandra t'avait donné les plus belles années de ta vie, et elle avait toujours un avenir devant elle. Son corps était chaud et réconfortant, elle sentait merveilleusement bon, ses cheveux dégageaient un parfum sublime, c'était fantastique de la sentir contre toi, et c'est alors que tu as accepté ton sort. Tu avais atteint le sommet de la pyramide du chagrin, ton nom était Jerry Alzheimer, et tu la laisserais te placer dans un centre de soins si tel était son désir.

Sandra est entrée dans l'église pour s'asseoir au premier rang. Il y avait déjà de la musique, mais le morceau a alors changé, et c'était le signal qu'il fallait y aller. Les fillettes chargées de semer les pétales de fleurs, qui avaient un lien de parenté avec Rick, ont longé l'allée centrale en premier, tout le monde dans l'église murmurant : *Elles sont tellement mignonnes, Elles sont tellement mignonnes, Elles sont tellement adorables.* Et elles l'étaient, évidemment qu'elles l'étaient, ces gamines qui ne souffraient pas d'Alzheimer. Les demoiselles d'honneur ont suivi – deux filles avec qui Eva était amie depuis l'école primaire – puis ça a été à toi et à Eva. Les membres de l'assistance se brisaient presque le cou pour mieux voir. Elle était rayonnante, adressant des petits hochements de tête et des sourires à certaines personnes. Et toi, tu as fait ce qu'on t'avait dit de faire, ni plus ni moins, un pied devant l'autre jusqu'à l'autel, et soudain Jerry s'est cassé la gueule et ça a été le délire dans la foule ! Non, ce n'est pas ce qui s'est passé, mais c'est ce qu'ils attendaient. Tu as mené Eva jusqu'à l'avant de l'église, tu l'as prise dans tes bras, puis tu as serré la main de Rick et lui as dit : *À toi de prendre la relève, maintenant, fils*, avant de jeter un coup d'œil à Hans. Rick a regardé dans la même direction que toi, et vous étiez tous sur la même longueur d'onde.

Tu t'es assis à côté de Sandra et lui as pris la main, et la cérémonie a débuté. Tu as regardé Eva dire oui. Il y a eu des larmes et des rires, et aucun zombie à l'horizon. Du riz a été jeté à la fin, les gens ont applaudi tandis que les tourtereaux longeaient de nouveau l'allée centrale, bras dessus, bras dessous, unis pour la vie. Dehors, le photographe a commencé à mettre l'entourage de la mariée au travail : *Tenez-vous là, Souriez, Maintenant à vous, À vous deux, Maintenant juste la famille.* Si on en était resté là, ça aurait été une journée parfaite. Mais évidemment, le Capitaine A avait autre chose en tête, n'est-ce pas ? Regarde cette main pendant qu'il t'abuse avec l'autre. C'est la magie de la chose.

Les mariés et les témoins ont disparu pour une séance photo, et tout le monde s'est retrouvé avec deux heures à tuer. La foule s'est peu à peu dispersée, se séparant principalement en groupes de deux ou trois personnes qui ont grimpé dans des voitures pour se rendre au domaine viticole. Le père Jacob se tenait dehors, serrant des mains et discutant, et tu avais cette étrange image de lui coinçant des cartes de visite sous les essuie-glaces, avec des coupons offrant « Dix pour cent de réduction pour votre prochaine confession » ou « Deux péchés absous pour le prix d'un ».

Hans t'a conduit au domaine viticole, et Sandra y est allée avec ses parents. Tu as pris place à une table sous une marquise et discuté avec Hans pendant que les autres arrivaient lentement, et c'était de nouveau comme à l'église, tous les invités tuant le temps dehors et se mêlant les uns aux autres, la seule différence étant qu'ils avaient désormais un verre de vin ou de bière à la main. Toi, tu buvais de l'eau, même si Hans t'avait apporté en douce deux flasques de gin tonic. Quand il t'en a proposé, tu as répondu : *Merci, mais non merci*, avant de finalement dire : *Merci* et de boire un verre. Tu n'en pouvais plus car il n'y avait rien à faire si ce n'était écouter les discours, manger, et peut-être faire un saut sur la piste de danse.

Tu n'avais bu qu'un seul verre d'alcool quand les discours ont commencé. Tu étais vexé de ne pas avoir le droit de parler, d'avoir été muselé par Sandra pour l'occasion, et tu te disais… voici ce que tu te disais : *Hé, c'est également ma fille, tous les autres peuvent dire quelque chose, alors pourquoi pas moi ?*

Pourquoi pas toi ?

La réponse est devenue évidente quand, après un discours, tu as interrompu le maître de cérémonie alors qu'il présentait le prochain orateur, sous prétexte que tu voulais prononcer quelques mots. Quelques paroles sages.

Et la foule était en délire, pas vrai ?

La vidéo en ligne en est à trois mille neuf cent quatre-vingt-une vues. Elle est en train de devenir virale. Et te voilà, montant sur l'estrade. Jerry Grey dans son costume de mariage et d'enterrement. Mais ce n'est pas Jerry Grey qui est à la barre, c'est son pote magicien, le Capitaine A. Tout est là, accessible au monde entier, quatre mille cent douze vues désormais, et les humains, eh bien, ils aiment les bons spectacles, pas vrai ? Surtout quand ils sont aux dépens d'un autre.

Laisse-moi te décrire la scène. Jerry Grey. Sur l'estrade à sa droite, la table des mariés, et à la table, le couple et ses proches. Rick, Connard et les témoins, Eva et ses demoiselles d'honneur, des verres de vin, des assiettes et des fleurs. À la gauche de Jerry, l'orchestre.

Juste à côté de lui, le maître de cérémonie, le genre de type qui prend les choses comme elles viennent, le genre de type qui continuerait probablement de parler dans son micro même si le navire coulait – et c'est ce qui s'est passé, n'est-ce pas ? Donc, ça, c'est la scène. Jerry sur l'estrade et la pièce devient silencieuse. Que va-t-il dire ? Que va-t-il faire ? Allez, lance-toi, Futur Jerry, et écris ta légende.

Bonjour tout le monde. Mon nom est Jerry Grey et, pour ceux qui ne me connaissent pas, je suis le père de la mariée, dit-il.

Il se tourne vers la table du jeune couple et sourit à Eva, qui lui retourne son sourire, ou du moins essaie. Sur le côté, des personnes se tiennent près de Jerry et tentent de trouver le moyen de le faire se rasseoir. De le contenir. Ils croisent les doigts.

Mais Jerry ne veut pas être contenu.

En tant que père de la mariée, je veux commencer par vous remercier tous d'être venus pour ce qui a été, et je suis sûr que mon adorable femme sera d'accord avec moi, l'un des plus beaux jours de notre vie. En voyant notre petite fille désormais adulte, en voyant la femme belle, charmante et attentionnée qu'elle est devenue, eh bien, je n'ai pas besoin de vous dire quel honneur et quel plaisir ça a été de l'avoir à nos côtés pendant tout ce temps. Et Rick, poursuit Jerry en portant son attention sur le marié, *nous avons hâte de mieux te connaître, et je veux te souhaiter la bienvenue dans notre famille.*

Pause pour les applaudissements.

Mais s'il te plaît, est-ce que tu pourrais arrêter de venir à la maison avec ton hip-hop à fond ? Ça effraie tous les voisins.

Pause pour les rires… Ils retentissent, polis, et suffisent à donner confiance à Jerry.

Bon, certains d'entre vous savent peut-être que je suis auteur de romans policiers, et que ça n'a rien à voir avec le métier de comique, ce qui signifie que je n'arriverai peut-être pas à faire rire tout le monde, mais, Eva, ce que je peux faire, si jamais tu en as besoin, c'est te fournir l'alibi parfait.

Nouvelle pause. Des rires plus soutenus cette fois. Jerry se sent bien, vraiment bien, il semble à l'aise sur l'estrade.

Pourquoi ne t'es-tu pas rassis à ce moment, FJ ? Parce que le Capitaine A est le roi des manipulateurs, et il voulait que tu dises quelque chose.

En tant que père de la mariée, m'étant trouvé là où tu es il y a vingt-cinq ans, je repense à ce que mon père m'a dit à l'époque, un conseil que j'aurais dû écouter. Il m'a dit : Fuis, Jerry !

Rires. Rires sincères, surtout de la part des personnes les plus âgées qui peuvent toutes s'identifier aux paroles de Jerry.

Mais sérieusement, mes amis, n'importe quel parent qui voit son enfant se marier repense à l'époque où il était à sa place, il y repense et se demande comment les années ont pu filer si vite. Il y a toujours des hauts et des bas dans une relation, et plus on vieillit, plus on a traversé de tempêtes, et plus on a traversé de tempêtes, plus on est apte à donner des conseils. Bien sûr, tout le monde a des conseils à donner. Nombre d'entre nous disent : N'écoute les conseils de personne, suis ton propre chemin, *mais Dieu merci, mes amis, ce n'est pas le vieux cliché que je suis venu vous rabâcher. Rick, j'espère que je pourrai te considérer un jour comme un fils, et je veux te dire que tu as beaucoup, beaucoup de chance d'épouser ma fille.*

Ooh. Aah.

L'assistance boit ses paroles.

Je t'envie. Tu ne commets pas la même erreur que moi quand j'ai épousé une putain.

Un silence parcourt l'auditoire tandis que chacun essaie d'interpréter ce que Jerry vient de dire. Ils ont entendu ses mots – du moins le pensent-ils, car il n'a pas pu traiter sa femme de putain, si ? Et s'il l'a fait, ça devait être une plaisanterie, n'est-ce pas ?

Jerry poursuit.

Est-ce que je t'ai dit que ma femme est une putain ?

Nombreuses exclamations stupéfaites tandis que l'assistance se rend compte qu'il ne plaisante pas. Tout le monde retient son souffle, et l'air dans la pièce se raréfie, mais Jerry semble à peine le remarquer. Il continue de regarder Rick en souriant.

Je ne le savais pas quand je l'ai épousée, mais je le sais maintenant, et n'en va-t-il pas toujours ainsi, mes amis ?

Pause. Mais aucun rire ne retentit. Jerry est troublé.

N'est-ce pas ?

Hans est monté sur la scène et cherche à attraper Jerry, mais celui-ci se dégage d'un haussement d'épaules.

Sandra couche avec des hommes. Beaucoup, beaucoup d'hommes, y compris mon bon ami Hans ici présent, déclare Jerry en le désignant du doigt. *Elle veut me placer dans un centre de soins pour pouvoir aller s'acheter une table avec le boulanger. C'est une...*

Et Jerry ne va pas plus loin car Hans l'entraîne alors

hors de l'estrade, le tirant littéralement par le col de son costume d'enterrement. Les talons de Jerry glissent sur le sol, et les invités se lèvent. Quelqu'un s'exclame d'une voix haut perchée : *Bon Dieu de merde, bon Dieu de merde, bon Dieu de meeeerde*, et Sandra s'en va comme une furie, Rick étreint sa nouvelle femme, et Jerry continue de divaguer, les mots *salope, garce, putain* jaillissant de sa bouche.

Désormais plus de six mille vues. Ça s'accélère.

Bonne nouvelle – au moins, la cérémonie s'est bien déroulée.

Mauvaise nouvelle – ça va mal, partenaire.

L'annonce à la radio est la confirmation que Jerry ne veut pas. Il regarde en direction du poste de police. Les étages supérieurs se dressent au-dessus des bâtiments alentour. Il s'imagine des flics le cherchant par les fenêtres, le trouvant dans leurs jumelles, un fusil à lunette pointant sa tête. Il se représente déjà l'unité tactique dans l'ascenseur se dirigeant vers le rez-de-chaussée.

« Ils vont rapidement faire le lien entre le couteau et la scène de crime, déclare Hans. D'après moi, les pièces à conviction sont déjà en route pour le poste de police, dans environ quinze minutes ils vont chercher des empreintes digitales dessus, et un quart d'heure plus tard ils auront ton nom. T'es d'accord, jusque-là ? »

Il acquiesce. L'auteur de romans policiers en lui est d'accord.

« Les agents de sécurité du centre commercial vont te voir pénétrer dans les toilettes, puis ils feront défiler la vidéo dans les deux sens et découvriront par où tu es arrivé et par où tu es sorti. Ils te verront en train d'acheter la casquette et la carte SIM, et ça leur dira qu'ils ont affaire à quelqu'un qui sait ce qu'il fait. Ça leur dira que Jerry Grey a commis un meurtre et a été suffisamment sain d'esprit pour essayer de ne pas se faire prendre, ce qui signifie que, quand ils te repéreront, ils auront peut-être la gâchette facile. Si je te livre maintenant, ça peut être évité.

— Tu as dit tout à l'heure qu'il y avait une autre option. Je veux savoir laquelle.

— Que tu l'aies fait ou non, reprend Hans, t'as l'air coupable. Personne verra les choses autrement. Même moi, je les vois pas autrement. S'ils te descendent pas quand ils te trouveront, alors y aura un procès, et Eva devra y assister et apprendre toutes les horreurs que t'as commises, et ensuite ils feront tout un barnum quand ils t'exécuteront, parce que c'est ce qui va se passer, Jerry.

— M'exécuter ? Qu'est-ce que tu racontes ?

— La peine de mort, Jerry. Elle a été rétablie l'année dernière. Y a eu un référendum.

— Quoi ?

— Ça a fait beaucoup de bruit. Le taux de criminalité dans ce pays, bon Dieu, tu le sais mieux que personne. Les gens voulaient être entendus. C'était un gros sujet de conversation en pleine année électorale, et le résultat, c'est qu'elle a été rétablie, le gouvernement a accepté la volonté du peuple. Elle a pas encore été mise en application, mais vu comment t'as essayé de pas te faire prendre aujourd'hui, les gens vont penser que t'es sain d'esprit, et tu feras donc un très bon candidat pour la corde. Le pays verra enfin le résultat de son vote.

— Mais je n'ai fait de mal à personne ! objecte Jerry.

— Je t'aime comme un frère, sincèrement, mais c'est ça, ton avenir. Alors, selon moi, t'as trois options.

— On prend la fuite, dit Jerry.

— Ça, c'en est pas une, réplique Hans. Tu peux pas t'enfuir. Je te laisserai pas faire. Donc, la première option, c'est que tu me laisses t'emmener au poste de police tout de suite et t'évites le risque de te faire descendre dans la rue comme un chien enragé. La deuxième, c'est que je t'emmène dans un club de strip-tease, je te file mille dollars à claquer en filles et en alcool, et tu peux passer une super dernière journée de liberté avant que j'appelle la police.

— Et la troisième ?

— La troisième, c'est que tu choisis d'en finir. On se trouve un coucher de soleil quelque part, on boit quelques coups, on se remémore le bon vieux temps, on picole tous les deux un peu trop, tu prends des cachetons et tu…

— Non.

— Tu meurs avec ta dignité et ton meilleur ami à tes côtés.

— Bon sang, comment peux-tu…

— Parce que t'as tué ces filles, Jerry. T'as tué Belinda Murray, et Laura Hunt, et la femme de ce matin, et t'as aussi tué Sandra. Voilà pourquoi je peux suggérer ça. Et si tu avais les idées claires, tu ferais la même chose.

— Mais je suis innocent.

— C'est vraiment ce que tu crois ? demande Hans. Tu crois que quelqu'un t'a piégé ? Que quelqu'un te fait porter le chapeau ?

— C'est possible.

— Ah oui ? C'est Henry Cutter ou Jerry Grey qui parle ?

— Les deux.

— Écoute, Jerry, t'aurais pu aller sur Mars la semaine dernière et tu le saurais même pas. Et si quelqu'un t'a piégé, comment ? Il t'a aussi filé Alzheimer ?

— Je n'ai rien fait !

— Je le sais. C'était le Capitaine A. »

Jerry secoue la tête.

« Ce n'était pas la maladie. Ce n'était pas moi. Quelqu'un m'utilise.

— Comme dans un de tes livres.

— Exactement !

— Tu penses pas qu'il est plus probable que tu te sois échappé de la maison de santé et que tu sois allé chez cette femme ? » demande Hans.

Jerry a envie de hurler. Il a envie de tout cogner. Pourquoi son ami refuse-t-il de l'écouter ?

« S'il te plaît, tu dois me croire.

— Te croire ? Parle-moi de Suzan avec un *z* », dit Hans.

Jerry ne répond pas.

« Parle-moi d'elle.

— Elle, c'est différent, dit Jerry.

— Comment ça, différent ?

— Parce qu'elle, je me rappelle l'avoir tuée. Je suis désolé, et je regrette… »

Hans lève la main pour le faire taire.

« Elle, c'est différent, Jerry, parce qu'elle existe pas. Elle a jamais existé. »

Il ne lui répond pas, pas tout de suite, mais la chimie de son cerveau fait alors ce petit truc qu'elle fait parfois, elle s'active et libère un autre souvenir, et il se demande aux dépens de quoi – quel autre fait ou quelle personne vient-il d'oublier ?

« Elle est tirée d'un de mes livres, c'est ça ?

— Oui. Alors tu crois pas que si tu te rappelles avoir tué une femme qu'a jamais existé, il est également possible que tu te rappelles pas avoir tué une personne réelle ? »

C'est logique. Parfaitement logique.

« On doit trouver le carnet, déclare Jerry.

— Quel carnet ?

— Celui que je n'ai pas réussi à trouver hier.

— De quoi tu parles ?

— Tu n'es pas au courant ? demande Jerry.

— Au courant de quoi ?

— De mon Carnet de la Folie.

— Qu'est-ce que tu me chantes, Jerry ?

— J'ai tenu un carnet à partir du jour où mon Alzheimer a été diagnostiqué. Je l'appelais le Carnet de la Folie. Je pensais que tu le savais. »

Quelques secondes de silence. Jerry voit l'esprit de son ami fonctionner à toute allure.

« Qu'est-ce qu'il y avait à l'intérieur ? demande Hans.

— Tout. Tout ce dont je me souvenais à l'époque et dont je ne me souviens plus maintenant. Je n'écrivais pas dedans tous les jours, mais souvent. C'était une manière de rappeler à mon futur moi la personne que j'avais été. Ce futur moi, c'est la personne que je suis aujourd'hui, je suppose, mais sans ce carnet je ne peux pas me rappeler ce qui s'est passé.

— Tu as écrit dedans quand Sandra est morte ?

— Je ne sais pas, mais je suppose que oui.

— Comment tu sais que les flics l'ont pas trouvé ? »

Jerry secoue la tête.

« Ils ne l'ont pas trouvé. Personne ne sait où il est, explique-t-il. Il y a une cachette chez moi…

— C'est plus chez toi, Jerry.

— Je le sais, bon Dieu, je le sais, OK ? s'écrie Jerry

en levant vivement les mains. Je me rappelle m'être dit qu'il me fallait ce carnet, et que je devais trouver un moyen de m'échapper pour aller le chercher. »

Hans se passe les deux mains sur la tête.

« Ah, merde, Jerry… vraiment ?

— Le carnet pourrait prouver que je suis innocent.

— Ou il pourrait prouver le contraire.

— Alors, au moins, je saurais, d'accord ? Mais il y a un problème.

— Parce qu'il y a un nouveau propriétaire, dit Hans.

— On y est allés hier…

— On ?

— Moi et l'infirmière Hamilton. Gary nous a laissés…

— Gary ?

— Le nouveau propriétaire. Il nous a laissés entrer et j'ai trouvé la cachette, mais il n'y avait rien dedans. Seulement je crois qu'il était là et que Gary l'a trouvé et qu'il le cache, de même que le revolver. »

Hans fronce les sourcils.

« Le revolver ?

— Oui, dit-il, de plus en plus agacé par toutes ces interruptions. La police ne l'a jamais trouvé non plus, mais peut-être qu'il n'était pas là parce que je n'ai pas tué Sandra ?

— C'est également ce que pensait ton infirmière ? Que le nouveau propriétaire cachait le revolver ?

— J'en sais rien, répond Jerry. Je me rappelle avoir pensé qu'ils étaient tous de mèche.

— Tous ? »

À la façon qu'a Hans de demander ça, Jerry se rend compte qu'il a l'air d'un cinglé. *Ils étaient tous de mèche.* Ça aussi c'est du Henry Cutter pur jus.

« Il y avait aussi un aide-soignant. Ils ont dû m'injecter un sédatif. Mais le carnet est nécessairement là-bas, non ? Peut-être que c'est…

— Ils t'ont injecté un sédatif ?

— Bon sang, tu vas me laisser finir ?

— Il y a trop de blancs, Jerry.

— Ils ont dû m'injecter un sédatif parce qu'ils ont imaginé le pire en voyant la chemise, et ils ne voulaient pas me croire pour le carnet, alors que c'est la clé de toute l'histoire. C'est pour ça que…

— Quelle chemise ?

— Il y avait une chemise sous le plancher, répond Jerry, qui aimerait bien que son ami suive.

— Est-ce qu'elle était bleue ? Couverte de sang ?

— Oui.

— C'est la chemise que tu portais au mariage. Tu la portais le soir où je suis venu te chercher.

— Tu vois ? »

Pour la première fois, il sent qu'il est sur la bonne voie.

« Nous devons retourner là-bas et convaincre Gary de nous donner le carnet. Ça doit être pour ça que je me suis enfui de la maison de santé. Je devais essayer d'aller là-bas. Si je peux trouver le carnet et prouver que je n'ai rien fait de tout ça, Eva acceptera de faire de nouveau partie de ma vie. Elle m'appellera *papa*. Elle viendra me voir. Tu n'as aucune idée de ce que ça fait d'avoir un enfant qui ne veut rien avoir à faire avec toi.

— Tu es sûr qu'il existe, ce carnet ?

— Absolument.

— OK. Alors disons qu'il existe. Quel est ton plan ? On force Gary à nous dire où il est ? On sait même pas s'il l'a pris. Ça m'ennuie vraiment de te briser tes illusions, Jerry, mais mon impression, c'est qu'il l'a pas. Soit quelqu'un d'autre l'a trouvé, soit tu l'as planqué ailleurs. Dans quel autre endroit aurais-tu pu le cacher ?

— Je ne sais pas. Mais ce que je sais, c'est que j'ai besoin de ton aide. S'il te plaît. Tu veux bien ? »

Hans reste un moment sans rien dire. Il se contente de fixer Jerry, et ce dernier voit l'esprit de son ami débloquer la situation, comme il l'a toujours fait.

« OK, dit Hans. On va chez moi et on élabore un plan.

— Pourquoi on ne va pas directement à mon ancienne maison ?

— Parce qu'on doit y réfléchir, Jerry. C'est idiot de se précipiter si on a pas de plan.

— Mais…

— Fais-moi confiance. Si on débarque comme des fleurs, c'est l'échec assuré. Je regrette que t'aies pas choisi l'option stripteaseuse, ajoute-t-il avant de vérifier la circulation et de faire demi-tour. Ça aurait été sacrément plus marrant. »

MDM

Il est une heure du matin, ce qui signifie qu'on est dimanche, ce qui signifie que ce n'est en fait plus le jour du MDM. Recommençons.

MDM plus une heure

La vidéo en ligne a atteint plus de douze mille vues. Si seulement tes livres se vendaient aussi vite. Il y a aussi plus de cent commentaires. Internet donne à tout le monde une voix, et il semblerait que les nuls en orthographe soient les premiers à en profiter.

Ha marrant.

Ce type est un génie. Je parie que sa femme est vraiment une pute.

Ce type est un minable. Ses livres sont à chier.

Ce type est un pédé. PÉDÉ ! Pas étonnant que sa femme le fasse cocu.

Dieu aime tout le monde – mais même lui pense que cet abruti est un connard.

Ce genre de commentaires t'a toujours inquiété quant à la direction que prenait le monde. Tu as peur qu'un jour les gens n'aient le courage de dire dans la vraie vie ce qu'ils peuvent pour le moment uniquement dire de façon anonyme à travers les médias sociaux.

Depuis que tu as noté ces commentaires dans le Carnet de la Folie (pas de copier-coller ici, Jerry), le nombre de vues a encore augmenté de mille. À ce rythme, tous les habitants de la terre l'auront vue d'ici Noël, à moins qu'une célébrité ne tue quelqu'un ou ne montre sa bite aux médias. Difficile de dire si c'est en train de ruiner ce qui reste de ta carrière ou si ça l'aide. C'est quoi, le vieux cliché ? *Toute publicité est une bonne publicité ?* On verra bien si c'est vrai.

Sandra est venue dans le bureau tout à l'heure. Ça a vraiment été la journée des bons vieux clichés, parce qu'elle a balancé les mots qui suivent, et voici comment tout a commencé…

Faut qu'on parle, a-t-elle dit.

Je suis vraiment désolé, Sandra. J'ai tellement honte et...

Comment as-tu pu, Jerry ? Pas simplement dire ces choses, mais les penser ?

Elle pleurait. Henry considérait les larmes comme du chantage affectif, et nombre de ses personnages féminins s'en servaient pour arriver à leurs fins (tu es vraiment un sale macho, Henry). Tout ce que tu pouvais faire, c'était lui dire à quel point tu étais désolé, encore et encore, mais être désolé n'allait rien réparer. Tu concevais un plan – Henry peut t'expliquer.

> Jerry comptait aller chercher son flingue. Jerry comptait descendre le fils de pute qui avait mis cette vidéo en ligne. Puis Jerry comptait se tirer une balle.

Merci, Henry.

Tu penses vraiment ces choses ? a demandé Sandra.

Tu voulais dire *non.* Le mot s'est même formé dans ton esprit, ce petit mot si énorme et si puissant, tellement énorme qu'il est resté coincé, qu'il a été écrasé par son propre poids.

Oui, as-tu répondu. *Et je ne t'en veux pas, vraiment pas.*

Tu n'as rien fait pour esquiver la gifle à laquelle tu t'attendais. Elle a résonné à travers la pièce. Si ça avait été un livre ou un film, Sandra se serait rendu compte de ce qu'elle venait de faire, elle aurait eu le souffle coupé et se serait répandue en excuses, et au bout du compte vous vous seriez réconciliés. Ça aurait été la comédie romantique ultime : toi à qui on en fait voir de toutes les couleurs, votre relation mise à mal de tous les côtés vers la fin du deuxième acte, mais tout est bien qui finit bien à la fin du troisième. Si seulement.

Elle t'a de nouveau giflé, plus fort cette fois. Ça allait être du boulot pour arriver au troisième acte après ça, et tu as compris pourquoi les auteurs de comédies romantiques évitent de rigoler avec Alzheimer dans leurs scénarios.

Tu crois que je suis une putain.

Non, ce n'est pas ça...

Alors c'est quoi ? a-t-elle demandé.

Je sais que tu as couché avec le boulanger.

Quoi ?

Et avec les types qui ont installé les alarmes. Tu disparaissais tout le temps pour ces histoires de mariage, et je sais, as-tu dit en te tapotant la tempe parce que c'était là qu'était la preuve, mec, purement et simplement, *que tu partais pour aller voir d'autres hommes. Y compris Hans.*

Et il y a d'autres personnes que je me tape ? a-t-elle demandé.

Les flics qui ont frappé à la porte après l'incendie de la voiture. Et même probablement quelques personnes du mariage, as-tu ajouté, parce qu'il faut toujours être honnête, n'est-ce pas ?

Tu dois vraiment me détester pour penser comme ça. Tu as toujours cru ces choses ?

Seulement depuis que tu as commencé à coucher à droite et à gauche, as-tu répondu.

C'est cette... cette... maladie, a-t-elle lancé, crachant les mots. *Elle te donne carte blanche, pas vrai ? Tu peux dire ce que tu veux et tu n'es pas responsable parce que ce n'est pas Jerry qui parle. C'est ce foutu Alzheimer. Mais là, tu es responsable, parce que la moitié de la terre t'a déjà vu. Tu es devenu la risée de tout le monde, ce soir, Jerry, tu t'es ridiculisé, tu m'as humiliée, et tu as gâché le mariage d'Eva. Je sais que tu es malade, je sais que les choses ne sont plus comme avant, mais comment suis-je censée te pardonner ce que tu viens de faire ?*

C'est alors que tu as aggravé ton cas. *C'est ta faute.*

Maintenant c'était elle qui avait l'air d'avoir reçu une gifle.

Ma faute ?

Si tu ne m'avais pas trompé, rien de tout ça ne serait arrivé.

Elle a fondu en larmes et a quitté la pièce en courant.

Bonne nouvelle – il n'y en a pas.

Mauvaise nouvelle – tu vis probablement tes derniers jours chez toi. Ta femme ne supporte pas la vérité (de quel film c'est tiré, ça ?) et le nombre de vues de toi gâchant le mariage d'Eva vient de dépasser les trente mille.

Bonne nouvelle. Tu as deux bouteilles de gin non ouvertes qui t'attendent.

La maison de Hans date d'il y a vingt ans, une construction de briques d'un seul niveau avec une pelouse impeccable dans une rue impeccable, un quartier plaisant dans lequel Jerry suppose que Hans n'est pas trop bien intégré. Rien qu'avec ses tatouages il doit faire sensation. Mais bon, il n'a jamais trop recherché la compagnie. Quelques petites amies sont entrées dans sa vie, des filles au sourire sensuel couvertes de tatouages. Mais elles en sont ressorties tout aussi vite, passant à des choses plus importantes ou non, comme la drogue, ou l'alcool, ou un autre mauvais garçon en route vers un vieillissement prématuré. Hans a également toujours été du genre à avoir la bougeotte, changeant littéralement de maison tous les deux ou trois ans.

Il gare la voiture dans le garage et utilise la télécommande pour refermer le portail derrière eux, les plongeant dans l'obscurité. Les fenêtres ont été recouvertes de morceaux de carton maintenus en place par du Scotch.

« Contre les voisins curieux, explique Hans.

— Tout le reste de la maison est pareil ?

— Pas tout, non. »

Il ouvre la portière. La veilleuse s'allume.

« Est-ce que je suis déjà venu ici ?

— Pas ici, non. J'ai seulement emménagé y a six mois. »

Ils descendent de voiture. Jerry attrape son sac en plastique et Hans allume la lumière du garage, si bien que Jerry peut le suivre sans se cogner à une tondeuse à gazon ou à une étagère. Ils entrent dans la maison. Elle est bien entretenue et chichement meublée.

« Tu es ici depuis six mois et tu n'as pas de table ? demande Jerry.

— Tu veux discuter de mon mode de vie ou de ce qu'on va faire pour arranger ta situation ?

— Pardon », répond Jerry.

Ils pénètrent dans le salon. Il comporte une télé, un canapé, et rien d'autre – pas de table basse, ni de bibliothèque, ni d'affiches au mur. Il s'imagine Hans assis devant l'écran avec une assiette posée sur les genoux. Pas étonnant qu'aucune petite amie ne soit restée plus de deux mois. Jerry s'assied sur le canapé et Hans disparaît, pour revenir trente secondes plus tard avec un tabouret en bois. Il le place face à Jerry et s'assied dessus. Jerry attaque son sandwich poulet-jambon-tomate. Il ne se rappelle pas la dernière fois qu'il a mangé. Il ôte la tomate et la propose à Hans, qui fait non de la tête. Il la balance dans le sac. Hans allume la télé sur une chaîne d'information et coupe le son.

« Quand la police viendra frapper à ma porte, déclare-t-il, ce qu'elle ne manquera pas de faire, je vais…

— Je croyais que tu avais dit qu'ils n'arriveraient pas à distinguer la plaque d'immatriculation.

— Ils vont croiser les gens que tu connais et le véhicule qu'ils possèdent, mais cette adresse n'est pas celle à laquelle ma voiture est enregistrée. Ça nous laisse donc du temps. D'après moi, on a environ deux heures, puis faudra se mettre en route. Tu as deux heures pour te rappeler où est ton carnet.

— Je sais déjà où il est, répond Jerry, qui y a réfléchi pendant tout le trajet jusqu'ici. C'est le nouveau propriétaire qui l'a. Il l'a trouvé sous le plancher et, pour une raison ou pour une autre, il veut le garder.

— Et quel pourrait être son mobile ? demande Hans.

— Je ne l'ai pas encore découvert.

— OK, supposons que ce soit une possibilité. Mais je veux que tu en envisages une autre. Je veux que tu te demandes à quel autre endroit tu as pu le cacher. Si on va là-bas et qu'il s'avère que le type l'a vraiment pas, où on cherche ?

— OK, répond Jerry.

— Et une fois qu'on l'aura trouvé, on le lira, puis on ira à la police quoi qu'il y ait d'écrit dedans, d'accord ?

— C'est Gary qui l'a.

— D'accord, Jerry ?

— Oui, bien, d'accord.

— Songe aux autres endroits où tu as pu le cacher. »

Jerry prend une nouvelle bouchée de sandwich.

« Bien, je vais y réfléchir, mais nous devons aussi déterminer qui pourrait vouloir me piéger », dit-il, la bouche à moitié pleine.

Hans secoue la tête. Puis il soupire. Il jette un coup d'œil à sa montre et s'agite un peu sur son tabouret.

« Bien. Réfléchissons à ça. Tu as des suggestions ? »

Jerry enfourne le reste du sandwich et tombe sur un morceau de tomate qui lui a échappé tout à l'heure. Il persévère et mâche tout en se demandant qui pourrait vouloir le piéger, puis il laisse Henry Cutter s'interroger lui aussi. En fait, il laisse toute la réflexion à Henry car celui-ci est plus à même de se poser les bonnes questions, et, en effet, il ne tarde pas à proposer une réponse.

C'est le type, déclare Henry. *C'est Gary qui te piège.*
« C'est Gary, répète Jerry.
— Quoi ?
— Il a trouvé le carnet et en a probablement déduit que je ne me souviens de rien, alors maintenant il tue des femmes et me laisse sur les lieux du crime. La chemise sous le plancher lui appartenait sans doute.
— Bon Dieu, Jerry, tu te rends compte à quel point c'est ridicule ? »
Ouais, c'est ma faute, Jerry. C'était un peu tiré par les cheveux.
« Si on laisse de côté le fait que je t'ai ramené chez toi ce soir-là et que je t'ai vu porter cette chemise tachée de sang, comment il fait ? demande Hans. Il attend tous les soirs dans une camionnette devant la maison de santé en espérant que tu vas t'échapper ? Et alors, les fois où tu le fais, il t'embarque, tue quelqu'un sous tes yeux, tu t'endors, et à ton réveil tu ne sais plus où tu es ? Et ensuite, comme par hasard, tu oublies tout ce qui a mené au crime ? »
Jerry ne lui répond pas.
« Tu te rends compte de l'impression que ça donne ? »
Une fois encore, Jerry ne répond pas.
« OK, alors supposons que ce soit en partie vrai. Pourquoi ?
— Parce qu'il est incapable de faire semblant, réplique Jerry.
— Quoi ?
— Il essaie d'être écrivain. Il veut être comme moi. Seulement, pour le moment, tout ce qu'il a, c'est une pièce remplie de lettres de refus.
— Ce que tu dis n'a aucun sens. »

Jerry regarde la télé. Une vidéo montre des paquets bourrés de cannabis et un groupe d'agents de police parlant à des gens, puis des flics fouillant une maison, des personnes en train d'être menottées. La police a mis à mal la vie nocturne des fêtards, forçant les adolescents qui sortent en ville à s'abîmer le foie avec de l'alcool maintenant que toute l'herbe a été confisquée. Il se souvient qu'il a un jour écrit un livre sur un gang qui vendait de la meth à des lycéens. Il ne se terminait bien pour aucun des personnages. Est-ce le chemin qu'il prend ? Celui qui mène à une des fins tragiques dont Henry Cutter avait le secret ?

« Le principal conseil que je donne aux gens, c'est d'écrire ce qu'ils connaissent, et de faire semblant pour le reste. On ne peut pas faire des recherches sur tout. On ne peut jamais complètement entrer dans la tête d'une personne.

— Je m'en souviens, dit Hans.

— Gary tue ces femmes pour savoir ce que ça fait, ce qu'elles ressentent, à quoi ça ressemble. Ce sont des recherches. Afin de rendre plausible son monde fictif.

— Il y a un million d'auteurs de romans policiers, mon pote. Si ce que tu racontes était vrai, les bons seraient tous des assassins. Écoute, Jerry, laisse-moi être honnête – ce que tu dis ne colle tout simplement pas. »

Jerry le sait. Évidemment qu'il le sait. Mais jetez une brique à un homme qui se noie en lui disant qu'elle flotte, et il priera pour que ce soit vrai.

« Et le sang sur tes vêtements aujourd'hui ? demande Hans.

— C'est lui qui l'a placé là.

— Et le sac poubelle dans ta poche ?

— OK, d'accord, donc ce n'est pas lui, concède Jerry. Mais c'est quelqu'un, pas vrai ? Je ne suis pas cette personne. Je ne peux pas être ce type qu'on voit à la une des journaux, ce pervers détraqué qui fait du mal aux femmes. Ça ne peut pas être moi, et si tu ne peux pas me faire confiance, alors fais confiance à Sandra. Elle n'aurait jamais épousé quelqu'un qui aurait *pu* devenir comme ça. »

Hans se passe les mains sur le crâne.

« Ce que tu dis n'est pas idiot, déclare-t-il, et je dois te donner des points pour avoir essayé. Mais toutes tes affirmations peuvent être contredites par le fait que tu as Alzheimer. C'est ça, l'inconnue. Je sais que tu ne veux pas le croire, mais ça fait de toi une personne différente.

— Mais ça ne fait pas de moi un assassin. Les gens ne se réveillent pas un beau jour avec l'envie de tuer. Il doit y avoir quelque chose qui ne tourne pas rond chez eux, quelque chose de fondamentalement tordu dans leur passé. Le type qui a acheté ma maison, peut-être qu'il est innocent, mais je crois tout de même qu'il a mon carnet. Nous devons le faire parler.

— Et comment on va faire ? Tu vas torturer un pauvre type à cause de l'intuition d'un homme qui se réveille cinq fois par semaine en ayant oublié son propre nom ? »

Jerry ne répond pas.

« Et ce type, il a une femme ?

— Je crois.

— Tu comptes la ligoter pour qu'elle aille pas chercher de l'aide ? Menacer de la tuer devant son mari ? Lui couper les doigts jusqu'à ce qu'il te dise où est le journal intime ? Le tuer au besoin, même si t'es pas un assassin ?

— C'est un *carnet*, pas un journal *intime*, et ça n'ira pas aussi loin.

— OK, OK. Écoute, tu as dit que tu ne pouvais pas être un assassin, parce que si tu l'étais, il y aurait quelque chose de fondamentalement tordu dans ton passé, exact ? demande Hans.

— Exact.

— Et Suzan avec un *z* ?

— Elle n'est pas réelle », réplique Jerry.

Hans secoue la tête.

« Si, elle l'est, mec.

— Ne dis pas ça. C'est pas drôle.

— Non, c'est pas drôle, et la dernière chose que je voulais faire, c'était te le dire, mais tu me laisses vraiment pas le choix. Suzan avec un z a existé. Elle vivait à quelques maisons de celle où tu as vécu pendant six mois quand votre autre logement était en réparation. Son véritable nom était Julia Barnes, et je crois que tu l'as tuée. »

MDM plus deux heures

Une demi-heure s'est écoulée depuis la dispute. Dix minutes depuis ton dernier verre. La vidéo en ligne totalise désormais plus de cent mille vues. Tu ne comptes plus le nombre de fois où tu t'es fait traiter de pédé, de connard, et de tout le reste. La porte du bureau est légèrement entrouverte, ce qui signifie que tu entends les bruits dans la maison, dont le dernier a été celui de la porte de la chambre se fermant doucement quand Sandra est allée se coucher. Tu dormiras sur le canapé cette nuit, même si tu n'auras pas besoin de trop t'y habituer – tu seras très bientôt condamné à la maison de santé.

C'est peut-être l'un de tes derniers moments de liberté dans le bureau, alors tu es nostalgique. Certains détails sont flous, d'autres sont nets. Tu te rappelles la fois où Eva s'est fait piquer par une abeille quand elle avait neuf ans, ce qui l'a poussée à jeter l'abeille en peluche qu'elle avait depuis qu'elle était bébé, de même que tous ses livres d'enfant qui comportaient des images d'abeilles. Tu te rappelles le jour où ta mère a appelé pour annoncer la mort de ton père. Tu te rappelles le jour où tu as appris à Eva à faire du cerf-volant. La ficelle s'est brisée et il a été emporté par le vent, alors tu l'as convaincue qu'il était en route pour l'espace, et chaque soir pendant les semaines qui ont suivi, quand elle te demandait où il était, tu répondais qu'il volait près de Mars, de Jupiter, ou alors qu'il était coincé dans les anneaux de Saturne mais ne tarderait pas à se dégager. Quand elle t'a demandé comment tu savais tout ça, tu lui as expliqué que la Nasa téléphonait chaque soir car ils le suivaient avec l'un de leurs télescopes géants. Au cours des dernières heures, tu as laissé des souvenirs multiples envahir ton cerveau, savourant le processus, bien conscient que bientôt ils seraient bloqués par le paysage changeant de tes voies neuronales.

La vidéo compte désormais plus de cent dix mille vues. Difficile de ne pas se demander jusqu'où ça montera, ou ce que penseront tes éditeurs, ou ce que te réserve demain. Tant de personnes que tu connais l'auront vue, depuis ta relectrice jusqu'à ton médecin, en passant par ton avocat et la fleuriste. Difficile de ne pas se demander ce que ces gens pensent de toi en ce moment.

Toutes ces interrogations… tu as besoin d'aller faire un tour. Tu as besoin de laisser un peu de côté le Carnet de la Folie. C'est le moment de t'enfuir par la fenêtre, peut-être de trouver un bar et de simplement… tuer le temps. Un peu comme le faisait ton père quand il ne voulait pas rentrer à la maison et retrouver la vie qui le rendait malheureux. Peut-être commencer par dormir un peu.

Bonne nouvelle – voyons voir… tu es toujours vivant.

Mauvaise nouvelle – tu es toujours vivant.

Jerry reste sur le canapé pendant que Hans se rend dans une autre pièce. Il sirote sa bouteille d'eau tout en regardant les infos. Il est question de la hausse du prix de l'essence, et il se rend compte que c'est une chose dont il n'aura plus jamais à se soucier, et cette réflexion en entraîne une autre – c'est également une chose dont Fiona Clark n'aura plus à se soucier. Il éprouve bientôt un sentiment de déjà-vu et comprend qu'il a déjà fait ça – pas tuer quelqu'un, ça, il ne l'a jamais fait, mais regarder les informations et voir une femme morte apparaître à l'écran, son esprit hyperactif remplissant les blancs. Parfois, l'imagination d'un auteur de romans policiers est une chose puissante. De fait, il allait jusqu'à dire que c'était une malédiction. C'était l'une des raisons pour lesquelles il essayait d'éviter les informations – quand il voit une personne assassinée, il se rend mentalement sur la scène, se représente ses derniers instants, ce qu'elle a enduré, la peur, les supplications, le désir désespéré de survivre. Ce sont les cinq stades du chagrin en accéléré. Son esprit le ramène au moment du crime, mais il le ramène également aux instants qui ont précédé, aux choix que la victime a faits – si elle avait tourné à gauche au lieu de prendre à droite en rentrant chez elle, si elle était passée au feu vert avant qu'il vire au rouge, si elle n'avait pas sauté le café –, autant de décisions et de processus qui l'ont rapprochée de sa mort. Son imagination va aussi dans l'autre sens, englobant les moments qui ont suivi le meurtre – une mère qui s'effondre en apprenant la nouvelle, un mari qui donne des coups de poing dans un mur, des enfants confus et effrayés, un petit ami suppliant la police de le laisser cinq minutes seul avec le type qui a fait ça, des personnes à qui on administre des sédatifs comme on lui en a administré hier. Il se gratte le bras, la marque laissée par l'aiguille continuant de le démanger.

Hans revient avec un ordinateur portable et s'assied à côté de lui sur le canapé. Il pose l'ordinateur sur le tabouret et le rapproche.

« Je ne crois pas que je pourrai supporter un autre coup dur, déclare Jerry.

— On peut toujours aller dans un club de strip-tease, réplique Hans.

— Finissons-en. »

Moins d'une minute plus tard, Hans fait apparaître des articles, et il y a bien une Suzan avec un z, seulement elle ne s'appelle pas Suzan avec un z, mais Julia avec un j, et elle a un visage dont Jerry se souvient, un visage qu'il se représente quand il songe au livre dans lequel il l'a intégrée, cette femme à qui il pense quand il avoue des meurtres. Julia sans z, dans le jardin de laquelle il s'est tenu trente ans plus tôt tout en embrassant les ténèbres. Cheveux blonds et grands yeux bleus, athlétique, sa voisine, la femme qu'il voyait courir le matin, sa queue-de-cheval rebondissant, cette fille à peine plus âgée qu'Eva aujourd'hui. Ils lisent les articles. Julia s'était séparée de son petit ami six semaines plus tôt, un type du nom de Kyle Robinson. À en croire ses proches, il la harcelait.

Il lui téléphonait sans cesse, débarquait sur son lieu de travail, venait chez elle, lui envoyait des fleurs, allant même un jour jusqu'à déposer une douzaine de roses fanées devant sa porte. Ses amies lui avaient conseillé d'appeler la police, de demander qu'on lui interdise de s'approcher d'elle, mais elle avait pris sa défense, affirmant qu'il n'était pas si mauvais que ça, même s'il l'avait frappée quelques mois avant leur rupture, juste une fois si on ne comptait pas celle où il l'avait violemment poussée contre le mur. Elle estimait que le dénoncer ne ferait qu'aggraver la situation. Et puis son corps avait été retrouvé, et le petit ami était devenu le suspect numéro un. Il n'avait pas réussi à se débarrasser de cette étiquette, et avait été arrêté et inculpé pour meurtre dans les deux jours qui avaient suivi. Un an plus tard, il était reconnu coupable et condamné à quatorze ans de prison. Après onze années derrière les barreaux, un autre détenu l'avait poignardé à la gorge, et le petit ami était sorti du système carcéral avec trois ans d'avance, mais dans une housse mortuaire.

« Rien ne suggère que le petit ami ne soit pas le coupable, observe Jerry.

— Il a toujours clamé son innocence, réplique Hans, enfoncé dans le canapé.

— Mais nous ne serions pas en train d'avoir cette conversation si tu ne croyais pas que c'est moi qui l'ai tuée.

— Tu parlais beaucoup d'elle. À partir du jour où tu as emménagé dans cette rue, tu t'es mis à nous seriner que la fille qui habitait en face de chez toi était canon. T'en parlais constamment, jusqu'au jour où elle est morte. C'était peu de temps avant que tu rencontres

Sandra. Pendant les jours qui ont suivi la découverte de son corps, et avant que l'ex se fasse arrêter, t'étais nerveux comme pas possible. Je me disais, tu sais, que t'étais juste retourné parce que quelqu'un que t'aimais bien avait été assassiné, mais je me rappelle aussi m'être demandé si elle serait toujours en vie si je t'avais pas appris à crocheter une serrure. »

Jerry ne se rappelle rien de tout ça. Soudain il se revoit parlant avec Sandra. Ils envisagent d'aller au cinéma tous les deux, il lui révèle qu'il est secrètement fan de *Star Trek* et elle lui demande ce qu'il cache d'autre. Et qu'a-t-il répondu ? Qu'il cachait le cadavre de son ancienne petite amie. Bon sang, était-ce plus qu'une simple plaisanterie ? S'il se souvient de ça, alors il devrait certainement pouvoir se souvenir de Julia. Mais il n'y arrive pas.

« Quand le petit ami a été arrêté, mes soupçons à ton sujet ont disparu, mais depuis un an, tu t'es mis à avouer le meurtre de Suzan avec un *z* et, eh bien, je suppose que j'ai toujours pensé que Suzan et Julia pouvaient être une seule et même personne.

— Et tu n'as rien dit.

— Évidemment que j'ai rien dit. C'était il y a trente ans, elle est morte, le petit ami est mort, tu étais dans une maison de santé à osciller entre réalité et délire. L'affaire est close, mon pote.

— Et il y a un an, quand tu m'as trouvé couvert de sang ? »

Hans acquiesce.

« Oui, j'ai aussi pensé à elle cette nuit-là. Évidemment. Je me suis interrogé. »

Hans referme le portable. Les infos à la télé montrent

des voitures de flics, des journalistes et des badauds massés devant une maison devant laquelle est tendu un ruban de scène de crime. C'est la maison de ce matin. Hans utilise la télécommande pour monter le volume. La police ne révèle pas le nom de la fille morte. Ils regardent le reportage sans parler, mais Jerry sait qu'ils pensent tous les deux la même chose – que c'est lui qui l'a tuée. Qu'il a tué Julia avec un j. Sa femme avec un s. La fleuriste avec un *b* majuscule. Il les a toutes tuées. Même le petit ami mort en prison, quand on y réfléchit. Il les a tués, et son esprit, pour le protéger, refoule les souvenirs.

« Combien d'autres ? » demande Jerry.

Hans ne répond pas. Il se contente de fixer l'écran devant lui, où les nouvelles ne s'arrangent pas.

Jerry poursuit :

« Des meurtres non résolus, et d'autres résolus quand ils ont arrêté le mauvais coupable. Ça fait trente ans depuis Julia Barnes, et si c'est vrai, si pendant tout ce temps j'ai écrit ce que je sais, alors combien y en a-t-il eu d'autres ? Cinq ? Dix ? Cent ?

— J'en sais rien, Jerry. Peut-être qu'il y en a pas eu d'autres. »

Jerry secoue lentement la tête. Il voudrait dire à son ami qu'il n'a pas pu faire tout ça, mais les mots ne viennent pas. Car non seulement il a pu le faire, mais c'est plus que probable.

« Hans ?

— Désolé, mon pote. Faut qu'on aille à la police. J'ai été sympa suffisamment longtemps, mais maintenant, faut y aller. D'autres idées pour le carnet ?

— Les flics vont me coller sur le dos autant de crimes

non résolus qu'ils pourront, et je ne saurai jamais si je dois les croire ou non.

— Ça permettra à plein de gens de tourner la page.

— Mais ça pourrait être la mauvaise page. Les gens qui ont commis ces meurtres vont s'en tirer si on me les impute. On va m'appeler le Boucher de Christchurch. Non, ce sera le Découpeur. On va m'appeler le Découpeur.

— C'est déjà le cas.

— Mais cette fois, ça signifiera autre chose.

— Faut que je t'emmène au poste, mais d'abord tu dois essayer de te détendre et réfléchir à l'endroit où se trouve ton carnet.

— Est-ce que j'ai fait tout ça ? Dis-moi, Hans, dis-moi, est-ce que j'ai fait tout ça ?

— Oui.

— Et il n'y a aucun doute dans ton esprit ?

— Aucun.

— OK, dit Jerry, acceptant finalement qu'il n'a pas d'autre choix. Alors quelle importance a le carnet ? Allons à la police. Finissons-en. »

MDM plus un jour

De quoi veux-tu que je te parle en premier, Futur Jerry ?

Du sang ? De la chemise ? Ou est-ce que tu préfères que je te parle du couteau ? Et du coup de fil à Hans ? Ou alors tu aimerais qu'on reprenne depuis le début ? Oui ? Depuis le début ? Comme tu veux.

Le Mariage de Destruction Massive a fini aux infos, comme ça arrive quand un événement devient viral. Le reportage parlait de Jerry Grey, un homme souffrant d'Alzheimer dont le coup de folie malencontreux avait été filmé et visionné par plus d'un million de personnes. Un accès au porno et une plate-forme pour remuer le couteau dans la plaie des autres au moment où ils sont au plus bas – telles sont les deux plus grandes contributions d'Internet.

La dernière chose dont tu te souviennes d'hier, c'est que tu as écrit dans ton carnet, puis que tu as bu quelques verres avec l'intention de t'échapper par la fenêtre pour trouver un endroit où en boire quelques autres. Tu te rappelles avoir inspiré l'air frais en te glissant dehors. Il était tellement sec qu'il t'a fait l'effet d'une gifle en pleine face. Tu étais ivre, juste assez pour ne pas te soucier de la distance que tu aurais à parcourir, ou du prix qu'un verre coûterait, ou du genre de bar dans lequel tu atterrirais. Mais tu ne sais pas si tu es allé boire un coup. Ce que tu sais, en revanche, c'est que le Capitaine A a immédiatement pris le contrôle, et quand il t'a laissé tranquille, il était six heures du matin et tu étais assis sur le canapé. Tes articulations étaient raides et tes pieds douloureux, et tu avais l'impression d'avoir marché plusieurs kilomètres. Tu étais torse nu. Au début, tu n'as même pas remarqué le sang. Tu t'es rendu dans la salle de bains, et c'est alors que tu t'es vu dans le miroir. Jerry Grey, très pâle et très fatigué. Jerry Grey avec des pattes-d'oie autour des yeux et de la bouche. Jerry Grey torse nu, mais avec des taches de sang sur le torse, les bras et le visage.

Tu veux tenter de décrire la situation, Henry ?

Jerry était hors service. Jerry n'avait aucune idée de ce qui se passait. Les choses allaient salement empirer pour Jerry plus tard dans la journée, mais il ne le savait pas encore.

Tu t'es précipité à l'étage et tu étais terrifié, J-Man, terrifié comme jamais. Tu as ouvert la porte de la chambre, le monde tanguait, et tu savais que si tu trouvais Sandra au milieu de murs couverts de sang, tu hurlerais à te déchirer la gorge, à te crever les tympans, tu hurlerais à en mourir. Mais il n'y avait pas de sang. Tu es resté là une minute à la regarder dormir avant de retourner dans ton bureau. Tu ne trouvais pas ta chemise. Elle n'était pas avec le linge sale, ni dans la salle de bains, et alors tu as pensé… si le Capitaine A t'avait fait faire une connerie, peut-être qu'il avait essayé de couvrir tes traces. Peut-être qu'il avait dissimulé les preuves. Tu as repoussé le bureau, soulevé la latte de parquet avec un tournevis, et trouvé ta chemise en dessous. Ce n'était plus une chemise de mariage, mais une chemise d'enterrement, à cause des taches de sang. Tu l'as laissée sous le plancher et as tout remis en place. Puis tu as fermé la fenêtre qui était toujours ouverte, celle par laquelle tu étais sorti en tant que Jerry Grey, avant de revenir en tant que quelqu'un d'autre. Tu étais le Capitaine A, mais le Capitaine A a un autre nom, n'est-ce pas ? Il se fait appeler Henry Cutter. Et cette chemise était la preuve que Henry aime écrire ce qu'il connaît.

Tu es allé sur Internet et as cherché sur des sites d'information des nouvelles qui auraient pu expliquer ta nuit. Il n'y avait rien. Tu as lavé le sang sur ton visage et ta poitrine au lavabo de la salle de bains, puis tu as gobé deux antidépresseurs et t'es étendu sur le canapé sans la moindre idée de ce que tu ferais ensuite. Tu as fini par en avaler deux de plus et par t'assoupir. Tu as dormi d'une traite jusqu'à midi. Tu t'es réveillé avec la bouche sèche et la sensation que tout allait bien, puis tu t'es souvenu que non. Tu t'es examiné à la recherche de coupures, de bleus, d'autres traces de sang, mais il n'y avait rien.

Le couteau, c'est ça ? C'est de lui que tu veux que je parle. Évidemment. À ce stade, il était toujours dans ta veste, attendant de tout changer, et si tu l'avais trouvé alors, tu aurais pu le cacher avec la chemise, mais tu ne l'as pas fait – cette petite surprise était pour Sandra. Tu es allé dans le salon, où elle était assise sur un divan, au soleil, en train de lire un livre.

On n'est pas censés aller déjeuner quelque part ? as-tu demandé d'une voix rauque.

Si, a-t-elle répondu. *Eva et Rick sont passés ce matin*

pour voir comment j'allais. (Et elle parlait bien d'elle, pas de vous deux.) *Je leur ai dit qu'on ne viendrait pas.*

Pourquoi ?

À ton avis, Jerry ?

Tu lui as dit que tu étais désolé.

Je le sais, mais ça ne change rien.

Sandra...

Tu empestes l'alcool et la transpiration. Va te doucher et je te préparerai quelque chose à manger.

Tu as songé à lui expliquer ce qui s'était passé, mais comment faire ? Que pouvais-tu dire ? Alors tu es allé prendre une douche et enfiler des vêtements propres, puis tu es redescendu. Sandra était dans ton bureau. Elle avait apporté un sandwich et faisait un brin de ménage. Elle a attrapé ta veste et, ce faisant, t'a demandé où était ta chemise. Avant que tu aies le temps de mentir, elle a enroulé la veste autour de son bras et s'est figée. Il y avait de toute évidence quelque chose dedans.

Puisque tu es le genre de type qui aime deviner après le premier tiers comment les choses se terminent, tu as probablement compris qu'il s'agissait du couteau. Il était dans la poche, lame pointée vers le haut, et elle a eu de la chance de ne pas se couper. Elle l'a sorti et tenu à bout de bras, comme elle le fait parfois quand elle ôte des cheveux de la bonde de la douche. Ce n'était manifestement pas l'un de vos couteaux de cuisine, il y avait du sang dessus, et vous pouviez chacun voir l'horreur sur le visage de l'autre. Avec sa lame qui ne mesurait pas plus de quinze centimètres, son manche sombre, son tranchant en dents de scie, ce petit couteau était le plus gros couteau du monde.

Qu'est-ce que c'est que ça, Jerry ?

En voyant ce couteau, tu as compris que, si terrible qu'ait été le MDM, tu avais fait encore pire. Et il plaçait la chemise ensanglantée dans un nouveau contexte.

Jerry ?

Je ne sais pas.

Tu ne sais pas ?

Tu te tenais dans l'entrebâillement de la porte. Tu étais habillé mais tes cheveux dégoulinaient, et tu t'es alors rendu compte que tu étais intégralement trempé. Tu as d'abord cru que tu transpirais, puis tu t'es aperçu que tu ne t'étais pas séché après ta douche, que tu avais directement enfilé tes vêtements.

Je ne sais pas.

Arrête de dire que tu ne sais pas. S'il te plaît, Jerry, réfléchis. Il y a du sang dessus. C'est du sang !

On n'en est pas sûrs, as-tu répliqué, espérant que ce serait autre chose.

Peut-être de la sauce tomate. Ou de la peinture. Et ce qu'il y avait sur le couteau était probablement la même chose que ce qu'il y avait sur ta chemise. Ça ressemblait à du sang, mais ça n'en était sûrement pas.

Si, c'est du sang.

Je ne sais pas, as-tu dit, et tu t'es mis à répéter cette phrase encore et encore.

Et pendant ce temps, Sandra avait sa propre phrase qu'elle répétait encore et encore : *Qu'as-tu fait, Jerry, qu'as-tu fait ?*

Qu'as-tu fait ?

Elle voulait appeler la police, mais tu l'as suppliée de ne pas le faire. Après tout, rien n'était certain. À la place, elle a appelé Eva pour savoir comment s'était passé le déjeuner, puis elle lui a demandé s'il y avait d'autres invités qui n'étaient pas venus. Non, tout le monde était là. Même le témoin de Rick, celui qui avait mis la vidéo en ligne, et si tu avais dû poignarder quelqu'un ça aurait été lui.

Ça aurait dû être lui.

Sandra a accepté de ne pas appeler la police. Pas encore. Mais elle le ferait au moindre soupçon.

Tu as téléphoné à Hans et lui as tout raconté. Il a répondu que tu avais probablement trouvé le couteau quelque part. L'explication était en fait simple. Quant au sang, il pouvait provenir de n'importe où, d'une vache ou d'un chien, ou peut-être que ce n'était même pas du sang.

Inutile de t'inquiéter pour une chose que tu ne sais pas, a-t-il ajouté. *Inquiète-toi si tu en apprends plus, mais en attendant, essaie de conserver un comportement normal.*

Et tu te l'es représenté mimant des guillemets avec ses doigts autour du mot *normal*, comme le feraient les témoins à ton procès quand ils affirmeraient qu'avant Jerry était *normal*.

Je ne me rappelle rien.

Il n'y a rien à se rappeler, a-t-il répliqué, ou quelque chose du genre.

Tu ne sais pas s'il était sincère, ou s'il craignait le pire.

Est-il possible que tu aies trouvé le couteau quelque part, comme il l'a affirmé ?

Bonne nouvelle – vraiment ? Tu crois qu'il y en a une ?

Mauvaise nouvelle – la chemise tachée de sang, le couteau taché de sang… est-il possible que tu ne sois pas simplement fan de desserts ?

Jerry est en train de se lever du canapé quand une photo de lui est diffusée à la télé, avec son nom en dessous. Le journaliste déclare : « Jerry Grey, qui a fait sensation sur Internet l'année dernière à cause d'une vidéo le montrant en train de prononcer un discours lors du mariage de sa fille, a été relié à la scène de crime par une source anonyme. » Puis une vidéo tremblotante montre Jerry la Sensation d'Internet en train de traiter sa femme de putain, pendant que sa fille et son mari ont l'air abasourdis au second plan. Et le nombre de vues continue de monter.

Jerry Grey. Star du jour au lendemain.

Jerry Grey. Assassin du jour au lendemain.

Quelqu'un écrira une chanson ou un téléfilm sur lui.

Il se rassied alors que la vidéo du mariage s'achève, puis l'image revient à la scène de crime d'aujourd'hui. Des flics s'affairent à l'arrière-plan tandis qu'une personne porte une grosse mallette métallique et qu'une autre, avec un appareil photo accroché autour du cou, cherche un objectif dans un sac. L'envoyé spécial a les manches retroussées et ne porte pas de cravate, ce qui rend la nouvelle encore plus réelle, comme si l'urgence de la situation était telle qu'il n'avait pas eu le temps d'enfiler une veste ni même de se raser. Il fixe la caméra et continue de parler.

« Les détails sont peu nombreux, mais ce qui semble être l'arme du crime a été localisé, et à ce stade les indices suggèrent un lien avec l'ancien auteur de romans policiers, ce qui laisse penser que Grey pourrait désormais vivre dans l'une des fictions qu'il a créées. De plus, une chemise tachée de sang retrouvée hier au domicile de Jerry Grey le relie au meurtre de Belinda Murray, une fleuriste de Christchurch assassinée l'année dernière, deux jours avant que Grey ne tue sa femme. Une source anonyme a déclaré… »

Hans éteint la télé.

Jerry se lève.

« Allons-y, dit-il.

— On ne peut pas aller à la police tant que t'as pas retrouvé ton carnet.

— Ça n'a plus aucune importance.

— Bien sûr que si, s'il y a une chance…

— Soit, n'y allons pas. Choisissons l'option trois. Je veux une jolie vue, du bon gin, et que ce soit indolore. Je veux juste en finir avec tout ça. C'est possible ? »

Hans reste quelques secondes silencieux, puis il acquiesce lentement.

« Tu sais ce que tu es en train de dire ?

— Oui, je le sais exactement. Tu vas m'aider ?

— Si c'est ce que tu souhaites.

— Mais je veux d'abord parler à Eva.

— Tu ne peux pas lui dire.

— Je sais. Je veux juste entendre sa voix. Lui faire savoir que je suis désolé.

— OK. »

Hans compose le numéro d'Eva tandis qu'ils retraversent la maison. Jerry se souvient alors que son ami a toujours été doué avec les chiffres, et il songe que si jamais lui aussi a un jour son propre Capitaine A, les numéros de téléphone seront probablement la dernière chose qu'il oubliera. Eva décroche, Hans lui annonce qu'il est avec Jerry et que ce dernier va bien. Il dit *oui* et *non* en réponse aux quelques questions qu'elle lui pose, puis il reste silencieux tandis qu'elle le met au courant des dernières nouvelles. Les deux hommes sont alors appuyés contre la voiture, dans le garage.

« OK », dit Hans à Eva, et il tend le téléphone à Jerry. On dirait qu'il vient d'apprendre quelque chose qui rend la situation encore pire. Il laisse Jerry près de la voiture et disparaît de nouveau dans la maison.

Jerry porte l'appareil à son oreille.

« Eva ?

— Ça va, Jerry ? »

En dépit de tout, c'est agréable d'entendre la voix de sa fille.

« Je suis désolé pour ta mère, dit-il.

— Je sais, mais nous pourrons parler de ça plus tard. Je te retrouve au poste de police avec ton avocat, d'accord ?

— Parfait », répond-il.

Il se l'imagine là-bas attendant, attendant, et lui qui n'arrivera jamais. La jolie vue, le soleil sur son visage, des cachets et de l'alcool – voilà où il sera. Il y a des manières pires d'en finir.

« Jerry… il y a une chose que tu dois savoir. »

Il se met à avoir des sueurs froides et lâche presque le téléphone. Ces mots n'annoncent jamais rien de bon.

« La chemise retrouvée hier, elle était…

— Je sais, coupe-t-il. Je l'ai vu aux infos.

— Ce qu'ils n'ont pas dit aux infos, c'est que la police a fouillé ta chambre à la maison de santé. »

Hans revient dans le garage. Il porte deux bouteilles de gin et en a une de tonic coincée sous le bras. Son visage a une expression triste. Il grimpe dans la voiture.

« Ils ont trouvé une petite enveloppe avec des bijoux à l'intérieur, poursuit Eva.

— Ceux de ta mère ? » demande Jerry, mais c'est Henry qui répond en premier, à voix basse :

Pas ceux de Sandra, non. Souviens-toi de ce que tu avais dans la main quand tu as repris tes esprits tout à l'heure.

Il enfonce la main dans sa poche, les boucles d'oreilles y sont toujours.

« Non, pas ceux de maman, répond Eva. Mais ils ont l'air de penser que… c'est… »

Elle se met à pleurer.

« Eva…

— Je n'en peux plus. Je t'aime, Jerry, mais je n'en peux plus, je suis vraiment désolée », dit-elle, puis elle n'est plus là, la ligne est coupée, et Jerry fixe le téléphone en essayant de la faire revenir.

Il voudrait tant que les choses soient différentes. Il monte dans la voiture et tend le téléphone à Hans, qui le glisse dans sa poche.

« Elle m'a raccroché au nez.

— Désolé, mon pote.

— La police a fouillé ma chambre et trouvé quelque chose.

— Elle me l'a dit, répond Hans. Les bijoux appartiennent à trois femmes, qui ont toutes été assassinées des jours où on t'a retrouvé en train d'errer en ville. Je suis désolé, mon pote, mais c'est vraiment… eh bien… je sais pas quoi dire.»

Jerry ferme les yeux. Combien y en a-t-il eu?

Hans utilise la télécommande pour ouvrir le portail du garage. Il démarre la voiture et s'engage en marche arrière dans l'allée.

«Y a autre chose, reprend Hans.

— Je ne veux pas savoir.

— L'un des aides-soignants affirme que tu lui as dit hier soir avoir tué Laura Hunt. Elle a été assassinée la semaine dernière chez elle. Il a dit qu'il n'avait pas prêté attention à ce que tu disais parce qu'il pensait que t'avais probablement vu ça aux infos et que tu mélangeais encore tout. Mais maintenant, évidemment, il voit les choses différemment. Et la police aussi. C'était le jour où on t'a retrouvé à la bibliothèque.»

Si les gens avaient écouté ses confessions, ils auraient pu arrêter le monstre. Mais tout ce qu'ils entendaient, c'était le Capitaine A qui racontait des conneries.

«Tu promets de rester avec moi jusqu'à la fin, d'accord? Tu feras en sorte que tout se passe bien?

— Je te le promets», répond Hans.

Jerry pense à Eva, au chagrin qu'il va lui épargner.

«Le carnet, dit Hans. T'es sûr de toi? T'es absolument sûr que t'en tenais un?

— Sans le moindre doute.

— À quel autre endroit as-tu pu le cacher?»

Jerry ferme les yeux. Il se représente son bureau. Il voit le plancher, se voit en train de soulever une des lattes avec un tournevis.

«Il n'y a pas d'autre endroit.

— Si je devais m'introduire dans la maison plus tard ce soir pour le chercher, par où je commencerais ?

— Tu ferais ça pour moi ? Tu le cacherais s'il comportait des passages compromettants ?

— Je le détruirais. Mais je le cherche où, Jerry ?

— Je ne sais pas.

— C'est important, insiste Hans.

— Je sais, répond Jerry en se grattant avec frénésie.

— Qu'est-ce que t'as au bras ? »

Jerry baisse les yeux et voit ses ongles labourer sa peau. Il a beaucoup fait ça récemment. Il retrousse sa manche, exposant une piqûre qui semble à vif et enflammée.

« Tout fout le camp, chez moi, répond-il. Allez, partons avant de rater le coucher du soleil.

— Montre-moi ton bras, dit Hans.

— Pourquoi ?

— Parce que je te le demande. »

Jerry tend le bras.

« Ils t'ont fait une injection ? demande Hans alors qu'ils sont encore dans l'allée.

— Hier, quand on est allés chercher le carnet. Ils ont dû me faire une piqûre pour me calmer. Je te l'ai déjà dit. Je suppose que j'ai la peau un peu irritée.

— Tu as d'autres marques.

— Je ne me souviens pas des autres fois.

— Elles ont l'air plus anciennes. Ils ont l'habitude de faire des injections aux gens à la maison de santé ?

— Je ne crois pas. Comme j'ai dit, ils l'ont fait hier parce qu'on était dans la maison et… »

Hans secoue la tête avant de l'interrompre.

« Laisse-moi réfléchir un moment, dit-il, d'une voix plus dure.

— Pourquoi ?

— Tais-toi. Laisse-moi réfléchir. »

Jerry se tait. Il laisse son ami réfléchir. Ce dernier se met à tambouriner sur le volant avec ses doigts. Encore et encore. Trente secondes s'écoulent. Une minute. Ses doigts se figent. Il regarde Jerry.

« Y a un truc qui me gêne depuis le début, dans tout ça, déclare-t-il. La maison de santé est loin de la ville. Elle est à au moins vingt-cinq kilomètres. D'après toi, comment t'as parcouru cette distance ? T'as pas conduit, si ?

— Je ne suis pas sûr. Je crois que j'ai marché.

— Ça fait une trotte.

— C'est la seule explication.

— Tu te souviens avoir marché ?

— Non.

— Bon, supposons que t'y sois allé à pied. Ça signifie que t'as marché sans but jusqu'à la maison d'une personne que t'as jamais vue, dit Hans. La voisine quand t'étais jeune, et la fleuriste, tu les connaissais. Mais pourquoi t'irais tuer des gens que tu connais pas ? Comment tu les as choisis ?

— Au hasard, répond Jerry, car c'est la seule réponse insensée qui fasse sens.

— Si c'était au hasard, pourquoi si près du centre-ville ? Pourquoi pas à la périphérie ? Si t'étais à pied, t'as dû emprunter des dizaines et des dizaines de rues. Passer devant mille maisons. Deux mille. Pourquoi marcher vingt-cinq kilomètres jusqu'à la ville, puis huit de plus pour atteindre la maison de la victime, surtout si c'est quelqu'un que t'as choisi complètement au hasard ?

— Ce n'est pas moi qui prends ces décisions, répond Jerry. C'est le Capitaine A.

— Ça n'a aucun sens, déclare Hans.

— Le Capitaine A en a rarement. »

Hans recommence à tambouriner sur le volant.

« Tu parcours tout ce chemin à pied, puis tu frappes à la porte d'une maison que t'as jamais vue, et une inconnue te fait entrer. Tu choisis la maison d'une femme dont tu sais bizarrement qu'elle est seule. C'est bien ce qu'on est en train de dire, d'accord ? »

Avant que Jerry puisse répondre, Hans poursuit :

« Plus de trente kilomètres entre l'endroit où cette femme meurt et la maison de santé, et tu as des traces d'injection sur les bras. Tu te souviens de tout ce qui se passe après, mais pas avant.

— Qu'est-ce que tu es en train de dire ? »

Hans utilise la télécommande pour rouvrir le portail du garage. Ils retournent à l'intérieur. Il détache sa ceinture de sécurité et regarde Jerry.

« Ce que je dis, c'est qu'il y a une raison au fait que tu te rappelles pas avoir tué ces femmes, ni t'être introduit chez elles. Ce que je dis, c'est que t'y es peut-être pour rien, au bout du compte. »

Jerry est mort

Cher Futur Jerry, nous sommes désormais deux jours après le MDM. Difficile de définir exactement le moment de ta mort, mais le médecin s'est essuyé le front avec l'avant-bras, a secoué la tête en direction de l'infirmière, et il a quitté le bloc opératoire avant-hier soir, conscient qu'il n'y avait plus rien à faire. C'est la nuit où tu es devenu un monstre. Le Jerry que tu avais été, celui que *moi* j'avais été, a disparu. Tout ce qui reste, c'est ce putain de détraqué qui, plus tard dans la journée, va arroser les murs avec sa cervelle de putain de détraqué. Allez vous faire foutre, docteur Goodstory, vous qui n'avez pas été fichu de me réparer. Va te faire foutre, Jerry Passé, toi qui as abdiqué, qui as baissé les bras, qui t'es laissé devenir ce que tu es devenu. C'était ton boulot ! Ton putain de boulot de nous sauver ! Quand t'es-tu battu ? Jerry Passé, dès le début tu t'es mis dans ce merdier. Tu aurais pu y arriver, tu sais. Tu aurais pu rendre service au monde et à cette pauvre fille en te collant ce flingue dans la bouche à l'époque où le Dr Goodstory t'a annoncé la nouvelle. Mais non, Jerry Passé pensait être plus malin. Pour un type censé être capable de deviner le dénouement, tu as vraiment merdé.

Les gens disent que le suicide est un acte égoïste. Que c'est lâche. Mais ils disent ça parce qu'ils ne comprennent pas. C'est en fait tout le contraire. Ce n'est pas lâche, ça demande un courage incroyable. Regarder la mort dans les yeux et lui dire qu'on est prêt… c'est un acte de bravoure. L'égoïsme serait de s'accrocher à la vie tandis qu'on est traîné dans la boue dans les médias et les tribunaux, et que sa famille subit le même sort. Certains diront que l'égoïsme survient quand on essaie d'échapper à ça, mais c'est faux. Ta mort maintenant sera comme arracher un pansement – une douleur vive pour ta famille, mais qui s'estompera rapidement. Tu leur dois bien ça. Une lettre d'adieu. À boire. Un flingue. C'est le programme, partenaire.

Par où commencer. Eh bien, tu connais le commencement. Depuis le Grand V, où tu aurais mieux fait de te tirer une balle, jusqu'au cœur du MDM. Le discours (désormais deux millions de vues) et le couteau, puis la dispute entre Sandra et toi. Tu l'as convaincue de ne pas appeler la police car, après tout, qu'avais-tu fait ? Rien, peut-être. Tu avais pu le trouver, ce couteau. Ou poignarder un rat géant – et un rat géant ne manquerait à personne, pas vrai ?

Après la découverte de cette arme, Sandra et toi avez passé l'essentiel de l'après-midi à regarder les infos. Vous vous êtes à peine parlé. Vous scrutiez juste l'écran en attendant le coup de fil. Vous ne saviez pas de qui il serait, simplement qu'il surviendrait. Mme Smith était toujours en vie, Sandra ayant trouvé une excuse pour aller voir comment elle se portait, et ce n'était pas un des invités au mariage. Mais ça laissait tout de même près de quatre cent mille victimes potentielles en ville. Le coup de téléphone n'est jamais arrivé. L'hypothèse du rat gagnait en force. L'idée commençait à avancer toute seule. Elle était encore chancelante, mais si on lui laissait suffisamment de temps, elle finirait par avoir une vie propre.

Hélas, l'idée est morte ce matin. Elle est morte quand Eva a appelé pour savoir si nous étions au courant.

Au courant de quoi ? a demandé Sandra.

Au courant pour Belinda.

Qu'est-ce qui se passe avec Belinda ?

Mais il ne fait aucun doute que l'esprit de Sandra était comme un petit train qui se faufilait à travers divers scénarios, pour finalement s'arrêter à la gare *Mon mari l'a tuée.* Et oui, c'est exactement là qu'elle est descendue. Belinda était morte. Quelqu'un l'avait poignardée chez elle. Eva pleurait au téléphone, et elle aussi, et même toi tu pleurais, J-Man. Tu pleurais pour Belinda, pour Sandra et Eva, et tu pleurais pour Jerry Passé et pour toi-même.

Le monde est horrible. Qui a pu vouloir faire ça ?

La voix d'Eva jaillissait du téléphone, répétant sans cesse ces mêmes phrases. Et Sandra n'arrêtait pas de dire qu'elle ne savait pas, non elle ne savait pas, mais en fait elle savait. Sa peau était devenue si blême qu'on aurait dit qu'elle avait passé les deux derniers mois dans un réfrigérateur. Elles ont parlé dix minutes. Tu étais assis dans le salon pendant qu'elle était assise au bar de la cuisine, te tournant le dos pendant l'essentiel de la conversation. Tu regardais l'horloge. Elle égrenait les secondes depuis que Belinda était morte. Elle égrenait aussi les dernières secondes de ta vie. Tu as su alors – comme tu l'avais soupçonné la nuit précédente – que si tu avais fait du mal à quelqu'un, tu paierais le prix fort. Tu as continué de regarder l'horloge pendant que ton esprit élaborait le scénario final. Tu te servirais du revolver. Ce serait rapide.

Après avoir raccroché, Sandra est restée assise au bar. Elle ne voulait pas se retourner pour te faire face. Elle pleurait. Son corps tremblait doucement, comme si elle essayait de contenir ses larmes. Tu avais désespérément envie de marcher jusqu'à elle, de la prendre dans tes bras, de la serrer pendant qu'elle sanglotait, mais elle ne t'aurait jamais laissé faire. Et puis, que lui aurais-tu dit ? Si tu l'avais touchée, elle aurait hurlé. Ou alors elle serait morte. Tu le savais. Elle était déjà à cran. Alors tu es resté assis à la table, passant ton doigt autour des sillons que tu avais creusés avec ta fourchette.

Qu'est-ce qu'on fait maintenant ?

Tels ont été ses mots, tandis qu'elle continuait de te tourner le dos. Elle était comme du verre fêlé, un léger choc et elle volerait en éclats.

Je ne l'ai pas tuée. Je n'aurais jamais pu faire ça.

Elle t'attirait. C'était parfaitement clair, a-t-elle répliqué.

Alors qu'en fait c'était uniquement clair parce qu'elle avait lu ton carnet. Mais elle n'en avait pas fini.

Tu as le culot de m'accuser d'avoir une liaison, alors que c'est toi qui pendant tout ce temps as fait une fixation sur une fille qui avait la moitié de ton âge. Je le savais, je le savais parce que tu ne la quittais jamais des yeux, et tu es même allé la voir à son travail, Jerry ! Et... oh, mon Dieu...

Elle a fait pivoter le tabouret de bar afin de te faire face, et tu as su ce qui arrivait – une autre pièce du puzzle avait trouvé sa place.

Ce jour où elle t'a ramené à la maison, elle est d'abord passée par chez elle ! Tu savais où elle habitait !

Sandra...

Non, a-t-elle dit, levant la main pour t'interrompre. *Tu ne peux rien dire, Jerry, rien*, a-t-elle ajouté, et elle avait raison.

Elle a brusquement quitté la pièce. Tu n'as pas cherché à la retenir. Tu ne pouvais pas. Que lui aurais-tu dit ? En ce moment même, elle est à l'étage, et soit elle vient d'appeler la police, soit elle est encore en train de rassembler son courage pour le faire.

Futur Jerry, tu as l'impression d'être un personnage de tes livres. Tu as fait ça. Ça t'appartient.

Donc, c'est fini. Il te reste deux lettres d'adieu à rédiger, une pour Eva et une pour Sandra. Ce carnet ne sera tout compte fait que les divagations d'un fou. Qui sera bientôt un mort. Il est temps de sortir le revolver de sa cachette. Sandra aura l'horrible tâche de descendre en courant et de te découvrir, mais à ce stade, ce sera probablement plus un soulagement qu'autre chose.

Adieu, Futur Jerry. Et si une autre vie t'attend, espérons que tu seras meilleur à la réécriture.

Le portail du garage se referme derrière eux. Ils restent assis dans la voiture dans l'obscurité. « Tu m'as dit l'année dernière que tu commençais à parler tout seul, déclare Hans. Que tu avais des conversations avec Henry Cutter. Tu le fais toujours ? »

Il y a un an, ça l'aurait embarrassé. Mais maintenant, c'est juste une chose du quotidien.

« Parfois. Pourquoi ?

— Henry est celui qui a toutes les grandes idées, pas vrai ? Celui qui construit les scénarios, qui élabore les intrigues.

— Ça ne fonctionne pas vraiment comme ça, répond Jerry. Henry n'est qu'un nom. C'est comme si je mettais mon chapeau d'auteur quand je me mets au travail, mais c'est toujours moi qui ai les idées. Ce n'est pas une personne différente », ajoute-t-il, même si parfois il n'en est pas si sûr.

Henry l'a aidé aujourd'hui, et n'y a-t-il pas des moments où il soupçonne que c'est juste un autre nom pour le Capitaine A ?

« Alors mets ton chapeau d'auteur maintenant, dit Hans, parce que c'est ce qu'on va faire. On va travailler.

— Travailler ?

— J'ai besoin de savoir si c'est possible.

— Si quoi est possible ? »

Hans ouvre sa portière. La veilleuse s'allume. Jerry voit des outils suspendus aux murs, du matériel de jardinage, et aussi de la corde, une pelle et des rouleaux de ruban adhésif, qui constituent les accessoires de base dans la profession de Henry.

« Je veux que tu réfléchisses comme un auteur pendant que je te soumets une idée. Tu peux le faire ?

— Je peux essayer.

— Tu dois faire plus qu'essayer. OK ?

— OK.

— Bien. Donc, c'est l'histoire d'un auteur de romans policiers qui est dans une maison de santé. Il souffre de démence. Il arrête pas d'avouer des meurtres qu'il pense avoir commis, alors qu'en fait il les a simplement écrits. Il y en a cependant d'autres qu'il a réellement commis – par exemple, il a abattu son épouse et tué une jeune femme juste après le mariage de sa fille, et il est également possible qu'il en ait tué une autre quand il était jeune –, donc il est pas innocent. Mais il mérite pas d'être puni pour des meurtres qui sont pas les siens. Aujourd'hui, il se réveille au beau milieu d'une scène de crime, et il a aucun souvenir de la manière dont il est arrivé là ni de ce qu'il a fait.

— Est-ce que ce récapitulatif a un but ? demande Jerry.

— Pendant tout ce temps, il se demande comment il peut se rappeler certaines choses et pas d'autres. Alzheimer, évidemment, lui en cache certaines. Et il a refoulé des événements douloureux de son passé. Mais il se rappelle pas être venu à pied en ville, il se rappelle pas ces femmes, il se rappelle rien. Il se rend compte qu'il a été drogué, et récemment. Personne a jamais découvert comment il fait pour s'enfuir de la maison de santé, ni comment il se rend en ville. »

Hans marque une pause et le fixe du regard.

« Allez, Jerry, continue de considérer ça comme un roman.

— Mais ce n'en est pas un !

— Fais en sorte que ce soit Henry qui réfléchisse. Bon Dieu, Jerry, aide-moi. Ferme les yeux et fais comme si tu étais de nouveau dans ton bureau, avec ton chapeau d'auteur, et que tu laissais Henry faire tout le boulot. Lui et toi, vous êtes en train d'écrire votre prochain best-seller. »

Jerry ferme les yeux. Il pense à son bureau. Il se rappelle l'odeur de la pièce, sent le bois sous ses doigts, voit la plante verte qu'il a achetée il y a dix ans et qui était toujours là quand il est retourné chez lui hier. Il se rappelle la façon dont la lumière du soleil tombait dans la pièce, l'angle chaque jour légèrement différent, la lueur déclinante frappant l'affiche encadrée de *La Revanche de King Kong* qui était accrochée au mur. Seulement il ne la voyait pas décliner, de la même manière qu'on ne remarque pas qu'un enfant grandit chaque jour. Pourtant on sait que c'est en train de se produire. Dans ce film, King Kong était opposé à un robot qui était son double exact, une bataille de titans, et bon Dieu ce qu'il adorait ces affiches de films de série B vieux d'un demi-siècle, alors que Sandra les détestait et lui interdisait de les accrocher ailleurs dans la maison. Assis dans son bureau, il utilisait le pseudonyme de Henry Cutter, mais il ne se prenait pas pour Henry Cutter. Il était Jerry Grey, l'auteur dont le double exact passait sa vie à créer des fictions. Il écrivait pendant la journée, et le soir il regardait les histoires que d'autres créaient pour la télé. Il lisait les livres d'autres écrivains, allait au cinéma. La fiction était sa vie. Henry Cutter n'était qu'un nom et, comme plus tôt aujourd'hui, Jerry a besoin de son aide.

Je suis là, Jerry. Tout ce que tu as à faire, c'est demander.

« Est-ce que vous arrivez à penser à tout ça comme si c'était un roman ? » demande Hans.

Oui, ils y parviennent, Jerry et Henry, la *dream team*. C'est toujours de la sorte qu'ils ont produit leurs meilleures œuvres.

« Oui.

— Donc, si c'était un livre, qu'est-ce qui se passerait ?

— Facile », lui répondent-ils.

Et en effet, c'est facile. Henry et Jerry ont toujours été des maîtres pour résoudre les mystères. Combien de fois Sandra leur a-t-elle demandé de la fermer quand ils étaient au cinéma, ou quand ils regardaient quelque chose à la télé, parce qu'ils ne pouvaient pas s'empêcher de partager leurs prédictions ? Ce mystère surpasse tous les autres, et ils ont toujours adoré les bonnes énigmes.

Jerry se représente la situation. Il met en mots ce que Henry et lui voient. Exactement comme il avait l'habitude de le faire, mais au lieu de pianoter sur un clavier, il parle.

« L'auteur de romans policiers atteint de démence ne peut pas s'échapper de la maison de santé. Certes, il l'a fait une fois, peut-être deux, mais pas plus. Parce qu'on le surveille. Ce qui signifie qu'il a besoin d'aide. Or les marques de piqûre suggèrent qu'on ne l'aide pas, mais qu'on le drogue. On lui injecte un sédatif, on le fait sortir en douce, puis on le conduit en ville.

— Pourquoi quelqu'un ferait ça ? » demande Hans.

Jerry réfléchit. Il échange quelques idées avec Henry, puis ils optent pour l'une d'entre elles.

« On l'emmène discrètement en ville les jours des meurtres. On l'abandonne quelque part. Comme ça, il y a un motif récurrent. On ne l'abandonne pas sur la première scène de crime parce que l'assassin ne pourra pas tuer d'autres femmes sans le bouc émissaire parfait, et il sait que l'auteur se fera prendre. Il sait aussi qu'il ne pourra pas continuer éternellement. Il suppose qu'il pourra tuer quatre femmes. Pour les trois premières, il abandonnera l'auteur à des endroits choisis au hasard, mais pour la quatrième, il le laissera dans la maison pour qu'il s'y réveille et laisse ses empreintes et son ADN partout. Et c'est ce qui se produit, moyennant quoi l'auteur se croit coupable. »

Un silence s'installe dans la voiture, et Jerry se tourne vers Hans, s'attendant à le voir rire. Mais celui-ci ne rit pas. Il demande :

« Alors qui est l'assassin ?

— N'est-ce pas évident ?

— Éclaire-moi.

— Quelqu'un qui a accès à la maison de santé et aux sédatifs. Quelqu'un qui sait que l'auteur avoue des meurtres. Quelqu'un qui cache des bijoux dans ses poches pour qu'il croie les avoir volés.

— Un membre du personnel », dit Hans.

Jerry acquiesce.

« Parfois les gens disaient que mes livres étaient invraisemblables. Je me souviens de ça. »

Hans hausse les épaules.

« La plupart des romans policiers le sont. S'ils ne

l'étaient pas, ils ne seraient pas différents de la vie réelle. Et les gens ne veulent pas lire des livres réalistes.

— Ça, c'est la vie réelle.

— Certes, convient Hans. Mais continue de l'envisager comme une histoire. Tu te souviens de ce qu'Eva m'a dit tout à l'heure au téléphone ?

— Elle a dit que l'un des aides-soignants avait affirmé que je lui avais avoué hier soir avoir tué quelqu'un.

— Laura Hunt, dit Hans. Si quelqu'un te fait sortir en douce, tu crois pas que c'est la même personne qui prétend que tu as avoué ?

— À moins que j'aie vraiment avoué, observe Jerry. J'ai pu le faire parce que j'étais coupable, ou parce que je l'ai vu aux infos et je me suis cru coupable.

— Dans tes livres, quelle serait la prochaine étape ? Que ferait un personnage dans ta situation ?

— Se rendre à la police.

— Non », rétorque Hans.

Il ne ferait pas ça, intervient Henry. *Allez, sois honnête.*

« Les gens ne se rendent jamais à la police, reprend Hans. Ils devraient, mais ils ne le font jamais, parce que s'ils le faisaient, ce serait la fin du livre, pas vrai ? Tout serait réglé au chapitre trois. Et de toute manière, la police ne croirait jamais à cette histoire. Quelqu'un t'a drogué, Jerry. Je ne te vois tout simplement pas parcourir trente kilomètres à pied, et je ne vois pas la police se soucier du fait qu'aucun témoin ne t'ait vu passer pendant tout ce chemin. Penses-y. »

Jerry réfléchit. Lui et Henry. Puis ils poursuivent :

« Dans un livre, la prochaine étape serait que l'écrivain irait voir l'aide-soignant à qui il a avoué. L'aide-soignant qui a accès aux sédatifs, et qui a fait par le passé des piqûres à l'auteur. »

Jerry se rappelle alors autre chose.

« L'aide-soignant qui veut être écrivain.

— Écris ce que tu sais, dit Hans. Et si on inversait les choses ? Pourquoi ne pas faire ce que tu écris et rendre une visite à ce type ?

— Son nom est Eric, et il pourrait être innocent.

— C'est ce qu'on va découvrir. »

Avant qu'ils aient le temps de découvrir quoi que ce soit, une voiture s'engage dans l'allée de l'autre côté du portail. Quelques instants plus tard, deux portières s'ouvrent et se referment. Des bruits de pas résonnent, puis on frappe à la porte. *Si c'était un livre*, songe Jerry, *ce serait la police qui arrive avec de l'avance.*

Le dernier jour

Avant que le flingue fasse son sale boulot, il y a une dernière chose à rapporter. Tu ne notes pas tout ceci parce que tu crois que les choses vont s'arranger, ou que le Capitaine A va se trouver une autre victime à traquer et n'aura plus besoin de toi, mais parce que, quand tes proches réexamineront ce qui s'est passé, ils pourront comprendre comment c'était. Peut-être que ça pourra aider d'autres personnes. Difficile de considérer ça comme une source d'espoir, mais peut-être que des chercheurs dans un futur proche apprendront ici des choses qui les aideront à cartographier Barjoville.

Tu tentes de faire en sorte que tes lettres d'adieu soient succinctes. L'une d'elles est déjà rédigée, et l'autre est toujours en attente. Celle qui est écrite est pleine de *je suis désolé* et de *je t'aime.* Mais la personne à qui tu dois le plus d'excuses est Belinda Murray.

Sandra est descendue dans le bureau tout à l'heure. Elle a frappé avant d'entrer, chose qu'elle faisait toujours par le passé avant d'ouvrir la porte, ce qui te donnait toujours l'impression que ton travail était très *formel*, faute de meilleur mot. Elle a frappé, est entrée et s'est assise sur le canapé. Tu étais pour ta part assis dans ton fauteuil, avec la lettre d'adieu cachée sous le bloc-notes dans lequel tu t'apprêtais à rédiger la seconde. Elle a regardé le bloc, puis toi.

Est-ce que tu as tué d'autres personnes? t'a-t-elle demandé, manifestement résignée à entendre d'autres mauvaises nouvelles.

Non.

Comment peux-tu en être sûr?

C'était une question que tu t'étais posée, et tu lui as donné la réponse que tu avais trouvée.

Parce que je le saurais.

Donc tu savais que tu avais tué Belinda?

C'était la faille. Tu l'avais repérée mais ne savais pas comment la contourner.

Non.

Alors comment peux-tu être assis là à me dire que tu n'as jamais fait de mal à personne?

Tu n'avais pas de réponse, et n'en as pas proposé. À la place, tu as à ton tour posé une question.

Est-ce que tu as appelé la police?

Non, a-t-elle répondu.

Pourquoi?

J'essaie de prendre une décision. Dis-moi de quoi tu te souviens.

Alors tu lui as dit. Tu te souvenais du discours au mariage, tu te rappelais être rentré à la maison et l'avoir regardé en ligne à de nombreuses reprises. Son visage s'est renfrogné quand tu lui as révélé que tu avais bu. Puis tu lui as avoué t'être échappé par la fenêtre.

Pour aller voir Belinda, a-t-elle déclaré.

Tu as fait non de la tête.

Juste pour aller me promener. Pour me dégourdir les jambes. Trouver un bar quelque part.

Elle n'a pas eu l'air de te croire.

Et ensuite?

Et ensuite j'étais de nouveau dans mon bureau.

Parle-moi de la chemise.

Quoi ?

Ta chemise. J'ai regardé dans le linge sale, et elle n'y est pas. Je ne la trouve nulle part.

Elle a baissé les yeux vers le plancher.

Est-ce qu'elle est là-dessous ?

Tu as songé à mentir, mais à quoi bon ?

Oui.

Tu l'as cachée.

Oui.

Alors pourquoi ne pas avoir caché le couteau ?

Parce que...

Elle a levé la main.

Je comprends. Parce que tu ne savais pas que tu avais fait ça. Tu as trouvé la chemise, mais pas le couteau. C'est pour ça que je n'appelle pas la police, parce que je sais que tu ne te contrôlais pas.

Le moment était venu de lui poser la question.

Qu'est-ce que tu vas faire ?

Je crois que ce qu'il faudrait plutôt savoir, c'est ce que toi tu comptes faire ?

Elle t'a alors fixé, et tu as finalement compris. Elle ne se demandait pas si elle allait appeler la police ou non, elle ne l'avait jamais fait. Sandra t'offrait une autre option, ce qui, vu les circonstances, montre à quel point elle t'aime encore. C'était l'issue à laquelle tu te préparais déjà, et peut-être qu'elle l'a senti. Tu l'avais humiliée et avais gâché le mariage d'Eva, tu avais assassiné une jeune femme, mais elle ne pensait qu'à toi. Elle allait te laisser choisir ce qui arriverait ensuite. Futur Jerry, sache simplement que tu n'avais jamais autant aimé ta femme qu'à cet instant.

J'ai juste besoin d'un peu de temps pour réfléchir, as-tu dit, d'une voix lente et plate.

Le sous-entendu de ta phrase était clair, et ni l'un ni l'autre n'avez détourné le regard.

Si tu allais faire un tour pour t'aérer un peu la tête ?

Elle est restée quelques secondes sans prononcer un mot. Tu es certain qu'elle savait déjà ce qu'elle allait dire, mais le silence était approprié. Il conférait à l'instant la gravité de rigueur. Puis elle a déclaré : *Je peux faire ça. Tu as besoin de combien de temps ?*

Il te fallait vingt minutes pour écrire la seconde lettre. Presque tout le reste était en ordre, il ne restait plus que quelques détails à régler. Tu devais choisir quoi porter, et quel genre de dégâts provoquer. Tu as réfléchi au temps qu'il te faudrait pour recouvrir le sol du bureau de sacs poubelles afin de ne pas faire baisser le prix de vente de la maison. Ça laisserait des traces, mais c'était dans cette pièce que tu voulais le faire. Tu t'es vu séparant les sacs en deux, les étalant à plat, en accrochant quelques-uns aux murs. Tu t'es imaginé buvant un gin tonic, et peut-être un second, assis dans ton fauteuil de bureau, taraudé par le doute, puis sûr de ta décision, puis de nouveau le doute, la chaîne éteinte, pas le moindre bruit, puis une énorme déflagration. Tu ne sais pas si tu penseras à la fille que tu as tuée ou à ta famille quand tu appuieras sur la détente. Mais tu le découvriras bien assez tôt. Tu as donc effectué un rapide calcul : vingt minutes pour placer les sacs poubelles et vingt minutes pour boire un verre assis dans ton fauteuil avant d'en finir.

Une heure, as-tu répondu. *J'ai besoin d'une heure.*

Elle s'est levée. Elle ne pleurait pas, mais les larmes n'étaient pas loin. Sa bouche tremblotait légèrement.

Tu as marché jusqu'à elle, te sentant fort. Elle a écarté les bras, tu l'as enlacée. Elle a sangloté dans ton cou et tu l'as serrée. Son étreinte était chaude et réconfortante, exactement comme elle l'avait toujours été avant que le Capitaine A vienne gâcher ta vie.

Je t'aime, lui as-tu dit.

Elle n'a pas pu se résoudre à te retourner tes mots. Elle était incapable de dire quoi que ce soit. Et alors elle a quitté le bureau et la maison en courant, te laissant seul.

Complètement. Absolument. Seul.

Tu ne verras plus jamais personne, Futur Jerry. Tu ne parleras plus jamais à personne.

Depuis ce moment, tu as été occupé. Tu as demandé une heure à Sandra, mais c'était sans compter le temps qu'il te faudrait pour rédiger cette entrée dans le Carnet de la Folie. Par chance, le reste a été plus rapide que prévu. La lettre d'adieu a été achevée en dix minutes, et il y avait une bâche dans le garage, que tu as étalée sur le sol. Les dégâts devraient être plutôt limités. Tu as également une taie d'oreiller que tu placeras au-dessus de ta tête pour contenir les éclaboussures. Tu as donc passé ces dernières minutes à écrire, tout en ignorant le téléphone qui ne cesse de sonner, car que pourrais-tu bien dire à la personne qui t'appelle ? Tout est désormais prêt, et ces mots sur cette page ne sont qu'une tactique pour gagner du temps. Le moment est venu, Futur Jerry, de reposer ton stylo et de mettre un terme à cette sale histoire. Que diront les blogueurs ? Que la fin était prévisible, peut-être. Que depuis le premier livre de Jerry Grey, il était évident qu'il se ferait sauter la cervelle dans son bureau.

Tu continues de gagner du temps. Sandra sera de retour dans dix minutes. Le revolver est sur le bureau.

Il est plus lourd que ce dont tu te souvenais. Ça va faire un sacré boucan, mais avec la porte fermée, personne n'entendra rien.

Tu gagnes encore du temps.

Le moment est venu.

Jerry reste assis dans la voiture tandis que Hans retourne à l'intérieur. La porte de la maison est adjacente au garage, en conséquence de quoi, quand Hans l'ouvre, Jerry entend la conversation de l'autre côté du mur. Son intuition que la police est arrivée en avance s'avère correcte. Les flics se présentent comme les inspecteurs Jacobson et Mayor. Il est certain que ce sont les deux hommes qui l'ont amené au poste. Ils expliquent qu'ils doivent trouver Jerry Grey.

« Qu'est-ce qui vous fait croire que je sais où il est ? demande Hans.

— Parce que nous avons identifié le numéro qu'il a appelé avec la carte SIM qu'il a achetée, et ça nous a menés à vous », répond l'un des hommes.

C'est donc pour ça qu'ils sont arrivés si tôt. Ni Hans ni lui – ni Henry, d'ailleurs – n'avaient pensé à ça. Jerry suppose qu'il a de la chance de ne pas être à l'arrière d'une voiture de police en ce moment même. Puis il songe que ça pourrait tout de même arriver, en fonction de ce que Hans va dire.

« Oui, il m'a appelé, déclare ce dernier, et oui, je suis allé le chercher au centre commercial. Il était complètement déboussolé. J'ai appelé sa fille pour la prévenir qu'il était en sécurité. J'allais le ramener à la maison de santé, mais elle nous a annoncé une nouvelle qui m'a fait comprendre que nous devions aller au commissariat. »

Le cœur de Jerry se serre à l'idée que Hans va le balancer. Il ouvre prudemment la portière, sans un bruit. Il est de plus en plus certain qu'il est innocent, et il ne va pas laisser ces gens tout gâcher.

« Donc il est ici en ce moment », dit l'un des inspecteurs.

Hans rit.

« Désolé, les gars, mais vous allez vite en besogne. Quand je lui ai dit que j'allais vous l'amener, il m'a frappé alors que nous étions coincés à un feu rouge, et il a bondi hors de la voiture. Il a traversé la rue en courant, et quand j'ai été en mesure de faire demi-tour, il avait disparu. »

Figé entre le garage et le couloir, Jerry réfléchit à ce qu'il vient d'entendre, puis il revient lentement sur ses pas.

« Alors vous l'avez laissé partir ? Vous êtes un mauvais ami », déclare l'un des agents.

Mais Jerry pense le contraire. Le fait que Hans ne le trahisse pas fait de lui un bon ami. Le meilleur qu'il puisse avoir en ce moment.

« Non, ça fait de moi un bon ami, parce que je ne lui ai pas rendu son coup.

— Vous saviez qu'il était recherché en lien avec de multiples homicides, et vous ne vous êtes pas dit que votre devoir de citoyen était de nous appeler et de nous informer ?

— En d'autres termes, pourquoi est-ce que je n'ai pas fait votre boulot à votre place ? C'est ça que vous demandez ?

— Ce que mon partenaire veut savoir, c'est pourquoi vous vous foutez de notre gueule. Nous savons qu'il est ici. »

Hans rit de nouveau.

« Vous avez plus d'imagination que Jerry. Si vous pensiez vraiment qu'il est ici, ce n'est pas vous qui seriez venus, mais une unité armée qui aurait défoncé ma porte.

— Alors ça ne vous dérange pas qu'on entre pour jeter un coup d'œil ?

— Bien sûr que si. Mes parents m'ont toujours dit de ne pas parler à des inconnus, et c'est ce que vous êtes, pas vrai ? En plus, mon avocat s'y opposerait. Il vous demanderait un mandat, parce que c'est sa façon de penser. Moi, je lui dis qu'il est pessimiste, mais vous savez, je suis déjà allé en prison parce que la police a profité de ma naïveté. Je détesterais que vous entriez, que vous voyiez quelque chose qui vous semble bizarre, et que vous vous imaginiez soudain le pire. Je fais les choses dans les règles, et vous devriez faire pareil. Vous avez un mandat ?

— Ce n'est pas une plaisanterie.

— Je ne plaisante pas. Je vous dis qu'il n'est pas ici, et vous êtes là, chez moi, à me traiter de menteur et à me demander si ça m'ennuie qu'on viole mes droits. Je vous ai dit ce qui s'est passé, et j'ai été poli, mais je commence à perdre patience. Alors, à moins que vous ayez un mandat, nous en avons fini.

— Vu votre passé, mon vieux, vous savez que vous jouez avec le feu.

— Ce n'est pas un fugitif, c'est un homme confus qui ne sait pas ce qu'il fait, et en ce moment il ne sait probablement même pas où il est. Revenez quand vous aurez un mandat.

— Nous ne reviendrons pas seuls », déclare l'un des flics, puis Jerry entend la porte se refermer, et des bruits de pas qui s'éloignent tandis que les hommes regagnent leur voiture.

L'un d'eux dit à l'autre :

« Je t'avais dit qu'on aurait mieux fait d'attendre. Tu en fais une affaire trop personnelle.

— Cet enfoiré m'a cassé deux doigts, réplique le second. Évidemment que j'en fais une affaire personnelle. »

Jerry n'entend pas la suite car ils sont hors de portée. Hans revient dans le garage. Il place un doigt sur ses lèvres pour indiquer à Jerry de ne rien dire. Puis il marche jusqu'au portail et écoute, mais les deux flics sont désormais dans leur véhicule. Ils démarrent, quittent l'allée en marche arrière, et se garent dans la rue.

Hans retourne dans la maison, faisant signe à Jerry de le suivre.

« S'ils se garent devant, ça veut dire qu'ils vont demander à quelqu'un d'autre de s'occuper du mandat, dit-il à voix basse.

— Je crois que d'autres flics sont déjà en route, répond Jerry. L'un d'eux avait la main plâtrée, n'est-ce pas ?

— Exact.

— C'est moi qui lui ai cassé les doigts. Je crois qu'ils sont venus avant les autres parce qu'ils veulent m'arrêter eux-mêmes. »

Ils entrent dans le salon, et Hans déverrouille les baies vitrées qui donnent sur le jardin.

« Dans ce cas, ils seront ici d'une minute à l'autre, et si c'est une unité d'élite, ils vont prendre la maison d'assaut. Tu dois t'enfuir en courant, tout de suite.

— Tu ne viens pas avec moi ?

— J'ai des choses à faire ici. »

Il tend un téléphone portable à Jerry.

« Escalade la clôture de derrière et traverse le jardin du voisin jusqu'à la rue. Tourne à gauche, et quand tu seras au bout du pâté de maisons, prends à droite. Tu as compris ?

— Compris.

— Répète.

— Par-dessus la clôture jusqu'à la rue. À gauche, puis à droite au prochain croisement.

— Continue de marcher dans cette direction, et au bout de deux cents mètres, tu tomberas sur une allée. Elle mène à un parc. Vas-y et reste caché jusqu'à ce que je t'appelle, OK ?

— Qu'est-ce que tu… ?

— Fais ce que je te dis. Allez, en route. Et s'ils te trouvent, ne va pas leur parler de moi, OK ? »

Ils traversent rapidement le jardin. La pelouse est à hauteur de chevilles, et elle est envahie d'orties et de broussailles assez hautes pour avoir développé des tiges de deux centimètres d'épaisseur. Jerry escalade la clôture et retombe de l'autre côté, derrière une maison dotée d'une petite piscine gonflable et d'un bac à sable constellé de crottes de chat. Il réfléchit, se demandant comment il a pu en arriver là. Il contourne la maison et passe devant un tricycle et un ballon de football avant d'atteindre la rue, déjà essoufflé. Il tourne à gauche et court comme Hans lui a dit de le faire. Au bout du pâté de maisons, il prend à droite et continue de courir jusqu'à l'allée. Il est au milieu de celle-ci lorsqu'il entend un véhicule approcher. Il se retourne et voit passer une voiture de police, mais celle-ci ne ralentit pas, et personne à l'intérieur ne regarde dans sa direction.

Il atteint le parc. L'une des choses les plus agréables dans cette ville, se souvient-il, c'est le nombre de parcs.

C'est pour ça que Christchurch est surnommée la Ville Jardin, et non à cause du nombre de gens qui se font enterrer sous les pelouses. Naturellement, c'est le genre de chose dont Henry se serait amusé dans un de ses livres. Il y a quelques personnes dans le parc, des gamins qui jouent sur les balançoires, un autre sur un manège, des adolescents en train de fumer près des toilettes, le visage ombragé par leur capuche. Ça aussi, Henry s'en serait amusé à l'époque.

Quelques arbres bordent le côté nord, créant de l'ombre. Il pourrait aller s'y cacher, mais si on le voit marcher jusque là-bas, ça éveillera les soupçons. C'est alors qu'il repère un banc, juste à l'endroit où l'herbe rencontre les arbres. Il s'y rend et s'assied. Il se sent épuisé. Il sort le téléphone et fixe l'écran. Il fait mine d'écrire un texto, ou de vérifier la météo, comme le font les gens lorsqu'ils sont seuls au milieu d'autres personnes et ont un téléphone sous la main. Ses chevilles le démangent à cause des orties. Il se gratte, le soulagement est immédiat, puis la démangeaison empire.

Le téléphone sonne.

« Hans ?

— Tu es au parc ?

— Oui.

— Bien. Reste calme. Quand les flics en auront fini ici, je viendrai te chercher. Je vais devoir tourner un peu en voiture pour m'assurer qu'on ne me file pas, mais avec un peu de chance je serai là dans une heure ou deux. Ne fais rien. Contente-toi de rester invisible jusqu'à ce que j'arrive, d'accord ? Reste dans le parc, OK ?

— OK, répond Jerry.

— OK ?

— J'ai dit OK. Je vais rester assis là et t'attendre.

— Bien. Ne fous pas le camp. D'ailleurs, pourquoi tu ne profites pas de ce temps pour réfléchir à l'endroit où tu as pu cacher ton carnet ? Il est important que nous le trouvions. »

Ils raccrochent. Jerry regarde le téléphone et reste assis à l'ombre, seul comme jamais, traqué par la police, de plus en plus épuisé. Il pense à Eric. Il se sent un peu somnolent et se demande si c'est l'aide-soignant qui a commis ces meurtres. Il se couvre la bouche et bâille. Il se demande où il a pu cacher le carnet, et il y a quelque chose, un souvenir semblable à une écharde dans son cerveau qu'il n'arrive pas tout à fait à atteindre, mais au lieu de se concentrer dessus, il songe à Eric. Il bâille de nouveau, puis reprend soudain ses esprits, sans se rendre compte qu'il commençait à piquer du nez. Il se redresse un peu. Tout ce qu'il a à faire, c'est rester éveillé et attendre Hans. Et après, ils trouveront Eric. Il se demande ce qu'ils vont lui faire avouer exactement. Il recommence à piquer du nez, s'efforçant de tenir bon, tenir bon.

Le sursis

Ce jour est en passe de devenir l'un des plus longs de ta vie. Ce dernier rebondissement est pour toi, Futur Jerry, car il se pourrait que tu ne meures pas aujourd'hui.

Tu n'y comprends pas grand-chose. Il s'est seulement produit il y a une heure. Ça devrait être à Henry de te le raconter, mais son boulot est de créer. Alors que le tien, Jerry, est de dire les choses telles qu'elles sont. Et voici ce qui s'est passé…

Tu as achevé la seconde lettre d'adieu. Celle-là était pour Eva. Les deux étaient soigneusement pliées dans des enveloppes séparées, chacune portant un nom, et posées sur le bureau, bien en évidence. Les sacs poubelles étaient tous en place, et le Capitaine A allait finalement être obligé d'abandonner le navire. Tu étais assis dans ton fauteuil, regardant le canapé et te demandant si ça ne serait pas un meilleur endroit pour ce que tu avais à faire. Mais ça aurait impliqué de déplacer les sacs poubelles, et ça aurait vraiment été une autre manière de gagner du temps. En plus, ça aurait bousillé le canapé. Non, le fauteuil de bureau ferait l'affaire, et puis, vraiment, quelle importance ?

Tu n'avais plus l'intention d'utiliser la taie d'oreiller. Tu ne voulais pas qu'on te retrouve comme ça, et l'idée qu'il puisse y avoir une fuite et que la photo inonde

Internet dans quelques jours – Jerry Grey portant une taie d'oreiller sur sa tête, regardez l'imbécile qu'il est devenu – était insupportable. Tu t'es collé le canon du revolver dans la bouche, tes dents ont frotté contre le métal, et cette sensation ne t'a pas plu non plus, alors tu as décidé de te tirer une balle dans la tempe à la place, et tu as commencé à hésiter. C'était comme si un interrupteur était actionné dans ta tête. Fais-le, ne le fais pas, fais-le. Tu as pensé aux suicides ratés, aux balles qui changent de trajectoire et ricochent dans le crâne en faisant tout un tas de dégâts mais sans tuer. Tu t'es recollé le flingue dans la bouche.

Quand tu as pressé la détente, tu regardais la photo de Halloween qui est posée sur ton bureau, celle qui représente Eva déguisée en flic de la série *Chips*, mais c'était à la chemise ensanglantée, au couteau et à la fille morte que tu pensais. Il serait toujours uniquement question de cette dernière.

Rien ne s'est produit.

La sécurité était mise.

Tu étais en train de te demander comment l'ôter quand Sandra a fait irruption dans la pièce. Tu as laissé tomber l'arme sur le bureau et t'es levé si vivement que le fauteuil a roulé en arrière, s'est coincé dans un pli de la bâche et a basculé, accrochant le sac poubelle qui était accroché au mur derrière et le déchirant.

Dieu merci, s'est-elle exclamée.

Ses vêtements adhéraient à son corps, de la sueur dégoulinait de son visage et ses joues étaient rouges. Elle était à bout de souffle.

J'ai juste besoin d'une minute de plus, as-tu dit.

Elle a marché vers toi et regardé l'arme. Puis elle

a observé les sacs en plastique et la bâche, l'horreur de la situation l'a saisie, et elle s'est arrêtée net. Son expression est passée du soulagement à l'effroi. Elle s'est mise à trembler, s'est dirigée vers le canapé et s'est laissée tomber dessus. Elle n'avait plus le visage rougi. Elle était d'une pâleur spectrale. Mais elle transpirait encore plus et était haletante.

J'ai juste besoin d'une minute de plus, as-tu répété, car à cet instant tu pensais qu'elle était contrariée que tu ne sois pas allé jusqu'au bout de ton plan.

Elle a secoué la tête.

S'il te plaît, viens t'asseoir à côté de moi, a-t-elle dit, et comme tu ne bougeais pas, elle a tendu la main vers toi. *S'il te plaît, Jerry.*

Tu es allé t'asseoir sur le canapé, mais tu n'as pas pris sa main. Ton geste manqué avait créé une connexion mentale entre l'arme et toi, et tu sentais qu'elle était là sur le bureau, attendant d'être incluse dans la conversation.

J'ai reçu un coup de fil, a déclaré Sandra. *J'ai essayé de t'appeler. C'est pour ça que je suis revenue en courant. Pour t'empêcher. Je... je suis désolée. Je... je n'aurais pas dû te laisser faire... ce que tu allais faire.*

Elle s'est mise à pleurer. Tu aurais voulu poser la main sur son épaule, lui dire que tout irait bien, mais tu n'as pas pu t'y résoudre. Tout n'irait pas bien, et n'oublions pas, Futur Jerry, qu'à ce stade de la partie elle se tapait le boulanger et les installateurs d'alarmes et Dieu sait qui d'autre. À cet instant, quand cette idée t'a traversé l'esprit, tu dois savoir que tu as de nouveau pensé à l'arme. Pendant une seconde – non, juste une microseconde –, deux choses se sont produites. Tu l'as tout d'abord vue allongée sous le boulanger pendant qu'il bougeait en elle, portant sa grande toque blanche tachée de sueur, son gros cul de boulanger s'agitant en l'air. Puis tu as vu le revolver, toi à une extrémité, l'autre crachant des balles dans la poitrine de Sandra. Deux visions déplaisantes, furtives mais néanmoins présentes.

Tu te souviens de Mae ?

Un personnage d'un livre ?

Non. Il y a quelques semaines, tu t'es enfui, tu t'es perdu et tu as frappé à sa porte. C'était la maison dans laquelle tu avais vécu quelque temps quand tu étais jeune. Mae était...

L'infirmière Mae, as-tu coupé.

Tu te souvenais d'elle. Tu ne te rappelais pas le trajet jusqu'à sa maison, mais tu te rappelais avoir été là-bas, le thé et la conversation, puis Sandra qui était venue te chercher. C'était le jour où tu avais essayé de te débarrasser de la bombe de peinture.

Oui, elle, a confirmé Sandra.

Elle semblait contente que tu t'en souviennes. Bon Dieu, même toi tu étais content. Tu t'es laissé aller à imaginer un moment – un fantasme, vraiment – que le pire d'Alzheimer était derrière toi, et que ce qui t'attendait, c'étaient les cinq stades de la guérison.

Elle a téléphoné pour prendre des nouvelles.

Pourquoi ?

Parce que tu es allé là-bas samedi soir.

Je... attends. Quoi ?

Je veux voir la chemise.

Pourquoi ?

Parce que je te le demande.

Tu as soulevé la latte de parquet et lui as montré la chemise. Elle n'avait pas l'air aussi contrariée que tu l'aurais cru. Tu as roulé la chemise en boule et l'a replacée sous le plancher, puis elle t'a tout expliqué. Si Connard avait été là avec sa caméra, la scène serait désormais sur Internet pour te rafraîchir la mémoire, mais tu te souviens de l'essentiel.

Vers trois heures du matin, Mae avait été réveillée par des coups frappés à sa porte. En ouvrant, elle t'avait trouvé planté là, et dans la rue était stationné le taxi qui t'avait amené. Tu n'avais pas d'argent et, comme la dernière fois que tu étais allé chez elle, tu étais confus. Elle avait payé le chauffeur et t'avait fait entrer. Elle a expliqué à Sandra qu'elle avait songé à te remettre dans le taxi et à dire au chauffeur de te ramener là où il t'avait trouvé, mais le problème était qu'elle ne savait pas où c'était, et elle n'était même pas certaine que tu ne prendrais pas la fuite au premier feu rouge. Tu t'étais assis à la table de la cuisine et avais bu une tasse de thé, mais quand elle s'était apprêtée à appeler Sandra, tu lui avais demandé de ne pas le faire. Ceci, naturellement, après qu'elle t'eut expliqué que tu n'habitais plus là-bas, ce dont tu commençais à te douter. La raison pour laquelle tu n'avais pas voulu qu'elle téléphone à Sandra était simple – et tu avais pu le prouver à Mae en lui montrant la vidéo de toi en train de gâcher le mariage et ce qui restait de ta vie. Elle avait accepté de ne pas appeler Sandra, mais insisté pour appeler quelqu'un d'autre. Alors tu lui avais parlé de Hans, et comme tu avais ton téléphone sur toi, tu l'avais appelé. Mais il n'avait pas répondu, ce qui n'était pas surprenant puisque c'était le milieu de la nuit. Du coup, tu avais laissé un message.

Mae était restée avec toi à boire des tasses de thé et à discuter. De la météo. De la vie. De musique. Elle a affirmé que tu avais des problèmes à suivre la conversation. Parfois tu étais très animé, et à d'autres moments tu regardais fixement dans le vide comme si tu étais en veille. Si tout cela est vrai, Futur Jerry, et il n'y a aucune raison d'en douter, alors c'est un de ces événements qui ne se sont pas fixés dans ta mémoire. Tu étais Jerry Qui Fonctionne, mais en mode veille, et même si tu avais des moments de lucidité, il ne t'en est rien resté. Hans avait rappelé vers cinq heures et, à en croire Mae, tu avais insisté pour le retrouver dans la rue.

Quand Sandra t'a raconté tout ça, tu as fermé les yeux et tenté de te représenter la scène. Au début il n'y avait rien, mais peu à peu des bribes sont revenues, et tu t'es vu grimpant dans la voiture de Hans. Tu ne sais cependant pas si ça s'est produit exactement de la façon dont tu le vois, ou si tu l'imagines parce que tu es monté mille fois dans des voitures, y compris la sienne. Cependant, si c'est vrai, tu n'as aucun souvenir du trajet du retour.

Tu as passé plusieurs heures avec l'infirmière, t'a expliqué Sandra. *Les infos disent que Belinda a été tuée vers trois heures du matin. C'est l'heure à laquelle tu frappais à la porte de Mae. Les flics n'arrêtent pas de dire qu'ils veulent parler à toutes les personnes qui ont vu quelque chose cette nuit-là, et à toutes celles qui vivent dans sa rue et qui ne dormaient pas. Trois heures du matin, Jerry, tu ne comprends pas ce que ça signifie ? Si tu l'avais tuée avant, Mae aurait vu le sang sur ta chemise. Je lui ai demandé comment tu étais habillé, et elle a répondu que tu portais les mêmes vêtements qu'au mariage, car elle avait vu la vidéo en ligne. Et alors Hans est venu te chercher.*

Tu as parlé à Hans ?

Pas encore, a-t-elle répondu. *Il a dû se passer quelque chose après qu'il t'a déposé, mais en tout cas, ça n'a rien à voir avec Belinda. Elle était déjà morte.*

Alors à qui est ce sang ?

Sandra est restée silencieuse, car elle n'avait pas de réponse. Tu t'es de nouveau imaginé regardant les infos, attendant un coup de fil, dans la crainte d'apprendre qui d'autre était mort.

Mais alors Sandra a eu une réponse. Et elle était parfaitement logique.

Tu n'as pas parlé à Hans, a-t-elle déclaré.

C'est exact.

Est-il possible que ce soit son sang ?

Tu as réfléchi, comme si tu avais pu faire ressurgir le souvenir, ce qui était naturellement impossible. Peut-être que vous aviez eu une altercation et qu'il était reparti blessé et… était-il même encore vivant ?

Jerry ?

J'en sais rien. Je suppose que c'est possible.

Elle a regardé les sacs poubelles, la bâche, et s'est remise à pleurer.

J'ai failli arriver trop tard. Je n'ai pas arrêté d'appeler, mais tu ne répondais pas. Mae m'a uniquement téléphoné pour prendre des nouvelles, parce qu'elle regrettait de ne pas l'avoir fait l'autre nuit, et si elle... si elle avait attendu plus longtemps, tu... tu serais...

Tu t'es finalement approché d'elle, plaçant une main sur son genou et l'autre sur son bras.

Mais elle t'a appelée, et tu es rentrée à temps, as-tu dit, à la fois soulagé et effrayé car la question du couteau et de la chemise ensanglantés n'était toujours pas résolue.

Il s'était passé quelque chose.

On va nettoyer tout ça, et après on appellera Hans, a-t-elle déclaré.

Le nettoyage de la pièce a été comme un film passé à l'envers, et c'était étrange, car tandis que tu accrochais les sacs poubelles et étalais la bâche, tu n'avais jamais songé que ce serait toi qui les retirerais. Sandra n'est pas parvenue à joindre Hans, mais elle a laissé un message. Elle avait l'air soucieuse, et pourtant tu savais qu'elle t'aurait pardonné si tu avais fait du mal à ton ami.

Puis elle est montée à l'étage pour faire un brin de toilette, ôter ses vêtements trempés de sueur, reprendre le contrôle de ses émotions et digérer tout ce qui se passait. C'est alors que ton téléphone a sonné. C'était Hans.

Je suis dans la merde. J'ai humilié ma famille, je suis la risée de la terre entière et j'ai...

Ils s'en remettront, a coupé Hans. *Il suffira d'une vidéo de chat en train de faire du ski nautique pour qu'on t'oublie.*

Non, c'est pire que ça, as-tu répliqué.

Tu t'es servi un verre et lui as demandé s'il était vrai qu'il était venu te chercher. Il a répondu par l'affirmative. Tu lui as demandé si vous vous étiez battus, si tu l'avais blessé avec un couteau, et il a répondu par la négative. Tu lui as demandé s'il y avait du sang sur ta chemise, et il n'a rien dit, comme si c'était lui qui avait du mal à se souvenir. Alors tu lui as reposé la question, et il a répondu que oui, il y avait du sang, ajoutant qu'il t'avait interrogé à ce sujet sur le coup, mais que tu n'avais pas su lui répondre. Tu lui as demandé d'où venait le couteau, mais il n'en avait vu aucun.

Ça ne colle pas avec ce que l'infirmière Mae a dit à Sandra, mais entre tous ces ouï-dire et ces gin tonics, les détails sont flous. Tout sera cependant bientôt résolu, car Hans arrive.

Henry essaie de dire quelque chose, mais il ne trouve pas les mots, et c'est dommage car ça semble important. Avec un peu de chance, Hans et lui pourront travailler de concert pour essayer de comprendre ce qui s'est passé. Tu as demandé à ton ami d'apporter deux nouvelles bouteilles de gin. Et tu es persuadé que Hans saura quoi faire. Car résoudre les problèmes, c'est son truc.

Jerry est dans un taxi, en train de tendre de l'argent au chauffeur, quand son téléphone sonne.

« Ça va, mec ? »

L'homme a l'air soucieux. C'est un gros type dont la poitrine pendouille par-dessus son ventre, et dont les bras sont aussi épais que les jambes de Jerry. Des excroissances de chair constellent son cou, et des taches brunes, son cuir chevelu. Jerry lui trouve un air de pomme de terre humaine.

« Ça… ça va.

— Vous êtes sûr ? »

Jerry regarde par la vitre. Il est devant sa maison. Le téléphone continue de sonner.

« C'est chez moi, dit-il.

— Alors c'est une bonne chose que je vous aie amené ici, répond le chauffeur. Vous êtes sûr que ça va ?

— Oui, oui, ça va. »

L'homme lui rend sa monnaie. Jerry jette un coup d'œil à son poignet, mais il ne porte pas de montre.

« Quelle heure est-il ?

— Un peu plus de six heures. »

Il descend de voiture. Le ciel commence à s'assombrir, et il fait frais. Il regarde le téléphone, mais ne le reconnaît pas. Où est-il allé ? Faire du shopping ?

Voir des amis ? Le taxi reste là tandis que le chauffeur bidouille quelque chose sur le tableau de bord.

Jerry décroche.

« Allô ?

— Je suis en route.

— Hans ?

— Il est avec moi, déclare ce dernier. Je n'en reviens pas d'être en train de faire ça, mais il est avec moi.

— Qui ça ? »

Hans marque une pause, puis demande : « Ça… ça va ? »

Jerry regarde sa maison. Oui, ça va. Il a dû errer, et il ne sait plus où il est allé. Ce qu'il sait, en revanche, c'est que dernièrement il ne s'est pas senti bien. Il tapote ses poches, mais ne trouve pas ses clés. Parfois il s'enfuit par la fenêtre et va à des endroits où il ne devrait pas aller, et si c'est ce qu'il vient de faire, alors il peut peut-être rentrer par là où il est sorti. Il emprunte l'allée puis contourne la maison jusqu'à son bureau.

« Ça va, répond-il à Hans.

— Tu es toujours au parc, n'est-ce pas ?

— Quel parc ?

— Celui où je t'ai dit de m'attendre.

— Je ne me souviens d'aucun parc. Je suis rentré.

— À la maison de santé ?

— Quelle maison de santé ? » demande Jerry.

Quelque chose dans tout ça lui *semble* familier, mais il ne sait pas quoi. Il atteint la fenêtre de son bureau, mais elle est fermée. Il regarde à travers la vitre, et même si tout lui paraît normal, il remarque quelques changements. L'ordinateur semble plus récent que dans son souvenir, et les choses sont à des endroits légèrement différents. Mais pour l'essentiel, tout est comme avant… ou presque.

« Non, je suis chez moi. De quel parc parles-tu ?

— Tu es chez toi ? Dans ta maison ?

— À peu près.

— Comment ça ? »

Jerry se dirige vers la porte d'entrée. Peut-être que Sandra sera rentrée du travail. Elle va lui remonter les bretelles, mais avec un peu de chance, tout sera pardonné à la fin de la journée. Et si elle n'est pas là, il y a une clé de secours cachée dans le jardin. Marrant qu'il se souvienne de cette clé, qu'il se rappelle le jour où ils l'ont enveloppée dans un petit sachet en plastique et planquée juste à la limite de la terrasse, alors qu'il est incapable de se souvenir des trente dernières minutes.

Peut-être que *marrant* n'est pas le bon mot.

« Jerry ?

— En fait, je suis devant, sur le point d'entrer.

— Tu t'es souvenu où était le carnet ?

— Tu es au courant ?

— Écoute, Jerry, il faut que tu m'écoutes très attentivement. Ne bouge pas. Reste sur le trottoir. Je vais venir te chercher. »

Il est presque à la porte d'entrée. Il cherche une fois de plus dans ses poches au cas où les clés y seraient tout de même – combien de fois les a-t-il cherchées, ou son portefeuille, ou son téléphone, dans une poche pour les retrouver à la deuxième ou à la troisième tentative ? Il ne comprend pas ce qui turlupine Hans. Et il ne trouve pas ses clés. Il découvre en revanche une paire de boucles d'oreilles appartenant à Sandra, ce qui lui semble un peu bizarre.

« Jerry ?

— Oui, oui, je t'ai entendu, mais ce que tu dis n'a aucun sens.

— Concentre-toi, Jerry. Quels sont tes souvenirs d'aujourd'hui ? »

Il repense à la journée écoulée. À vrai dire, il ne se souvient de rien. Ça arrive parfois. Sa famille a peur qu'il ne foute le mariage en l'air à cause de ça. Il sait qu'ils envisagent de le faire hospitaliser.

« Jerry ?

— Je ne me souviens pas de grand-chose, admet-il.

— Tu n'habites plus dans cette maison, Jerry.

— Ouais, c'est ça. »

Il éclate de rire, puis commence à frapper à la porte. Rien de plus drôle que de faire une blague à quelqu'un qui perd la boule.

« Tu es en train de frapper ? demande Hans.

— Je n'ai pas ma clé.

— Sérieusement, Jerry, tu n'habites plus là-bas. Faut que tu m'attendes dans la rue.

— Mais…

— Est-ce qu'il y a des flics ? Tu en vois ?

— Quoi ? Pourquoi la police serait-elle là ?

— Tu vis dans une maison de santé. Tu t'es échappé. Tu m'as appelé tout à l'heure et je suis venu te chercher dans un centre commercial. Tu ne te souviens pas de tout ça ?

— Non, répond Jerry, irrité que Hans insiste avec sa blague idiote.

— Tu dois.

— Je ne saisis pas, l'interrompt Jerry. La plaisanterie m'échappe.

— Je ne plaisante pas.

— Je vois toutes mes affaires à travers la fenêtre du bureau.

— Ce ne sont pas tes affaires.

— Rappelle-moi plus tard quand tu auras quelque chose d'intelligent à dire », réplique-t-il, et il raccroche.

Il frappe de nouveau, mais il n'y a pas de réponse. Soit Sandra n'est pas rentrée, soit elle est sous la douche. Le téléphone se remet à sonner, mais il l'ignore. Il se dirige vers le portail sur le côté et observe que les arbustes qu'ils ont plantés au printemps dernier ont été arrachés et remplacés par d'autres, qu'un paillage d'écorce a été installé, et qu'une famille de nains de jardin garde le tout. Il passe la main à travers le portail, soulève le loquet, et quand celui-ci s'ouvre en grand, tout lui semble légèrement altéré. Il met quelques instants à repérer les modifications, et c'est alors qu'il remarque que la piscine a disparu. Qu'est-ce qui s'est passé ? Il égarait tout le temps des choses au bord de la piscine, mais il n'a jamais *perdu* la piscine. Le jardin est différent, mais pas la terrasse, ni les dalles qui l'entourent. Il passe les mains sous l'une d'elles et la soulève. La clé est toujours là. Il monte sur la terrasse et ouvre le sachet tout en regardant l'intérieur de la maison à travers les baies vitrées. Le monde dévie encore un peu plus de son axe. Il ne reconnaît aucun des meubles, et il y a au mur du salon un grand tableau représentant des chevaux galopant sur une plage, dont il n'a aucun souvenir.

Sandra l'a finalement fait, elle l'a foutu dehors et le boulanger a emménagé. Tout le mobilier a été remplacé, et elle n'a même pas eu la décence de le prévenir. Peut-être que c'est ce que Hans voulait dire quand il a affirmé qu'il n'habitait plus là. Il sort la clé du sachet.

« Qu'est-ce que vous fabriquez ici ? »

Il se retourne vers la voix. Mme Smith lui a toujours fait penser à ces grands-mères génériques qu'il insérait dans ses romans pour que quelque crapule les pousse dans un escalier.

« Écoutez, votre sollicitude me touche, dit-il, mais je vais bien. Comme vous pouvez le voir, nous nous sommes occupés du jardin. Merci d'être passée. »

C'est alors qu'il remarque une chose qu'il avait négligée. Elle tient une crosse de hockey, serrant fermement le manche à deux mains, avec la lame pointée dans sa direction. Est-ce qu'elle va l'agresser ?

« J'ai appelé la police », déclare-t-elle.

Il ne s'agit donc pas d'une agression, et ce mot réveille un souvenir : cette même femme disant la même chose, seulement cette fois-là il était assis dans une voiture garée dans la rue juste devant, du côté passager, mais qui était à côté de lui ?

« On va vous enfermer pour ce que vous avez fait, pour avoir arraché mes roses et mis le feu à ma voiture. »

Elle ajuste la position de ses mains sur la crosse.

« Et pour avoir peint ce mot sur ma maison.

— De quoi parlez… », commence-t-il, mais les images lui reviennent alors soudain, tellement nombreuses qu'elles lui donnent le vertige et qu'il ne parvient à en tirer aucun sens.

Il s'assied sur le pas de la porte tandis que Mme Smith l'observe comme si elle était prête à lever les bras et à lui décocher un bon coup de crosse.

« Personne ne croit à ces sornettes d'Alzheimer, monsieur Grey, alors arrêtez de jouer cette carte. Vous êtes un salopard bon à rien qui assassine des femmes pour le plaisir, et si vous…

— Quoi ?

— Si vous croyez que vous pouvez vous introduire dans votre ancienne maison et…

— Quoi ?

— … et tuer les nouveaux propriétaires, eh bien, faites un pas et je vous transperce la tête avec ceci. »

Elle change l'angle de la crosse pour la faire paraître plus menaçante.

« J'étais dans l'équipe nationale en mon temps, alors n'allez pas croire que je ne sais pas m'en servir. »

L'équipe nationale ? De quoi ? D'escrime à la crosse de hockey ?

« Qu'est-ce que vous racontez ?

— Vous êtes un homme mauvais, monsieur Grey. Pourri jusqu'à la moelle.

— Il y a quelque chose qui cloche chez vous, réplique-t-il. Quel genre de personne invente de telles conneries ? »

Puis il s'aperçoit qu'il est le genre de personne qui invente de telles conneries. C'est son gagne-pain. C'est un menteur professionnel. Un maître de l'illusion.

« Restez où vous êtes, dit-elle en lui donnant un petit coup de crosse. Votre femme est morte à cause de vous.

— Quoi ?

— Vous l'avez tuée. »

Comment ose-t-elle ? Elle n'aurait pas dû dire ça. Elle. N'aurait. Pas. Dû. Il saisit à deux mains la lame de la crosse, et une lutte s'engage tandis qu'il se relève et pousse en avant. Il est plus lourd, plus fort, plus jeune et plus furieux, et il n'a aucun mal à la faire reculer. Le pied de Mme Smith se pose dans l'herbe qui borde l'allée, elle trébuche, se raccrochant à la crosse pour ne pas perdre l'équilibre, et il comprend soudain ce qui est sur le point de se passer. Si exaspérante soit-elle, la dernière chose qu'il veut, c'est qu'elle tombe et se fende le crâne. Il tente de retenir la crosse pour empêcher Mme Smith de tomber, mais elle est trop lourde et il lâche prise. Elle bascule à la renverse, son derrière heurtant le sol une seconde avant son dos, puis sa tête, et tandis qu'il est là à la regarder, il s'aperçoit qu'elle a dit vrai – Sandra est morte.

Ton nom est Jerry Grey, déclare Henry, et il l'avait oublié celui-là, toujours tapi au fond de sa tête et prêt à faire des commentaires. *Tu es un auteur de romans policiers qui n'habite plus ici, ton Alzheimer met le monde sens dessus dessous et l'agite dans tous les sens. La police vient te chercher, elle arrive. Oh, et en plus tu as tué Sandra.*

Mais c'est Hans qui vient le chercher, pas la police, Hans qui fait le tour de la maison et s'arrête à l'endroit où Mme Smith est en train de faire copain-copain avec la pelouse. Elle ne bouge plus.

« Qu'est-ce qui se passe, Jerry ?

— C'ét… c'était un accident.

— Est-ce qu'elle… ?

— Je ne sais pas, je ne sais pas. »

Hans se baisse et essaie de prendre le pouls de la femme. Il cherche à tâtons pendant quelques secondes, puis enfonce les doigts dans un pli de peau, où ils disparaissent jusqu'à la première articulation, mais il le sent alors et semble soulagé.

« Elle est toujours vivante. Aide-moi à la monter sur la terrasse. »

Ils la redressent, chacun passant un des bras de la voisine autour de ses épaules pour la soulever. Les transats n'ont pas été nettoyés depuis l'hiver et sont couverts de feuilles mortes, de toiles d'araignées et de fientes d'oiseaux, mais ils parviennent à l'étendre sur l'un d'entre eux.

« On ne peut pas la laisser comme ça, observe Jerry. Il fait trop froid.

— Qu'est-ce que tu fous ici ? demande Hans. Tu t'es rappelé où était le carnet ?

— Non, répond Jerry. Je ne sais même pas pourquoi je suis venu.

— Est-ce que tu sais où il est ? »

Jerry acquiesce.

« C'est le type qui vit ici qui l'a. Le nouveau propriétaire. Gary Machin-Truc. Il est quelque part ici. Ça doit être pour ça que je suis revenu.

— Alors faut qu'on entre et qu'on le récupère, déclare Hans.

— Elle a appelé la police, explique Jerry en baissant les yeux vers Mme Smith.

— Elle a dit ça ?

— Oui.

— OK, alors c'est pas grave qu'elle ait froid parce que les flics vont arriver. »

Il entraîne Jerry en direction de la rue.

« Au besoin, on reviendra plus tard. »

Ils atteignent la voiture. Ce n'est pas celle que Hans

conduisait plus tôt. Et ce n'est que lorsqu'il s'assied et attache sa ceinture de sécurité que Jerry s'aperçoit qu'ils ne sont pas seuls. Eric l'aide-soignant est affalé en travers de la banquette arrière, les yeux clos et ronflant doucement.

Je ne sais pas. Je ne sais pas

Tu ne sais pas ce qui se passe, mais Sandra est morte, Sandra est morte, Sandra. Est. Morte.

Tu as dû t'endormir, et à ton réveil tu avais un revolver à la main, et pourquoi Sandra est-elle morte ? Qu'est-il arrivé ? Tu as dû l'abattre car elle a un trou dans la poitrine, et comme son corps est froid, ça a dû se produire il y a un bon moment et…

Tu ne sais pas.

Tu ne sais pas.

Le Carnet de la Folie est désormais plus important que jamais pour y consigner tes pensées. Il est essentiel d'écrire et de se souvenir. Mais écrire quoi ?

Tu ne.

Sais pas.

Ce qui s'est passé.

Jerry ne sait pas. Henry ne sait pas. Jerry et Henry sont des noms qui se ressemblent, et tu ne sais pas si tu l'avais déjà remarqué, mais. Tu as dû, vraiment, et Sandra est morte dans ton bureau et. Elle gît par terre et. Il y a du sang tout autour d'elle, il s'est écoulé. Des orifices. Dans sa poitrine, et ses yeux sont ouverts. Ouverts, elle me fixe tandis que tu écris et tu.

Ne sais pas quoi faire. Comme la police n'est pas là, ça signifie qu'elle a été tuée dans ton bureau et que personne n'a rien entendu, ce qui est logique puisqu'elle est là, le sang est là, et.

Réfléchis. Réfléchis, Jerry.

Réfléchis et rappelle-toi.

De quoi te souviens-tu ?

De rien, mais un rapide coup d'œil au Carnet de la Folie te raconte la triste histoire d'un homme scotchant des sacs poubelles aux murs, s'asseyant dans son fauteuil, puis la sécurité empêchant le coup de feu de partir et Sandra faisant irruption. Toi-moi-nous ne nous souvenons pas de quoi vous avez parlé, mais c'est là dans le carnet, tu l'as lu, et tu as appelé Hans, tu l'as appelé il y a six heures, et le chat est mort depuis des années mais tu as tout de même essayé de lui acheter de la nourriture, bien avant que le boulanger se tape Sandra et que tu foutes le mariage en l'air, et tu dois rappeler Hans pour savoir s'il est passé, et s'il l'a fait tu dois lui demander de quoi vous avez parlé, et tu dois savoir ce qui t'a mis suffisamment en colère pour.

Tuer.

Sandra.

En utilisant l'arme avec laquelle tu étais censé te tirer une balle, cette arme qui est désormais sur le bureau à portée de main.

Jerry a merdé. Jerry était confus. Jerry...

Ferme-la, Henry, nom de Dieu. Ferme. Ta. Gueule.

Tu as l'impression que ton cerveau saigne. Qu'il gonfle. Qu'il va exploser. Tu dois appeler Hans. Il saura quoi faire. Si quelqu'un écrit *grosse pute* sur une boîte à lettres ? Alors on appelle Jerry. Un cadavre à faire disparaître ? Eh bien, Hans est notre homme.

Mais tu ne veux pas te débarrasser d'un cadavre. Ce que tu voudrais, c'est que rien de tout ça ne soit réel. Mais comme ça l'est, tout ce qui te reste, c'est le plan A – te tirer une balle dans la tête, mais sans taie d'oreiller.

As-tu fait ça ? As-tu commis cet acte atroce ?

Tu ne sais pas. Tu le saurais sûrement si tu l'avais fait. Non ?

Jerry a merdé. Jerry est un lâche.

Ta gueule, Henry.

Tu dois appeler la police. Tu le dois.

Tu ne sais pas.

Quoi.

Faire.

Tu ne.

Sais pas.

Tu veux te réveiller et découvrir que rien de tout ça n'est arrivé.

Mauvaise nouvelle – Sandra est morte.

Mauvaise nouvelle – Sandra est morte.

« Qu'est-ce qu'il fout là ? demande Jerry.
— Je t'expliquerai en chemin.
— On va où ? »

Hans démarre. Ils laissent Mme Smith et son quartier – l'ancien quartier de Jerry – derrière eux, les maisons défilant de l'autre côté de la vitre, des maisons qu'il voyait chaque jour mais dont il ne se souvient plus.

« Tu te rappelles quoi ? demande Hans.

— Il y a cinq minutes, c'était le néant, mais maintenant je me souviens de l'essentiel, à commencer par mon réveil dans la maison de cette femme. J'ai trouvé le parc où tu m'as dit d'aller, et je t'ai attendu… et, bon sang, je crois que j'ai dû m'endormir. Et tout ce que je sais, c'est qu'ensuite j'étais devant mon ancienne maison.

— Je t'ai parlé à plusieurs reprises, dit Hans. J'avais peur que la police me file, et je me suis dit que c'était trop risqué de venir te chercher tout de suite. Je suis allé sur Internet. La maison de santé a un site pour informer les gens de ce qu'ils font, mais aussi de qui le fait. Il y a toute une section consacrée au personnel, avec de brèves biographies. Il n'y avait qu'un seul Eric. Je t'ai rappelé, et tu étais encore plus déterminé à interroger ce type. Vu tes explications… ça avait du sens. C'était logique d'au moins lui parler, pas vrai ? Mais c'était encore plus logique de fouiller sa maison et de voir ce que j'y trouverais.

— Alors pourquoi il est à l'arrière de la voiture ?

— Parce que ça s'est pas passé comme prévu », répond Hans.

Mais les choses se passent-elles jamais comme prévu ? Certainement pas dans ses livres, songe Jerry.

« Après avoir obtenu son nom en ligne, j'ai trouvé son adresse dans un annuaire. Puis j'ai appelé un de mes potes. Je suis allé dans un centre commercial, je l'ai retrouvé dans les toilettes, je lui ai donné mes clés de voiture, et il m'a donné les siennes, et deux minutes plus tard il a déclenché l'alarme incendie. Tout le monde a évacué les lieux, et j'ai pu semer dans la marée humaine quiconque me suivait. Je suis retourné sur le parking, puis je suis allé chez Eric dans la bagnole de mon pote. Celle-ci, soit dit en passant, c'est celle d'Eric. »

Hans dit tout ça d'un ton très détaché, comme si c'était normal, et Jerry suppose que pour lui ça l'est probablement. Il jette un coup d'œil derrière son épaule en direction de l'aide-soignant. Du ruban adhésif lui attache les mains dans le dos et lui recouvre les yeux et la bouche.

« C'est pas aussi terrible que ça en a l'air », déclare Hans, mais Jerry n'en est pas si sûr.

Il est également de moins en moins sûr qu'Eric puisse être coupable.

« Je lui ai fait une piqûre, probablement le même truc que ce qu'il t'a injecté.

— Alors comment ça se fait qu'une fouille de sa maison se soit transformée en enlèvement ? Qu'est-ce qui s'est passé ?

— Ce qui s'est passé, c'est que j'ai frappé à la porte

en me disant, tu sais, que s'il ouvrait, je pourrais lui poser quelques questions.

— Et il a ouvert ?

— Non. Alors j'ai cru qu'il était pas chez lui.

— Tu t'es introduit dans la maison ?

— Évidemment. Je me disais que s'il était écrivain, il avait probablement un bureau, et c'était un bon endroit pour commencer à chercher. Seulement il était dedans, à son ordinateur, avec un casque sur les oreilles. Il m'avait pas entendu. Il m'a vu, et il m'a tout de suite reconnu parce que j'étais allé te voir plusieurs fois à la maison de santé, et…

— Tu es venu me voir ?

— Évidemment, mon pote. Mais revenons à nos moutons, Eric m'a vu parce que son bureau fait face à la porte, alors il s'est levé d'un bond, et comme il savait qui j'étais, il a très vite fait le rapprochement et compris pourquoi j'étais là. Ou du moins, c'est ce qu'il croyait. Il a pas dit un mot, mais il m'a balancé une tasse de café à la figure, puis il s'est précipité sur moi. Mais il a même pas eu le temps de m'atteindre, déclare Hans en souriant à Jerry, que je l'ai foutu par terre. Il a levé les yeux vers moi, et il avait l'air en colère, et inquiet, alors je lui ai expliqué que j'étais venu parce qu'il avait tué ces filles. Il m'a répondu qu'il avait aucune idée de ce que je racontais. Je lui ai dit que je savais qu'il essayait de te piéger, mais il a secoué la tête en me disant que je me trompais. Puis il a ajouté que t'étais un psychopathe, alors je lui ai balancé un coup de pompe dans la tête. Il était dans les vapes, et j'étais sur le point de le ligoter quand j'ai remarqué son alliance.

— Il est marié ?

— Ouais. Il y a des photos aux murs de sa maison qui le prouvent. Donc je me suis dit que la meilleure chose à faire, c'était foutre le camp. J'ai remis un peu d'ordre pour que la femme aille pas s'imaginer des trucs quand elle rentrerait, puis je l'ai traîné jusqu'à sa bagnole et je l'ai balancé à l'arrière. Comme je voulais pas qu'il se réveille, je suis allé chercher quelques seringues dans ma voiture…

— Des seringues ?

— Pour l'endormir.

— Ton copain en avait dans sa voiture ?

— Non. C'est moi qui les avais apportées. Elles étaient là pour l'option numéro trois, tu te souviens ? Une seule piqûre fait dormir, alors c'est tout ce que je lui ai donné. Mais si t'en injectes suffisamment… eh bien, tu t'endors et tu te réveilles pas. Donc, j'en ai fait une à Eric, et j'étais en route pour aller te chercher au parc quand je t'ai appelé. C'est tout. Maintenant faut qu'on aille quelque part et qu'on l'interroge. »

Jerry ne sait pas quoi dire. Ça semblait un bon plan au moment où Hans et Henry échangeaient des idées, de la même manière que Henry échangeait des idées avec sa relectrice. Ça semblait jouable, sur le coup. Mais le fait de voir Eric inconscient sur la banquette arrière change la donne, comme ça aurait été le cas si Jerry avait débarqué dans le bureau de son éditeur en traînant derrière lui une prostituée et un tueur en série pour expliquer l'intrigue de son prochain livre. Il y a une énorme différence, songe Jerry, entre inventer des choses et les réaliser.

« Jerry ? Allô ? Ici la Terre.

— Oui, je suis là.

— T'étais à l'ouest.

— Ça va.

— Il est coupable, pas vrai ? demande Hans.

— Vraiment ?

— C'est lui qu'a dit à la police que tu t'étais confessé à lui. Et quelqu'un t'a drogué, non ? Soit ça, soit tu t'es vraiment enfui de la maison de santé et t'as marché trente kilomètres pour aller voir une femme que tu connaissais pas. En plus, il savait. À l'instant où il m'a regardé, il a su qu'il avait été démasqué.

— Et s'il se réveille ?

— Aucun risque, répond Hans. Pas encore.

— Comment peux-tu en être si sûr ?

— Je le sais.

— Alors, on va où ?

— Je connais un endroit », déclare Hans, ce qui n'étonne pas Jerry.

Il commence à faire sombre. Même s'il n'aime pas Mme Smith, il espère que quelqu'un l'a trouvée. À la fin du mois, on passera à l'heure d'été, et les jours rallongeront, mais pour le moment il n'y a plus guère de lumière après six heures et demie. Hans est obligé d'allumer les phares. La circulation n'est pas trop mauvaise car l'heure de pointe est passée depuis une heure. Les quartiers sont de plus en plus sinistres à mesure qu'ils roulent, jusqu'à ce qu'ils pénètrent dans une zone où chaque clôture est taguée et où il y a plus de mauvaises herbes dans les lézardes qui fendent les trottoirs que de pelouse dans les jardins. Ils se garent devant une maison de deux niveaux qui n'a pas de pelouse à l'avant, juste une énorme dalle de béton constellée de taches d'essence, avec une marelle tracée au moyen de ruban adhésif en son centre. Une pancarte « À Vendre » est clouée à la clôture. Elle doit être neuve car elle ne comporte pas de graffitis, ou peut-être qu'il y a une amnistie pour ce genre de pancarte. L'amnistie ne s'étend cependant pas à la poupée de chiffon qui a été fixée dessous, le clou de couvreur qui lui transperce le milieu du visage lui faisant un nez de métal gros comme une pièce de vingt-cinq cents.

« Attends ici », dit Hans.

Il éteint les phares avant de descendre de voiture, puis il se penche à l'intérieur.

« Je suis sérieux, Jerry. Je n'en ai que pour une minute, mais ne te tire pas, OK ?

— C'est censé être une plaisanterie ?

— C'était censé en être une, mais ça a vite cessé d'être drôle. »

Hans marche jusqu'à la porte, enfonçant la main dans sa poche en chemin, puis il disparaît dans l'obscurité et Jerry ne voit pas ce qu'il fait, mais il sait que son ami est plus que probablement en train de crocheter la serrure, geste qu'il a toujours trouvé cool pour ses personnages, mais qu'il n'a jamais été capable d'effectuer dans la vraie vie.

Si, tu sais le faire, déclare Henry, mais Jerry décide de ne pas l'écouter.

Une minute plus tard, Hans revient. Il porte une paire de gants en cuir fin. Il lance un coup d'œil en direction de la poupée sur la clôture, et Jerry se demande si elle lui évoque le même genre d'images que celles que Jerry l'auteur de romans d'épouvante aurait imaginées à l'époque où fiction et réalité étaient deux choses bien distinctes. Dans un autre univers, cette poupée serait capable d'arracher le clou de son visage et de continuer de faire ce qu'elle faisait avant de se faire agresser.

Sortir Eric de l'arrière de la voiture n'est pas une mince affaire. Il est plus lourd que Mme Smith, et Jerry est certain qu'il aura un tour de reins demain à cause de tous ces efforts. Mais ils parviennent à le redresser, puis ils le portent dans l'allée, franchissent la porte grande ouverte et pénètrent dans un couloir. Avant de le soulever, Jerry lui a ôté ses lunettes et les a placées dans sa poche pour ne pas les briser. Il fait sombre à l'intérieur, mais Hans s'arrange pour pointer la lampe torche de son téléphone portable devant eux tandis qu'ils avancent, permettant à Jerry d'avoir un bref aperçu des lieux.

« C'était un repaire de dealers, explique-t-il. Rien de bien sérieux, juste deux types qui vendaient de l'herbe à des fêtards, mais comme c'étaient des informateurs, les flics les laissaient s'adonner à leur trafic tant que ça allait pas plus loin. Mais évidemment, c'est allé plus loin, car ils ont eu un différend avec d'autres types à quelques rues d'ici, et soudain l'espérance de vie dans le quartier a considérablement chuté. Personne veut acheter par ici, et personne veut acheter une maison où deux dealers ont fini cloués au mur. En plus, les flics ont jamais retrouvé leurs bites. » Jerry a l'air inquiet, et Hans rigole. « T'en fais pas, je déconne. Ils les ont retrouvées. Enfin bref, tout ça, c'était y a des mois, personne vient jamais ici, et la police a aucune raison de le faire. Pas tant que l'endroit est vide. Viens, montons-le à l'étage. »

Il n'y a pas de meubles dans la maison, pas d'obstacles à éviter, et pas de tapis dans lequel se prendre les pieds. Ils atteignent l'escalier, qui est étroit, et Jerry se demande ce que ça va changer d'être à l'étage plutôt qu'au rez-de-chaussée pour interroger quelqu'un. Mais tous ces efforts doivent avoir un sens. Il pensait qu'à l'heure qu'il est Eric serait ligoté sur une chaise avec un couteau sous la gorge, mais il n'y a ni chaise ni couteau.

À l'étage il flotte un relent de pisse de chat, et ça sent le renfermé. Chaque fois qu'il regarde un mur, il s'imagine deux hommes cloués dessus. Ils balancent Eric sur le palier parce qu'ils sont tous deux trop épuisés pour le traîner plus loin. Jerry commence à se demander si c'est un de ces moments où il est en mode veille, le Jerry en État de Fonctionnement qui semble incapable d'emmagasiner des souvenirs pendant que Henry mène la danse.

« Ça va, mec ? demande Hans, le souffle un peu court.

— Non, répond Jerry. Tout ça, c'est n'importe quoi. Qu'est-ce qu'on fait maintenant ?

— On le fait parler.

— Et comment on s'y prend ?

— On le suspend par la fenêtre.

— Tu plaisantes, hein ?

— C'est le moyen le plus simple.

— Tu l'as déjà fait ?

— Je l'ai vu faire, répond Hans.

— En réalité ?

— Au cinéma. Ça fonctionne toujours.

— Mais est-ce qu'il ne va pas simplement nous dire ce qu'on veut entendre si on fait ça ? Ça ne vaudra rien. J'avouerais n'importe quoi si ça m'évitait de me faire jeter par une fenêtre.

— Alors on lui fera dire quelque chose que seul l'assassin peut savoir.

— Et si ce n'est pas lui l'assassin ? Si c'est vraiment moi ?

— Dans ce cas, ça devrait pas trop te déranger qu'on fasse ça, hein ? »

Jerry déteste le bien-fondé de cette affirmation.

« Regarde où on est, Jerry. Regarde la situation dans laquelle on se trouve. T'as du pot que le chauffeur de taxi de tout à l'heure se soit pas rendu compte de qui t'étais. T'es un homme recherché qui n'a plus beaucoup de temps, et à t'entendre, t'es innocent. Si c'est ce que tu veux, alors très bien, on ramène Eric chez lui, on te dépose chez les flics, t'auras pas la possibilité de chercher ton carnet, tu plaideras coupable, Eva continuera de pas te parler, et la police te collera sur le dos tous les meurtres non résolus des trente dernières années. Ou alors on fait confiance à ton intuition, et on l'interroge. »

Jerry ne sait pas quoi dire.

« Le temps file, reprend Hans. On le fait ou on le fait pas ? »

Jerry acquiesce. La décision est prise.

Ils traînent Eric dans la chambre la plus proche. Les maisons sont toujours tristes quand elles sont vides, songe Jerry, mais celle-ci l'est tellement qu'il voudrait abréger ses souffrances en l'incendiant quand ils partiront. Du papier peint pendouille sur les murs, et il y a de grosses taches sur la moquette et des traces de moisissure vaguement circulaires au plafond. Il n'imagine pas quel argument commercial un agent immobilier pourrait trouver pour vendre cet endroit – à moins qu'il ne soit listé comme « maison idéale pour pyromane en herbe ». La chambre donne côté sud, sur le jardin, mais la lumière est faible, tout juste suffisante pour voir que lui aussi a été bétonné. Jerry suppose que le précédent propriétaire détestait le jardinage. Hans débloque la fenêtre, puis il doit la soulever avec son épaule car l'air humide l'a fait gonfler. Eric est toujours inconscient, et il porte toujours sa tenue d'aide-soignant. Le voir ici est totalement incongru, mais pas suffisamment pour ramener Jerry dans le monde de la pensée rationnelle, parce qu'il lui est certainement impossible d'y retourner maintenant.

« On le réveille, puis on le suspend par la fenêtre », déclare Hans. Il ôte le ruban adhésif des yeux d'Eric, mais laisse celui qui lui couvre la bouche.

« On lui laisse le temps de bien comprendre où il est, puis on le remonte à l'intérieur. Je lui file quelques baffes, mais on lui pose pas de questions, on se contente de lui balancer des affirmations. On dit pas : *Est-ce que vous avez tué ces filles ?* Ce qu'on dit, c'est : *On sait que vous avez tué ces filles.* Pigé ?

— Pigé, répond Jerry, l'estomac retourné à l'idée de ce qu'ils s'apprêtent à faire, mais pas autant que le sera bientôt celui d'Eric.

— Ne le lâche pas, dit Hans.

— Non.

— Et je veux que tu continues de réfléchir à l'endroit où tu as caché ton carnet, OK ?

— J'essaie.

— Alors essaie encore plus.

— Ça ne fonctionne pas comme ça, réplique Jerry.

— T'es prêt ?

— Autant que possible. »

Hans enroule du ruban adhésif autour des chevilles d'Eric, lui maintenant les pieds ensemble. Puis il tire un petit flacon de sa poche.

« Des sels, explique-t-il. Fais-moi confiance, Jerry, tout va bien se passer. »

Il ôte alors le bouchon du flacon et l'agite sous le nez d'Eric.

Jour quelque chose

Tu dois commencer à te faire confiance. Tu es Jerry Grey, tu n'es pas un assassin. À moins que tu n'aies tué ta femme. Et la fleuriste. Et, maintenant que tu y penses, comment est mort ton chat il y a six ans ?

Aujourd'hui, c'est le MDM plus quelque chose, et le jour de la mort de Sandra plus un. Tu as passé la nuit dernière à ne pas appeler la police. Tu as passé la nuit dernière assis par terre dans le sang de Sandra, tenant sa main tandis qu'elle devenait de plus en plus froide. Tes vêtements se sont imprégnés de son sang, et tu as dû prendre une douche et te changer car tu ne pouvais plus le supporter. Et quand tu es revenu, elle était exactement là où tu l'avais laissée. Tu espérais… bon, ce que tu espérais est évident.

Pendant cette nuit passée à veiller Sandra, tu as principalement pensé au fait que tes actes avaient souillé tous les bons moments que vous aviez vécus ensemble. Ton incroyable vie avec elle, la passion avec laquelle tu l'avais aimée. Tu as empoisonné tout ça en lui volant son futur. Et tu t'es demandé à quoi ressemblerait l'avenir sans elle. La réponse était simple – il serait vide. Et Eva ? La nouvelle va la détruire. À peine vient-elle de se faire passer la bague au doigt qu'elle va devoir aller à l'enterrement de sa mère. Elle ne t'adressera plus jamais la parole. Tu espères simplement que sa colère à ton encontre ne ternira pas sa vision du monde, qu'elle n'assombrira pas sa musique.

Et, bien sûr, tu t'es interrogé à propos de Hans. Et de l'infirmière Mae. Des contradictions entre ce que chacun a dit à Sandra. Tu as besoin de réponses, mais comment peux-tu les trouver quand tu n'as même pas les bonnes questions ?

Tu dois appeler la police, mais pas tout de suite. À part tenir la main de Sandra, tu as également lu ton carnet. Il renferme des détails dont tu ne te souviens tout simplement pas. Pas juste des événements qui se sont produits quand tu étais en mode veille – comme quand tu as débarqué à ton ancienne maison ou chez la fleuriste – mais également d'autres choses – comme quand tu as oublié que tu avais perdu le revolver, ou quand tu as oublié de demander au Dr Goodstory ce qu'on pouvait faire d'autre.

Avant de mourir, Sandra t'a demandé si tu avais parlé à Hans, et tu as répondu non. Mais tu lui avais parlé. Tu l'avais appelé le lendemain du mariage. Il avait dit : *Inutile de t'inquiéter pour une chose que tu ne sais pas. Inquiète-toi si tu en apprends plus, mais en attendant, essaie de conserver un comportement normal.*

Tu avais même oublié Beverly, la conseillère, qui t'avait parlé des étapes du chagrin.

Mais tu n'as pas oublié le discours de mariage.

Tu n'as toujours aucun souvenir de la nuit où tu t'es échappé par la fenêtre, et les choses qui n'avaient aucun sens il y a quelque temps n'en ont toujours aucun.

D'où provenait le couteau ?

L'infirmière Mae n'a-t-elle pas vu que tu avais du

sang sur ta chemise, ou est-ce Hans qui se trompe ? Ça ne semble pas être le genre de truc que quelqu'un, surtout lui, ne remarquerait pas. Donc, soit il s'est passé quelque chose entre le moment où tu as quitté la maison de l'infirmière Mae et celui où tu es monté dans la voiture de Hans, soit…

Il y a encore d'autres questions. Pourquoi avoir tué Sandra ? Tu ne te rappelles pas lui avoir tiré dessus, alors est-il possible que tu ne l'aies pas fait ? Mais tu ne te rappelles pas non plus avoir peint l'insulte sur la maison de Mme Smith, et pourtant il est clair que tu l'as fait. Il est donc impossible de nier que ta mémoire te joue des tours. Ça fait partie du deal avec Alzheimer.

Le téléphone a sonné tout à l'heure et tu as laissé le répondeur se déclencher. C'était Eva. *Bonjour, maman, j'espère que vous allez bien, je voulais juste prendre des nouvelles avant de partir pour Tahiti demain. On essaiera de passer vous dire au revoir dans la matinée.*

Elle avait l'air tellement heureuse, comme si sa vie commençait juste. Elle et Rick partent en lune de miel demain, et tu ne peux pas leur dire ce qui s'est passé. Pas encore. Qu'ils profitent de leur semaine.

Ce qui signifie ne pas appeler la police.

Tu peux le faire. Pour Eva.

Tu la rappelleras ce soir pour lui dire que vous êtes pris demain car Sandra t'emmène visiter quelques maisons de santé, et pour t'assurer qu'ils appelleront quand ils seront arrivés à destination.

Bonne nouvelle – il est peu probable qu'il y ait d'autres bonnes nouvelles.

Mauvaise nouvelle – Sandra est morte. Et tu ne peux pas réparer ça à la réécriture.

Les sels fonctionnent. Eric ouvre les yeux et se met à tousser, mais le bruit est étouffé par le ruban adhésif qui le bâillonne. Il a l'air confus. La lumière du téléphone portable lui fait plisser les yeux, et il détourne la tête. Il cherche à se défaire du ruban qui maintient ses mains dans son dos, et commence à se tortiller au sol.

Hans lui donne un coup de poing dans le ventre. Fort. Eric inspire brusquement par le nez. Jerry a toujours pensé son ami capable d'une telle violence, mais le voir de ses yeux lui noue l'estomac.

« Du calme », ordonne Hans.

Il donne une petite claque à Eric.

« Du calme. »

Mais ce dernier est incapable de se calmer. Il parvient cependant à cesser de tousser et à fixer ses deux ravisseurs sans se débattre, sans toutefois parvenir à dissimuler sa peur.

« Tu sais ce qu'on veut, dit Hans. Mais d'abord, faut qu'on te montre quelque chose. »

Ils hissent Eric sur ses pieds. L'aide-soignant tente de résister, mais le ruban adhésif entrave ses mouvements. Ils le placent devant la fenêtre de sorte qu'il soit face à l'extérieur, et Jerry s'aperçoit alors qu'Eric n'y voit probablement pas grand-chose. Il sort les lunettes de l'aide-soignant de sa poche et les lui pose sur le nez.

« T'es de toute évidence un petit malin, reprend Hans. Tu l'as prouvé en commettant des meurtres sans te faire prendre. Et puisque t'es un malin, tu dois pouvoir comprendre ce qui se passera si on te balance par la fenêtre, ce que nous sommes disposés à faire, à moins que tu nous dises ce que t'as fait à ces femmes. Mais tout d'abord, quelques faits. Nous sommes au premier étage, et si tu survis à une chute sur la tête depuis cette hauteur, tu regretteras de l'avoir fait. Deuxièmement, quand on ôtera le ruban adhésif de ta bouche, tu vas vouloir hurler. Mais je te le déconseillerais. Nous sommes dans le genre de quartier où les gens sont habitués à entendre des cris. Peut-être que quelqu'un appellera les flics, peut-être pas. Mais je doute que quiconque se précipite à ton aide. Et je doute que les flics arrivent en moins de temps qu'il ne t'en faudra pour voler de la fenêtre à la terrasse. Tu comprends ce que je te dis ? »

Eric acquiesce. Ils le retournent de sorte qu'il soit dos à la fenêtre. Il écarquille de grands yeux. Jerry songe que Henry dirait probablement que *les yeux lui sortent de la tête*, s'il était en manque d'inspiration. Ou qu'ils *sont gros comme des soucoupes*, s'il était carrément fainéant.

« Nous savons que tu as tué ces filles », déclare Hans.

Eric semble déconcerté, ou du moins c'est l'impression qu'il cherche à donner. Jerry examine son visage, ses traits, cherchant un signe de compréhension, mais tout ce qu'il voit, c'est de la peur et de l'incertitude.

« Nous savons que tu as fait une injection à mon ami », ajoute Hans en braquant la lumière du téléphone sur Jerry pendant une seconde.

À présent, Eric a l'air encore plus confus. Hans poursuit :

« Nous savons aussi que tu l'as fait sortir en douce de la maison de santé. Maintenant, je vais ôter ce ruban adhésif de ta bouche, et tu vas répondre à mes questions – et si tu nous dis pas ce qu'on veut savoir, tu passes par la fenêtre. OK ? »

Eric, qui a secoué la tête pendant toute la fin du laïus de Hans, acquiesce désormais. Hans enlève le ruban, et aussitôt l'aide-soignant prend une profonde inspiration et se remet à tousser. Quelques secondes plus tard, il parvient à se ressaisir.

« Je ne…, commence-t-il, avant d'être pris d'une nouvelle quinte de toux. Je ne sais pas de quoi vous parlez.

— T'es sûr ? demande Hans.

— Certain.

— Je veux dire, t'es sûr que tu veux jouer cette carte ? Nous savons que tu as piégé Jerry.

— Vous m'avez fait des piqûres, intervient ce dernier.

— Évidemment que je vous ai fait une piqûre ! Vous commenciez à être incontrôlable. Il fallait vous calmer !

— Vous m'en avez fait plusieurs.

— Nous sommes souvent obligés de vous en faire.

— Alors comment il fait pour s'échapper s'il est sous sédation ? questionne Hans.

— Je ne sais pas, répond Eric, sa voix se brisant un peu. Personne ne le sait. Mais quand il s'échappe, il n'est pas sous sédation, et hier soir, eh bien, l'effet a dû se dissiper.

— T'entends ça ? demande Hans.

— Entendre quoi ? interrogent en même temps Eric et Jerry.

— Une bonne raison de te balancer par la fenêtre », déclare Hans.

Il fait pivoter Eric pour qu'il soit de nouveau face à l'extérieur.

« Mais... »

Eric n'a pas le temps d'achever sa phrase, car Hans le frappe au côté du visage, un coup de poing rapide et violent qui projette sa tête sur le côté et fait voler ses lunettes, l'impact résonnant à travers la pièce et ajoutant une nouvelle couche de réalité à une journée qui a déjà été à la fois incroyable et bien trop réelle pour Jerry. Du sang se met à couler de son nez. Jerry voudrait dire quelque chose, mais il ne sait pas trop quoi. Il voudrait que son ami mette la pédale douce, mais c'est comme ça que ça se passe. C'est comme ça qu'on soutire des aveux aux crapules, et si on relâche la pression, on n'obtient que des mensonges et des demi-vérités. Il s'accroupit et ramasse les lunettes d'Eric, puis il les lui repose sur le nez.

Hans replace le ruban adhésif sur la bouche d'Eric et lui passe la tête par la fenêtre ouverte. L'aide-soignant commence par se débattre, puis il se détend à mesure que le reste de son corps est poussé à travers, toute lutte à ce stade lui étant plus nuisible que bénéfique. Son visage heurte le mur tandis qu'ils l'abaissent, son torse frottant contre le rebord de fenêtre, les différentes parties de son corps s'accrochant et ralentissant sa progression. Puis il est tout entier dehors, Hans l'agrippant par une jambe, Jerry par l'autre, tous deux ployant sous l'effort.

« Il est tourné du mauvais foutu côté, déclare Hans.

— Je suis sûr qu'il comprend tout de même où on veut en venir, observe Jerry, peinant à respirer.

— On devrait essayer de le retourner.

— Comment ?

— Et si… », commence Hans, mais il n'a pas le temps d'achever sa phrase, car Jerry lâche prise, et à cause du poids supplémentaire, Hans lâche prise à son tour.

Et alors Eric tombe, si rapidement qu'il heurte le béton avant que Jerry ait compris ce qui se passe. La chute soudaine s'achève brusquement, et Jerry se demande si c'est un nouveau décès qu'il devra classer dans sa liste de choses à oublier, si demain il niera avoir fait ça, de la même manière qu'il nie tout le reste.

Deuxième jour sans Sandra

Tu as dormi à l'étage la nuit dernière. C'était comme une trahison de laisser Sandra au rez-de-chaussée, mais tu ne pouvais pas passer une autre nuit par terre à côté d'elle. Impossible. Tu n'as pas bien dormi, ton sommeil a été agité, et tu ne sais plus combien de fois tu as tendu le bras à travers le lit, espérant en vain trouver Sandra assoupie et en bonne santé. Quand tu es retourné dans le bureau ce matin, tu espérais qu'elle n'y serait pas, qu'elle serait en train de préparer le petit déjeuner ou de lire. Mais évidemment elle y était, et elle y est encore. Tu t'es assis par terre à ses côtés, faisant tourner encore et encore le chargeur du revolver en songeant à te le coller contre la tête et à presser la détente, mais sans jamais le faire.

Les installateurs d'alarmes sont passés à la maison hier. Du moins, tu crois que c'étaient eux. Ils ont frappé à quelques reprises à la porte, mais tu les as ignorés. Ils ont fini par repartir. Hier soir, tu as appelé Eva et tu lui as sorti ton baratin sur le fait que vous étiez occupés à visiter des maisons de santé. Elle vous a souhaité bonne chance. À l'instant où tu appelleras la police, tu la perdras.

Tu es dans le flou et passes des heures à imaginer ta vie sans Sandra. Mais c'était l'avenir qui t'attendait de toute manière, non ? Alors voici ce qui va se passer,

Carnet de la Folie. Cette entrée sera la dernière que rédigera Jerry Passé avant d'être expédié en prison, ses dernières lignes avant d'appeler la police plus tard dans la journée. Ou demain. Car plus il attendra, plus Eva aura de temps pour croire que tout va bien.

Alors, que dire à la police ? Rien. Ne leur dis rien. Si tu ne dois te souvenir que d'une chose, Futur Jerry, fais en sorte que ce soit ceci : ne leur parle pas de Belinda, ni de la chemise, ni du couteau, ni de Hans. C'est leur boulot de découvrir ce qui s'est passé, et si tu leur donnes tous les indices, ils n'iront pas chercher plus loin. Tu passeras de Jerry Grey Auteur de Romans Policiers à Jerry Grey Détenu du Couloir de la Mort. Tu seras un bouc émissaire. Ils ne croiront jamais que tu n'as rien à voir avec le décès de Belinda Murray, et ils s'arrangeront pour faire coller les indices et le témoignage de l'infirmière Mae. Ils diront qu'elle se trompe d'heure, que tu étais là-bas plus tôt, ou que Belinda est morte plus tard. Ça fait suffisamment longtemps que tu écris sur ce monde pour savoir comment il fonctionne.

Ne dis rien, Futur Jerry. Ne dis rien.

Qui sait, peut-être que dans un mois ou deux tu auras oublié tout ça.

Tes derniers mots ?

Cesse d'écrire ce que tu sais.

Et fais semblant pour le reste.

Ils dévalent l'escalier, trébuchant tous les deux, se rentrant mutuellement l'un dans l'autre, restant debout plus par chance que par quoi que ce soit d'autre tandis que le téléphone portable de Hans éclaire leur chemin. Quand ils arrivent en bas, ils ne savent pas de quel côté aller. Ils ne connaissent pas l'agencement des pièces. Hans prend une décision et Jerry le suit. Ils pénètrent dans ce qui s'avère être la salle à manger, puis le salon. Pas de meubles contre lesquels se cogner les genoux. Dans le salon, une porte coulissante donne sur le jardin. Les deux hommes respirent fort. Ni l'un ni l'autre n'ont prononcé un mot. Ils continuent de ne rien dire tandis que Hans tourne le loquet et ouvre la porte.

Comme Eric avait les mains attachées dans le dos, il n'a pas pu se servir de ses bras pour amortir sa chute. Pas la peine de chercher son pouls. Jerry sent quelque chose refluer dans son œsophage.

« Retiens-toi, Jerry », dit Hans.

Jerry prend une profonde inspiration, tente de se retenir, mais n'y parvient pas. Il se tourne et vomit contre le mur de la maison. Il entend toujours le bruit qu'a fait la tête d'Eric en heurtant le béton, il sent l'impact vibrer dans ses os, comme s'il mordait fort dans un roulement à billes et se fendait une dent. Il s'essuie la bouche avec sa manche. Ses mains tremblent, puis il s'aperçoit que ses jambes aussi. Et ses bras. Tout son corps tremble. Voilà ce qu'on ressent quand on tue quelqu'un. S'il l'avait déjà fait, il reconnaîtrait à coup sûr cette sensation. Mais c'est une nouveauté pour lui.

« Pourquoi tu l'as lâché ? demande Hans.

— Ne me colle pas ça sur le dos, réplique Jerry. Ce n'est pas comme si j'avais l'expérience de ce genre de chose. C'est pour ça que dans les films les types qui font ça sont bâtis comme des armoires à glace.

— Tout ce que t'avais à faire, c'était tenir.

— Eh bien, le suspendre par la fenêtre était une idée débile.

— Ah oui ? Tu veux continuer seul ? Tu crois que tu t'en tireras mieux sans moi ?

— Non, bien sûr que non, répond Jerry. Je ne savais simplement pas qu'on tuerait quelqu'un. On vient de l'assassiner, Hans.

— Bon Dieu, Jerry, je le sais, OK ? Mais avant d'aller te confesser à l'église, souviens-toi de ce qu'il a fait. Il a tué ces femmes et il t'a fait porter le chapeau.

— Mais on n'en sait rien, objecte Jerry, on n'en est pas certains, et même si c'est vrai, qui va nous croire, hein ?

— Allez, partons, dit Hans.

— Et quoi ? On le laisse ici ?

— Faut qu'on mette à profit le temps qui nous reste. Bientôt sa femme va se demander où il est, puis elle va se mettre à passer des coups de fil, et dans quelques heures elle appellera probablement les flics. Ils mettront pas longtemps à faire le rapprochement vu que vous avez disparu tous les deux.

— Mais on ne peut pas le laisser comme ça. C'est pas correct.

— Ça sert à rien de s'en débarrasser quelque part, réplique Hans. On va devoir admettre ce qui s'est passé, mais une fois que la police aura compris le genre de type que c'était, ça jouera en notre faveur. En plus, c'était un accident.

— Je ne parle pas de nous en débarrasser quelque part, dit Jerry. Mais on ne peut pas le laisser dehors sur la terrasse. C'est pas bien.

— Rien de tout ça n'est bien», convient Hans, puis il disparaît à l'intérieur.

Jerry s'appuie au mur car le sol tangue sous ses pieds. Il s'accroupit et tente de vomir de nouveau, mais il ne crache que de la bile. À son retour, Hans porte un rideau de douche. Ils roulent Eric dedans, son corps produisant des bruits de cliquetis tandis que ses os cassés roulent les uns sur les autres. Jerry ramasse ses lunettes brisées et les place dans sa main. Une fois qu'ils l'ont bien emmailloté, ils essaient de le soulever. Les pieds emballés n'arrêtent pas de glisser des mains de Jerry et de heurter le sol. Étrangement, le cadavre semble plus lourd qu'il y a cinq minutes. Jerry agrippe des couches de plastique au lieu d'essayer de soulever le corps par en dessous, et cette fois ils parviennent à porter Eric à l'intérieur. Ils le déposent doucement par terre, et Eric ne pousse pas de gémissement car il en est désormais bien incapable. Qu'importe ce qui est réel ou non, Jerry vient de tuer un homme.

Hans se sert de son téléphone pour éclairer leur chemin à travers la maison. Ils marchent en silence et sortent par l'avant. Hans referme la porte derrière lui, et le loquet se remet en place. Ils vont à la voiture comme si de rien n'était, grimpent dedans comme si de rien n'était, puis se mettent à rouler comme si de rien n'était – circulez, y a rien à voir, non monsieur, non madame, juste deux bons citoyens qui vont faire un tour après avoir, l'air de rien, tué quelqu'un en le balançant par une fenêtre.

La tension monte peu à peu dans la voiture. Jerry ne sait pas si Hans va le conduire directement à la police ou le suspendre à son tour par une fenêtre. En fait, il n'a aucune idée de l'endroit où son ami va. Il est près de huit heures, et il n'y a pas grand monde dans les rues. Ils roulent quinze minutes, Jerry regardant avec envie les maisons, les voitures garées devant, et le promeneur occasionnel. Il voudrait se replonger dans cette vie normale, songer à son dîner, au programme télé et aux factures incessantes. Il voudrait redevenir Jerry Grey avant que le Capitaine A ne l'entraîne dans le noir.

« On y est, dit Hans.

— Où ça ?

— Chez Eric », répond Hans en engageant la voiture dans l'allée.

Il enfonce le bouton de la télécommande pour ouvrir le portail du garage.

« On n'a plus le choix, mon pote, on est allés trop loin pour faire machine arrière.

— Tu plaisantes.

— Ça fait combien de temps qu'on se connaît ? demande Hans.

— Honnêtement, je n'en ai aucune idée. Je ne sais même pas quel âge j'ai », répond Jerry.

Mais à peine ces mots ont-ils franchi ses lèvres que

la réponse lui vient. Il a quarante-neuf ans et approche à grands pas de la grosse crise de la cinquantaine.

« Tu as cinquante ans, déclare Hans, et cette nouvelle contrarie Jerry presque autant que tout ce qu'il a appris aujourd'hui. Pendant tout ce temps, est-ce que tu m'as déjà vu plaisanter ?

— Sincèrement, je ne m'en souviens pas non plus. »

Hans s'esclaffe.

« Bon Dieu, j'aimerais que ce soit une blague. Allez, commençons à chercher.

— Tu n'as pas dit qu'il était marié ?

— Si, mais écoute – est-ce que tu vois des lumières allumées ? Et il n'y a pas d'autre voiture dans le garage. Alors, viens.

— Ça ne signifie pas qu'elle n'est pas chez elle.

— La maison est vide, réplique Hans.

— Comment peux-tu en être si sûr ?

— Je le sais. C'est comme un pouvoir secret.

— Mais ce n'est pas ce que tu t'es dit quand tu es venu pour la première fois et que tu as trouvé Eric à l'intérieur ?

— C'est un pouvoir secret qui peut parfois être défaillant. Comme j'ai dit, Jerry, on n'a plus le choix. »

Ils entrent la voiture dans le garage. Hans appuie sur le bouton pour refermer le portail derrière eux.

« Alors, quel est le plan ? demande Jerry.

— Le plan, c'est qu'on ne foire pas tout.

— Et si la femme est chez elle ?

— Alors ce sera un problème, mais par chance, on a ça, répond Hans en ouvrant la boîte à gants et en en tirant une pochette en cuir avec des seringues à l'intérieur.

— Une bonne chose que tu les aies apportées. »

Hans secoue la tête.

« Elles sont pas à moi. Je les ai trouvées ici tout à l'heure. Elles sont à Éric. C'est ça qu'il t'injectait. Aucune raison pour qu'il les ait dans son véhicule, pas vrai ?

— Il avait sa voiture hier, observe Jerry, quand il nous a rejoints à la maison.

— Et il aurait dû les restituer à la maison de santé, mais il ne l'a pas fait, parce qu'elles sont pour son usage personnel.

— Et si on s'en sert sur la femme et qu'elle est allergique, ou qu'on lui en injecte trop ?

— Ça n'arrivera pas.

— Comment tu peux en être si sûr ?

— Bon, qu'est-ce que tu veux faire, Jerry ? Rien ? Aller en prison et laisser le monde croire que tu as tué ces femmes alors que c'est Eric qui l'a fait ? Il y a de grandes chances pour qu'elle ne soit pas chez elle, mais plus on reste ici à en discuter, plus elle se rapproche. On aurait déjà pu entrer et ressortir. Viens, faut qu'on aille à l'intérieur et qu'on prouve que c'est lui le coupable.

— Et si ce n'est pas lui ?

— Alors on vient de tuer un innocent. Pas la peine de se voiler la face. On est tellement dedans jusqu'au cou que ça n'a pas grande importance si on s'enfonce encore plus. »

Ils pénètrent dans la maison, la porte intérieure les menant à un couloir. Hans allume une lumière. Jerry remarque que son ami porte encore ses gants.

« Tu vois ? Je t'avais dit qu'il n'y aurait personne.

— On ne ferait pas mieux de laisser les lumières éteintes ?

— Pourquoi ? Eric était censé être chez lui, non ? Ce serait bizarre qu'elles ne soient pas allumées.

— Oui, je suppose.

— Va fouiller le bureau, dit Hans. Moi, je vais chercher ailleurs. »

C'est la première pièce sur la gauche. Il y a une bibliothèque contre le mur, et les livres de Jerry sont là, ainsi que des romans d'autres auteurs qu'il a rencontrés et avec qui il a bu des verres lors de festivals. Il y a aussi des ouvrages sur des crimes réels, et des manuels d'écriture. Un bureau leur fait face. Il est en bois massif mais est sillonné d'éraflures et d'entailles. Il est ancien et a acquis sa patine au cours du siècle passé. Derrière le bureau, il y a un fauteuil à roulettes, et dessus, il y a un ordinateur, une imprimante, deux romans, une bouteille d'eau, un téléphone et un manuscrit. Sur le manuscrit est posée une boule à neige un peu plus grosse qu'une balle de base-ball. Elle renferme un château, et les paillettes gisent au fond. La pièce est moquettée, ce qui rend peu probable la présence de cachettes sous le plancher, mais il tape tout de même du pied, cherchant en vain une latte mal fixée.

Il s'assied dans le fauteuil d'Eric et commence par les tiroirs. Ils comportent des magazines, des fournitures de bureau, des relevés bancaires. Pas de bijoux, ni de revues pornos bizarres ou de photos de voisines prises à travers les fenêtres. Il saisit le manuscrit. Il est épais. Ça fait longtemps qu'il n'en a pas lui-même imprimé. Il faisait toutes ses relectures et ses corrections sur l'ordinateur en se disant qu'il contribuait à protéger l'environnement.

Il lit les premières pages.

C'est une blague ? demande Henry, et Jerry se pose la même question.

Quand il atteint la fin du premier chapitre, son cœur cogne dans sa poitrine. Il voudrait hurler. Il voudrait retourner à l'endroit où ils ont laissé Eric, l'attraper par le col et le secouer en lui demandant pourquoi il a fait ça. Il emporte le manuscrit et trouve Hans dans le garage. Celui-ci est en train de fouiller sur des étagères couvertes de bacs à peinture, de pinceaux et de papier de verre.

« Bon Dieu, on dirait que quelqu'un vient de piétiner ta tombe », déclare son ami.

Jerry brandit le document.

« Ce chapitre d'ouverture, dit-il, tentant en vain de garder une voix neutre, parle d'un auteur de romans policiers atteint d'Alzheimer. »

Il attend une réaction appropriée de Hans – comme balancer des objets à travers le garage –, mais elle ne vient pas. Il poursuit :

« Ce personnage, il commence à avouer des crimes qu'il pense avoir commis.

— Donc, tu l'as inspiré.

— J'ai fait plus que ça ! » s'écrie Jerry, et il se met à secouer la tête, irrité que Hans fasse comme si ça n'avait pas grande importance.

Le fait qu'ils ont balancé Eric par la fenêtre le dérange moins que quelques minutes plus tôt.

« Il a pris toutes les galères qui m'arrivent et s'en est servi pour tenter d'obtenir un contrat d'édition.

— Est-ce qu'il est question de s'introduire chez des gens et de piéger l'auteur ? »

C'est un bon point. La colère de Jerry retombe tandis qu'il réfléchit à ça, puis son cœur s'emballe. Il pourrait y avoir des réponses, là-dedans.

« Je vais continuer de lire », dit-il.

Il parcourt le début du chapitre deux, lit quelques paragraphes appuyé au montant de la porte. Hans l'observe.

« Oh, non, dit Jerry.

— Quoi ?

— Attends un instant.

— Jerry…

— Un instant. »

Il lit le chapitre. Hans passe à l'étagère suivante. Quelques minutes plus tard, Jerry tourne le document en direction de son ami.

« Regarde, dit-il. Regarde !

— Qu'est-ce qu'il faut que je regarde ? » demande Hans en approchant.

Jerry désigne le titre du chapitre. « Jour inconnu ». Ça se déroule dans une maison de santé. C'est une entrée de journal intime. Le personnage principal tient un Journal de la Folie. Il se nomme Gerald Black et ne sait pas depuis combien de temps il est dans ce centre de soins. Néanmoins, les mots de Gerald ressemblent exactement à ceux de Jerry. D'ailleurs, ils sont tellement semblables que Jerry sait que ce sont les siens. Il les a écrits, mais il ne se souvient plus quand. Le sentiment de trahison est si fort qu'il voudrait balancer une seconde fois Eric par la fenêtre.

Hans saisit le manuscrit et lit.

« C'est toi », dit-il.

Jerry se met à tourner en rond dans le garage.

« Eric a mon carnet. »

Hans lève les yeux des pages.

« Quoi ?

— Ce sont mes mots. Je les reconnais. Il a réussi à mettre la main sur mon carnet, et il s'en est servi pour créer ceci », répond Jerry en désignant de la tête le manuscrit.

Hans lit quelques secondes de plus, puis relève les yeux vers Jerry.

« Tu es sûr ?

— C'est l'illustration ultime du *Écrivez ce que vous savez*, déclare Jerry. Il doit être ici, quelque part. »

Il ferme les yeux et porte son poing à son front. Il se tape légèrement dessus à quelques reprises.

« Je devais avoir le carnet à la maison de santé. Je ne sais pas. Ça n'a aucun sens. Mais ce sont mes mots, répète Jerry en pointant le doigt vers l'ouvrage. Pas tous, pas ce qui fait tenir l'intrigue, mais certains. D'une manière ou d'une autre, Eric a mis la main dessus.

— Comment ? Si la police ne l'a pas trouvé, comment a-t-il fait ?

— J'en sais rien. Tout ce que je sais, c'est qu'il l'a. »

Hans lui rend le manuscrit.

« OK, donc l'aide-soignant t'a volé ton carnet et s'en est servi pour son histoire, et s'il est ici, on doit le trouver.

— Et trouver la preuve que c'est lui l'assassin.

— C'est ce qu'on cherche. Mais il nous faut vraiment ce carnet. S'il le trimballe entre ici et la maison de santé, il pourrait être dans sa voiture. Je vais la fouiller de fond en comble. »

Hans ouvre la portière et se met à chercher. Jerry retourne dans le bureau. Il s'assied dans le fauteuil d'Eric et allume l'ordinateur. Pendant que celui-ci se met en route, il fouille dans la penderie, où il y a quelques vêtements suspendus et des cartons posés au sol. Il commence à les sortir et entend Hans approcher dans le couloir. Il ouvre l'un des cartons et trouve des extraits de compte et des relevés de prêts immobiliers.

« Qui êtes-vous ? »

C'est une voix de femme, et elle le fait sursauter. Il se retourne. Il ne l'a jamais vue, mais il sait que ça doit être l'épouse d'Eric. Avant qu'il ait le temps de répondre, Hans entre derrière elle et lui plante une aiguille dans le côté du cou. Elle n'oppose pas la moindre résistance et s'endort au bout de seulement deux secondes. Hans l'étend doucement par terre.

« Putain de merde, dit Jerry en se levant d'un bond.

— Elle va s'en remettre, déclare Hans. Mais regarde ce que j'ai trouvé. »

Il jette un livre dans sa direction. Jerry l'attrape et l'ouvre. C'est un carnet, mais pas son Carnet de la Folie. Même s'il est semblable, à certains égards. Il n'y a pas d'yeux sur la couverture.

« Ça commence à ton arrivée dans la maison de santé, explique Hans. Ce qui signifie que l'original est toujours quelque part, et que nous devons réellement le trouver. »

Jour inconnu

Certains jours, je sais qui je suis. Je me réveille et je sais où je suis, ce qui se passe, et les infirmières appellent ça un bon jour. L'ironie est que ces bons jours sont remplis de mauvais souvenirs. Je crois que je préfère les mauvais jours. Quand tout le monde est un inconnu, quand j'oublie ma famille et ce qui m'a amené ici. Je peux alors oublier ce que j'ai fait.

Aujourd'hui, je sais. Aujourd'hui est un bon jour. Mon nom est Jerry Grey et ceci est mon carnet. La maison de santé, la maladie, ce sont mes pénitences.

Il y a un aide-soignant nommé Eric. Il a suggéré qu'un carnet pourrait améliorer mon état. Je souffre d'Alzheimer et la maladie progresse rapidement. On me dit que, quand je suis arrivé il y a six mois, je savais qui j'étais six jours par semaine, et que le septième mon esprit se reposait et tout était perdu. Depuis, ce ratio s'est modifié. On me dit que je passe la moitié de la semaine sans rien savoir. J'ai des périodes où je suis Jerry Qui Sait Tout, et d'autres, équivalentes, où je suis Jerry Qui Ne Sait Rien. Parfois j'ai toute une bonne journée, et parfois toute une mauvaise. À cause d'Alzheimer, je ne suis jamais sûr de ce qui est réel.

Sauf qu'il y a une chose dont je suis absolument certain. J'ai tué ma femme. Et de toutes les choses dont je me souviens, c'est celle que j'espère pouvoir oublier.

Le journal intime est né parce que j'écrivais des trucs sur des bouts de papier. Je racontais mes journées, et finalement Eric a eu l'idée de me donner un véritable journal. Il me rappellera l'homme que j'étais et, surtout, il me rappellera ce que j'ai perdu. Outre ces deux choses, il documentera ma folie et son aggravation. Je vais l'appeler le Journal du Dingue. J'écrirai dedans quand j'y penserai, c'est-à-dire…

Attends. Non, pas le Journal du Dingue. Le Journal de la Folie. J'ai déjà fait ça. Je tenais un journal intime avant.

Avant d'assassiner Sandra.

Où est-il désormais, qui l'a pris ? Je n'en ai aucune idée.

Eric affirme que tenir ce journal sera utile, que je devrais y noter tout ce qui me vient à l'esprit, et c'est ce que je fais en ce moment même. Il dit que je devrais considérer ça comme une thérapie. Que ça pourrait m'aider à retourner où j'étais avant. Mais si le souvenir de ma Sandra gisant morte et en sang sur le sol de mon bureau est réel, alors je ne veux pas récupérer ma vie. Il a aussi dit une chose qui m'a encouragé, une chose pleine d'espoir, et dans un tel endroit, l'espoir et les encouragements sont les seuls soutiens qui vous empêchent de vous recroqueviller dans un coin et d'attendre la mort. Il a affirmé que, vu les progrès de la technologie, il est impossible de savoir ce que me réserve l'avenir. Si c'est vrai, si j'ai une chance d'aller mieux, alors je dois faire tout mon possible pour que ça se produise. Eva doit me haïr. C'est certain. Et ce sera un voyage douloureux pour redevenir l'homme que j'étais, car il faudra revivre les choses terribles que j'ai faites. Mais je n'ai pas le choix s'il y a une chance de sauver ma relation avec elle. Eric pense également que je devrais noter mes idées de livres. Il prétend que c'est une manière d'exercer le cerveau, et que j'ai besoin de maintenir mon esprit actif. La technologie médicale fera peut-être revenir l'ancien Jerry, mais elle ne ramènera pas Sandra. Je ferai n'importe quoi si ça me permet de me rapprocher d'Eva, n'importe quoi pour qu'elle sache à quel point je suis désolé.

Mon souvenir de Sandra est aussi puissant que le souvenir de certains de mes personnages. Parfois, les seules preuves que j'ai qu'elle a existé sont l'alliance à mon doigt et la photo d'elle et d'Eva qui se trouve dans ma chambre. Parfois, je confonds le moment où je l'ai tuée avec celui où je faisais tuer un gentil par une de mes crapules. Je ne m'en souviens pas, mais j'ai assez d'imagination pour me représenter la scène. Je me rappelle le sang, et lui avoir tenu la main. Je me rappelle avoir appelé les flics pour leur demander de venir. Je me souviens de leur arrivée un peu plus tard, et je les revois nous emmenant elle et moi – Sandra à la morgue, moi au poste. Je sais qu'il s'est écoulé un certain nombre de jours entre la mort de ma femme et le moment où j'ai appelé à l'aide, des jours au cours desquels j'ai voulu qu'Eva ait un semblant de lune de miel, mais je ne me souviens plus combien. Deux ou trois. Peut-être quatre. Je ne crois pas qu'il y ait eu de procès, mais je n'en suis pas certain. Je pense qu'un accord a été conclu entre la défense et l'accusation. J'étais malade, personne n'en doutait, et mieux valait m'envoyer dans un centre de soins qu'en prison.

À mesure que mon Alzheimer continuera d'évoluer, je me souviendrai de moins en moins de ce qui s'est passé. Cette maladie, c'est comme un disque dur plein de photos, de vidéos et de contacts qui s'efface peu à peu. À la fin de l'année, le ratio pourrait être d'un bon jour pour dix mauvais. En gardant ça à l'esprit, laisse-moi noter ce dont je me souviens et te dire qui tu étais et ce qui s'est passé.

Commençons par la maison de santé. Elle est située à bonne distance de la ville, ce qui me donne l'impression que mes camarades et moi appartenons à la catégorie des *loin des yeux, loin du cœur.* C'est un endroit plutôt vaste, un bâtiment de deux étages qui doit contenir environ trente chambres. Le personnel est chaleureux et attentionné, toujours disponible. Le parc est lui aussi assez grand, avec tout un tas de fleurs et d'arbres, et certains patients passent leur temps dehors à arracher les mauvaises herbes ou simplement assis au soleil, pendant que d'autres restent dans l'une des parties communes à regarder la télé, ou à lire des livres, ou à discuter. Il y a quelques personnes sur des brancards, qui n'ont plus conscience de rien et passent leurs journées à se cogner la tête et à se faire dessus. Certains d'entre nous arrivent à se nourrir seuls, et ce simple acte nous permet au moins d'apprécier nos repas, mais d'autres doivent être alimentés, les infirmières ayant à peine le temps de s'occuper d'un patient avant de passer au suivant. Le repas est alors une corvée, et c'est déchirant. Absolument déchirant. Et quel que soit le salaire des membres du personnel, il n'est pas suffisant.

Je pense souvent à m'enfuir, à retrouver Eva et à la supplier de me pardonner – deux choses qui me semblent impossibles. Cependant, j'ai été intercepté à quelques reprises au bout du parc, alors que j'étais sur le point de m'enfoncer dans la forêt. Je crois que si je pouvais retourner dans la maison où je vivais, je me sentirais mieux. Je serais sûrement plus apte à me protéger là-bas, plutôt que dans cet endroit étranger où ma mémoire se fractionne chaque jour un peu plus et où les fragments sont expédiés dans l'au-delà. Je pourrais sûrement utiliser l'argent que m'ont rapporté mes romans pour racheter ma maison et employer une aide à domicile. Mais les tribunaux… la loi… ne l'autorisent pas. Ce sont eux qui me disent ce que je peux faire. Eux qui me regardent avec désapprobation parce que j'ai tué Sandra. Mais combien d'argent est injecté dans la guerre, le tourisme et le sport, comparé à la recherche sur Alzheimer ?

Je crois que ça suffit pour une première entrée. Il y a d'autres choses à expliquer, et si je m'en souviens, je poursuivrai plus tard. Mais je ne sais pas comment terminer. Mon instinct me dit de finir sur une note de suspense, et je suppose que c'est une déformation professionnelle. Oh, au fait, il y a un auteur de romans policiers en moi – son nom est Henry Cutter. Les bons jours, il n'est rien de plus qu'un pseudonyme, mais les mauvais, il m'arrive de me demander si c'est lui qui prend les choses en main. Dans ce cas, ce doit être lui qui a tué Sandra, car je n'en garde aucun souvenir.

Suspense : je ne suis pas tout à fait certain que Sandra soit la seule personne que Henry ait tuée.

C'est un carnet, pas un journal intime, songe Jerry en le reposant après avoir lu la première entrée. Il s'en souvient désormais – pas de ce qu'il a écrit, mais de l'acte d'écriture en lui-même. Il se revoit assis dans sa chambre, sur la chaise près de la fenêtre, en train de noircir les pages. Il se rappelle même le moment où Eric lui a donné le carnet en lui conseillant d'écrire dedans et de noter ses idées d'intrigues pour maintenir son esprit actif. Bien sûr, tout ça n'était qu'un mensonge. Eric était un voleur d'idées. Il n'y aurait jamais de pilule pour soigner Alzheimer – pas du vivant de Jerry.

Il est assis dans le fauteuil d'Eric, derrière le bureau d'Eric, tandis que la femme d'Eric dort dans une autre pièce. Hans et lui l'y ont portée pour qu'elle soit plus à l'aise, et il commence à s'habituer à trimballer des personnes inconscientes. Hans a suggéré de l'étendre dans une des chambres, mais tout compte fait ils ont opté pour un canapé dans le salon, car Jerry préférait pouvoir garder un œil sur elle. Elle va dormir pendant au moins quelques heures, l'a assuré Hans. Puis elle se réveillera, son voyage de veuve débutera, et elle passera de la douleur au dégoût quand elle apprendra le genre d'homme qu'était réellement son mari. Un voleur de mots. Un assassin. Cette femme tuerait Jerry sur-le-champ si elle en avait l'opportunité, mais d'ici une semaine elle le remerciera.

Le fait de relire la première entrée de ce carnet réveille son souvenir de l'original. Il se revoit assis à son bureau, griffonnant sur les pages tandis que le corps de Sandra gisait au sol. Il est possible qu'il ait écrit dedans quelque chose qui l'aiderait à comprendre tout ça, ce qui renforce sa détermination à mettre la main dessus. Mais ça suggère également autre chose : il a pu décrire ce qui s'est passé dans ce second carnet. La première entrée, qu'il vient de lire, est presque identique à celle qu'Eric a collée dans son manuscrit. Il va à la fin du texte de l'aspirant écrivain, espérant y trouver quelques réponses, mais celui-ci est inachevé. Eric devait toujours travailler dessus. Jerry se rappelle s'être lui-même heurté à ce mur de briques des années auparavant, avoir rédigé quatre-vingt-dix pour cent du texte sans savoir comment le conclure, pour finalement s'apercevoir qu'il était nécessaire de modifier ces quatre-vingt-dix pour cent de quatre-vingt-dix manières différentes.

Il fait rouler le fauteuil jusqu'à l'ordinateur. Un Post-it est collé à l'écran. Les mots *Écris ce que tu connais et fais semblant pour le reste* ont été notés dessus. Il trouve le roman sur le bureau de l'ordinateur, ainsi que cinq autres. Il ouvre un document intitulé *Titre provisoire – Le Romancier* et commence à faire défiler le texte. Il s'aperçoit immédiatement que cette version est plus longue. Ici, Gerald Black, le romancier en question, a trouvé un moyen pour s'enfuir de la maison de santé et y revenir en douce, afin de s'adonner à sa folie meurtrière, en se cachant dans un camion de blanchisseur, comme s'il s'échappait d'une prison dans un film des années 1960. Jerry se demande si c'est ainsi qu'il s'est enfui, mais il ne se rappelle aucun camion de ce genre.

Gerald, semble-t-il, reproduit les meurtres de ses propres livres, mais personne ne le soupçonne. La police pense qu'un fan obsessionnel est responsable. Alors qu'Eddie, l'aide-soignant qui est aussi le héros du livre, croit que Gerald est peut-être coupable et qu'il simule sa maladie depuis le début. Dans quel but, Jerry n'en a pas la moindre idée. Vivre dans une maison de santé n'est pas le rêve, et quitte à simuler une maladie, autant simuler l'innocence et trouver le moyen de ne pas se faire prendre. C'est une question qu'Eddie n'a pas non plus réussi à résoudre – ou, du moins, à expliquer. Les entrées du journal de Jerry sont insérées dans le récit, mais ça ne fonctionne pas, car elles ont été rédigées par un homme qui perd réellement la tête, pas par un homme qui fait semblant. Voir ses propres mots sur ces pages lui donne encore plus le sentiment d'avoir été violé, et il se sent de moins en moins coupable d'avoir tué l'aide-soignant.

Il prend de nouveau son carnet, lit la deuxième entrée et s'aperçoit que les similitudes avec ce que Eric a inséré dans son livre sont moins nombreuses. Peut-être ce ratio-là évoluera-t-il de la même manière que celui entre les bons et les mauvais jours.

La troisième débute par les mots *ne fais pas confiance à Hans*, griffonnés à plusieurs reprises en haut de la page. Son cœur se remet à marteler, comme il l'a souvent fait récemment, et Jerry sent la présence de Henry, dont la curiosité a été piquée. Il lève les yeux vers la porte pour s'assurer que son ami n'est pas là à l'observer. Il n'y est pas.

Jerry poursuit sa lecture.

ne fais pas confiance à Hans, ne fais pas confiance à Hans, ne fais pas confiance à Hans, ne fais

Encore un jour quelque chose

Les mots en haut de la page ne sont pas les miens. Enfin si, car c'est mon écriture, mais je ne les ai pas écrits. Enfin si, je les ai écrits, mais je ne me rappelle pas l'avoir fait. Ils ont été tracés en grosses lettres noires, au marqueur, comme pour faire passer de force un message, et je peux uniquement supposer que c'est Henry qui les a écrits, lui qui portait le chapeau d'auteur, lui qui parfois s'empare de mes pensées et prend le contrôle de ma vie. Je ne sais pas quand il l'a fait, ni pourquoi. J'ai passé toute la matinée à y réfléchir, et voici ce que j'ai trouvé : rien.

Eric m'a posé des questions sur le journal intime, sur mon passé. Ma vie est comme un puzzle pour lui, et je ne sais pas trop pourquoi ça l'intéresse autant, mais c'est un fait. Il s'avère – et je ne sais pas si c'est triste ou drôle – que l'une des raisons pour lesquelles il m'a demandé de tenir un journal intime est que j'ai avoué un meurtre qui ne s'est jamais produit. Je ne me rappelle même pas l'avoir fait, mais il m'a dit que je m'emmêlais un peu entre réalité et fiction. Quand il m'a raconté ça, j'ai cru qu'il me faisait une mauvaise blague. Plus il insistait, plus ce qui me semblait être une accusation me rendait dingue. Finalement, une infirmière a confirmé la véracité de ses propos. J'ai dit à des gens – avec une grande insistance – que j'avais enfermé une femme dans ma cave pendant deux semaines avant de la tuer, ce qui serait vraiment un comble, vu que je n'ai jamais vécu dans une maison dotée d'une cave. Eric tente de me convaincre d'écrire chaque jour dans ce journal intime, car il pense que ça m'aidera à rester ancré dans la réalité. Il a demandé à le lire, mais je refuse. Je le cache dans mon tiroir quand je ne suis pas en train d'écrire dedans. J'avais deux cachettes à l'époque de ce que j'appelle désormais *La vie Normale De Jerry*. Je me souviens qu'il y avait une latte de parquet que je pouvais soulever sous mon bureau, mais je ne sais plus où se trouvait la seconde.

Aujourd'hui est un mauvais jour. Parce que je me souviens que Sandra (ma femme) est morte, et qu'Eva (ma fille) ne vient jamais me voir. En me repenchant sur les entrées précédentes, j'ai l'impression que je n'écris que les bons jours. Je devrais commencer à inscrire la date, car je n'ai aucune idée du temps qui s'écoule entre chacune.

Ne fais pas confiance à Hans.

Je ne sais pas pourquoi j'aurais écrit ça. Pourquoi Henry l'aurait fait.

Et pourtant… ces mots éveillent quelque chose, comme s'ils étaient à moi. Si je devais émettre une hypothèse, je dirais que c'était peut-être dans le Journal Intime du Dingue original. Ça, c'est la version deux – la version une a été rédigée au moment où la Vie Normale de Jerry s'est enfoncée dans la folie.

Sandra me manque. Je sais qu'elle est morte, mais je ne le sais pas complètement, pour autant que ça fasse sens. C'est comme si quelqu'un arrivait et vous disait que le ciel est vert quand en fait il est bleu. Voilà l'impression que ça donne, et le souvenir de ces quelques jours passés avec elle gisant sur le sol semblent de plus en plus appartenir à un autre, à l'un des personnages à qui j'ai donné vie.

Ne fais pas confiance à Hans.

Vraiment ?

Je vais prendre mon petit déjeuner, maintenant. (Bonne nouvelle ? Étrangement, j'éprouve l'envie irrépressible d'écrire ces mots – même si je n'ai vraiment rien à dire.) Oh, à y réfléchir, je crois que je devrais appeler ceci le Journal Intime de la Folie, pas le… attends, raye ça. Le Carnet de la Folie. Ça sonne mieux.

Encore une fois, Jerry se rappelle avoir rédigé ces entrées. Mais il ne se souvient pas des événements décrits. À tous les égards, c'est le Carnet de la Folie d'un inconnu. Le principal point à retenir est la certitude qu'a Jerry Passé qu'il existe une autre cachette. Ça colle avec ce que pense Jerry d'Aujourd'hui, et c'est là que se trouvera le carnet original.

Il lit l'entrée suivante, et c'est à peu près la même chose, de même que la suivante, des mots qui lui appartiennent mais qui sont curieusement associés à quelqu'un d'autre. Il repose le carnet. Il marche jusqu'à la porte et tend l'oreille. Hans n'est plus dans le garage, mais il est assurément quelque part dans la maison. Il entend son ami qui ouvre et ferme des tiroirs.

Ne fais pas confiance à Hans. L'entrée précédente était claire sur ce point, mais ne fournissait aucune explication. Elle aurait tout aussi bien pu dire : *Ne fais pas confiance à Henry.* Ou : *Ne fais pas confiance à Jerry*, car il ne peut certainement pas se faire confiance, n'est-ce pas ?

S'il ne peut pas faire confiance à Hans, si l'auteur affligé du fardeau d'Alzheimer est crédible, alors ce n'est pas en se tenant à la porte qu'il va trouver la réponse à tout ça. Et ce n'est pas non plus en affrontant son ami. Il se rassied derrière le bureau et prend le carnet. Il remarque que la structure des entrées commence à être bancale, et que la prose est parfois trop relâchée à mesure que Jerry perd le fil. Il se rend soudain compte qu'il les lit comme si elles étaient tirées d'un roman et constituaient l'histoire d'un personnage fictif. Et, à certains égards, n'est-ce pas le cas ?

Il retrousse ses manches et regarde les marques sur son bras. Une idée lui vient. Il se penche de nouveau sur le carnet. Des extraits de celui-ci ont été pris et insérés tels quels dans le manuscrit d'Eric, comme s'ils faisaient partie du carnet du protagoniste. Ces entrées semblent très réalistes car elles proviennent d'une source authentique. Ce sont les divagations d'un fou. Fou, songe-t-il, car c'est ainsi qu'Eric a décrit son personnage. Il regarde de nouveau les marques sur son bras, et soudain il sait. De la même manière qu'il peut prédire la fin de presque chaque film et série télévisée qu'il voit, qu'il sait ce qui l'attend à la dernière page de chaque roman. Il sait qu'Eric ne lui a pas simplement fait des piqûres les jours où il allait faire du mal à ces femmes, mais également les jours où il n'arrivait pas à faire progresser son histoire. Il lui faisait des piqûres juste pour rendre le monde de Jerry encore plus misérable qu'il ne l'était déjà et le pousser à tout noter par écrit.

Il poursuit sa lecture et tombe sur la première fois où il a été retrouvé errant en ville. Jerry Passé n'en a aucun souvenir, et personne ne sait comment il est arrivé là. Il lit l'entrée lentement, en quête de détails, mais il n'y en a aucun, hormis un médaillon doré que Jerry Passé trouve dans sa poche ce soir-là quand il est de retour à la maison de santé. Comme il croit l'avoir volé, il le cache au fond d'un de ses tiroirs.

Jerry d'Aujourd'hui penche la tête en arrière, ferme

les yeux, et tente de se remémorer la conversation téléphonique qu'il a eue plus tôt dans la journée avec Eva. Elle a affirmé que les bijoux – qui appartenaient aux femmes assassinées – avaient été trouvés là-bas. C'est Eric qui a dû les lui donner.

Et si cette théorie était fausse ? Si dans l'entrée suivante Jerry Passé expliquait en détail comment il s'échappe et combien il apprécie un bon vieux bain de sang ? Hein ? Seulement il n'y croit pas. Il n'est pas comme ça. Comme il l'a dit plus tôt à Hans, Sandra n'aurait jamais épousé un tel type.

Mais comme te l'a dit Hans, mon pote, Alzheimer, c'est l'inconnue.

Dans les entrées qui viennent ensuite, Jerry Passé avoue de nouveaux crimes tirés de ses livres : deux homicides, un braquage de banque, un enlèvement, et même un trafic de drogue. Il se demande si c'était une progression naturelle, ou si c'est Eric qui a tout orchestré pour parvenir à ses propres fins. On retrouve une fois de plus Jerry Passé errant en ville, et quand on le ramène à la maison de santé, il découvre un autre bijou dans sa poche. Il n'a aucun souvenir de la manière dont il s'est enfui.

« Jerry ! lance Hans depuis une autre pièce. Jerry, viens ici un instant ! »

Ne fais pas confiance à Hans, intime Henry.

Mais comment pourrait-il ne pas lui faire confiance ? Après tout ce qu'il a fait pour lui.

Il trouve son ami dans la chambre principale. Le lit a été repoussé sur le côté, le contenu des tiroirs a été renversé, des vêtements jonchent le sol et des bijoux sont entassés sur le lit.

« Tu crois qu'il y en a qui appartiennent aux filles ?

demande Jerry en regardant les bagues, les colliers et les boucles d'oreilles.

— J'en sais rien. Probablement à sa femme. Mais c'est pas pour ça que je t'ai appelé, répond-il en tendant une grande enveloppe. Regarde ça », dit-il, et il la retourne pour la vider.

Jerry s'attend à ce que d'autres bagues et colliers en tombent. Il s'attend à quelque chose qui pourra expliquer ce qui est arrivé à la femme chez qui il s'est réveillé aujourd'hui.

Et c'est exactement ce qu'il découvre. Quatre petits sachets fermés par un zip et quatre photos qui, ensemble, racontent une histoire.

« J'ai trouvé ça scotché sous le tiroir du bas, explique Hans. Un putain d'amateur. »

Jerry tend la main pour saisir l'un des sachets.

« Touche pas, dit Hans. Va pas mettre tes empreintes dessus.

— Pourquoi pas ? La police saura que j'étais là-bas.

— On veut pas qu'ils croient que c'est toi qui as emporté ça.

— Qu'est-ce que c'est ? demande Jerry en ôtant sa main.

— Des cheveux.

— Quoi ?

— Des cheveux », répète Hans, et Jerry les voit, désormais.

Chacun des sachets renferme des mèches, un peu moins que ce qu'on trouverait sur une poupée.

« Quatre sachets, quatre victimes. Il a pris les bijoux pour les cacher sur toi, et il a gardé les cheveux pour lui. Il trouvait probablement ça plus personnel.

— Et les photos ? »

Elles ont toutes atterri à l'envers.

« Alors ça, c'est la cerise sur le gâteau », déclare Hans.

Il les retourne l'une après l'autre, tel un croupier de black-jack, chaque image pire que la précédente, pas en termes de qualité mais à cause de l'accumulation. Elles montrent quasiment toutes la même chose : quatre femmes mortes. Sauf que sur la dernière Jerry Grey est au second plan, en train de faire un somme sur le canapé.

L'horreur de ce qu'ont vécu ces filles lui est insupportable, et il n'arrive pas à parler. Il s'approche du bord du lit et s'assied alors que ses jambes commencent à se dérober sous lui.

« Les pauvres, parvient-il à prononcer, incapable de dissimuler son effroi.

— C'est pas toi qu'as fait ça, déclare Hans.

— Ça ne rend pas ce qu'elles ont vécu moins terrible.

— Non, mais ça signifie que t'es pas responsable.

— Pas directement, non, convient Jerry.

— Comment ça ?

— Eric les a tuées parce que je lui ai dit qu'il devait écrire ce qu'il connaissait. Il les a tuées parce qu'il savait qu'il pourrait s'en tirer en me faisant porter le chapeau. Si je n'étais pas tombé malade, si j'étais encore chez moi et avais encore mon ancienne vie, je ne l'aurais jamais rencontré. Et ces filles seraient toujours en vie.

— Ça marche pas comme ça. Sinon, on serait tous constamment responsables des actes des autres. C'est Eric qu'a fait ça, pas toi. Tu n'as pas fait de mal à ces filles, c'est Eric le coupable. »

Jerry songe alors qu'ils viennent ensemble de régler son compte à un tueur en série.

« Il y a un petit problème », ajoute Hans.

Le soulagement que Jerry commençait à éprouver disparaît alors, remplacé par un nœud dans l'estomac.

« Quel genre de problème ?

— La police va croire que c'est toi qui as caché ça ici. »

Jerry est sans voix. Henry, en revanche, sait quoi dire. *Il a absolument raison, mais ça ne signifie pas que tu doives lui faire confiance.*

« Mais les photos…

— Ont pu être prises par toi.

— Pas la dernière.

— Elle aurait pu être prise avec un retardateur.

— Les flics découvriront quand ces clichés ont été imprimés, et où, et ils s'apercevront que c'était probablement à partir de l'ordinateur d'Eric.

— Auquel tu as eu accès, réplique Hans.

— Mais pas longtemps.

— Ça, ils n'en sauront rien. Ils croiront peut-être que tu as passé toute la journée ici après avoir laissé le couteau au centre commercial. Écoute, Jerry, je dis ça, mais je crois que tu vas t'en tirer. Ça signifie au minimum qu'ils vont enquêter sur lui, pas vrai ? Ils se pencheront sur les jours où ces filles ont été assassinées, et ils trouveront une routine. Peut-être même qu'ils mettront cette maison sens dessus dessous et qu'ils trouveront d'autres indices. Une malheureuse enterrée dans le jardin, par exemple. Si ça se trouve, la femme soupçonnait également quelque chose, et elle pourrait parler. Ces bijoux, avant d'être à elle, il est possible qu'ils aient appartenu aux victimes.

— Mais tu me crois, n'est-ce pas ?

— Évidemment, mais c'est pas moi qu'il faut convaincre. Ce type a été démasqué et mis hors d'état de nuire grâce à toi, pas grâce aux flics, alors ils seront pas trop ravis qu'un auteur de romans policiers atteint d'Alzheimer les fasse passer pour des imbéciles. Ils vont chercher par tous les moyens à démontrer ton implication, mais le revers de la médaille, c'est que tu seras blanchi, et une fois que les médias auront mis la main sur cette histoire, tu seras un héros. Et les gens n'aiment pas qu'un héros finisse en prison.

— Je ne suis pas un monstre», déclare Jerry, et son soulagement revient… il revient et croît, déploie ses ailes.

Hans l'observe. Il a cette expression qui lui vient quand il essaie de comprendre quelque chose.

«Quoi? demande Jerry.

— N'oublions pas les autres.

— Quelles autres?

— Celles que tu as tuées.»

Jerry songe à Sandra, il se rappelle la fleuriste, et Suzan avec un z, dont il a oublié le véritable nom. Il baisse les yeux vers les photos, dont trois représentent des femmes qu'il a pu assassiner. L'idée qu'il est innocent était peut-être prématurée.

«Est-ce qu'il est possible que je n'aie tué personne? demande-t-il.

— Il y a deux heures, on a tué un homme en le balançant par une fenêtre, réplique Hans.

— À part lui.

— Possible? Tout est possible.

— Tout est possible, répète Jerry, laissant les mots flotter quelques secondes avant de revenir à la réalité. Mais tu crois que je l'ai fait.

— Désolé, mon pote.

— Alors maintenant, quoi ?

— Eh bien, je peux continuer de fouiller pendant que tu lis le carnet. Puisqu'il a dissimulé ça, dit Hans en désignant d'un geste de la tête les sachets renfermant les cheveux et les photos, on peut raisonnablement croire qu'il a pu planquer autre chose. Il est pas rare que les gens aient plusieurs cachettes. Au bout du compte, on…

— C'est vrai ! Je ne te l'ai pas encore dit, mais j'ai noté dans mon carnet qu'il y a une seconde cachette ! » le coupe Jerry.

Hans a l'air excité.

« Où ?

— Je ne l'ai pas écrit.

— Alors qu'est-ce que tu as écrit ?

— Simplement qu'il y avait un autre endroit. Je crois que c'est là que je conservais les sauvegardes de mes manuscrits.

— Où ?

— Je ne sais pas.

— Il faut que tu t'en souviennes, Jerry, déclare Hans d'un ton pressant. Et nous devons retourner chez toi et la trouver.

— J'ai besoin de boire un verre.

— Sérieusement ?

— Qui sait quand j'en aurai encore l'opportunité ? En plus, ça m'aidera peut-être à réfléchir. »

Hans acquiesce lentement.

« Après tout ce que t'as enduré aujourd'hui, tu le mérites probablement. Bon sang, je crois qu'on le mérite tous les deux. »

Ils se rendent dans la cuisine, et Jerry s'appuie au

comptoir pendant que Hans passe les placards en revue. Il prend deux verres, qu'il pose sur la table, puis il commence à fureter dans le garde-manger. Il trouve ce qu'il cherche – il y a de la vodka, pas de gin, mais ça devrait faire l'affaire. Il attrape des glaçons dans le freezer. Il n'y a de tonic nulle part, alors il finit par préparer deux vodkas orange. Ils s'assoient à la table. Tout cela est très détendu, songe Jerry.

Très cinglé, pense Henry.

« Pourquoi est-ce que tu portes encore ces gants ? » demande Jerry.

Ne fais pas confiance à Hans.

« Comment ça ?

— Puisque Eric est mort, les flics comprendront que je suis impliqué.

— C'est exact.

— Et quand ils me parleront, ils comprendront que tu l'es également.

— Pas si tu leur dis pas.

— Tu ne veux pas qu'ils le sachent ?

— Bien sûr que non. Je veux bien t'aider, mon vieux, mais j'aimerais aussi vraiment éviter la prison.

— Et si j'oublie et le leur dis ?

— Si tu oublies, tu oublies. Mais si tu t'en souviens et si tu ne m'impliques pas, la police aura jamais besoin de savoir que je suis venu ici. Écoute, Jerry, je sais que c'est pas bien de ma part de te demander ça, mais je veux que tu portes le chapeau pour ce qui est arrivé à Eric. Les flics seront cléments avec toi, et s'ils le sont pas..., commence Hans, sans achever sa phrase.

— Alors quoi ?

— Tu es déjà un assassin, mon pote. J'essaie juste de t'aider. Je ne veux pas être puni pour ça. »

Jerry regarde son verre, puis il boit lentement une gorgée. Pas aussi bon que le gin tonic, mais mieux que rien. Il boit un peu plus. Hans a raison, songe-t-il, et il le lui fait savoir. Son ami avale à son tour une rasade de sa boisson.

« Tu te souviens de l'enterrement de mon père ? » interroge-t-il.

Jerry lève les yeux. Il secoue la tête, se demandant où Hans veut en venir.

« La veille, tu m'as emmené en ville et on a atterri dans un bar qui était à court de gin. Tu t'es mis à râler auprès du serveur en lui demandant ce que c'était que cet établissement, et il a répondu que c'était un bar où les gens qui se plaignaient se faisaient casser les dents à coups de pompe. Alors on a fini par boire ça, dit-il en prenant une gorgée. La seule fois que j'en ai bu. C'est pas… je trouve pas le mot.

— Pas assez masculin ? »

Hans acquiesce.

« Je savais que tu comprendrais. T'as toujours été un buveur de gin tonic, depuis qu'on se connaît. »

Jerry termine son verre. Il se demande s'il en veut un autre.

« Je me souviens que tu m'apportais des bouteilles quand je suis tombé malade.

— Sandra voulait pas te laisser boire, et elle t'avait pris ta carte de crédit pour que tu puisses pas en acheter. Je te les apportais par cinq. Je sais pas où tu les planquais, mais c'était peut-être au même endroit que…

— Dans le garage », l'interrompt Jerry.

Il s'en souvient, il se rappelle une bâche sous l'établi, qui recouvrait un espace entre la tronçonneuse et la scie circulaire, et c'est là qu'il les cachait, derrière des outils qu'un Jerry Passé bien plus jeune utilisait lorsqu'il rénovait des maisons, à une époque où Eva n'était qu'une fillette et où ses livres n'avaient pas encore vu le jour. Mais il n'y cachait pas toutes ses bouteilles, certaines étaient planquées sous le plancher. Il se souvient aussi d'une bâche étalée sur le sol de son bureau, prête à recevoir les dégâts qu'une version bien plus récente de Jerry Passé, datant de l'année dernière, s'apprêtait à provoquer.

« T'as pas mis longtemps à les siffler », observe Hans.

Seulement les bouteilles n'étaient pas sous le plancher, pas vrai, Jerry ? demande Henry. *Non, cette planque-là était réservée au revolver qui n'était pas là et au carnet qui n'y était pas non plus. La seule chose que tu y as trouvée, c'était une chemise que tu ne te rappelles pas avoir tachée de sang.*

« Je suis désolé pour ce qui t'est arrivé, dit Hans. T'as pas eu de pot. C'est pas ce que j'ai vu de pire, mais pas loin. »

Mais Jerry ne l'écoute pas. Il écoute Henry. Il pense au parquet. Au carnet original. Au fait qu'il n'était pas en dessous. Et le gin n'y était pas non plus. Ni le revolver. Car c'est exactement tel qu'il l'a dit dans le Carnet de la Folie 2.0 : il y a une autre cachette.

« Peut-être…

— Arrête de parler », demande Jerry en tendant la main.

Il pense à ce qu'il a écrit dans le carnet. À ces bouteilles de gin.

« Jerry ? Ça va ? »

Les sauvegardes de ses manuscrits n'étaient pas sous le plancher, mais il les conservait dans un endroit sûr. À proximité. Il ne les aurait pas planquées dans le garage, ni dans la cuisine ou la chambre. Il les aurait gardées sous la main.

Tu les cachais. Tu avais peur que quelqu'un n'entre un jour chez toi et ne te vole ton ordinateur et tout ce qui te servait à travailler, et qu'il te pique ta prochaine grande idée.

« Est-ce qu'on a retrouvé les sauvegardes de mes manuscrits ?

— Les sauvegardes ? Aucune idée. »

Il repense à son bureau. Se remémore son agencement. Une sensation de chaleur l'envahit tandis que la vodka s'écoule à travers son réseau neuronal, brouillant rapidement ses pensées parce qu'il n'a pas touché une goutte d'alcool depuis près d'un an, mais éclaircissant d'autres zones, comme l'alcool peut le faire, à mesure qu'il remonte dans le temps, reliant des images entre elles, s'attardant sur certaines. Il est de nouveau dans son bureau, en train de se servir un verre, et ces bouteilles de gin… eh bien, elles n'étaient pas dissimulées sous le plancher, elles étaient…

« Les sauvegardes étaient cachées. Je les cachais toujours, dit Jerry.

— Sous le plancher, peut-être.

— Il n'y avait rien sous le plancher.

— Alors où ? Réfléchis, Jerry, allez, tu y es presque, tu…

— Tais-toi », le coupe-t-il.

Ça doit être un endroit suffisamment grand pour

y loger plusieurs bouteilles de gin. Mais où ? Pas la bibliothèque. Pas le bureau. Rien de caché dans le mur. Rien dans le plafond. Rien sous ou dans le canapé.

Attends... rien de caché dans le mur ? Tu en es sûr ?

« J'y suis presque », dit-il.

Hans ne répond rien.

« Laisse-moi réfléchir. »

Il ferme les yeux, et il y est. C'est un jour ouvré, mais chaque jour était ouvré quand il écrivait, les week-ends et la semaine étaient semblables. Il travaillait le jour de son anniversaire. Il laissait même sortir Henry Cutter pendant une heure ou deux à Noël pour noter ses idées. C'était ça, la vie d'écrivain – écrire constamment, continuer d'avancer, conserver une longueur d'avance car si vous n'écriviez pas cette histoire, quelqu'un d'autre le ferait. Il est dans son bureau, il compte le nombre de mots qu'il a écrits, il en a fini pour aujourd'hui mais il doit effectuer une sauvegarde, pour mettre ces mots à l'abri, car en perdre quelques milliers, sans parler de tout un manuscrit... c'était un des aspects du métier d'écrivain dont il pouvait se passer. Il est à son bureau, insère une clé USB dans l'ordinateur, copier, coller, puis il éjecte la clé. Et après, quoi ? Que fait-il ensuite ?

Il se lève. Passe devant le canapé et marche jusqu'à la penderie. Il ouvre la porte et...

« Jerry... »

Il s'accroupit. Il y a un carton qui contient une demi-douzaine de rames de papier. Il l'écarte puis...

« Concentre-toi, Jerry. »

Il appuie sur le coin inférieur du mur. Le coin opposé est éjecté. C'est une fausse cloison, pas plus haute que son avant-bras, mais qui s'étire sur toute la largeur de la penderie. Il la tire et voit le gin, les clés USB, une pour chaque roman, le revolver et…

« Je sais où est le carnet », déclare-t-il, se levant si rapidement qu'il se cogne à la table.

Le verre glisse vers Hans, qui le rattrape avant qu'il tombe.

« Chez toi ?

— Dans mon bureau, répond Jerry.

— Alors allons-y.

— Laisse-moi attraper mon second carnet, dit-il, retournant déjà vers l'endroit où il l'a laissé. Je veux le lire en chemin. »

Jour un million

OK, donc ce n'est pas vraiment le millionième jour, et je ne sais pas trop quelles exagérations je tolérais dans mes livres. Derek (en fait, c'est Eric, mais j'en suis venu à l'appeler Derek) m'a dit ce matin que ça faisait huit mois que j'étais arrivé. Ce qui, d'après mes calculs, fait neuf cent quatre-vingt-dix-neuf mille jours et des poussières de moins qu'un million. Pourtant, j'ai l'impression d'être ici depuis une éternité.

Aujourd'hui, c'est un jour où Jerry est Jerry.
Jerry a Alzheimer – OK.
Jerry était auteur de romans policiers – OK.
Jerry sait qu'il ne devrait pas faire confiance à Derek – OK.
Ou Eric – OK.
Jerry établit une check-list – OK.

J'ai feuilleté le carnet et me suis aperçu que j'ai empilé absurdité sur absurdité, et il y a parmi ces entrées la preuve que Henry s'en est donné à cœur joie. J'ai eu des conversations avec lui. Henry et moi en train de tailler une bavette. J'ai, Futur Moi, deux choses à dire. Deux pour le prix d'une ! La première est que je dois cesser de faire confiance à Eric. Laisse-moi écrire ça en majuscules : NE FAIS PAS CONFIANCE À ERIC. Je suis entré dans ma chambre tout à l'heure et l'ai trouvé plongé jusqu'aux coudes dans mon tiroir. Je crois qu'il cherchait mon carnet. Pour quelle raison, je l'ignore. Je lui ai demandé ce qu'il fabriquait, et il a répondu qu'il rangeait. Henry pense qu'il ment. Henry pense qu'il a un mobile caché de vouloir que tu écrives dans le carnet, et, après tout, Henry s'y connaît en mobiles cachés (la plupart des personnages qu'il crée en ont un). Dans ce cas, le mobile est qu'Eric me vole mes idées parce qu'il veut devenir écrivain. Une chose que je me rappelle de ma vie d'auteur, c'est le nombre de personnes qui me disaient qu'elles voulaient écrire un roman. C'est un de ces métiers que tout le monde pense pouvoir faire, et j'ai toujours rêvé de dire à un avocat : *J'envisage de plaider une affaire*, ou à un chirurgien : *J'envisage d'effectuer une transplantation cardiaque*, comme si leur boulot n'était pas plus compliqué que le mien. Et la raison, d'après eux, pour laquelle ils n'ont pas encore écrit ce livre ? Le temps. C'est toujours une question de temps. Mais ils y arriveront. Ça ne peut pas être si difficile que ça. Eric écrit un livre – et au moins il y consacre le temps nécessaire puisqu'il affirme s'y mettre plusieurs heures chaque soir, transformant sa passion en hobby. Et comme c'est une chose que j'ai toujours respectée, je lui souhaite bonne chance. Cependant, il a un jour commis ce que j'ai toujours considéré comme un péché capital lorsqu'il m'a demandé : *Où trouvez-vous vos idées ?* comme si j'en commandais un carton chaque année et demandais à un assistant d'éliminer les mauvaises. Je lui ai répondu : *Écrivez ce que vous connaissez*, parce qu'il n'y a rien de plus vrai quand il s'agit de créer, mais Eric veut écrire ce que *moi* je sais. C'est pour ça qu'il cherche mon carnet. Parfois, les jours où je me rappelle qui je suis, je me demande si c'est l'écriture qui m'a rendu ainsi – avec tous ces cinglés qui tournaient en rond dans ma tête, il était inévitable qu'une partie de leur folie déteigne sur moi, non ? Alors si Eric veut devenir écrivain, il va falloir que ses propres cinglés lui fassent ce que les miens m'ont fait.

À propos d'Eric… J'ai fait ce rêve très étrange il y a quelques jours. Il m'emmenait quelque part. Je ne sais pas où, mais les rêves sont ainsi – rien que des images aléatoires prises à des moments aléatoires de la vie. Seulement, si je dois être honnête, et le Carnet de la Folie version 2.0 exige de l'être, ça ressemblait plus à un souvenir qu'à un rêve, car ces derniers ont tendance à disparaître alors même qu'on cherche à tâtons à recoller les morceaux. Mais qu'est-ce que j'en sais ? Le logiciel de Jerry version 2.0 est défaillant. Il y a eu une mise à jour ratée qui a lentement effacé le système d'exploitation original. Mais rêve ou souvenir, j'étais assis dans une voiture, côté passager, la tête appuyée contre la vitre. Nous étions quelque part en ville et les réverbères brillaient, illuminant les hôtels et les immeubles de bureaux comme des sapins de Noël sur fond de ciel noir. J'ai fermé les yeux, et quand je les ai rouverts tout était différent : des feux de signalisation, une supérette, deux personnes ivres titubant sur le trottoir. Soudain est apparue une maison, et celle-ci ne défilait pas derrière la vitre – c'était un moment figé, elle était concrète, réelle. Nous sommes restés garés devant un moment, elle était plongée dans l'obscurité, il n'y avait aucune lumière hormis celle des réverbères. Seulement il n'y avait personne avec moi, j'étais seul. Juste moi qui attendais sans rien faire, incapable de bouger, comme si les communications avec mes nerfs, mes muscles et mes tendons avaient été coupées. J'ai de nouveau piqué du nez, et suis revenu un peu plus tard à un monde différent : la maison n'était plus là, et je me trouvais dans un parc, étendu dans l'herbe.

C'était un rêve, le plus ennuyeux que j'aie jamais eu.

Mais le truc, c'est que je me suis déjà enfui. Je l'ai écrit dans le carnet. Mon errance m'a mené en ville, et des gamins m'ont trouvé alors qu'ils se rendaient à l'école. J'étais allongé par terre dans un parc (comme celui du rêve, je suppose). L'un d'eux m'a donné un petit coup avec la pointe d'un bâton, comme il l'aurait fait avec un insecte mort. Mais j'étais vivant. Je ne sais pas ce que je leur ai dit, mais ils ont appelé la police. Alors je suis reparti, tentant de déterminer où j'étais et où je voulais aller, et les flics m'ont retrouvé trois pâtés de maisons plus loin. J'étais assis sur le trottoir, adossé à une clôture, tentant de reprendre mes esprits. Mais tout était embrouillé. J'étais désorienté. Je me souviens qu'un chat essayait de me tenir compagnie et n'arrêtait pas de me donner des coups de tête dans le coude. Ça, je m'en souviens. Et je me souviens aussi des gamins. Mais le reste est un mystère. Je ne sais pas comment je suis allé jusque là-bas.

J'ai appris depuis que ce n'était pas la première fois que je m'enfuyais. De fait, c'était la deuxième. Et alors même que j'écris ces mots, je regarde une paire de boucles d'oreilles posée sur la table devant moi. Je les ai trouvées tout à l'heure dans ma poche. Donc, soit j'ai braqué une bijouterie, soit c'est le premier signe que je commence à me travestir. J'inspecterai ma penderie plus tard pour voir si j'y ai caché des talons hauts.

J'ai naturellement demandé à Eric s'il m'avait conduit quelque part. Il a ri et répondu que c'était mon imagination qui me jouait des tours, qu'il n'avait aucune raison de m'emmener où que ce soit, et aussi bien Henry que moi avons été d'accord avec lui. Dans quel but aurait-il fait ça ? Eric m'a demandé si j'avais le moindre souvenir de l'autre fois où je m'étais échappé, et je n'en ai aucun. D'ailleurs, je n'en trouve même pas la moindre mention dans mon carnet.

Maintenant, la seconde chose que j'ai à dire.

Hans est venu me voir aujourd'hui. J'aurais préféré qu'il ne le fasse pas. Je n'avais en fait aucune idée de qui il était quand je l'ai vu. Il a dû me le répéter plusieurs fois, et l'une des infirmières m'a expliqué qu'il venait souvent, qu'il se promenait avec moi dans le parc quand il faisait beau et me donnait les dernières nouvelles du monde extérieur. Et je crois que si je ne me rappelle jamais ces conversations, c'est parce que, quand je suis avec lui, je ne suis pas Jerry Qui Se Souvient, mais Jerry en mode veille.

J'ai vu plus tôt que j'avais noté dans mon carnet de ne pas lui faire confiance.

Maintenant je sais pourquoi.

C'est parce qu'il me dit des choses que je ne veux pas entendre. Comme, par exemple, pourquoi je suis ici. Je devrais respecter le fait qu'au moins une personne soit disposée à jouer franc-jeu avec moi, mais ça ne signifie pas que je ne puisse pas la détester. C'est toujours facile de tuer le messager.

Aujourd'hui, nous étions assis dehors. Il faisait froid, mais le soleil brillait et chauffait juste assez pour que ce soit supportable.

Qu'est-ce que je fais ici ? lui ai-je demandé. *Pourquoi est-ce que je ne peux pas rentrer chez moi ?*

De quoi tu te souviens ? m'a-t-il demandé en retour, et c'est Henry qui a répondu à ma place, mais avant de le faire, il m'a adressé une mise en garde : *Il y a quelque chose qui cloche, J-Man. Laisse-moi prendre les choses en main.*

Henry n'est pas réel, je le sais, et il serait lui-même le premier à en convenir, pourtant j'ai accepté de le laisser prendre les rênes. Je n'avais pas envie d'écouter Hans, et je crois que même alors, tandis que nous étions assis dehors, je savais pourquoi. Mais je l'ai tout de même écouté.

Tu te rappelles avoir tué ta femme ?

Non, je ne m'en souvenais pas, mais dès qu'il a prononcé ces mots, ça m'est revenu. J'ai su que Sandra était morte et que je l'avais tuée – même si je ne me rappelais pas avoir appuyé sur la détente. C'était une nouvelle douloureuse, bouleversante, et pendant un moment j'ai été inconsolable.

Pourquoi ?

J'avais besoin de comprendre.

Pourquoi est-ce que je l'ai tuée ?

Tu ne veux pas savoir, a déclaré Henry.

Henry qui observait, qui examinait, qui reliait entre eux des points impossibles à relier.

Tu ne veux vraiment pas savoir. Ne l'écoute pas, J-Man. Tout ça n'apportera rien de bon.

Mais je voulais comprendre.

Hans a détourné les yeux, pris une profonde inspiration. Puis il m'a regardé, et m'a demandé :

Tu veux vraiment que je te le dise ?

Oui, ai-je répondu, alors que Henry continuait de me dire le contraire.

Je crois qu'elle te soupçonnait d'avoir tué quelqu'un.

Quoi ?

Il y avait du sang. Du sang sur ta chemise.

Quelle chemise ?

Et un couteau.

Quel couteau ?

Laisse-moi te reposer la question, Jerry. Tu es sûr que tu veux savoir ?

J'ai répondu que oui, je voulais tout savoir, et voici ce qu'il m'a dit :

L'année dernière, le soir du mariage d'Eva, j'étais dans mon bureau en train de regarder une vidéo de moi qui avait été mise en ligne (ce discours, je ne l'ai toujours pas oublié). Après l'avoir regardée plusieurs fois, j'avais décidé de sortir. Je l'avais appelé plusieurs heures plus tard car j'avais besoin que quelqu'un me ramène. Il y avait du sang sur ma chemise, et lorsqu'il m'avait demandé d'où il venait, j'avais répondu que je n'en savais rien. Puis il a ajouté qu'au cours des jours qui avaient suivi il en était venu à croire que c'était le sang de la fleuriste du mariage d'Eva, que je l'avais tuée, et que Sandra l'avait compris.

Hans pense qu'à cause de ses soupçons elle a menacé d'appeler la police.

Et il pense que j'ai fait ce que j'avais à faire pour m'assurer qu'elle ne passerait pas ce coup de fil.

Il m'a ensuite rappelé que ce n'était pas ma faute, que

ce n'était pas moi qui avais tué la fleuriste et ma femme, mais une autre version de moi, une version plus sombre dénuée de sens moral et d'éthique à cause de la maladie.

Bien entendu, tout ça ne change rien au fait que Sandra est morte.

Ne fais pas confiance à Hans. Mais je me suis trompé. Ce que j'aurais dû dire, c'est : *Ne crois pas Hans.* Ou, pour être plus précis : *Ne l'écoute pas.* La prochaine fois que je le verrai, je lui demanderai de cesser de venir me voir. Après tout, qui veut qu'on lui rappelle qu'il est mauvais ? Je veux simplement redevenir Jerry Qui Oublie. Peut-être est-il temps d'arrêter de tenir ce carnet et de laisser la nature suivre son cours.

Pour qu'elle me débarrasse de la douleur, de la colère et des souvenirs.

Ils roulent vers la maison de Jerry en maintenant une allure régulière, Hans au volant, Jerry parcourant la dernière entrée du carnet, celle qu'il a achevée en disant qu'il veut que la nature le débarrasse de sa douleur et de ses souvenirs. Il ne se rappelle pas avoir écrit ces mots, et il n'est pas satisfait. Au lieu d'offrir une conclusion, le carnet est comme un roman sans fin.

« La première chose à faire, dit Hans, ramenant Jerry à l'instant présent, c'est nous assurer que les flics ne sont pas là.

— Où ça ?

— Dans ton ancienne maison.

— Ils n'y étaient pas avant, observe Jerry.

— Certes. Mais depuis tu y es allé et tu as agressé ta…

— Je ne l'ai pas agressée, proteste Jerry. Elle est simplement tombée.

— Tu crois que c'est ce dont elle se souviendra ? demande Hans.

— Elle leur dira probablement que j'ai essayé de la tuer. Mais c'était il y a plusieurs heures, non ? Les flics seront repartis.

— Peut-être. Ou alors ils sont toujours là-bas, et ils surveillent les lieux en espérant que tu reviendras.

— Ou peut-être qu'ils pensent que je ne serais pas assez stupide pour y retourner.

— C'est pourtant ce que tu fais.

— Alors tu suggères quoi ?

— Que tu appelles la maison de santé, répond Hans.

— Quoi ?

— Tu les appelles et tu leur racontes tout ce qui s'est passé. Tu leur expliques qu'Eric est mort, que tu es chez lui, et que tu as trouvé la preuve de tout ce qu'il a fait. Tu fais comme si tu étais toujours là-bas et tu leur demandes de venir te chercher.

— Pourquoi je leur dirais ça ?

— Parce qu'ils appelleront la police. Ils n'auront pas le choix. Et les flics iront chez Eric pour te serrer. S'il y en a qui t'attendent à ton ancienne maison, ça devrait les éloigner. On peut pas leur téléphoner nous-mêmes parce qu'on veut pas qu'ils localisent la provenance de l'appel.

— Et si ça ne fonctionne pas ?

— Il te restera plus qu'à croiser les doigts », répond Hans.

Il arrête la voiture au bout du pâté de maisons, à environ cent mètres de chez Jerry.

« Je ne connais même pas le numéro, déclare celui-ci.

— Moi, si », répond Hans, et il le récite de mémoire.

Jerry passe l'appel. Il demande l'infirmière Hamilton. Il sent son cœur s'emballer à l'idée de lui parler, de lui mentir, et il se dit que c'est pour ça qu'il était auteur et non acteur, puis il se rend compte que ça n'a aucune importance parce qu'elle va appeler la police et leur dire où il prétend être. Elle ne va pas proposer une interprétation du genre : *Bon, même s'il dit ça, je crois qu'il affabule, alors vous devriez continuer de surveiller les endroits que vous surveillez déjà.*

La voix de l'infirmière Hamilton retentit au bout du fil. Elle explique qu'elle s'inquiétait pour lui, qu'ils se font tous du souci, et en réponse il lui débite tout ce que Hans lui a dit de dire. Quand il a fini, il n'entend que du silence. Il songe que ça doit être la première fois de sa vie que l'infirmière Hamilton est sans voix. Mais le silence ne dure pas.

« Vous devez encore confondre avec un de vos livres », déclare-t-elle.

Jerry devine son espoir, il sent qu'elle voudrait que ce ne soit rien de plus qu'un nouvel épisode de confusion. Mais il perçoit aussi du doute, car elle sait que la police le considère comme un assassin et le traque.

« Il y a des photos des femmes qu'Eric a tuées. Et il conservait des mèches de leurs cheveux.

— Écoutez-moi, Jerry, vous n'êtes pas vous-même en ce moment.

— Si, je suis moi, réplique-t-il.

— Eric est vraiment mort ?

— C'était un accident.

— Êtes-vous seul ? »

Il se tourne vers Hans et se rappelle ce que ce dernier lui a demandé plus tôt.

« Oui.

— Vous avez découvert tout ça sans personne ?

— C'est ce que je suis en train de vous dire.

— Ne voyez-vous pas, Jerry, que vous êtes de nouveau confus ? Vous…

— Pendant tout ce temps tout le monde me croyait malade, mais c'était Eric.

— Ce n'est pas lui qui vous a rendu malade, Jerry.

— Ce n'est pas ce que je veux dire.

— Alors que voulez-vous dire ?

— Juste récemment. Il est à l'origine de tous les sales trucs qui se sont produits récemment.

— Jerry…

— Venez chez lui et jetez un coup d'œil à ce que j'ai trouvé, dit-il, et ensuite dites-moi que j'affabule.

— Jerry…

— Faut que j'y aille. »

Il raccroche, songeant que, quand tout sera fini, il expliquera pourquoi il a fait ça. Il éteint son téléphone car ça lui semble la bonne chose à faire.

« Et maintenant ? demande-t-il.

— On laisse passer deux minutes », répond Hans.

Ils attendent et ne voient aucun signe de mouvement. Aucun des deux hommes ne dit rien. Sans se concerter, ils laissent s'écouler deux minutes de plus.

« Soit ils bougent pas, déclare Hans, soit ils étaient pas là. Mais faut qu'on entre. Faut qu'on récupère ce carnet. On peut pas exactement aller frapper à la porte de devant, parce que ta satanée voisine appellerait la police, mais on peut frapper à celle de derrière, et s'il y a quelqu'un, alors…

— Ils ne vont pas nous laisser entrer comme ça, réplique Jerry. Hier, le propriétaire m'a pris pour un fou, et aujourd'hui il me prend pour un assassin.

— Alors on entre par effraction, répond Hans. J'ai mes crochets. »

Jerry enfonce la main dans sa poche. Il sort la clé de la porte de derrière et la montre à Hans.

« Pas besoin de crochets, dit-il.

— Tu te souviens quelle maison est derrière la tienne ?

— Non », répond Jerry en secouant la tête.

Puis il acquiesce. « Enfin, si. Peut-être. Pourquoi ? »

Hans démarre la voiture. Il prend la première à droite et s'engage dans la rue parallèle à celle de Jerry. Il commence à ralentir au milieu du pâté de maisons.

« Alors ?

— Elles se ressemblent toutes, déclare Jerry, et je ne l'ai vue que de derrière. »

Hans sort son téléphone. Il utilise le GPS pour repérer l'endroit où ils se trouvent, puis il immobilise la voiture quand le point bleu à l'écran est aligné avec l'ancien logement de Jerry, mais avec une maison entre les deux.

« C'est bien celle-ci, dit Jerry.

— Tu es certain ?

— Aussi certain que je puisse l'être. »

Hans coupe le moteur.

« On escalade la clôture. On essaie de voir s'il y a quelqu'un à l'intérieur. S'il y a personne, on entre. Si les lumières sont allumées, on attend qu'ils se couchent, puis on s'introduit en douce. Tu es sûr de savoir où se trouve le carnet ?

— Absolument.

— Alors allons-y. »

La maison devant laquelle ils sont garés est une structure de deux niveaux avec un toit en tuiles de béton et un parterre de fleurs rempli de roses qui accrochent les vêtements de Jerry tandis qu'il passe à côté. Ils traversent silencieusement la pelouse à l'avant et atteignent le portail qui donne sur le jardin. Celui-ci s'ouvre sans bruit, et quelques secondes plus tard ils sont devant la clôture. Hans se hisse dessus et confirme qu'ils sont au bon endroit, tandis que Jerry observe l'habitation qu'ils viennent de contourner. Il distingue l'éclat d'une télévision et des lumières, mais rien ne suggère qu'on les ait entendus.

« C'est la bonne », murmure Hans, et il se laisse tomber de l'autre côté.

Jerry escalade à son tour, atterrissant dans un jardin dont il a encore l'impression que c'est le sien. Devant lui se trouve l'endroit où était creusée la piscine, mais il est désormais pavé et comporte une longue table en bois et deux chauffages d'extérieur à gaz. Aucune lumière n'est allumée dans la maison.

Ils atteignent la terrasse et le transat sur lequel ils ont laissé Mme Smith. Jerry s'attend presque à la voir étendue là, mais il ne serait pas non plus surpris si elle déboulait par le portail d'une seconde à l'autre en agitant sa crosse de hockey. Un chat est assis devant la porte – l'animal le fixe, puis porte son attention sur Hans avant de s'enfuir. Jerry sort la clé de sa poche. Quelques secondes plus tard, il l'a insérée dans la serrure.

« Et s'il y a une alarme ? demande Jerry à voix basse.

— Alors on fout le camp, répond Hans. Fais pas de bruit. J'arrive pas à savoir s'ils sont absents où s'ils dorment.

— Je croyais que tu étais doué pour deviner ces choses.

— Contente-toi d'ouvrir la porte. »

Il s'attend à ce que la clé ne fonctionne pas, à rencontrer un problème supplémentaire dans une journée bourrée de problèmes. Et il est certain que les crochets ne seront d'aucune utilité non plus. Mais la clé tourne sans peine. Il ouvre lentement la porte. Il connaît cette maison. Il y a passé l'essentiel de sa vie d'adulte. Il connaît chaque forme, chaque défaut, il sait où le plancher craque, quelles portes grincent, et il sait où sont enterrés les secrets. Ou, dans ce cas, derrière quel mur ils sont cachés. Son cœur cognait déjà, mais lorsqu'il franchit le seuil de la maison, il se met à marteler encore plus, si fort que s'il y a des gens qui dorment à l'étage, ce sont ses battements qui les réveilleront.

Ils referment la porte derrière eux, s'arrêtent et écoutent. Le cœur de Jerry tambourine, sa respiration est forte. Aucun clavier numérique en train de biper. Pas d'alarme. Il a les mains moites. Il laisse la clé dans la serrure car elle lui glisserait probablement des doigts et atterrirait par terre. Il se représente mentalement Eva dans sa chambre à l'étage, en train de faire ses devoirs, ou de parler au téléphone à une camarade d'école. Sandra est dans le salon en train de bouquiner, ou de préparer son prochain procès. Il se voit lui-même derrière son bureau, bûchant pour atteindre son nombre de mots quotidien. Il tente de prendre une profonde inspiration, mais l'air se coince dans sa gorge, et il a l'impression d'avaler une balle de golf. Hans lui pose la main sur l'épaule, et il fait presque un bond.

« Du calme, Jerry, dit-il à voix basse. Plus vite on aura le journal intime, plus vite on pourra se tirer d'ici.

— C'est un carnet, pas un journal intime », murmure Jerry.

Ses yeux ont commencé à s'accoutumer à l'obscurité.

« Marche dans mes pas », dit-il, et il commence à avancer.

Hans le suit. Les meubles forment des trous noirs

dans le salon. Quand ils atteignent le couloir, Jerry se souvient que les lattes autour de la porte gémissent parfois, alors il les enjambe ostensiblement, puis il marche ostensiblement au bord du couloir et non au milieu. La porte du bureau – son bureau – est ouverte. Ils entrent et la ferment derrière eux, s'isolant du monde extérieur, Jerry plus heureux que jamais d'avoir insonorisé la pièce.

« Alors ? Tu crois qu'il y a quelqu'un ? demande-t-il.

— J'en sais rien. Je crois pas. Finissons-en », dit Hans.

Il sort son téléphone portable et balaye la pièce avec sa lampe torche. Pendant quelques instants, Jerry se sent de nouveau chez lui. Son bureau, son canapé, sa bibliothèque, son affiche encadrée de *La Revanche de King Kong* au mur. Puis il remarque toutes les différences subtiles. Les livres ne sont pas les mêmes. L'ordinateur n'est pas le sien. Il y a de nouveaux bibelots mêlés aux anciens sur la bibliothèque, des fournitures de bureau différentes, un écran différent, autant d'objets appartenant à un autre homme, à une autre vie. Il se demande pourquoi les flics n'ont pas arraché le plancher et démoli les murs à la recherche d'indices, puis songe qu'ils devaient estimer que l'affaire était pliée.

Il passe devant le bureau et marche jusqu'au placard dans le coin de la pièce. Il l'ouvre. À l'intérieur se trouvent des boîtes qui, si Gary lui ressemble un tant soit peu, doivent être pleines de relevés bancaires et de documents administratifs divers. Il y a quelques tiroirs en plastique remplis de fournitures de bureau, un casque suspendu à un crochet fixé au mur, une pile de magazines, des rames de papier. Il se met à tout sortir, espérant trouver le compartiment secret, que ce n'est pas une illusion tirée d'un de ses livres, comme la fois, se souvient-il soudain, où il est allé s'acheter des cigarettes. Sa fréquence cardiaque commence à repasser d'extrêmement élevée à celle, plus confortable, de très élevée. Il ne lui faut que quelques secondes pour savoir instinctivement quoi faire – une fois le placard vidé, il baisse la main et appuie dans un coin. Le coin opposé se déboîte. Il ôte la planche et la tend à Hans, puis…

Puis il ne fait rien. Il fixe la cavité, soudain effrayé par ce qui risque de s'y trouver. Ou non.

Tu dois regarder, lui dit Henry. *Il n'y a qu'en te penchant sur le passé que tu pourras avancer. Tu n'es pas venu jusqu'ici pour te dégonfler.*

Il regarde.

La première chose qu'il voit est une bouteille de gin. Il la sort.

Elle est à moitié vide. Il la débouche et sent l'arôme de l'alcool, son parfum le ramenant brièvement à sa vie passée.

« T'auras le temps pour ça plus tard », dit Hans en lui prenant la bouteille et en la posant sur le bureau.

Jerry renfonce la main dans le trou, et la deuxième chose qu'il sort est le revolver. Il le tient du bout des doigts par la base de la crosse, comme on le ferait si on se rendait face à une unité spéciale. Pendant un moment, il se revoit assis par terre à côté de Sandra. Il fait tourner le barillet comme s'il jouait à la roulette russe, appuie sur la sécurité, et le cylindre s'ouvre du côté gauche. Tous les trous sont pleins, mais l'un d'eux ne comporte que l'étui de la balle, le reste de cette munition ayant fini sa course dans sa femme.

Hans lui passe la main par-dessus l'épaule et lui prend le revolver.

Ne fais pas confiance à Hans.

Il craint probablement que Jerry ne retourne l'arme contre lui-même.

« Continue de chercher », lui dit Hans.

Jerry obéit. Cette fois, ses doigts se referment sur le carnet. Il regarde la couverture, le smiley qu'Eva a dessiné, les yeux collés dessus, l'un opaque, l'autre transparent. *Les idées les plus cool de papa* inscrit au-dessus du visage. *Le Capitaine qui met le feu* sur la tranche. Il l'ouvre et voit ses mots, des mots d'une autre vie qui noircissent les pages.

« Il est vraiment là, dit-il.

— Laisse-moi jeter un coup d'œil », demande Hans en tendant la main.

Mais Jerry ne lui donne pas le carnet. À la place, il le serre contre sa poitrine. Quand il se tourne vers son ami, il remarque que celui-ci a l'air irrité et, pendant un instant, un instant des plus brefs, quelque chose sur le visage de Hans rappelle à Jerry que celui-ci a toujours semblé connaître la face sombre des choses encore mieux que ses personnages les plus sinistres. Hans sourit alors, et Jerry se rend compte qu'il est idiot, que tout va bien.

« S'il te plaît, Jerry, insiste Hans. Je crois qu'il vaut mieux que ce soit moi qui regarde. Tu es trop impliqué. Trop émotif. Je pourrai te présenter la vérité sous un jour meilleur. »

Jerry décide que Hans a raison, qu'il n'essaiera pas d'atténuer sa culpabilité comme lui-même le ferait. Hans porte le carnet jusqu'au canapé et s'assied, emportant le téléphone avec lui et laissant Jerry dans la demi-pénombre. Ce dernier enfonce de nouveau la main dans la cavité et trouve les clés USB. Puis il sent un objet long et froid, et il passe les doigts autour. C'est un couteau, sans nul doute celui avec lequel il a tué la fleuriste. Une image lui vient soudain – Sandra attrapant sa veste et trouvant la lame dans sa poche. D'où une question : si les sensations tactiles réveillent des souvenirs, pourquoi ne se souvient-il pas des meurtres eux-mêmes ? Pourquoi le fait de tenir le couteau lui rappelle-t-il le moment où Sandra l'a trouvé, alors que tenir le revolver ne lui évoque rien ?

Si tu as oublié ces choses, c'est qu'il y a une raison.

Eric le droguait pour couvrir ses crimes. Mais que s'est-il passé avec Suzan avec un z, Sandra et la fleuriste ? Les médecins prétendraient qu'il refoule les actes terribles qu'il a commis, mais est-ce vraiment le cas ?

Non. Il y a autre chose, dit Henry. *Continue de chercher. Tu as trouvé ton carnet, mais le mien est toujours là-dedans.*

Henry en tenait-il également un ?

Il pose le couteau au bord du bureau et retourne au compartiment. Ses doigts se referment autour de feuilles volantes.

Les pages manquantes du carnet.

Tu as toujours cru que Sandra les avait volées, remarque Henry.

Mais si ce n'était pas Sandra, c'était son alter ego, l'homme qui rend les cauchemars possibles.

C'est pour ça qu'on me paie.

Il s'assied dans son fauteuil, allume sa lampe de bureau, sans se soucier qu'on puisse le voir de l'extérieur, et Hans paraît s'en moquer également car il ne bronche pas. Il semble absorbé par le Carnet de la Folie.

Jerry commence à lire.

C'est peut-être son écriture, mais les mots ne sont assurément pas les siens.

Ce sont ceux de Henry Cutter.

Jour trente-huit

C'est le trente-huitième jour et tu te sens en pleine forme. Aujourd'hui, tu as donné une leçon à Mme Fouille-Merde, la voisine d'en face, Futur Jerry. Elle s'est pointée récemment dans sa tenue couleur pastel pour te dire que tu enlaidissais tout le quartier, et elle va à coup sûr revenir dans les heures qui viennent à cause de ce que tu as fait. À mon avis, tu avais deux options. La première était de remettre de l'ordre dans ton jardin pour lui faire plaisir, de tondre la pelouse et d'arracher les mauvaises herbes pour faire comme tout le monde dans la rue. Ou alors il y en avait une seconde. Et c'est celle que tu as choisie. L'option deux était d'aller chez elle et de faire en sorte que son jardin soit encore pire que le tien. C'est marrant qu'elle te tape autant sur le système, mais c'est un fait, et non seulement tu t'es occupé de son jardin, mais tu l'as intégrée dans ton treizième livre. Tu voulais lui donner un côté *Hansel et Gretel*, faire d'elle la vieille sorcière folle qui transforme les enfants en ragoût, mais comme tu n'écris pas des contes de fées, tu lui as fait faire une brève apparition sous les traits de la vieille à chats du quartier qui se ronge les ongles jusqu'au sang tandis qu'elle regarde la vie défiler par la fenêtre de sa cuisine avant de se faire violer par un clown. Les brèves apparitions sont le sort que tu réserves aux personnes qui te contrarient. Quelqu'un s'est rué sur la place de parking que tu attendais ? Va te faire foutre – tu meurs à la page vingt-six. Un critique a descendu un de tes livres ? Va te faire foutre – tu seras le pédophile de la page dix. Le Dr Badstory t'a dit que tu étais atteint de démence ? Va te faire foutre.

Mais écrire au sujet de la voisine ne suffisait pas, et c'est la raison pour laquelle tu es allé chez elle et as arraché toutes les roses de son jardin, des roses dont elle était si fière. Elle était chaque jour là à s'en occuper, alors que son mari est depuis dix ans dans sa tombe, ce qui, tout bien considéré, fait de lui un sacré veinard.

Une autre voisine – une vieille pouffiasse qui a eu cent ans l'année où le *Titanic* a coulé – t'as vu, et tu t'es dit… eh bien… tu t'es dit : pourquoi ne pas faire comme Henry Cutter et zigouiller des gens ? Bien sûr, arracher des roses n'est absolument pas comparable à trancher des gorges, et les meurtres sont uniquement pour les livres – mais tu te mentirais si tu n'admettais pas que pendant un moment, certes, très court, tu l'as imaginée en train de se vider de son sang par terre, son visage plein de confusion et de douleur. Il ne s'est cependant rien passé, et nul doute qu'elle va aller dire à Mme Smith qu'elle t'a vu. Mais le truc, c'est que tu n'en as vraiment rien à foutre. Qu'est-ce qui pourrait t'arriver de pire ? Tu souffres déjà d'Alzheimer. Qu'est-ce que ça peut faire qu'elle appelle la police et que tu sois obligé de payer une amende ? Ça vaudra chaque penny dépensé.

Quand Mme Smith viendra plus tard, contente-toi de lui sourire, et dis-lui combien tu t'es bien marré à massacrer ce dont elle était le plus fière. Puis ris-lui au nez, parce que la chose que tu détestes le plus au monde, c'est qu'on te rie au nez.

Donc, voilà, Carnet de la Folie. Encore une journée à la con de terminée sur la route de… bon sang, je ne sais pas.

Jerry pose les entrées du carnet. Sa première pensée est qu'il n'a aucun souvenir d'avoir écrit ça, certainement pas du point de vue de Henry. La seconde est que Henry est un véritable connard. Était-il plus qu'un simple pseudonyme ? Devenait-il vraiment Henry quand il s'asseyait face à son clavier ? Il commence à comprendre un peu mieux les critiques, et il se demande comment il a réussi à être un auteur de best-sellers internationaux avec ce type aux commandes.

Il espère que Henry n'était pas réellement aux commandes.

Certainement pas. Sandra n'aurait jamais vécu avec lui.

Tout comme elle n'aurait jamais épousé un assassin.

Eh bien, c'est ce qu'ils sont venus prouver ici.

Ou le contraire. Ça ne me plaît pas que tu me considères comme un connard, surtout quand je ne fais rien qu'essayer de t'aider.

Jerry regarde de nouveau les pages. Henry n'a jamais existé, du moins pas au début. Peut-être est-ce Alzheimer qui lui a donné naissance. Et peut-être qu'il a suffisamment grandi pour prendre à l'occasion le contrôle. Il n'y a aucune autre manière d'expliquer ces écrits.

« Je peux avoir le carnet ? demande-t-il à Hans.

— J'ai pas fini, répond celui-ci sans lever les yeux et en continuant de lire.

— Juste une minute. Je veux vérifier quelque chose. »

Hans le regarde.

« À propos du jour où Sandra est morte ?

— Quelque chose au début. »

Hans semble réfléchir, et Jerry a soudain la certitude que son ami est sur le point de refuser, mais au final il cède et le lui lance.

« Fais vite », dit-il.

Jerry feuillette les pages jusqu'au trente-huitième jour, mais celui-ci n'existe pas. Il y a un Jour quarante. Avant ça, il y a des bords irréguliers dans la marge, à l'endroit où les pages ont été arrachées. La crainte qu'il ait pu être Henry se transforme en crainte de ce qu'il a pu faire d'autre, notamment en crainte que ce ne soit Henry qui ait tué Sandra. Il revient à la première page. Il se revoit à son bureau, écrivant certaines de ces choses. Jour un. *Ton nom est Jerry Grey, et tu as peur... Tu as perdu ton téléphone hier, et la semaine dernière tu as perdu ta voiture, récemment tu as oublié comment s'appelait Sandra.* Jour quatre. *Tu ne pourras plus tenir la main de Sandra et la regarder sourire. Tu ne pourras plus courir après Eva en faisant semblant d'être un grizzly.* Jour vingt. *Les gens croient souvent que les auteurs de romans policiers savent comment commettre le meurtre parfait, mais tu as toujours pensé que si une personne savait comment faire, ce serait Hans.* Jour trente. *Il y a un canapé dans le bureau. Le Canapé à Réflexion. Parfois tu t'étends dessus et tu trouves des idées de livres, tu résous des problèmes, tu restes allongé là à écouter Springsteen tellement fort que les stylos roulent par terre.* Puis le Jour quarante, et Jerry Passé n'a pas le moindre souvenir de ce qu'il a fait aux roses de Mme Smith, pour la simple et bonne raison que ce n'est pas lui qui les a saccagées, mais Henry Passé. Il croyait que c'était Sandra qui avait arraché les pages, mais non, c'était lui. Ou Henry. L'un d'eux cherchait à le protéger, pour que les crasses qu'il avait commises demeurent secrètes.

Il parcourt d'autres pages. La vérité est là, d'autres actes répréhensibles, et soudain il sait avec certitude qu'il n'a pas tué Sandra. C'était Henry. Henry Cutter, écrivain de mots, destructeur de vies.

Il renvoie le carnet à Hans.

« Qu'est-ce que tu lis ? demande ce dernier.

— Juste quelques notes », répond Jerry en retournant aux feuilles volantes, dont il lui reste environ une douzaine à lire.

Il y a d'autres choses qu'il a faites quand il était Henry. Cette histoire de bombe de peinture – c'était Henry. Il a dévoilé ses intentions par écrit avant de passer à l'acte. La bombe de peinture était sur son bureau tandis qu'il rédigeait l'entrée. Il s'apprêtait à sortir et à traverser la rue en douce, et bon Dieu, ce qu'il était impatient. Il savait que Mme Smith le soupçonnerait, mais il s'en foutait. Il nierait. Il lui suggérerait de quitter le quartier parce que quelqu'un semblait avoir une dent contre elle.

C'était ce qu'avait écrit Henry.

Et où était Jerry alors ?

Il poursuit sa lecture. Henry se met à en pincer pour la fleuriste. Quelques jours avant le mariage, il décide de s'enfuir par la fenêtre pour aller la voir. Jerry se souvient de ce jour. Pas du moment où il est sorti par la fenêtre, mais il se rappelle la boutique de la fleuriste, la femme qui l'a aidé et l'a ramené chez lui, la femme qui est morte la nuit du mariage.

Henry n'est manifestement pas amateur de desserts, mais plutôt de viols et de meurtres.

Il y a d'autres pages. La vérité est si puissante qu'elle fait mal, il a l'impression que sa tête est comprimée, l'horreur et la colère que lui inspire ce qu'il a fait enflent en lui, son cerveau semble sur le point d'exploser. Il tombe sur une entrée intitulée *MDM plus un paquet d'heures plus ne fais pas confiance à Hans plus tout un tas d'autres trucs.* Elle débute lorsque Henry se réveille sur le canapé avec du sang plein sa chemise. Il s'inspecte à la recherche de coupures, compte ses doigts et ses orteils, puis en arrive à la conclusion que le sang n'est pas le sien. Il soupçonne que ça pourrait être celui de la voisine et écrit : *Je pense d'abord à la vieille bique d'en face. Elle est venue me demander de tailler mes haies, et à la place je lui ai taillé les bras et les jambes, sculptant son corps de sorte à en faire une grosse masse informe sans membres.*

Il va jeter un coup d'œil à Sandra. Elle se porte bien. Puis il cache la chemise sous le plancher, *où les araignées et les souris pourront la manger au cours des cent prochaines années.* Henry se rappelle avoir parlé à l'infirmière Mae plus tôt dans la soirée, mais pas ce dont ils ont discuté. Il dit que c'est comme regarder à travers du brouillard.

Il y a quelque chose de louche, selon Henry. Un truc qui cloche. Et pas simplement à cause d'Alzheimer. Seulement il n'arrive pas à déterminer quoi.

L'entrée s'achève là. Jerry ne peut s'empêcher d'être impressionné. Henry Cutter a accompli son tour le plus fameux : il a conduit l'histoire dans l'inconnu. Inventer des scénarios, relier des faits de manière étrange et magnifique, a été son boulot pendant des années. Il est Henry Cutter, le maître dans l'art de faire fonctionner les coïncidences, de retourner les clichés, de décevoir quelques blogueurs et d'être un connard de macho.

Il est Jerry Grey, il est Henry Cutter, et à eux deux ils ont toujours su relier les points entre eux. Et maintenant ?

Jerry regarde en direction de son ami, qui est de nouveau en train de lire le Carnet de la Folie. Il jette un coup d'œil au revolver posé sur l'accoudoir du canapé, puis au couteau sur son bureau. Il repense à ce qu'il vient de voir en feuilletant le journal. Jour vingt. *Les gens croient souvent que les auteurs de romans policiers savent comment commettre le meurtre parfait, mais tu as toujours pensé que si une personne savait comment faire, ce serait Hans.* Il baisse de nouveau les yeux vers les pages volantes de Henry, et se remet à lire.

Ne fais pas confiance à Hans
Une nouvelle de Henry Cutter

Hans sentait son cœur marteler dans sa poitrine, si fort que ses mains tremblaient tandis qu'il forçait la serrure. Les crocheter était l'une de ses spécialités. Mais pas les mains tremblantes. Il était excité, pas nerveux. On apprend à crocheter une serrure et… et alors, c'est comme si on possédait la clé du monde, avait-il dit à son ami Jerry il y avait longtemps de cela. Le problème, c'est qu'on n'a pas les mêmes sensations quand on porte des gants – le millimètre de latex engourdit les sens et fait paraître les goupilles deux fois plus petites qu'elles ne le sont réellement. Mais il savait ce qu'il faisait, et ce n'était qu'une question de temps. Moins de deux minutes plus tard, il entendit un petit clic et quelque chose se décoinça dans la serrure, puis se bloqua de nouveau. Sa clé du monde avait fonctionné.

Il respira profondément. Personne ne pouvait le voir. La nuit était claire et une demi-lune flottait au-dessus de lui, si bien qu'il n'avait pas besoin de lampe torche. Il voyait un million d'étoiles qui faisaient sembler la nuit intemporelle, et il avait l'impression d'être minuscule. Il sentait le goût de l'air. Il ouvrit la porte. L'intérieur de la maison était un trou noir que le clair de lune ne pouvait pénétrer. Depuis qu'il avait vu la fille chez Jerry une semaine plus tôt, il savait qu'il devait la posséder. Qu'il devait avoir un moment d'intimité avec elle. Ce pauvre Jerry. Il avait vraiment foutu le mariage en l'air. Hans aurait préféré mourir plutôt que vivre ce que son ami endurait. Non qu'il eût la moindre chance de s'en tirer. Cela dit, il y avait deux choses qu'il savait avec certitude : la première était que si vous portiez des baskets neuves, les gens vous le faisaient toujours remarquer. C'était plus fort qu'eux. La seconde était que personne ne pense être un jour atteint d'Alzheimer. Alzheimer, c'est pour les vieux.

C'était une maison moderne en brique, le genre de construction censée maintenir les loups à distance. Mais les loups rusés trouveraient toujours le moyen d'entrer. C'était la nature. C'était l'évolution. Il pénétra à l'intérieur, referma la porte derrière lui, et embrassa l'obscurité. Il ne connaissait pas la disposition des pièces, mais les possibilités étaient limitées. Il utilisa l'écran de son téléphone portable pour éclairer son chemin. Il avait coupé le son au cas où quelqu'un l'appellerait, mais qui le ferait au beau milieu de la nuit ?

La cuisine était remplie d'équipements modernes achetés avec amour. Il n'avait jamais songé que les fleuristes s'en mettaient plein les poches, mais allez savoir. Peut-être que chaque Saint-Valentin lui permettait de s'offrir le dernier accessoire à la mode, tandis que les clients hypothéquaient leur maison pour pouvoir se payer une douzaine de roses. Il y avait un bloc à couteaux sur le comptoir. Il avait le choix. Il pouvait faire un paquet de dégâts avec n'importe lequel d'entre eux. Il savait que les plus gros étaient préférables quand il s'agissait de dire à une femme quoi faire, mais il savait aussi qu'entre de bonnes mains la taille de l'arme ne comptait pas. Il opta pour celui qui avait une lame de quinze centimètres. La moitié de sa bite, aurait-il voulu dire, mais il n'y avait personne pour l'écouter.

Hans emporta le couteau dans le couloir, puis il se tint immobile. Il avait toujours eu le don de deviner si une maison était vide, et si elle ne l'était pas, il sentait où se trouvaient ses occupants. Ici, l'occupante était dans la chambre. Il s'y rendit. La porte était ouverte. La seule lumière provenait du radio-réveil numérique. Il se posta au seuil de la pièce et écouta la respiration de la fleuriste. Ses mains tremblaient toujours. Il était le loup.

Le loup fit tous les trucs intimes qu'il était venu faire, et quand il la laissa, la jeune femme ouvrait de grands yeux sans vie, et sa température corporelle commençait à chuter. Après quoi il sortit de la maison et se rendit dans le jardin. Il souriait. Il n'oublierait jamais ce moment partagé avec elle – pas comme son minable de copain Jerry, qui pouvait en vivre cent et ne se souvenir d'aucun. Quel gâchis ! Il avait senti son téléphone vibrer à quelques reprises au cours des deux dernières heures, et il le consulta. Bon Dieu, quand on parle du loup… il avait trois messages de Jerry. Il s'était encore enfui et était complètement déboussolé. Cette fois il était retourné dans la maison où il avait vécu trente ans plus tôt. Il avait besoin d'aide, et ce n'était pas sa femme qui lui en fournirait, pas après ce qu'il avait dit d'elle au mariage. Il voulait que Hans vienne le chercher.

Hans réfléchit tout en regagnant sa voiture. Et plus il réfléchissait, plus il commençait à percevoir une opportunité. Il avait pris soin de ne laisser aucune trace derrière lui – il savait comment nettoyer une scène de crime, mais, évidemment, parfois on pouvait jouer de malchance. Si la police avait un autre suspect que lui… eh bien, ne serait-ce pas merveilleux ? Il rappela Jerry.

Jerry fut heureux de l'entendre. Hans lui dit qu'il arriverait bientôt et lui demanda de le retrouver dehors quand il verrait sa voiture. La clé était d'être subtil. Il avait appris ça dans les livres de son ami. L'objectif était de pousser Jerry à croire que c'était lui l'assassin. De l'inciter à cacher les indices, ce qui ne le ferait paraître que plus coupable. Hans avait toujours le couteau. Il n'avait pas laissé d'empreintes dessus. Le plan original avait été de s'en débarrasser dans un trou quelque part, mais il changeait désormais. Il évoluait. C'était la sélection naturelle. Et comme le temps de Jerry était compté, quelle importance qu'on le prenne pour un assassin ?

Il roula jusqu'à la maison où Jerry l'attendait. Pas grand-chose n'avait changé en trente ans, ou peut-être que si, et il n'en avait tout simplement rien à foutre. Il se gara devant, et Jerry apparut dans l'allée et marcha jusqu'à la voiture avec cet air de demeuré qu'il avait ces temps-ci. Cette expression qui disait qu'il était à côté de ses pompes et ne pigeait rien à ce qui se passait. Une grosse femme les regardait depuis la porte. C'était un problème, mais il n'éprouva pas le besoin de le régler immédiatement. Il verrait comment les choses évolueraient.

Jerry grimpa dans la voiture, le remercia, puis... puis rien. Il était encore en mode veille.

« Jerry ? Hé, Jerry, t'es avec moi ? »

Non, il n'y était pas. Il errait dans les champs et chiait dans les bois de Barjoville. Population : Jerry.

Il roula jusque chez Jerry, mais se gara vingt mètres avant car il ne voulait pas risquer de réveiller Sandra. Il descendit de voiture et fit le tour pour atteindre le côté de Jerry, qui commençait à piquer du nez et se laissa guider jusqu'à la maison. Hans sentait qu'il était passé en mode pilotage automatique. Jerry rentra par la fenêtre et s'assit sur le canapé. Hans pouvait désormais faire ce qu'il voulait. Alors il s'assit également et analysa la situation. Puis il retourna chercher l'arme du crime dans la voiture. À son retour, Jerry était endormi. Il essuya le couteau ensanglanté sur la chemise de son ami et enfonça l'arme dans la poche de sa veste après avoir appliqué les empreintes de Jerry dessus.

Puis il s'en alla. Il était certain que Sandra verrait la chemise tachée de sang, trouverait le couteau, et appellerait la police avant la fin de la journée. Elle balancerait son mari. Bon sang, peut-être que Jerry la tuerait elle aussi, et ce serait la cerise sur le gâteau car cette salope n'avait jamais pu sacquer Hans. Il était grand temps que Jerry soit utile à quelque chose.

Jerry Utile. Voilà qui il est désormais. Il parcourt de nouveau l'histoire. Il ne se rappelle pas l'avoir écrite, c'est Henry qui l'a rédigée seul. Son cœur martèle à nouveau, fort, puis il saute quelques battements et se remet à cogner. Jerry a la tête qui tourne.

C'est une histoire, songe-t-il. Rien qu'une histoire. Une *nouvelle*, comme l'annonce le préambule. Il n'est pas écrit *essai*. Ni *témoignage*. Il est écrit *nouvelle*, parce que c'est de la fiction, une invention – Henry et lui sont des maîtres de l'illusion. Et dans ce cas, l'un d'eux s'est laissé emporter. Mais ça, c'est la spécialité de Henry, de la même manière que celle de Hans, c'est crocheter les serrures (peut-être) et tuer des femmes (peut-être), alors que pour sa part Jerry est amateur de desserts (sans le moindre doute). Mais c'est également la spécialité de Henry de dénicher la vérité dans un mensonge. Les choses ont pu se passer ainsi. Jerry a pu se réveiller portant la chemise que Hans avait tachée de sang, puis la cacher avant de se rendormir. Ou alors rien de tout ça n'est arrivé. Il a tué la fleuriste et sa femme, et Alzheimer essaie de le protéger de la vérité.

Ne fais pas confiance à Hans. Vraiment ?

« Ça va, mec ? » demande ce dernier.

Jerry regarde en direction de son ami. Hans le fixe avec une expression dure. L'ambiance dans la pièce change, un voile sombre semble s'abattre et Jerry frissonne. Il a le sentiment que Hans l'observe depuis un moment.

Fais attention.

« Ça va », répond-il.

Mais ça ne va pas. Tout commence à faire sens. Ne fais pas confiance à Hans, car c'est un psychopathe.

« Qu'est-ce que tu lis ?

— Pas grand-chose », répond Jerry.

Il pose les yeux sur l'accoudoir du canapé où est posé le revolver qu'il a trouvé tout à l'heure. C'est un coup d'œil furtif, mais Hans doit le remarquer car il saisit l'arme.

« Ah, ces pages, elles proviennent d'ici, non ? »

Il pointe le revolver sur Jerry et agite de son autre main le carnet.

« Il fallait bien que tu comprennes tôt ou tard. Quoi qu'il en soit, c'est fini, mon pote. J'avais juste besoin du carnet.

— Tu as tué Sandra, déclare Jerry. Et tu as aussi tué la fleuriste.

— T'étais pas loin de tout comprendre, là-dedans, dit Hans en continuant de tenir le carnet, mais ce que je pige pas, c'est pourquoi tu as déchiré ces pages. Qu'est-ce qu'elles disent ?

— Tu as tué Sandra », répète Jerry, ignorant la question.

Il commence à se lever.

« Bon sang, la fille, il y a toutes ces années ! Suzan avec un z. C'était aussi toi ?

— C'était la première. Reste où tu es, Jerry. »

Il secoue la tête. Il a la nausée. Trente ans que cet

homme est son ami. Ils ont étudié ensemble, souffert ensemble, célébré des événements ensemble, ils se sont soûlés, ont rigolé, fait la fête et raconté tout un tas de conneries dans tout un tas d'états ensemble. Son ami. Son putain d'ami.

« Combien il y en a eu en tout ? demande-t-il.

— Qu'est-ce que ça peut faire ?

— Tu es cinglé. »

Hans hausse les épaules.

« Vraiment ? Avec tous ces trucs que tu écris, et maintenant avec Alzheimer qui te fait perdre la boule, c'est toi qui me traites de cinglé ?

— Tu ne t'en tireras pas comme ça. »

Hans rit.

« Bon Dieu, t'es vraiment le roi des clichés, même maintenant que tout est fini.

— Je ne comprends pas. Pourquoi tu m'as aidé aujourd'hui ?

— J'en avais pas l'intention. Je voulais te livrer aux flics.

— Mais tu as changé d'avis.

— J'étais bien obligé, quand t'as mentionné le carnet. Je pouvais pas courir le risque que t'aies écrit quelque chose qui me retomberait sur la gueule si quelqu'un le trouvait. Et j'ai bien fait, parce que c'est ce que t'avais fait. »

Jerry repense à plus tôt dans l'après-midi. Ils n'étaient qu'à quelques rues du commissariat quand tout a changé. Et depuis, leur seule préoccupation a été de retrouver l'endroit où il avait caché le carnet.

« Et Eric ? C'était quoi, cette histoire ? Est-ce qu'il a vraiment fait ces trucs ?

— Eric ? Évidemment. C'était un de tes méchants incarnés, Jerry. Un vrai taré. »

Jerry fixe une seconde le revolver. Puis il songe au couteau sur le bureau et doit fournir un effort pour ne pas regarder dans sa direction. S'il pouvait juste s'en emparer…

Et puis quoi ? Aller plus vite qu'une balle ?

« Et maintenant ? Toi aussi tu vas me faire porter le chapeau pour toutes les saloperies que tu as commises ? Comme lui ?

— Hé, c'était un bon plan, réplique Hans. Ce serait dommage de l'abandonner juste parce qu'il n'a pas fonctionné pour lui.

— Tu as tué Sandra.

— Oui.

— Pourquoi je ne m'en souviens pas ?

— Je t'ai drogué. Je suis venu ici le jour où tu m'as appelé, et je t'ai fait une piqûre quand on était dans le bureau. J'étais obligé. Je savais que tu finirais par comprendre. Merde, j'aurais dû savoir que le sang sur la chemise était une erreur. C'est là que j'ai merdé. »

Jerry tente de se représenter ce moment, mais il n'y a rien. Cet homme qui était censé s'occuper de lui l'a trahi. Comme Eric.

« Hors de question que tu t'en tires comme ça », déclare Jerry.

Je crois pourtant que c'est ce qui est en train de se passer.

Pourquoi Henry ne l'a-t-il pas prévenu ? Ne relie-t-il pas toujours les points entre eux ?

Tu n'es pas le seul à être affecté par Alzheimer, mon vieux. Et j'ai tenté de te mettre en garde.

Certes. Mais c'était un peu tard.

« Qu'est-ce que tu vas faire ? Me descendre ici ? Et après ? Les flics vont débarquer et ils comprendront tout. »

Hans sourit.

« Pendant toutes ces années, tu es venu me demander conseil. Tu voulais constamment savoir comment les choses fonctionnaient. Tu t'es fait des tonnes de fric grâce à mon aide, et qu'est-ce que j'ai eu en retour ? Hein ? Une mention dans les remerciements ? Mais si on parlait d'un putain de chèque, hein ? Tu as une dette envers moi, Jerry. Dis-toi que je reprends ce qui m'est dû, et considère que tu es en train de vivre un des scénarios que tu imposais si souvent à tes personnages.

— De quoi tu parles ?

— Tes personnages. Tu leur as fait vivre l'enfer. L'enfer absolu. Certaines des décisions qu'ils ont dû prendre… elles étaient impossibles… même pour moi. Et maintenant tu vas en avoir un aperçu. Tu sais ce que c'est ton problème, mon pote ? Tu penses trop à toi. Il faut toujours que tu croies que l'univers tourne autour de toi, que c'est toi qui tires toutes les ficelles. Mais tu te fous de la manière dont tes actes affectent les autres. Ta superbe femme, ta belle et talentueuse fille, ton fidèle ami, toujours à ta disposition. À croire qu'on est tes créatures. Qu'on existe uniquement quand tu es dans la pièce. »

Jerry réfléchit une seconde, se demandant s'il y a du vrai dans ces propos.

« Qu'est-ce que ça signifie ?

— Ça signifie que ta vie est terminée depuis le diagnostic, Jerry, mais moi, il me reste encore plein de trucs à vivre. Des trucs bien. Alors restons en bons termes, hein ? C'est la solution gagnant-gagnant pour tous les deux. Je peux continuer de vivre ma vie, et ton existence de merde va bientôt prendre fin. On se quitte en bons termes et je n'aurai pas besoin de faire de mal à Eva. Sinon, je te descends tout de suite et je file chez elle.

— Espèce de fils de…

— Non, dit Hans alors que Jerry commence à se lever. Ne bouge pas avant de m'avoir écouté. »

Jerry se fige.

« Ne lui fais pas de mal.

— Alors ne m'y oblige pas. Tu rédiges une confession, tu jettes l'éponge, et moi, je n'irai pas…

— Ne le dis pas », l'interrompt Jerry.

Il se représente déjà Eva en larmes, en sang, nue et suppliant Hans de lui laisser la vie sauve.

« Je ferai bien en sorte qu'elle sache que c'est à cause de toi qu'elle souffre. Mais tu peux la sauver, Jerry. Ici et maintenant.

— Tu ne t'en tireras pas. La police saura que c'est toi.

— Peut-être, peut-être pas. Mais ce qui est certain, c'est qu'Eva sera morte. Tu n'as plus rien, Jerry. Mais tu peux faire ça pour elle. Tu peux la sauver. »

Jerry s'apprête à dire quelque chose, puis il s'aperçoit qu'il ne sait pas quoi. Il a la bouche sèche. Son cœur cogne de nouveau, mais bientôt il ne battra plus.

« Tu veux que je me tire une balle, dit-il.

— C'est aussi simple que ça.

— Je…

— Tu avoues quelques crimes à ma place, le coupe Hans, et je promets de ne jamais revoir Eva. Tu as ma parole. Sinon j'irai la buter, et je m'amuserai bien en le faisant, comme j'ai fait avec la fleuriste.

— Est-ce que j'ai tué qui que ce soit?

— T'es vraiment un crétin, Jerry. Non, t'as tué personne, mais tu tueras Eva si tu fais pas ce que je te demande.»

Inutile de réfléchir. À vrai dire, dès l'instant où Hans a mentionné le nom d'Eva, Jerry a compris comment ça se terminerait. Il n'a pas le choix. C'est ce que ferait n'importe quel parent. Mourir pour protéger son enfant. Ça fait partie du job.

«Qu'est-ce que tu veux que je dise?

— C'est toi l'écrivain, je suis sûr que tu trouveras quelque chose. Considère ça comme ton chef-d'œuvre.»

Jerry acquiesce.

«OK, dit-il. Mais je dois d'abord savoir ce qui s'est passé. Le jour où Sandra est morte. J'ai besoin que tu me le dises.

— Pourquoi? Ça te rapportera rien de l'entendre.

— S'il te plaît. Je dois savoir.»

Hans hausse les épaules, comme si ça n'avait pas grande importance.

«Elle avait compris, dit-il, et à en croire ces dernières pages, t'en étais pas loin non plus. En fait, je crois que t'avais pigé. C'est ce qu'il y a sur ces feuilles volantes, pas vrai? Elles viennent du journal intime, hein?

— C'est un carnet, le corrige Jerry, et oui.

— Pourquoi tu les as arrachées?»

Comme Jerry ne répond pas, Hans esquisse un sourire.

«Tu te rappelles pas l'avoir fait, c'est ça?

— Je crois que c'est Henry qui les a arrachées.

— Quoi?»

Jerry n'a pas envie d'expliquer. Mais il pense que Henry les a arrachées parce qu'il était aussi cinglé que lui, et quand on est le roi des cinglés, on fait des choses qui n'ont aucun sens. Peut-être que Henry cherchait à le protéger. Peut-être qu'il les a arrachées parce qu'il savait que le carnet finirait entre de mauvaises mains. Il devait sauver ce qui lui semblait important. Mais quelle qu'ait été la raison, Jerry n'en a plus rien à faire. Plus maintenant. Pas avec un revolver chargé pointé sur lui.

Au lieu de répondre à Hans, il demande une fois de plus ce qui s'est passé avec Sandra.

« On était ici, répond Hans. Le revolver était toujours sur ton bureau. Tu m'as encore questionné à propos du sang sur la chemise. Tu m'as dit que Sandra avait parlé à l'infirmière. Sandra et toi, vous étiez troublés parce que ça collait pas. L'infirmière avait pas vu de sang sur ta chemise, et l'heure de la mort de la fleuriste laissait penser que t'étais innocent. T'as marché jusqu'à la porte pour appeler Sandra, et dès que tu m'as tourné le dos, je t'ai fait une injection dans le cou. Quelques secondes plus tard, t'étais dans les vapes. Je t'ai étendu sur le canapé, puis j'ai attendu que Sandra arrive. Elle s'est précipitée vers toi et j'ai refermé la porte derrière elle. Elle a levé les yeux vers moi, et j'ai vu qu'elle avait tout pigé. Elle avait la même expression que toi il y a quelques minutes.

— Tu lui as demandé ce qu'elle savait ?

— C'était pas la peine. Je savais qu'elle savait, et elle savait que je le savais. Une balle en pleine poitrine, c'est tout ce qu'il a fallu. L'insonorisation est vraiment une chose merveilleuse, Jerry. »

Jerry se sent sur le point de s'effondrer. Tout a commencé ce soir-là, à la fête, quand il a dit : *Voici mon épouse...* et n'a pas réussi à se souvenir du nom de Sandra. Cette image est toujours parfaitement claire dans sa tête. Ce qui signifie qu'aujourd'hui est le pire bon jour qu'il ait vécu depuis le diagnostic. Alzheimer lui a fait oublier le nom de sa femme et a permis à Hans et à Eric de profiter de lui. Sandra, morte à cause d'une maladie incurable. Simplement parce que l'univers le punit. Mais pourquoi ? S'il n'a pas tué, alors quoi ? La réponse lui vient rapidement. Parce qu'il a fait la seule chose qu'il s'était juré de ne jamais faire – il a basé un personnage sur une personne qui avait existé. Suzan avec un z. Elle était réelle, avait une vraie famille, de vrais sentiments, et il l'a trahie. Il a transformé sa tragédie en histoire, juste pour distraire le public.

« Tu es un monstre », déclare Jerry.

Le couteau. Empare-toi du couteau.

Mais s'il essaie et échoue, c'est Eva qui paiera.

« Peut-être, répond Hans. Mais hé, on s'est bien marrés aujourd'hui, pas vrai ? On a débarrassé les rues d'un assassin.

— C'est pour ça que tu l'as suspendu à la fenêtre ? Parce que tu voulais le tuer ?

— On était obligés, mon pote. Il avait vu mon visage. En dépit de tout le reste, Jerry, je cherchais vraiment à t'aider à ce moment-là.

— Pourquoi ? Parce que tu ne voulais pas que quelqu'un d'autre me fasse porter le chapeau pour ses crimes ? C'était une espèce de concours débile ?

— En partie, répond-il. Bon, principalement. Et avant que tu me demandes pour sa femme, il est clair qu'elle ne se souviendra de rien. En revanche, l'infirmière Mae, c'est le seul problème que je vais avoir à régler.

— Tu n'es pas forcé de lui faire du mal.

— On verra.

— Toutes ces histoires comme quoi les flics seraient cléments avec nous, c'était du pipeau, déclare Jerry.

— Rédige cette lettre d'adieu, Jerry. Et ne mentionne pas Suzan. Inutile de compliquer les choses. Maintenant, dépêche-toi avant que je change d'avis et décide de rendre visite à Eva. Et sois convaincant. Tu n'écris pas pour sauver ta vie, tu écris pour sauver ta fille. »

Ma confession
Par Jerry Grey

Mon nom est Jerry Grey. Je suis auteur de romans policiers. Je suis un assassin. Je suis un individu profondément mauvais. Ceci est ma confession.

Il y a tant de choses à dire. Tout d'abord, je veux m'excuser auprès de ma famille. J'aimerais pouvoir dire à Sandra à quel point je regrette, mais ce qui est fait est fait. Je suis coupable, et il n'y a pas de retour en arrière. Je t'ai tuée, Sandra, parce que tu avais découvert le genre d'homme que j'étais vraiment. S'il y a un au-delà, j'imagine que je ne finirai pas au même endroit que toi.

La vérité est que toute ma vie j'ai eu des besoins que je suis parvenu à maîtriser, ne laissant qu'occasionnellement ressortir mon véritable moi et faisant souffrir des femmes en ces occasions. Mais quand Alzheimer est arrivé, je ne suis plus parvenu à contrôler mes pulsions. Les femmes des dernières semaines ne sont pas mortes par ma faute. C'est Eric qui les a tuées, et il y a assez d'indices chez lui pour le prouver. Lui, je l'ai liquidé, et j'espère que dans un sens ça rétablit l'équilibre.

L'année dernière, le soir du mariage d'Eva, je me suis enfui de chez moi et ai marché jusqu'à la maison de Belinda Murray. Dès l'instant où je l'avais vue, j'étais tombé amoureux. Il y avait quelque chose en elle. Quelque chose qui me faisait me sentir vivant. J'ai donc marché jusqu'à chez elle et crocheté la serrure de la porte de derrière. Crocheter des serrures et maquiller des scènes de crime, ce sont des choses que j'ai apprises de mes lectures, de mes recherches et de mes écrits. Mais je ne veux plus le faire. Je veux simplement que le monde sache ce qui s'est passé car je suis fatigué de mentir, et bientôt tout sera fini de toute manière. J'ai tué Belinda Murray parce que j'en avais envie, parce que je savais que ce serait agréable, et ça l'a été.

Je suis revenu à l'endroit où tout a débuté. Je suppose que c'est là que le passager A est monté à bord, juste histoire de se faire transporter avant d'être promu capitaine. C'est ici que j'ai élevé Eva, que j'ai vécu avec Sandra. Ici que les livres ont été écrits, que ma femme est morte, et que je mourrai à mon tour. Je suis revenu chercher mon Carnet de la Folie, mais il n'est pas ici, car je me souviens désormais l'avoir détruit après avoir tué Sandra. J'y avais confessé mes crimes, alors j'ai arraché les pages et les ai déchirées en morceaux avant de m'en débarrasser. À l'époque, je n'avais pas toute ma tête.

Maintenant, je suis plus lucide que je ne l'ai été depuis longtemps.

Ceci n'est pas une simple confession. C'est également ma lettre d'adieu.

Je ne mets pas fin à mes jours parce que je suis mauvais. Ni parce que je suis un monstre. Je mets fin à mes jours car je commence déjà à oublier les personnes que j'ai fait souffrir. Le souvenir de Belinda, celui du meurtre de Sandra, voilà ce qui m'aide à tenir chaque jour. Sans eux, je n'ai plus rien. Et je préfère mourir plutôt qu'oublier ce que ça fait de tuer.

C'est donc ce que je vais faire maintenant.

Jerry fait glisser les pages à travers le bureau. Hans les saisit et se rassied sur le canapé. Il les lit, levant les yeux de temps à autre pour s'assurer que Jerry ne tente pas de se faire la belle. Lorsqu'il a fini, il retourne au bureau et lui rend les pages.

« Tu peux faire mieux, déclare-t-il.

— C'est suffisant.

— Tu ne t'excuses même pas auprès de ta famille. Tu ne leur dis pas que tu les aimes. Ajoute ça et signe, et peut-être qu'alors on en aura fini. »

Jerry prend le stylo. *Tout le monde est un critique*, songe-t-il, avant de s'apercevoir que Hans n'a pas tort. Il se rappelle avoir écrit des lettres similaires par le passé. Une à Sandra, une autre à Eva, des lettres qui venaient du cœur quand il pensait être un assassin et estimait qu'il leur rendait service en tirant sa révérence. Mais il n'arrive plus à retrouver cette sincérité. Il écrit au bas de la page :

> J'aimerais pouvoir revenir en arrière. Malgré ce que j'ai fait, j'aime ma famille. J'aime ma femme et ma fille, et je ferais n'importe quoi pour les récupérer. N'importe quoi. Eva. Je suis tellement désolé. Je t'aime tant. J'aimerais pouvoir te demander pardon.

Il voudrait pouvoir écrire autre chose, une sorte de code qui indiquerait à la police qu'il est innocent, mais il ne trouve rien. Il signe la confession et la fait de nouveau glisser à travers le bureau. Pendant qu'il rédigeait cet ajout, Hans a mis le feu à la nouvelle de Henry. Les cendres continuent de voleter sur le sol. Hans saisit les pages et lit. Jerry jette un coup d'œil au couteau puis détourne le regard. Même s'il pouvait s'en emparer, il sait qu'une telle arme ne pèse pas lourd face à un revolver. Il a désormais le rôle ultime du parent, celui de sauver sa fille.

« Ça manque d'émotion, déclare Hans.

— C'est le mieux que je puisse faire. »

Hans acquiesce. Il repose la lettre.

« Voici ce que je veux que tu fasses pour moi. Je veux que tu réfléchisses, que tu réfléchisses vraiment à ce que je ferai à Eva si tu tentes autre chose que ce dont nous avons parlé. Tu me comprends ?

— Je comprends.

— Mets tes mains à plat sur le bureau. »

Jerry s'exécute. Il sait où tout ça mène. Il est, après tout, un maître de l'anticipation. Il sait que dans vingt secondes il sera mort. Demain, il sera un meurtrier qui est passé aux aveux, et Eva devra vivre avec ce déshonneur. Mais au moins, elle vivra. La maladie lui a pris sa vie, et celle de Sandra et des femmes qu'Eric a tuées, mais il ne la laissera pas prendre celle d'Eva.

Hans vient derrière lui, se postant derrière le fauteuil.

« Garde la main gauche sur le bureau, ordonne-t-il, et lève la droite au niveau de ta tête. Mime un revolver avec tes doigts et fais comme si tu allais te tirer une balle. »

Jerry obéit. Il lève la main droite, forme un canon avec ses doigts et les pointe vers son crâne. Il tremble. Il songe qu'il aurait dû essayer de s'emparer du couteau. Qu'il aurait dû tenter quelque chose. Malgré tout ce qu'il a perdu, toutes les fois où il a songé à se suicider, il est surpris de constater à quel point il a peur de mourir. Peut-être que si les circonstances étaient différentes…

Mais elles ne le sont pas, observe Henry.

Un dernier conseil ?

Tu es tout seul, ce coup-ci, mon pote.

« Tu joues au con et ça se passera très mal, aussi bien pour toi que pour Eva.

— Je sais. »

Hans place le revolver dans la main de Jerry tout en lui collant le canon contre la tempe. Il a ses deux mains autour de celle de Jerry pour le forcer à viser droit. Jerry ferme les yeux. Il sent son doigt être poussé dans le pontet. Il sait qu'il fait ce qu'il a à faire. Pour Eva. Mais avant qu'il ait le temps d'appuyer sur la détente, la sonnette sans fil retentit.

« Y a quelqu'un à la porte, dit Jerry, cherchant une fois de plus un moyen de se tirer de ce mauvais pas. S'il y a des gens qui dorment, ils vont être réveillés. Tu es foutu.

— Ferme-la », réplique Hans en lui arrachant le revolver des mains mais en le maintenant pointé sur lui.

La sonnette continue de retentir.

« C'est probablement la police, reprend Jerry. Quelqu'un nous a vus entrer. Peut-être que les propriétaires nous ont entendus. »

La sonnerie cesse. Il y a un silence de dix secondes. Puis quelqu'un tape à la fenêtre du bureau.

« Si tu me tues maintenant, dit Jerry, ça ne fera qu'aggraver ton cas.

— Ferme-la. »

Hans s'approche du rideau. La personne continue de taper, puis c'est de nouveau le silence. Il jette un coup d'œil derrière l'étoffe, prenant soin de maintenir l'arme braquée sur Jerry.

« C'est ta fouille-merde de voisine. Elle a une lampe torche et sa putain de crosse de hockey. OK, elle se tire. Attends… elle va vers l'arrière de la maison.

— Elle va entrer, et je parie qu'elle a appelé la police. Tu ferais mieux de partir.

— Elle ne va pas entrer.

— J'ai laissé la clé dans la serrure. Elle pourrait. »

Hans revient derrière le fauteuil. Il pointe l'arme en direction de la porte du bureau. Ils attendent.

« Ne la tue pas, dit Jerry.

— Qu'est-ce que ça peut te foutre ? Tu la détestes, de toute manière.

— S'il te plaît.

— T'inquiète pas, dès que j'en aurai fini, tu pourras ajouter un post-scriptum – *Je viens de tuer la voisine* – au bas de ta confession. »

La poignée de la porte commence à tourner. La porte s'ouvre, et elle est là. Mme Smith, debout dans l'entrebâillement, brandissant sa crosse de hockey. Elle fait deux pas en avant, et Jerry n'a aucune idée du genre de scène qu'elle s'attendait à trouver, mais ce n'était certainement pas celle-là. À son crédit, elle ne met qu'une seconde à saisir ce qui se passe.

« Oh ! » lâche-t-elle, et elle doit vraiment aimer le son de cette interjection car elle la répète.

N'importe qui d'autre aurait pris ses jambes à son cou, songe-t-il, mais pas Mme Smith, la femme dont il a vandalisé le jardin et tagué la maison. Mme Smith, qui a constamment été une emmerdeuse depuis le jour où il a emménagé. Alors que d'autres s'enfuiraient, ou seraient paralysés par la surprise, elle avance, croyant peut-être qu'elle pourra couvrir la distance assez vite pour éviter la balle, ou que l'homme aux tatouages n'ouvrira pas le feu sur une femme plus âgée que le soleil, ou bien estimant que l'idée même d'un tel méfait est tellement scandaleuse qu'elle doit l'affronter.

Hans presse la détente.

La détonation est instantanée. Une puissante déflagration dans la pièce qui fait tellement siffler les oreilles de Jerry que son instinct prend le dessus et qu'il se les couvre avec les mains. Mme Smith, pour sa part, fait deux pas en avant comme si elle refusait de croire qu'elle s'est fait tirer dessus, avant de s'arrêter. Elle baisse les yeux vers son corps, qui ne montre aucune blessure, comme si la balle l'avait traversée sans provoquer de dégâts. Ou peut-être qu'elle a manqué sa cible. Mais du sang apparaît alors juste sous sa poitrine. Elle tombe à genoux, le visage chiffonné. Elle tente de se relever en s'appuyant sur sa crosse.

« Comment osez-vous ? » demande-t-elle.

Hans presse de nouveau la détente.

Et le revolver produit un petit *clic.*

« Qu'est-ce que c'est que ce bordel ? » dit-il.

Mais Jerry sait exactement ce qui vient de se passer. La fois où il a fait tourner le barillet, il y a si longtemps de ça, alors qu'il était assis à côté de Sandra, les balles se sont décalées. Et le percuteur vient de tomber sur l'étui vide, celui qui contenait la balle qui a tué sa femme. Hans retourne l'arme pour l'inspecter, comme si le problème pouvait être visible à l'œil nu, et c'est alors que Henry intervient. *Maintenant !* hurle-t-il, le mot résonnant dans la tête de Jerry presque aussi fort que le coup de feu, à tel point, à vrai dire, qu'il sait que lui aussi vient de le crier.

Il projette son coude en arrière, atteignant Hans au bas du ventre alors même que celui-ci fait de nouveau feu. Il manque largement sa cible et la balle touche le mur. Jerry se retourne sur le fauteuil et la bagarre commence. Et c'est ainsi que ça doit se passer, songe-t-il, il doit avoir l'opportunité de se défendre, car n'est-ce pas la meilleure manière de mettre un terme aux choses ? Une bonne vieille baston à mort ? Ce serait le cas si se battre n'était pas une des spécialités de Hans. Et puis il y a aussi le fait qu'il a toujours le revolver. Revolver qu'il pointe désormais sur Jerry. Une nouvelle explosion retentit, et soudain il ressent une brûlure au ventre et a l'impression que ses reins sont en feu. La pièce s'assombrit à mesure que ses jambes faiblissent. Il parvient à placer une main sur celle de Hans et à repousser l'arme. Une balle pour sa femme il y a un an, une pour Mme Smith, une dans le mur, une dans son ventre. Ce qui en laisse deux.

Le couteau, lance Henry. *Fais-le. Nom de Dieu, arrête de perdre du temps !* Il est sur le bureau. Il le voit, mais ne peut pas l'atteindre. Hans tourne de nouveau le revolver vers lui. Au ralenti. L'arme est d'abord pointée vers le mur, puis le fauteuil, puis l'épaule de Jerry, puis enfin vers sa poitrine, et à cet instant l'expression de Hans change, passant de la colère à la frustration, et il esquisse alors un sourire. Un grand sourire qui dit : *Va te faire foutre. C'est moi qui ai gagné.* « Eva est la prochaine », prononce-t-il.

La crosse de hockey, dont une extrémité est fermement tenue par Mme Smith, fend l'air et atteint Hans à l'avant-bras. Pas assez fort pour lui casser un os, songe Jerry, mais suffisamment pour que le revolver finisse au sol. Hans se baisse pour le ramasser, et Jerry se rue vers le couteau. Il s'imagine le heurtant maladroitement et le faisant tomber par terre, mais non, sa main se resserre solidement autour du manche. Sans la moindre hésitation, il se tourne vivement vers l'homme qui a tué sa femme et, rassemblant toute sa colère, il frappe de toutes ses forces, pour Sandra, pour la fleuriste, il frappe pour Suzan avec un z et pour Eva, pour toutes les personnes que ce type a fait souffrir, toutes celles dont la vie a été gâchée par le Capitaine A. Mais surtout, il frappe pour lui.

Et atteint le cou de Hans.

La lame pénètre par le côté, s'enfonçant dans sa totalité, mais à un angle tel que la pointe ressort par l'avant. Jerry met toute sa force dans son geste, tirant vers lui pour lui trancher totalement la gorge, mais le couteau refuse de bouger. Non que ça ait la moindre importance. Hans oublie le revolver et porte une main à son cou, le sang jaillissant comme une fontaine, un gargouillis montant des profondeurs de sa gorge. Il se redresse, les deux mains désormais sur sa blessure, tentant d'endiguer le saignement, mais en vain. La lumière commence déjà à s'éteindre dans ses yeux. Il titube et s'appuie au mur, le couteau toujours planté dans le cou. Jerry ramasse le revolver et le met en joue.

« Ça, c'est pour Sandra », dit-il.

Mais il n'a pas le temps d'appuyer sur la détente que la crosse de hockey réapparaît. Elle fait irruption dans son champ de vision, brandie par une femme trop têtue pour mourir, et atteint Jerry au front. Toutes les lumières s'éteignent.

Cher journal

Cher Journal Intime, cher Futur Jerry, chers vous qui lisez ceci, mon nom est Jerry Grey et j'ai une histoire. Je suis un père, un mari, un auteur de romans policiers, j'ai survécu à une blessure par balle, je suis atteint d'Alzheimer, et j'ai été reconnu coupable de meurtre. J'ai assassiné ma femme. Je ne me rappelle pas l'avoir tuée, et je ne sais pas si je dois remercier le Capitaine A de m'avoir fait oublier ce moment. Je vis dans un établissement psychiatrique avec des barreaux aux fenêtres, des verrous aux portes, et des murs gris de tous les côtés. Parfois j'ai des questions, auxquelles il arrive aux médecins de répondre, et parfois je ne crois pas ce que j'entends. Alors, pour me prouver ce qu'ils disent, ils me montrent la confession que j'ai rédigée. Il leur arrive aussi de me montrer les articles de presse. Les jours où ils n'ont pas le temps de répondre à mes questions, ils se contentent de me donner des médicaments. C'est plus facile comme ça. Pour eux comme pour moi.

Ils me disent que je suis ici depuis un an.

C'est la première entrée de ce journal intime, que je vais tenir pour essayer de conserver le peu de raison qui me reste. Même si je pense en réalité que c'est surtout une tentative pour préserver une partie de l'homme que j'étais avant. Ce n'est pas mon idée, mais celle d'un des médecins. Il pense que ça pourra m'aider.

Hélas, l'homme que j'étais avant était un monstre. J'ai tué de nombreuses personnes. Ma femme. La fleuriste qui avait été engagée pour le mariage de ma fille. Mon meilleur ami, Hans. J'ai tué une femme qui avait été ma voisine, et aussi un aide-soignant de la maison de santé où je vivais. On m'a dit que j'ai tenu d'autres journaux par le passé, mais ils sont désormais entre les mains de la police. Certains jours je crois que ces journaux pourraient me dire que je suis innocent, et d'autres jours qu'ils ne feraient que confirmer ce que j'ai écrit dans ma confession. Ce qui signifierait que toutes les choses dont je ne veux pas qu'elles soient vraies le seraient en fait. Pourtant, la seule personne que je me souvienne avoir tuée est Suzan. Suzan avec un z.

Quand j'essaie de penser à ces personnes, leur nom et leur visage se perdent dans un passé obscur, mais pas les siens. Je me rappelle très clairement m'être tenu dans son jardin alors que la pleine lune brillait, je me rappelle avoir embrassé la nuit et senti le sang palpiter à travers mon corps à mesure que mon besoin prenait le contrôle de mon être. J'avais désiré Suzan depuis l'instant où je l'avais vue pour la première fois. Je voulais savoir comment elle serait.

Donc, cher Journal Intime, je vais tout te raconter. Mais d'abord… je n'aime pas vraiment ce nom : *Journal Intime.* J'avais songé à *Journal de la Folie*, mais ça ne colle pas vraiment. Je vais continuer d'y réfléchir et voir ce que je peux trouver d'autre.

Futur Jerry, laisse-moi te parler de Suzan.

Journal de la Folie, laisse-moi te dire comment a débuté ma vie d'assassin…

REMERCIEMENTS

Des neuf romans que j'ai écrits jusqu'à présent, celui-ci a été le plus amusant pour moi, et peut-être le plus personnel. Dans le livre, Jerry ne cesse de dire : « Écrivez ce que vous savez », et pour la première fois, c'est ce que j'ai fait. Il y a beaucoup de choses dans la vie de Jerry qui sont similaires à celles de ma vie – et, bien sûr, beaucoup qui ne le sont pas. Pour commencer, il est plus vieux (même si, de toute évidence, ça changera un jour), et, si on laisse de côté Alzheimer, il est en meilleure forme physique que moi. Il est allé à l'université, pas moi. Il a une femme et une fille, pas moi. Nous sommes tous deux secrètement fans de *Star Trek,* buvons tous les deux du gin tonic, et nous avons le même poster dans notre bureau – l'affiche de *La Revanche de King Kong* est accrochée près de mon bureau. Et bien sûr, il y a la musique. Chaque livre que j'ai écrit a une bande-son – une bande-son qui hurle à fond à travers la maison et la moitié du quartier. Pourquoi si fort ? Parce que je ne veux pas m'entendre chanter. Personne ne le veut. *The Laughterhouse* a été écrit sur les Doors, *Nécrologie* sur Pink Floyd, *Un prisonnier modèle* sur Bruce Springsteen. Il y a aussi eu les Killers, les Rolling Stones, les Beatles… la phrase du livre qui dit que la musique de Jerry est immortelle – c'est vraiment ce que je crois.

Comme tous les livres, *Ne fais confiance à personne* est soutenu par des équipes dévouées. Ça commence à Londres, avec mon éditrice extrêmement talentueuse, Stephanie Glenncross. Puis ça se poursuit à New York, avec mes éditeurs américains – Sarah Branham, qui me guide toujours dans la bonne direction, m'indiquant ce que je ne vois pas jusqu'à ce que toutes les pièces du puzzle s'assemblent, et Judith Curr, David Brown, Janice Fryer, Lisa Keim, Emily Bestler et Haley Weaver – ils ont offert à mes livres un refuge en Amérique.

Ce qui m'amène en France et à Sonatine – mon merveilleux éditeur là-bas. J'ai eu à plusieurs reprises la chance de passer du temps avec les gens de Sonatine au fil des ans, et c'est toujours un grand moment. Je veux remercier François Verdoux, Anne-France Hubau, Arnaud Hofmarcher, Marie Misandeau, Marie Labonne et Clémence Billault d'offrir à mes livres une maison à l'autre bout du monde. Et aussi Fabienne Reichenbach et Muriel Poletti-Arlès d'aider les gens à trouver mes livres et de faire en sorte que je ne me perde pas quand je suis en France. Merci aussi à Fabrice Pointeau de traduire mes histoires. Et, bien entendu, un énorme merci à Léonore Dauzier qui m'aide à inventer de nouveaux mouvements sur la piste de danse et fait constamment en sorte qu'il y ait un gin tonic à portée de main…

Laissez-moi finir en vous remerciant, vous, les lecteurs. C'est pour vous que j'écris. Vous êtes la raison pour laquelle je fais se produire des horreurs. J'espère que Jerry Grey restera avec vous autant qu'il restera avec moi, pendant très, très longtemps.

Paul Cleave
mai 2017
Christchurch, Nouvelle-Zélande

Du même auteur
chez Sonatine Éditions :

UN EMPLOYÉ MODÈLE, traduit par Benjamin Legrand, 2010.
UN PÈRE IDÉAL, traduit par Fabrice Pointeau, 2011.
NÉCROLOGIE, traduit par Fabrice Pointeau, 2013.
LA COLLECTION, traduit par Marion Tissot, 2014.
UN PRISONNIER MODÈLE, traduit par Fabrice Pointeau, 2016.

PAPIER À BASE DE FIBRES CERTIFIÉES

Le Livre de Poche s'engage pour l'environnement en réduisant l'empreinte carbone de ses livres. Celle de cet exemplaire est de :
200 g éq. CO_2
Rendez-vous sur www.livredepoche-durable.fr

Composition réalisée par Soft Office

Achevé d'imprimer en août 2018 en Espagne par
Liberdúplex
Dépôt légal 1re publication : septembre 2018
LIBRAIRIE GÉNÉRALE FRANÇAISE
21, rue du Montparnasse – 75298 Paris Cedex 06